영광의 해일로
3

영광의 해일로 3

초판 1쇄 인쇄 2025년 3월 10일
초판 1쇄 발행 2025년 3월 31일

지은이 하제
펴낸이 이진영 배민수
기획 · 편집 밀리&셸리
디자인 스튜디오 허브
마케팅 태리
펴낸곳 (주)테라코타 **출판등록** 2023년 1월 13일 제2024-000080호
주소 서울시 용산구 원효로 128 e-테크벨리오피스텔 907호
메일 terracotta_book@naver.com
인스타그램 @terracotta_book

ISBN 979-11-93540-21-3 04810
      979-11-93540-18-3 (전6권 세트)

영광의 해일로 3

하제
현대 판타지 소설

테라코타

차
례

1. 네 쌍의 다리

토요일 오후, 노해일 팬들은 내내 들썩였다. 1시 15분쯤 방영된 〈쇼! 음악 세상〉 이래로 올라온 다양한 방청 후기가 인터넷을 달구었기 때문이다. 떡밥이 정말 많았다. 노해일의 염색을 간절히 바랐던 팬은 금발을 보고 성불했고(노해일이 은발을 했었더랬다는 소문은 무성한 데 비해 사진은 거의 없다), 〈쇼! 음세〉에서 편집되지 않고 그대로 나온 팬들이 응원봉으로 만들어낸 북두칠성은, '잘 키운 팬 하나 열 팬덤 부럽지 않다'는 말을 만들었다.

[도대체 자리 어떻게 맡음 ㅁㅊㄴㄴ들.]
　└ 제발 자리 바꿔 달라고 빔.
　└ 그게 됨?
　└ 내 자리가 더 좋으면ㅎ
[응원봉 진짜 잘 빠졌다.]

무엇보다도 뜨거운 반응을 얻은 건 노해일의 음방이었다. 〈랑데부〉 가요제나 홍대 게릴라 버스킹 등 라이브 무대는 이미 보여줬지만, 음방 무대는 또 다른 법이었으니 말이다.

[노해일 목소리만 혼자 마이크 뚫고 나오는 거 소름ㄷㄷ 쇼음세 음질이 이렇게 좋았나;;;]
[여섯 명이 쓰는 무대 혼자 쓰는데 전혀 비어 보이지 않는다.]
[앞뒤 무대 비교하니까 차이 딱 보이네. 비하하는 게 아니라 다른 팀들은 그냥 오오 잘생겼다~ 이쁘다~ 식으로 구경했는데 노해일은 ㅅㅂ이러면서 무대 끝날 때까지 입 벌리고 봄. 결국 침 두 방울 흘림.]
[다른 건 모르겠는데 무대 체질은 ㅇㅈㅇㅈ]

한편으론 인기상 트로피인 '인피니티 건틀렛'이 아이돌그룹 타노스에게 넘어간 걸 비판하기도 했지만, 싱글에 디지털 음반이었던 터라 이를 갈고 넘어갔다. 객관적으로 노해일의 무대가 더 뛰어났다는 데 만족했다. 이어서 저녁쯤에 공개방송 후기가 올라왔다.

[길게 말하지 않겠습니다. 공방 무조건 가세요.]
[누가 달한테 못생겼다 그랬냐? 직접 보면 달라 진짜 달라.]
[타 팬인데 노해일 라이브 진짜 남다르더라. 왜 노해일노해일했는지 이해했어. 그리고 뭣보다 공방 끝나고 슬쩍 노핼 팬들 사이에 껴있었거든. 연옌 팬질 많이 했는데 얼굴 맞대고 오늘 고마웠다고 즐거웠다고 말해 준 가수는 처음이야. 특히 그때 표정이… 아, 얘는 진짜구나 싶더라고. 앞으로 사고 하나도 안 칠 것 같고, 사고 쳐도 정말 나쁜 거 아니면 오늘

이 기억 때문에 용서하게 될 거 같은 느낌. 근데 정말 열일곱 살 맞아?]

 └ 표정이 어땠는데? 순수? 풋풋?

 └ (글쓴이) ㄴㄴㄴ 말로 표현할 수가 없음.

 └ 도대체 달 무슨 표정을 지었길래 후기가 다 난리가 난거야. ㅅㅂ 난 왜 공방 안 갔지 ㅅㅂㅅㅂ

 └ 어떻게 사진 찍은 놈들이 1도 없냐.

 └ 달 음방 또 언제 있음? 아니 뭐든. 직접 보러 갈 행사 없음?

 └ 달 스케줄은… 아무도 몰라.

한참 인터넷이 뜨거울 오후 5시, 런던시간 기준으로 오전 9시 'HALO 6집 〈빗속에서 춤을(Dancing In the Rain)〉'이 모든 디지털 음원 사이트에 올라왔다. 월간 HALO라는 말처럼 5월 31일엔 발매할 거라 믿었던 태양단은 "오 태양이시여!" 하며 환호성을 질렀고, 보다 이성을 유지한 사람들은 특이성에 집중했다. 이제까지 HALO의 앨범이라고 한다면 흑백의 배경 사진이 재킷으로 들어가 있었다. 그런데 6집은 이제까지와 다른 아트 사진이었다. 빗속에서 네 명의 발이 춤을 추는 일러스트로 이런 일러스트는 해외에서 흔히 쓰이는 앨범 아트였지만, 그게 누구도 아닌 HALO의 앨범이었다는 데 반향이 일었다.

도대체 왜 그는 안 하던 짓을 하는가? 사람들은 앨범을 재생했을 때 이내 알게 됐다. 여전히 일곱 곡으로 구성된 미니앨범이란 건 다름이 없지만, 달라진 게 있었다. 21세기 디지털 악기와 가상 악기의 기술이 끊임없이 발달하고 있다. 전문가들이 실제 악기의 사운드를 구현하기 위해 다양한 노력을 다하고 있으니 말이다. 그럼에도 가상 악기와 실제 악기의 사운드는 완전히 같진 않다. 아날로그와 디지털의 차이와 같다. 실제 아날로그 악기는 공기를 진동시켜 발생하는 주파수로 풍부한 소리를 만든다. 공진과 배음, 페달 등에서 생겨난 잡음과 미묘한 배음은 가상 악기로 표현할 수 없는 것이다. 귀가 예민한 사람이건 그렇지 않은 사람이건 변화를 깨달았다. 이번 6집은 실제 악기로 녹음한 것이다. 어쩌면 일러스트에 나온 다리는 그 사람들을 표현한 걸지도 모른다 여겼다.

[최소 셋에 보통 실력자가 아닌데. 이거 곧 알 수 있는 거 아냐?]
[혼자 작업했으니 소문이 안 난 거지. 세션 고용한 거면 곧일 거야.]
[디스코라니! 역시 마이클 잭슨이 분명해! 멍청이들아 내가 말했잖아!]
└ 이 새끼는 친구 없을 듯.

한국은 오전 9시가 백수를 제외한 사람들이 깨어 있는 시간이라면, 오후 5시는 백수마저 깨어 있는 시간임이 분명했다. 한국에까지 퍼진 태양단은 태양의 등장에 환호했고, 팝송을 즐겨듣는 사람들과 얼굴 없는 가수의 활약에 관심 있는 이들이 음원을 내려받거나, 스트리밍을 돌렸다.

남규환은 아는 퍼커션 무리와 함께 호프집에 있었다. 그가 노해일의 밴드에 들어간 걸 축하하는 자리였다. 사실 축하보다 호기심이 더 큰 것 같았다. 아무래도 노해일이란 가수는 꽤 유명해졌지만, 그 사람 자체에 대해서는 잘 알려지지 않았으니 말이다.

"돈은 많이 받냐? 요즘 음방도 나오고 잘나가던데."
"어릴 때부터 뜬 스타들은 다 싸가지 없던데 노해일은 괜찮나?"

"서연이는 잘 지내지?"

'얘는 뭐야, 질문 수준 하곤' 하는 생각에 남규환은 맥주를 들이켜고는 강정을 와그작와그작 씹었다. 그는 친구들이 나쁜 의미로 묻는 게 아니란 건 안다. 으레 누군가 취직하면 반드시 나오는 질문이다. "그 회사 연봉 괜찮아?", "직장 동료나 상사는 어때?", "거기도 회식 야근 강제야?" 뭐 이런 것들. 막살던 놈들이라 표현 방식이 그에 맞는 것뿐이라고 이해했다.

"뭐, 우리 사장님은 잘 챙겨주지."

"얘 뭐래? 우리 사장님?"

약간 비웃는 듯한 반응을 보고 나서야, 그 명칭을 인지했다. 문서연이 매번 사장님, 사장님 하니 자신도 언젠가부터 사장님이라 부르게 됐다.

'뭐, 페이 잘 주고, 출장 갈 때 5성급 호텔에 비즈니스석 끊어주면 사장님 맞지.'

라이브 공연할 때 악기 운반 비용을 요구한 적도 없고(공연하려면 스스로 운반 비용을 낼 때가 많다), 공연 페이나 녹음 페이도 세게 주는 편이다. 업무 외 시간엔 뭘 하든 자유로우니 이젠 집보다 성수동에 있는 작업실이 더 편할 지경이다. 아무리 일약 스타라도 돈을 이렇게 펑펑 써도 되나 걱정스러울 정도로, 그의 사장님은 직원들을 위한 소비와 지출에 아까워한 적이 없었다.

그때였다. 무리 중 하나가 주위의 웅성거리는 소리를 듣고는 폰을 들었다.

"야, 규환아, 드디어 떴다!"

"뭐가?"

남규환은 시큰둥하게 반응했다. 놈들은 별것도 아닌 걸 일단 과장부터 하는 부류라 이젠 안 속는다. 그러나 그는 뒤이어 들려오는 말에 맥주를 뿜었다.

"HALO 6집!"

그러고 보니 오늘 5월 31일, 월간 HALO의 날이었다.

"나, 갈래."

"아니, 어딜 가."

"목욕해야 해."

"갑자기 목욕?"

"야, 너 쟤 모르냐. HALO 음원을 무슨 심신 수양한 다음에 듣잖아. 강원도에 살았으면 폭포수 맞으며 들었을 듯."

"아니 진짜? 미친놈인가."

남규환을 다른 이들이 붙잡았다. 남규환이 제대로 답해준 게 거의 없었고, 아직 묻지 못한 것도 많았다.

"그냥 노래 틀어."

"규환아, 맥주는 다 마시고 가야지."

그 말에 남규환이 새로 시킨 생맥주 500시시를 들고 벌컥 마시기 시작했다.

"미친놈, 맥주를 원샷하네."

목이 아프지도 않은지 꿀떡꿀떡 마시면서도 그 와중에 스포일러 당하지 않으려고 남규환은 친구의 폰을 빼앗았다.

"야, 너희 사장님 얘기나 더 해주다 가."

"진짜 노해일한테 충성 맹세했냐? 나쁜 소리는 하나도 안 하네. 평생 노해일 밴드 할 거야?"

"아니."

남규환은 비워진 맥주잔을 머리에 털며 당연하다는 듯 대답했다. 사장이 정말 고맙고, 작업실도 정말 좋았지만, 그는 여전히 꿈이 있었다.

"난 HALO 밴드 들어갈 거야."

"어련하시겠어."

"HALO가 받아는 준대? 누군지도 모르면서."

그건 그렇지만 언젠가 머지않은 미래에 알게 되지 않을까. 불현듯 그의 머리에 노해일의 얼굴이 스쳐 지나간다. 취기다. 남규환은 고개를 돌리며 술에서 깨려고 했다. 사장님이 팝송만 불러준다면 이 기묘한 의심에서 벗어날 것 같다.

'하필 왜 미국식 영어도 아닌 영국식 영어 발음을 그렇게 잘 써서.'

사실 발음만이 문제는 아니었다. 남규환은 눈앞에서 들었던 노해일의 HALO 커버를 잠깐 떠올렸다. 다시 고개를 젓는다. 이건 취기 때문이다. 그때 문득 어떤 멜로디가 들려왔다. 조용하던 호프집 스피커에서 음악이 흘러나왔다. 갑자기 들리는 소리에 사람들은 대화를 줄이고 음악에 귀를 기울였다. 빠른 템포에 강렬하고 즐거운 사운드. 싱코페이션(당김음)이 두드러진 베이스에 이윽고 익숙한 목소리가 들려왔다.

I can hear a song from somewhere(어디선가 노래가 들려)

"HALO네."

"HALO군."

"이번 앨범 콘셉트는 펑크 아니, 디스콘가."

전형적인 디스코지만, HALO가 보여줬던 음악처럼 라틴계열의 퍼커션부터 오르간, 브라스 섹션까지 다양한 세션이 쓰였다. 노랫소리에 이끌려 어떤 여인과 춤을 추는 남자의 이미지가 눈앞에 그려진다. 그는 여인의 유혹에 강렬하게 사로잡힌 것처럼 빗속에서 그녀를 따라 춤을 춘다. 그 음악이 누군가 틀어놓은 디스코 음악인지, 아니면 그 여인이 부르는 노래를 디스코라고 비유하는지는 모르겠다. 하지만 남자는 빗속에서 여인과 함께 춤을 추었고, 어느 순간 빗속에서 미친 듯이 춤을 추는 건 자신뿐이라는 걸 깨닫는다. 쾌락, 즐거움으로 승화시키려는 허무함과 외로움. 혼자인 걸 깨닫지만 멈추지 않고 빗속에서 춤을 추는 남자는 특유의 광기를 보여준다.

그들은 HALO의 음악에 숨통이 쥐여 이끌렸다. 헤어나올 수 없는 늪에 빨려 들어가는 순간, 쨍그랑! 요란한 소음이 집중을 깨트렸다. 온 시선이 한 사람에게 모였다. 남규환이었다.

"야, 너 왜 갑자기 잔을 깨고 그래?"

"어이구, 사장님 죄송합니다. 저희가 치울게요."

친구들이 다급하게 수습하지만, 그는 아무 말도 못 했다. 4분의 4박자로 반복되는 라틴계열의 퍼커션이 그의 머리를 둥둥 울리고 있었다. 수만 가지의 기억이 머릿속을 스쳐 지나간다.

"사장님 혹시 팝 안 부른대요?"

"지금 작업하는 곡은 다음에 발매할 정규앨범인가요?"

그때 지었던 한진영의 표정이 조각처럼 모여졌고, 미국에서의 기억이 퍼즐처럼 연결되었다.

"HALO의 음악을 좋아하는 이유는?"

"완벽하니까."

"HALO의 음악 중 가장 좋아하는 곡이 있나요?"

"앞으로 나올 6집이요."

"언제 나올지 모르는데?"

"좋아요, 5월에 나올 6집이라고 정정하죠."

토크쇼에서 호스트와 소년이 나눴던 대화가 선명하게 기억났다. HALO의 광팬처럼 보이진 않았던 소년이 그렇게 당연하게 대답할 수 있었던 이유. 그리고 '부디 시험에 들지 말게 하소서(Please, lead me not into temptation)' 같은 아무나 부를 수 없는 HALO의 음악을 자기의 곡처럼 편곡하여 새롭게 재창조할 수 있는 실력.

"씨발."

말이 안 되는 것 같은데 이외에 설명할 수 있는 길이 없다. 그가 머릿속으로 그렸던 HALO의 이미지와 부딪혀서 혼란스럽다. 그러나 모든 이미지가 미디어에서 만들어낸 HALO라는 걸 인지했을 때, 그는 진실과 거짓을 분리해냈다. HALO의 모든 이미지는 세상이 만들어낸 가짜였고 증명된 건 아무것도 없었다.

5,60대의 영국인 백인 남자의 이미지가 물음표로 바뀐다. 그 이미지를 지워내자, 남규환은 사실 단서는 꽤 오래전부터 있었노라 인정하게 되었다. 에버신스 카페 공연에서 희미하게 들었던(콩고를 치느라) 소년의 목소리가 HALO와 같았으니까.

"야, 어디가!"

5시 30분. 높게 떠 있던 해가 기울기 시작하는 시각, 남규환은 술집에서 뛰쳐나왔다. 홍대입구역에서 지하철에 오른다. 성수역으로 가는 지하철이 왜 이렇게 더딘지 모르겠다. 어느새 해가 지기 시작하며 노을이 펼쳐진다. 남규환은 허겁지겁 교통카드를 찍고 나와 가장 빠른 속도로 달렸다. 뒤늦게 사장이 작업실에 없을지도 모른다는 생각이 들었다. 그러나 멈출 수 없었다. 작업실에 없다면, 문 앞에 서서 소년이 올 때까지 기다릴 것이다.

"헉헉!"

남규환이 계단을 뛰어 올라갔다. 그의 등이 축축하게 젖고 다리가 후들거렸다. 계단 난간을 잡은 손도 축축했지만 옷에 쓱 닦으면서 작업실로 달려갔다. 작업실 문을 당겨 열고 창가에 앉아 있는 소년을 발견했을 때 남규환이 멈칫했다. 마주하길 바랐지만 이렇게 빨리 마주할 줄은 몰라서… 아니, 마주하는 게 당연하긴 한데… 모르겠다. 소년이 소리를 듣고 고개를 돌린다. 역광 때문에 소년의 얼굴에는 그림자가 내려앉아 있다. 원래도 어른스러운 성격이지만 그래도 얼굴만 보면 여느 열일곱 살과 다름없었는데, 그늘이 내려앉은 얼굴은 완전히 다른 사람 같았다.

"안녕."

남규환이 어색하게 인사를 했다. 소년은 평소처럼 인사를 해주었다. 그리고 정적이 흘렀다.

"어? 누구 왔어?"

옆에서 한진영의 목소리가 들렸다. 그는 가만히 남규환과 소년을 보더니 이내 작업실 밖으로 나갔다. 한진영은 이미 알고 있었다. 그래, 몰랐던 건 그와 문서연뿐인 것 같았다.

'혹시 모르지 개도 알지도.'

"왜…."

왜 말하지 않았냐고 물으려고 했을 때, 남규환은 불현듯 면접 날이 떠올랐다.

"그를 찾아가 밴드로 넣어달라고 할 겁니다."

"그가 먼저 찾아와 내 밴드에 들어오라고 하는 건 어때요?"

그 물음에 뭐라고 답했더라.

"그래도 전, 제가 먼저 그를 찾아가고 싶습니다. 팬이라면 응당 내 가수가 거적때기를 입고 있어도 찾을 수 있어야 한다고 생각…."

'아, 다 나의 업보다.'

그래도 남규한은 말해줄 수 있지 않았을까, 자신의 소원을 들어준 것이긴 하지만 직접 말해줬다면 좋지 않았을까 생각했다.

남규환은 소년을 바라봤다. 소년은 어떤 말도 하지 않았다. 그에게 먼저 말하라는 것처럼. 남규환은 눈을 감았다. HALO에게 하고 싶은 말이라고 읊었던 흑역사가 그를 덮쳤다. 그때, 소년은 "좋아요"라고 웃으며 말했다.

"내 밴드에 들어와요, HALO를 찾는 그날까지."

소년을 원망할 이유는 없었다. 소년은 그가 자길 찾길 기다렸을 뿐이다. 목이 말라왔다. 침을 삼켜도 입술이 바싹 말랐다. 소년은 그에게 무언가를 원하는 것처럼 기다리고 있었다.

"안녕, 헤일로."

남규환은 이윽고 말을 뱉어냈다. 영어는 아니었다. 말도 안 되는 영어로 말할 수 없고, 영어로 말할 이유도 없었다.

"나는 당신의 팬이고…."

한국어인데 왜 이렇게 떨리는지 모를 일이다.

"당신의 음악을 정말 좋아해요."

남규환은 가장 원하던 순간이었던 지금, 자신이 무슨 말을 하는지 모를 정도로 정신이 없었다. 먼 미래라고 생각했던 순간이 코앞에 있으니 이상했다.

"그래서 만약 가능하다면…."

남규환의 목소리가 긴장으로 파르르 떨렸다.

"…당신의 밴드가 될 수 있을까요?"

이윽고 소년이, 아니 헤일로가 옅게 웃으며 대답했다.

"내 밴드에 온 걸 환영해요, 남규환 씨."

* * *

달라진 건 없었다.

"투나잇…."

박승아는 흥얼거리며 냄비를 저었다. 펄펄 끓는 냄비 속에 목에 좋은 대추와 감초, 계피와 우엉이 들어 있다. 식탁에도 목에 좋기로 유명한 생강청과 도라지즙이 준비되어 있다. 다 완성되면 아들의 작업실 냉장고에 가져다 둘 생각이었다.

노윤현 교수는 시험지에 고개를 박고 한숨을 쉬는 학생들을 보며, 이번에 구상성단에 대한 문제가 너무 쉽지 않았나 생각했다. 그러고는 창 너머 하늘을 바라봤다. 우중충하다고까지 하긴 어렵지만 하늘이 조금 흐렸다.

"비가 오려나."

6월 초, 마지막 봄비가 내린다고 일기예보에서 본 것 같다.

Dancing in the Rain(빗속에서 춤을)

지구 반대편에서 고전적인 아침을 맞이한 어거스트 베일이 음악을 튼다. 즐거우면서도 어딘가 허무하기도 한 멜로디가 그를 맞이했다.

I can hear a song(노래가 들려)

빗속에서 혼자 춤을 추는 미친 남자의 모습이 그려졌다. 하지만 그가 요청한 앨범 아트는 혼자 춤을 추는 남자가 아니었다. 네 명의 다리가 각각 엇갈려 비가 오는 물웅덩이에서 춤을 추는 그림이다. 어거스트는 앨범 표지를 보며 은은한 미소를 지었다. 6집을 만들 때와 지금 심경이 많이 달라졌다고 생각했다. 좋은 게 좋은 거다. 직원들은 헤일로 앨범 표지 변화를 보고, 정체부터 음모론까지 읊고 있지만 새삼스럽지 않다. 그건 원래 그러했다.

아무것도 달라진 건 없었… 문서연은 작업실에 도착해서 화들짝 놀랐다. 작업실, 정확히 노해일의 레이블 H에 들어오자마자 알 수 없는 기류가 느껴졌다. 뭔가 큰 변화 있는 것 같다. 문서연의 눈이 데구루루 굴러간다.

'그나저나 저 새끼 얼굴은 왜 저래.'

남규환이 테이저건에 맞은 것처럼 흐물흐물 녹아 있다. 그를 원래 '미친 자식'이라 생각한 문서연이지만 지금 모습엔 소름이 돋았다.

"안녕… 하세요?"

다들 유독 일찍 작업실에 모여 있는 것 같다는 생각도 잠시, 중요한 건 이게 아니었다. 그녀가 평소보다 일찍 출근한 이유가 있었다.

문서연이 버럭 외쳤다.

"사장님! 이체 실수하셨어요."

문서연이 핸드폰을 열었다. 친구랑 통화하다 이체된 금액을 보고 얼마나 기겁했는지 모른다. 'H 레이블'이라고 박혀 있긴 했지만, 보이스피싱인 줄 알았다.

"너무, 너무 많이 들어왔어요!"

적어서 문제가 아니라 너무 많아서 문제였다.

남규환이 한심하다는 듯 대꾸했다.

"…그거 맞을걸?"

'이게 맞다고? 0이 두 개는 더 붙어서 나왔는데.'

문서연은 눈을 껌벅였다.

그때, 남규환이 미간을 찌푸리며 뜬금없이 물었다.

"너 헤일로 음악 안 들었냐?"

"어."

"왜?"

남규환이 어이없다는 듯 되묻자 문서연의 표정이 찌그러진다.

'어이없는 게 누군데. 누가 누구처럼 광신도인 줄 아나.'

"꼭 들어야 해?"

"당연한 거 아냐."

문서연은 말문이 막혔다가 억울해서 다시 입을 열었다.

"내가 너처럼 광신도도 아니고 꼭 챙겨 들어야 할 이유가 뭐가 있어. 난 그리고 HALO 별로야."

그 말에 남규환은 화들짝 놀란다. 들어서는 안 되는 말을 들은 것처럼. 이상하게도 그의 시선이 소년을 향했다가 오뚜기처럼 원상 복귀되었다. 그녀가 보기에 남규환은 제정신이 아닌 것 같았다.

"왜?"

"HALO 음악은 너무 강해. 내 취향이 아니야. 난 은은하고, 그래, 사장님 노래가 좋아. 음악이 아닌 내 순간을 기억하게 해주는 그런 노래가. 그리고… 그 사람 아직 얼굴 밝히지도 않는 게 뭔가 이상해. 뭐랄까. 음흉해."

남규환의 어깨가 흠칫했다. 문서연은 그것도 모르고 샌드위치를 하나 집어 소년에게 넘기며 미소 지었다.

"사람이 우리 사장님처럼 맑고 투명해야지 말이야."

"…사장님이 소주냐. 맑고 투명하게?"

남규환은 그러곤 곧바로 물었다,

"그래서 헤일로 음악 안 들어?"

'이 새끼가.'

문서연이 미간을 찌푸렸다. 방금까지 구구절절 설명해줬는데 못 알아들으니 답답할 뿐이다.

"왜 그렇게 들으라고 해? HALO 정체 공개라도 했어?"

정적이 흐른다. 문서연은 눈을 깜빡였다.

"공개했어?!"

"그냥 들어봐."

"뭘, 자꾸 들으라고."

남규환이 헤드폰을 씌어주자, 문서연이 못 이기는 척 귀를 기울였다. 어차피 언젠가 듣게 될 노래였다. 그녀의 취향이 아니라고 했지만, 잘 만든 음악이란 건 변함이 없고, 곧 차트를 차지하면 어디를 가든 들려오게 될 노래였다. 라틴 퍼커션, 4분의 4박자에 즐거운 멜로디, 레트로 감성이 물씬 느껴지는 이번 곡은….

"이번 노래는 꽤 괜찮…."

문서연은 말을 하다가, 문득 익숙한 멜로디에 고개를 기울였다.

'왜 익숙하지? HALO 노래가 익숙할 리가 없는데. 어제 발매된 노래를 미리 들었을 리도 없고. 그렇다면, 언제….'

문서연은 눈앞에 멍청한 표정을 발견했다. 남규환이 눈을 부릅뜨고 그녀를 기다리고 있었다. 그리고 흥미진진하게 바라보는 한진영과 한쪽 팔로 턱을 괸 소년. 그와 시선이 마주치자, 문서연은 데자뷔를 느꼈다. 귀에서 즐거운 일렉트릭 피아노의 선율, 와우와우 페달 특유의 치킨 스크래치.

'이건…!'

문서연이 입을 턱 막았다.

남규환은 두 손을 벌리며 그녀의 답이 나오기만을 기다렸고, 나머지 두 사람도 은근 기대했다.

"설마…."

한참을 어버버하다가 물었다.

"설마 아니죠?"

"아니면 페이 환급해야지."

참다못해 남규환이 말하자, 그녀의 눈앞에 통장 잔액이 스쳐 지나갔다.

"맞는 것도 같기도 하고…."

일단 긍정한 그녀는, 반신반의했다. 헤드폰에서 재생된 노래는 타이틀뿐만 아니라 수록곡들의 세션이 언젠가 그녀가 악보를 읽고 녹음했던 멜로디와 동일하게 따라간다.

"그… 아니."

문서연이 여전히 댕그란 눈으로 말을 잇지 못했다. 인지 부조화가 왔다. 그러다 그녀는 떠올린다. 방금 자신이 했던 말… 아니, 망언.

"HALO 노래는 내 취향 아니야."

쿵.

"그 사람 뭐랄까, 음흉해."

쿵쿵. 돌이 떨어졌다.

그녀는 덜덜 떨리는 눈으로 소년을 쳐다보았다. 눈이 마주치는 순간 그녀의 얼굴이 새하얗게 변하더니, 누가 말릴 새도 없이 "으아악!" 하고 작업실 밖으로 뛰쳐나갔다.

정적이 도는 작업실에 세 사람의 눈이 잠시 마주쳤다. 이내 헤일로가 피식 웃으며 일어섰다.

문서연은 멀리 가지 못하고, 작업실 건물의 바깥벽에 쭈그려 앉았다. 심장이 콩닥콩닥 뛰었다. 온갖 혼란, 그리고 자신의 망언이 뒤섞여 어떤 판단을 내려야 할지 알 수 없었다. 문서연은 일단 크게 숨을 들이마셨다. 유일하게 알고 있는 호흡법을 실시했다.

"히히후! 히히후!"

그때, 인기척과 함께 그녀의 위에 그림자가 진다. 가슴이 쿵 내려앉았다. 고개를 올리려던 그녀는 익숙한 신발을 보고 다시 고개를 내렸다.

"화났어요?"

"아니요."

"그럼 왜 고개를 숙이고 있어요?"

"그냥 자괴감이 들어서요."

그때 앞에 서 있던 사람도 같이 몸을 낮췄다. 문서연은 고개를 살짝 들다가 눈이 마주치자 다시 숙였다.

"내 음악 좋아해 줘서 고마워요. 다른 내 음악은 취향이 아니란 건, 좀 이해할 수 없지만."

문서연이 고개를 천천히 들었다. 눈앞에 있는 소년은 입꼬리를 올리고 웃으며 그녀에게 말하고 있었다.

"같이 연주하다 보면 곧 좋아하게 될 거예요."

당연하다는 듯이 말하는 그를 문서연이 멍하게 보았다. 소년은 마치 무대에 있는 것처럼 반짝반짝 빛나고 있다.

"그러니까 계속 내 밴드 할래요?"

소년이, 헤일로가 그녀를 향해 손을 내밀었다. 문서연이 손을 쳐다보다 천천히 손을 뻗었다. 맞닿았을 때 소년이 그녀를 일으켰다.

"우리 다시 인사할까요?"

"어떻게요?"

"그냥 인사."

헤일로가 옅게 웃으며 말했다.

"노해일로서 그리고 헤일로로서 잘 부탁해요."

"저도….."

잘 부탁한다고 소년에게 홀려 말하려던 문서연은 불현듯 떠오르는 생각을 내뱉었다.

"사장님 이거 언제 여자한테 써먹었죠?"

작게 웃은 소년은 아무런 대답도 하지 않았다. 뒤따라 나온 멤버들을 보며 물었을 뿐이다.

"우리 오늘 회식할까요?"

원래 회식이라고 한다면, 기본적인 골조는 1차는 식사, 2차는 술, 3차도 술, 4차도 술, 5차는 해장술로 이루어진다. 그러나 카드의 주인인 소년의 나이가 미성년자이며 대한민국 법에 미성년자의 술집 출입이 금지되어 있으므로 만찬을 즐긴 후 그들이 갈 곳은 극히 제한되어 있었다.

"나이가 뭣이 중헌디! 좀 먹을 수도 있지!"

이대로 집으로 돌아가기 다들 아쉬워했다. 사실 식사할 때 생각보다 대화를 많이 하지 못했다. 헤일로의 'ㅎ'자만 들려와도 문서연과 남규환이 범죄자처럼 주변을 획획 돌아봤기 때문이다. 아무튼 술이 들어간 이들은 좀 진정된 것 같았다. 적어도 부자연스러워 보이던 행동은 덜해졌다.

문득 남규환이 고개를 번쩍 들었다.

"방금 생각난 곳은 있는데….'

"어디?"

"작업실?"

그럴 리는 없고.

남규환이 눈을 빛내며 헤일로를 쳐다보았다.

지금 이 시각에 열려 있으면서 미성년자도 출입은 할 수 있는 공간. 남규환은 그들을 이끌고 한 곳에서 멈춰 섰다. 지하로 가는 계단이 그의 손끝에 펼쳐진다.

"아! 노래방, 오랜만이네."

문서연이 눈을 번쩍 뜨고 소리를 질렀다.

"생각지도 못했는데"라고 중얼거리는 한진영의 눈에도 감회가 서렸다. 그들과 달리 노래방에 처음 와보는 헤일로는 두리번거리며 안으로 내려갔다. 복도에 나와 있는 사람은 없었다. 그러나 지나가는 방마다 인기척과 함께 노랫소리가 들려왔다. 그중에 익숙한 선율이 있었다.

"와, 사장님 곡!"

옆방에서 들려오는 노해일의 신곡, 그리고 맞은편 방에서 들려오는 헤일로의 곡. 헤일로는 신기한 얼굴로 소리에 집중했다. 음정이 아쉬운 사람도 있고 그냥 스스로 감정에 취한 이도 있고. 그래도 재밌긴 했다. 소리를 따라 들어가다 보니, 가장 안쪽 방에 도착했다.

"부를까요?"

들어가자마자 모두가 동시에 헤일로에게 마이크를 쥐어줬다. 헤일로는 녹음실 같지만 관객은 있는, 낯선 듯 낯설지 않은 밀폐된 공간을 둘러보며 짓궂은 표정으로 웃으며 마이크를 받았다.

"야, 조용히 해봐. 옆방 미쳤다."

"그러게. 와, 나 HALO 노래 이렇게 잘 부르는 사람 처음 봐."

노래방 룸 안에서 자기가 부르던 노래가 끝나면, 다른 룸의 노래가 코러스처럼 들려오는 건 항상 있는 일이다. 그 노래를 듣고 '내가 더 잘 부를 것 같은데' 싶으면 같은 곡을 신청하기도 하고 말이다. 하지만 두 여자와 한 남자는, 옆방에서 들려오는 HALO 신곡을 들으며 신청했던 HALO 곡을 취소했다. 그리고 노해일 노래나 불러야겠나 했다.

"근데 진짜 가수 아냐?"

"잘 부르긴 한다, 진짜. 누가 보면 HALO인 줄."

서로 마주하고 웃으면서, 설마 진짜가 노래하고 있으리라곤 아무도 생각하지 않는다. 마이크의 음질, 노래방의 방음 상태 등이 목소리를 온전히 전달하지 못했다. 또 그들의 상태도 온전하지 않았으며 또 다른 목소리도 들려오니 '그럼 그렇지' 하고 넘어가게 된 것이다.

"진짜 가수면 재밌겠다."

"어, 나 어디서 그 썰 본 거 같은데. 리브 노래를 정말 똑같이 불러서 뭔가 했는데, 진짜 리브가 나온 거."

"그럼 옆방엔 HALO가 있나?"

여자 둘은 딸꾹질하며 서로 말도 안 된다고 깔깔거리며 웃었다. 맞은편 방의 상황도 마찬가지였다.

헤일로의 콘서트장을 거쳐 다시 노래방이 된 공간에서 다들 목마름과 피로를 호소했다. 신나게 뛰어논 문서연은 소파에 뻗었고, 한진영은 물을 나눠줬다. 신청했던 잔잔한 노래가 기기에서 흘러나왔지만 부르는 사람은 없었다.

문서연은 턱을 괴고 소년을 신기하게 바라보았다. "헤일로, 그리고 노해일" 하며 이름을 번갈아 외다가 노해일이 영어로 '해일 로'가 된다는 한 가지 사실을 깨닫고 감탄했다. 말만 안 했지, 이렇게 많은 단서가 있었는데, 왜 몰랐는지 이젠 이해가 가지 않았다. 어쨌든 그녀는 소년의 비밀을 천천히 납득했고, 노래방에서 완전히 인정했다. 인정까지의 과정이 복잡하지도 않았다. 그냥, 둘이었던 천재가 하나였다고 생각하면 됐다.

헤일로가 잠깐 자리를 비운 사이 문서연이 밝은 얼굴로 말했다.

"내가 좋아했던 사람들은 다… 결과가 안 좋은데, 이번엔 안 망할 거 같아서 다행이에요."

그 말에 이미 누구인지 알고 있던 남규환은 픽 웃었고, 한진영은 상냥하게 물었다.

"누구 좋아했는데?"

"제우스."

한때 천재 아이돌 소리를 들었지만 멤버들의 성추문으로 해체된 그룹이었다.

"피노키오."

잦은 거짓말로 팬들의 신뢰를 잃은 래퍼다.

"그리고… 가장 최근은, JJ요."

들으면 들을수록 한진영의 표정이 어두워졌다.

"야, 니 취향 참. 이쯤 되면 그냥 저주받은 거 같은데. 그러고 보니 너 야구팀도…."

남규환이 혀를 쯧 차자 문서연이 울컥했다.

"야구 요즘 잘하고 있거든?"

"서연이 어느 팀인데?"

"쟤 고향이 대전이에요."

"아…!"

한진영의 나지막한 탄성에 욱한 문서연이 번호를 마구 입력했고, 마이크를 뺏어 들고 18번 곡을 불렀다.

"나는 행복합니다~."

한진영과 남규환이 배를 잡고 웃다가 곧 따라 부르기 시작한다. 그렇게 휴식과 떼창을 반복하다 보니 서비스 시간까지 동났다.

깜깜한 밤도 낮처럼 밝은 도시. 환한 계단 위로 올라온 문서연의 눈에 이채가 서렸다.

"비 온다."

그녀의 말처럼 비가 오고 있었다. 가로등 불빛에 가느다란 빗줄

기가 보였다.

"마지막 봄비래."

손을 내민 문서연이 맞아도 되겠다며 앞으로 나아갔다. 그 뒤를 남규환이 따라갔고, 한진영도 갔다. 헤일로는 그들을 지켜보며 손을 내밀었다. 빗방울이 손을 스치고 지나갔다.

"사장님! 어서 와요."

그들이 가만히 서 있는 헤일로에게 손을 뻗었다. 헤일로는 옅게 웃으며 그들의 행진에 천천히 동참했다.

"I can hear a song…."

누군가 노래방에서 줄곧 불렀던 멜로디를 흥얼거린다. 누군가의 목소리가 그 위에 덧붙여졌고, 어느덧 그들은 디스코 리듬에 맞춰 스텝을 밟았다. 뭉개지는 가사, 흥얼거리는 허밍과 웃음소리 위로 진짜 디스코 음악이 들려온다.

Tonight
Dancing into the rain

노랫소리에 이끌려 춤을 추는 여인과 그 여인에 이끌리는 남자. 노래 속에 남자는 결국 혼자 춤을 췄지만, 가로등 불빛 아래 물웅덩이에 비추어진 건 네 쌍의 다리였다.

* * *

봄이 가고 슬슬 더위가 몰려오기 시작됐을 때 미국 로스앤젤레스에서는 〈더 미드데이 쇼〉 HALO 특집이 방영됐다. HALO 특집은 이미 여기저기서 다 써먹은 끝물이었지만, HALO의 6집 〈빗속에서 춤을〉이 5월 31일 발매되며 주의를 끌었다. 게다가 인플루언서들이 HALO에게 바치는 헌정 커버곡이란 문구로 HALO 팬들에게 주목받을 수 있었다. 물론, HALO의 팬들이 꼭 반기기만 한 건 아니었다. HALO의 곡이 아무나 소화할 수 없는 고유의 색을 띠는 만큼, 커버는 곧 곡을 망치는 행위라 싫어하는 광팬도 있었고, 어중이떠중이들이 인기를 얻기 위해 그의 팬인 척하며 기만한다고 보는 사람들도 있었다. 그렇게 반쯤은 날카로운, 반쯤은 흥미로운 시선들이 〈더 미드데이 쇼〉 HALO 특집을 지켜봤다.

[태양의 특집에 저 벼룩 같은 새끼 왜 부른 거야. 노래도 코스튬도 fucking hell인데.]
└ 괜찮기만 한데 왜 그래.
└ 혹시 고막을 시리얼과 함께 말아먹은 거니? 이게 진심으로 괜찮다고?
└ 그들은 가수가 아니라 아마추어라고 이 정도면 충분하지 않아?
└ 쉴드러들 쉴드로 치고 싶네. 혹시 오늘 나오는 인플루언서 목록 아는 사람? 내 5분도 아까워지기 시작했어.

실시간으로 올라오는 반응은 여러모로 뜨거웠다. 몇백만 너튜버라는 화력답게 그들의 팬과 다른 시청자들이 편을 갈라 싸우기 시작했다. 방송국에선 어떻게 되든 시청률만 높으면 만족이긴 했다. 그나마 클래식 정장을 입은 바커스가 나오자 커뮤니티가 안정을 찾기 시작했다. 너튜브에서 늘 보여주던 모습과 자연스러운 토크는 보는 사람에게 호감을 불러일으켰다. 선택한 커버도 가장 대중적인 음악이었던 HALO 2집이었다.

그리고 중간광고 타임이 시작되었다. 사람들은 그제야 HALO 특집 마지막 20분이 남아 있다는 걸 깨달았다. 한참 홍보했던 인플루언서 중 아직 나오지 않은 사람이 있다는 것도.

[근데 마지막 로(Roh)는 누구야 처음 듣는데.]
└ 몰라 듣기론 아시아 쪽 가수라고 하던데 한국이었나?
└ 아시아? 아니, 진심이야? 난 레이시스트가 아니지만, K-POP 스타가 브릿팝을 표현할 수 있다고 생각해?
└ 왜 안 된다고 생각해? 그의 정체는 아무도 모르는데. 그가 영국인일 가능성이 높은 거지 아시안이거나 아시아계가 아니라는 확률은 없어. 브릿팝을 백인만 들은 건 아니잖아.
└ 일단 넌 동양인인가 보네.
└ 넌 레이시스트고.
└ 벨 모리슨이 극찬한 걔인가? 잘 부르긴 하던데 영어가 아니라 아쉬웠지만.
└ Shit 영어도 아니라고??? 농담이지? 영어도 못 하는 놈이 그의 노래를 어떻게 부른다는 거야?

그가 다른 사람들과 달리 아시아 출신, 한국의 연예인이라는 건 평소 K-POP을 좋아하지 않는 사람들에게 거부감을 불러일으키기 충분했다. 설사 K-POP을 좋아한다고 해도 주제가 HALO 특집인 만큼 '굳이'라고 여기는 사람들도 있었다. 그리고 노해일의 출연 소식에 평소 알지도 못한 토크쇼를 챙겨보고 있는 한국인들도 마찬가지였다. 그들은 걱정 반 기대 반으로 광고가 끝나길 기다렸다.

마침내 소년이 나왔다. 한국에서 보았던 것처럼, 캐주얼한 복장을 한 소년이었다.

[다 좋은데 한국엔 가수가 그렇게 없나? 초등학생을 보내면 어쩌자는 거야.]
  └ 저 친구 열다섯이래. 하이스쿨 학생이란 소리지.
  └ 열다섯 살이라고?
  └ 전형적인 K-POP 아이돌인데 왜 그래.

첫인상은 정확히 반반으로 나누어졌다. HALO의 팬으로서 일단 물어뜯고 보는 사람, 그리고 나머지는 어린 모습에 호감을 느끼는 일반인들. 소년에 대해 알지 못한 사람들은, 그다지 기대하지 않았다. 노래 이전에 영어 실력도 말이다.

그래서 소년의 첫마디, 소년다운 목소리와 포시 악센트가 짙은 발음을 들었을 때, 잠깐 고요해졌다. K-POP 스타가 포시 악센트를 쓰는 경우는 흔치 않다. 루시가 호들갑을 떨며 소년을 칭찬했고, 토크쇼를 보는 사람 중 일부는 루시의 반응에 공감했다. 미국 사회에는 영국 발음을 동경하는 분위기가 있었고, 특히 쉽게 익힐 수 없는 포시 악센트에 대한 동경은 양 국가에 존재했다.

아시아에서 온 소년은 인정하기 싫지만, 꽤 멋진 발음을 구사했다. 마치… '그'처럼. 그러나 워낙 HALO인 척 논란을 일으킨 사람이 많았기에 "뭐가 비슷하다는 거야" 하며 좋게 받아들이진 않았다. 그래도 소년은 그치들과 달랐다.

[첫째로 HALO의 음악을 좋아하는 이유는?]

[완벽하니까.]

화려한 수식어 없이 담백하게 '퍼펙트(perfect)'란 단어 하나로, 팬들의 입꼬리를 올라가게 했다.

[HALO의 음악 중 가장 좋아하는 곡이 있나요?]

[앞으로 나올 6집이요.]

[언제 나올지 모르는데?]

[좋아요, 5월에 나올 6집이라고 정정하죠.]

[나 쟤가 좋아졌어. 겉모습은 너드에 5학년처럼 생겼지만 그는 완전히 상남자(gigachad)야!]

└ 내 생각에 로는 진짜 태양교일 거야.

[이대로 토크쇼만 했으면 좋겠어.]

└ 나도 공감해 괜히 커버곡으로 깨기보단 20분 동안 토크만 해도 충분히 재밌을 거 같아.

└ 이미 늦었다고 친구들.

틀린다면 우습게 될 텐데도 아랑곳하지 않고 당당히 선언하는 건, 미국인들이 가장 좋아하는 성격이었다.

[이번 무대는 HALO의 4집 '부디 시험에 들지 말게 하소서'입니다.]

[와… 하필 중복이네. 난 더는 못 보겠어.]

└ 오랜만에 마음에 든 친구가 다시 비호감이 될 거 같아.

└ 하필 이 노래야. 차라리 바커스처럼 2집으로 부르라고.

└ 커버곡을 부르지 말고, 그냥 K-POP을 불러줘.

욕만 먹었던 다른 인플루언서들과 사뭇 다른 반응이지만, 어쨌든 오래간만에 멀리서 온 스타에게 호감을 느꼈던 이들이 조마조마한 마음으로 눈을 가리거나, 결국 참지 못하고 방송을 끈 이들도 있었다. '저 친구 무대 잘하면 알려줘'라는 다잉메시지 같은 문장을 커뮤니티에 남겨두고, 커뮤니티의 반응만 기다리는 것이다. 그렇게 1분 30초가 흘렀다.

[?]

[서버 터짐?]

[다들 뭐 해? 로의 무대가 어떤지 설명 좀.]

[아 궁금해서 못 참겠다 내가 보고 옴.]

└ ㅇㅇ 보고 괜찮으면 1 남겨줘.

└ 야. 전기 누수로 뒤졌냐?

└ 뭐야 다들 어디 갔어.

:

└ 사람이 한 명씩 사라지는 거 같은데 우리가 총 몇 명이었지? 여기… 지금 나밖에 없어?

덩치가 큰 이들의 시선에 초등학생에서 중학생 정도로 보이는 소년, 로의 무대. 누군가는 조마조마하게, 누군가는 기대를 하고 지켜본 HALO 4집 커버 무대였는데, 이제까지 들은 커버 무대 중 가장 그와 비슷한, 청아한 목소리와 이국적인 언어가 그들의 귀에 꽂혀 들어왔고, 갑자기 커져버린 것 같은 소년의 존재감에 그들은 시선을 빼앗겼다. 생각보다 타국의 언어는 꽤 특별한 선율로 다가왔다. 그리고 그 신성한 분위기가 그들에게 전달되었다. 특히 퍼포먼스 중심의 댄스곡이면 모를까, K-POP 가수가 그들의 언어로 전달하는 성가는 굉장히 특이한 느낌이었다.

그런데 소년의 음색, 보컬도 모두 좋다고 생각했지만, 이 커버 무대의 진정한 매력은 따로 있었다. 바로 수준급의 편곡이다. HALO의 곡에 없었던 인물이 하나 늘었을 뿐인데 곡이 완전히 다르게 느껴졌다. 커버라는 생각이 들지 않았다. 눈앞에 소년의 곡이었다. 모든 출연자가 HALO 커버 무대를 보여줬는데, 소년은 자신의 무대를 보여줬다.

[여기까지 〈더 미드데이 쇼〉였습니다.]

잠시 시간이 멈춰진 듯 모두가 얼어붙은 채 소년을 지켜보는 게 카메라에 드러났다. 루시의 나지막한 한마디와 함께 "휘이익!" 박수와 환호성이 일었다. 그건 여러모로 독특하고 다양한 콘셉트의 인플루언서 특집을 한 소년의 특집으로 바꾸어놓기에 충분했다. 겉으로 보기엔 가장 평범한 '로'라는 성을 가진 소년의 특집으로.

[WTF]

[이제까지 들은 HALO 커버 중에 가장 HALO 분위기 잘 살렸네.]

└ 뭔 소리야 완전 다른데.

└ 말이 커버지 그냥 리메이크 수준인데.

└ 앞선 새끼들한테 준 1시간이 아깝다. 다 뺏고 쟤가 다섯 곡 불러주면

안 되나.

[그보다 편곡 수준이…. 편곡 누가 해준 거야?]

└ 로가 직접 편곡한 거래. 최초 편곡했던 방송 보면 편곡에 로 이름만 박혀 있어.

└ 쟤 열다섯 살이라며.

└ 미친 그럼 열다섯이 저런 편곡 실력에 저렇게 노래 부르고, 한국에서 작사·작곡도 한다고? 음반사들 당장 안 데려오고 뭐 해.

[로가 부른 노래 없어? 음색이 너무 좋아.]

└ 로는 한국의 가수고 그의 곡은 다 한국어야.

[나 완전 그의 팬이 된 거 같아. 로의 이름은 어떻게 발음하는 거야?]

[Haeil? 하일? 하을?]

└ 한국 발음으론 Heil이랑 제일 유사해.

└ 이름이 좀 위험한데? 혹시 '하일 히틀…(Heil Hitl…)'?

└ 그건 절대 아니고 한국에선 쓰나미, 그러니까 파도(wave)라는 뜻이야.

└ 아하 그럼 태양의 아들이 아니라 태양의 파도네.

앞선 인플루언서의 언급이 완전히 사라진 커뮤니티에서 누군가는 불현듯 의문을 던졌다.

[근데 풀네임이… 나치보다 그랑 더 비슷하지 않아?]

└ 그? 누구?

└ 발음해봐.

└ 오 부모님이 그의 팬인가 보네.

└ 로가 열다섯인 건 알고 있지?

┗ 그리고 아시아에선 성을 이름보다 먼저 부른대 로, 해일(Roh, haeil)
이 되는 거지.

┗ 왜?

┗ ? …이걸 뭐라고 답해야 해.

이러한 해외 반응은 하루도 걸리지 않아 수입되었다. 상품과 달리 말과 문장은 세관을 통과하지 않으니 오래 걸리지 않았다.

[노해일 토크쇼 북미 반응.]

[흔한 K-POP 가수의 편곡 보컬 실력.]

[근데 노해일 영어 원래 저렇게 잘했음? 커버를 한국어로 해서 못 하는 줄 알았는데.]

[내 영국인 친구가 눈만 감고 들으면 그냥 영국인이라던데.]

┗ 노해일 영국 유학 간 적 있어?

┗ 아닐 걸 걔 중학교 친구들이 영어 개못한다고 인터뷰했는데.

┗ ㅅㅂ 저게 못하는 거면 난 0개 국언가.

[와 포시 악센트에 목소리도 그렇고 완전 태양 같다.]

┗ 근데 사람 목소리가 원래 이렇게 똑같을 수 있냐?

┗ 왜 똑같다고 확신하냐? 태양 말하는 거 들어본 사람 있음?

[노래 부를 때랑 그냥 말할 때랑 목소리 달라지는 사람이 얼마나 많은데 노해일 빠순이들 느그 가수 올려치기 ㅈ되죠.]

┗ 헬리건 놈들 때문에 비슷하다는 말도 못 하겠네.

그렇게 여러모로 토크쇼가 화제 되기 시작했을 때 숨이 막히는 여름의 초입부터 헤일로는 바쁜 시간을 보내고 있었다. 콘서트 대체재라고 볼 수 있는 음악방송과 팬들과의 소통, 그리고 섭외가 들어오는 행사 목록을 살폈으며 상도 받았다.

노해일 싱글 '밤의 등대' 〈뮤직스테이션〉, 모두가 예상했듯 1위…

신인 노해일 음방 1위까지 걸린 시간 총 '96일'

유일하게 노해일한테 1위를 주지 않는 〈쇼! 음세〉, 1위 기준 논란

〈쇼! 음세〉 측, 공정한 기준으로 판정

타노스, "(노해일 씨에게) 안타깝지만 1위 건틀릿은 내 것"

하늘에 뿌려지는 색종이를 맞으며 헤일로는 상을 받는 게 새삼스럽지 않다고 생각했다. 게다가 시상식은 차이가 있긴 해도, 대개 비슷하다. 그 자리에 있는 팬들이 비명을 질렀고, 그의 한마디 한마디에 계속 감탄했다.

어둠 속에서 노해일의 응원봉이 흔들린다. 팬들은 북두칠성을 다시 만들고 싶어 했지만, 몇 번은 성공하고 몇 번은 실패했다. 오늘 이 자리에선 북두칠성을 만드는 대신 그냥 다들 흔들기로 마음먹은 모양이다.

"1위는 '밤의 등대'를 부른 노해일 씨입니다. 축하드려요."

헤일로는 상이 새삼스럽진 않았지만, 노해일로서 받게 되니 좀 묘한 기분이긴 했다.

"해일아, 고생했어. 우리 아들 정말 자랑스럽다."

"잘했다."

당신들이 상을 받은 것처럼 기뻐하는 부모님을 보니….

"사장님 너무 멋져요!"

"이대로 빌보드 제패까지 가자, 해일아."

"빌보드가 뭐야. 그래미도 받고 아카데미상도 받고 칸도 제패하죠!"

"칸은 영화제 아냐?"

"몰라."

물개박수로 자신을 환영하는 밴드를 보니 기분이 이상했다. 옛날 세션들은 이런 작은 상 정도는 당연하게 받아들였다.

아무튼 그날, 무알코올 샴페인이 허공에 뿜어졌다. 샴페인을 정면으로 맞은 헤일로도 탄산이 뿜어질 줄 모르고 샴페인을 쏜 문서연도 옆에 있다가 같이 샴페인을 뒤집어쓴 두 사람도 잠깐 당황하긴 했지만, 아무튼 특별한 날이었다. 시간은 특별한 순간을 담은 사진을 비추며 계속 흘러갔다.

자축은 하루면 충분했고 새로운 음반 작업을 시작할 때였다. 6월에 발매할 HALO 7집 준비에 사람들의 얼굴이 행복해졌다.

"사장님, 송구하오나, 습작이 얼마나 준비가 되어 있는지….."

"일단 13집까지."

"십, 십삼…? 십도 아니고 십… 삼이요? 미니앨범이면 최소 네 곡… 정규면 열두 곡 으흐흐, 그냥… 모르는 게 약이었던 거 같기도 하고."

"전 13집이 아니라 31집을 한다고 해도 찬성입니다."

"잠은 죽어서 자면 돼."

"둘 다 미쳤나봐….."

HALO의 음원은 세션이 쉬운 것이 하나도 없는 데다가 아무 노래도 아니고 HALO의 음원이 아닌가. 60억(?) 명의 태양단에 쌍욕을 먹고 싶지 않다면, 콩쿠르를 준비하는 것만큼 혹은 그보다 더 목숨을 걸고 준비해야 했다. 게다가 7집 녹음한다고 끝이 아니다. 언젠가 콘서트나 공연까지 생각한다면 그들은 1집부터 모든 걸 완벽하게 연습할 필요가 있다. 그래서 그들은 북미의 토크쇼 반응에 신경 쓸 여유가 없었다.

작업실에서 멈추지 않은 세션 사운드. 서로 섞이지 않는 불협화음은 소음이 되었으나 헤일로는 아랑곳하지 않고 창가(에어컨 맞은편)에 앉았다. 그는 간혹 어쿠스틱 기타 스트링을 퉁기며 창 너머를 주시했다. 팬들과의 소통, 음악방송 다 좋고 재밌긴 하지만 슬슬 새로운 자극이 필요했다.

'이럴 때 어디론가 홀연히 떠나야 하는데. 여행이든 뭐든 가야 하는데….'

그러나 밖으로 한 발짝만 나가면 그런 욕망이 모래처럼 흩어졌다. 그쯤 신주혁이 방문했다.

"요즘 바빠 보이던데."

헤일로가 뭐라고 답하기 전에 작업실에 함께 앉아 있던 문서연과 남규환이 당황했다.

"사, 사장님 하나도 아, 아, 안 바쁜데요?"

"마, 맞아요, 시간이 넘쳐흐릅니다."

아무도 찌르지 않았는데, 갑자기 일어난 과민반응에 신주혁이 어처구니없다는 얼굴로 헤일로에게 말했다.

"이러다 금방 들키겠는데."

"뭐, 뭘 들켜요! 우리 사장님 완전 평범한 10대인데요!"

"애들 때문에."

헤일로가 피식 웃었고 신주혁도 따라 웃는다. 문서연과 남규환은 두 남자를 번갈아 보다가 눈이 커졌다. 설마….

"혹시… 아군?"

"그냥 단톡방이라도 만들어놓을까. 헷갈려서 아무나 쏘고 다니겠어."

"네?"

"단톡방 이름은 뭐, '죽먹자'로 할까? 이름을 부를 수 없는 자의 이름을 아는, 죽음을 먹는 자들."

"아!"

그 드립에 문서연과 남규환은 그도 아군 중 하나라는 걸 완전히 깨달았다.

"그런… 거 좋아하세요?"

그게 어디서 나온 드립인지 모르는, 헤일로는 안타까운 시선으로 신주혁을 바라봤다.

"이 꼬맹이가. 요즘 애들은 해리포터도 몰라?"

그는 여느 때처럼 머리를 쥐어박는 시늉을 하며 제발 자기가 한 말을 잊어달라고 했다.

"그래서 무슨 일이세요?"

잡담은 여기까지면 충분하다. 헤일로의 말에 신주혁이 진지한 표정을 지었다.

"아, 그게…."

쓸데없는 서론 대신 신주혁이 본론을 곧바로 꺼냈다.

"부탁이 있어서."

"저한테요?"

"박 감독님 뮤지컬 있잖아."

"뮤지컬?"

갑작스러운 단어에 고개를 갸웃하자 신주혁도 이해할 수 없다는 듯 되물었다.

"넌 혹시 연락 안 받았어? 그럴 리가 없을 텐데. 박정호 음악감독님이 너 엄청 좋아하잖아."

"네?"

"〈오늘부터 우리는〉 음감이라고 하면 기억하려나?"

"아."

헤일로는 자신을 엄청 좋아하는지는 모르겠고, OST를 불렀던 드라마 〈오늘부터 우리는〉의 음악감독이 "우리 같이 작업할까요?"라고 러브콜 했던 얼굴이 떠올랐다.

"몰랐다면 이것부터 말해야겠네. 박 감독님 창작뮤지컬 음감 하시잖아. 곡 의뢰가 왔는데, 너도 하나 싶어서."

"그걸 물으려고 온 건 아닐 테고."

"그건 그렇지."

헤일로의 말에 신주혁이 웃으며 고개를 끄덕였다.

방송은 잘 안 나와도, 행사에 음반 작업 그리고 여러모로 바쁜 사람이다. 한가하게 '너 이거 했냐?'라고 물으러 올 사람이 아니다.

"네가 프로듀싱을 해줬으면 해서."

2. 록 뮤지컬

사람들은 흔히 한국을 록의 불모지라고 부른다. 실제로 한국은 록 시장이 그리 크지 않은 편이며 점점 작아지는 추세다. 그간 록 스타나 록 밴드 중 물의를 일으킨 사람이 있어 방송 노출이 잦아들기도 했고, 록 대신 K-POP으로 대표되는 댄스음악이 한국 대중음악계에서 주류로 받아들여지고 있었다.

물론, 황룡필부터 신주혁까지 걸출한 보컬리스트가 아직 대한민국의 록을 붙잡고 있기 때문에, 록이 완전히 죽었다고 이야기할 수는 없다. 그들은 여전히 앨범을 냈고, 그들의 앨범은 음원 차트에 심심치 않게 올라왔다. 또한 그들 외의 다른 밴드들이 지속적으로 지상파와 너튜브의 문을 두드리고 있으며, 인디신(Independent Scene)에는 여전히 열정적인 록 밴드가 많았다.

이제까지 한국의 록은 딱 거기까지였다. 기성이 존재하지만 록의 인기가 아니라 그 사람의 인기일 뿐이다. 기성의 힘이 점점 약해지며 언젠가 사라질지 모를 음악 장르로 받아들여지고 있었다.

그러던 때 세상에 한 이름이 알려졌다. 과거 브릿팝의 영광을 불러일으키며, '록'의 부활을 알린 입지전적인 인물. 간혹 죽었다고 알려진 과거의 록스타가 아닐까 추측되는 '그'가 세상에 나타났고, '그'의 음악이 유럽에서부터 대서양을 건너 북미, 태평양을 지나 아시아를 덮쳤다. 그가 대한민국 음원 차트에서도 영향력을 드러낸 순간, 많은 이들이 '록'의 존재를 인지했다. 어딘가에서 생명력을 끈질기게 여전히 이어가고 있었구나 하고.

그리고 때맞춰 몇 년 전부터 개발되고 있었던 한 뮤지컬이 제작에 박차를 가했다. 대한민국 록의 태동기라고 알려진 1960년대 한 청춘 록 밴드의 이야기를 다루는 창작 뮤지컬 〈록(Rock)〉이었다. 대본은 진작 나왔지만, 한국에서 록에 관한 관심이 사라지며 투자자를 찾지 못했던 뮤지컬 〈록〉은 원래 여느 창작 뮤지컬 대본마냥 기획 단계에서 끝났을지도 모른다. 하지만 'HALO'가 한국의 음원 차트를 차지하며 운명이 달라졌다. 투자자들은 록 시장이 살아 있음을 깨닫고 제작 지원을 약속했다. 다만 그들은 되도록 뮤지컬이 빨리 제작되길 바랐다. 딱 이 시기, 'HALO'와 함께 록에 대한 한국 대중의 관심이 살아났을 이 시기에.

시나리오, 작품의 방향, 제작 규모 등 기본 계획은 이미 수립되었고, 이제 작품을 이끌어갈 핵심 인물들의 역할이 중요했다. '연극'이 아닌 '뮤지컬'인 만큼 작곡가, 작사가, 연출가 더 나아가 음악감독과 안무가 등 주요 스태프들의 역할 말이다.

'이 뮤지컬은 1960년대 한국 록 밴드의 열정과 투쟁에 관한 이야기입니다.'

타다닥.

박정호 감독은 키보드를 두들기며 문장을 공들여 작성했다.

"감독님, 누구한테 보내는 건데 그렇게 정성스럽게 작성하시는 겁니까?"

"있어. 내가 아끼는 친구."

"그냥 폰으로 연락하면…."

"성의를 보여야지. 성의를."

"뭐, 황룡필 선생님께 보내는 건 아닐 테고."

"황룡필 선생님껜 이미 보냈어."

"신주혁에게도 오케이 받았겠다, 그럼 이제 다 끝난 거 아닙니까?"

박정호 감독은 보조 감독의 말을 흘려들으며 타이핑을 연타했다.

보조 감독은 록 밴드에 대한 뮤지컬이니 실제 록스타에게 고문을 받겠다는 감독의 마인드는 이해했다. 그들에게 곡을 받는 것도 (물론 뮤지컬에 어울리게 편곡이 필요할지도 모르지만) 꽤 마케팅에 도움이 된다고 생각했고. 그런데….

"레이블 H? 여기 걔 소속사 아니에요? 정확히 독립 레이블."

"잘 아네."

이건 이해가 안 갔다. 이 레이블의 소속 가수를 이미 알고 있었기에 더욱더.

"노해일은 좀 경험이 부족하지 않습니까? 재능이 있는 건 알겠는데, 록 하는 애도 아니고. 대중음악과 뮤지컬 음악도 좀 다르잖아요…. 게다가 노해일이 이렇게 감독님이 신경 써야 할 클래스인가 의문이 드네요."

노해일이 현 음원 차트 1위를 먹으며 대세인 건 알겠는데, 그래도 연륜이건 일명 '짬밥'이건 박정호 음악감독이 이렇게 구구절절 메일을 보낼 정도인가 이해가 가지 않았다.

"문주야."

"예, 감독님."

"네가 못 봤으니까 그렇게 말하는 거지."

"뭘 못 봐요?"

불현듯 박 감독의 손이 느려졌다. 그는 천천히 기억을 더듬었다. 박 감독은 이제까지 천재 소리 듣는 이들을 많이 봐왔지만, 그 수많은 사람들 중 진짜 천재로 보였던 이는 딱 하나 있었다. 드라마 〈오늘부터 우리는〉의 희태 레프리제가 세상에 처음 울렸던 그날, 그는 인터뷰에서 솔직하게 말했지만, 사람들은 그가 과장했다고 믿었다. 어떻게 그 노래가 10분도 걸리지 않아 만들어졌냐며. 그도 누군가가 그렇게 말했다면 믿지 않았을 것이다. 하지만 그는 보았고, 〈랑데부〉에서도 다시 한번 확인했다. 노해일의 천재성이, 순식간에 말도 안 되는 멜로디를 뽑아내는 그 번뜩이는 천재성이 편집된 것이 아님을.

뮤지컬 음악이라고 대중음악과 크게 다를 리가 있겠는가. 달랐다면 아바(ABBA)의 음악이 뮤지컬 〈맘마미아〉의 넘버가 될 일이 없었을 것이다. 또 사람들이 대중음악으로 알고 있는 뮤지컬 음악이 얼마나 많은가. 〈캣츠〉의 '메모리(Memory)', 〈위키드〉의 '디파잉 그래비티(Defying Gravity)' 등. 어떤 음악이든 큰 결은 같았다.

박정호 감독은 멈췄던 타자를 연타했다. 그의 옆으로 보조 감독이 투덜거리는 소리가 들렸다.

"전 그래도 모르겠는데요. 노해일이 록을 잘 만들지도, 감독님이 그렇게 러브콜을 보내야 하는지도."

"문주야, 너를 위해서 하는 말인데 그 애한테 잘 보여라."

"예? 갑자기요?"

"사고만 안 친다면 더 높게 올라갈 애니까."

"뭐, 지금 열일곱 살이니 사고만 안 치면 잘되겠죠."

"그리고 혹시 알아? 이 이름값을 보고, 사람들이 뮤지컬을 볼지."

"어휴, 감독님도 참."

보조 감독은 코웃음을 치며 고개를 돌렸다.

뮤지컬 첫 공연은 이르면 올해 12월, 늦으면 내년 4월로 보고 있다. 얼마 남지 않았는데 이름값이라니, 감독이 그냥 하는 소리겠지만 그는 어이가 없었다.

"걔가 티켓 파워를 가질지라도 우리 뮤지컬 할 때는 아닐걸요. 게다가 누가 작곡가 보고 뮤지컬 보러 와요. 주연배우 보러 오죠."

* * *

프로듀싱을 해달라며 갑자기 찾아온 신주혁을 일단 보내고, 메일함을 열어본 혜일로는 수북이 쌓인 메일 중에서 박정호가 보낸 것을 발견할 수 있었다.

"왔네."

메일의 제목은 '한국 창작 뮤지컬 록(가제)'이었고, 뮤지컬의 대략적인 줄거리와 작곡가로서 참여해달라는 정중한 부탁을 포함한 내용이었다.

"그럼. 작업 한 번 더 해볼래요?"

"말씀은 감사하지만, 당장은 하고 싶은 음악이 있어서요."

"그냥 해본 말이었으니 부담은 갖지 말아요."

헤일로는 촬영장에서의 대화를 떠올렸다. 그때는 드라마 음악 이야기를 한다고 생각했다. 그런데 박정호는 드라마, 영화, 뮤지컬 등 다양한 분야에서 활동하는 음악감독이었던 거다.

'이 뮤지컬은 1960년대 한국 한 록 밴드의 열정과 투쟁에 관한 이야기입니다.'

그의 눈을 차지한 문구는 열정, 투쟁 그리고 록이라는 장르가 아 닌 연도였다. 헤일로에겐 익숙한 시간대가 아닌가. 물론 그가 알던 것과 다를 터다. 여긴 그의 세계도 아니고 그의 나라도 아니다. 그 래도 친숙한 시간이긴 했다.

"네가 프로듀싱을 해줬으면 해서."

'귀하께서 작곡자로 참여해주셨으면 좋겠습니다. 자세한 사항 은….'

동시에 두 사람에게 의뢰가 들어왔다. 크게 보면 같은 내용이지 만, 자세히 보면 하나는 프로듀싱, 하나는 작곡 의뢰다.

"뮤지컬 음악은 한 번도 만들어본 적 없는데…."

헤일로는 양손을 깍지 껴 뒤통수에 댔다. 흥미롭기는 했다. 다만, 한쪽은 왜 프로듀싱을 해달라는지 알겠는데, 다른 쪽은 왜 뮤지컬 작곡을 의뢰하는지 이해가 잘 안됐다.

"흠."

헤일로는 일정을 떠올려봤다. HALO 7집은 아직 여유롭고, 노 해일의 정규앨범은 길게 잡을 예정이다. 그리고 그가 당장 원하는 건 강렬한 자극이다. 그래서 원래 어디 여행이라도 갈까 했었다. 그의 입꼬리가 천천히 올라간다.

"궁금한 건 못 참지."

헤일로는 메일에 쓰여 있는 번호를 확인했다. 그의 핸드폰에 저장된 것과 같은 것이다. 당장 뮤지컬을 할 건 아니지만 미팅을 잡을 생각이었다.

* * *

한편, TDS 〈더 미드데이 쇼〉 HALO 특집의 열기가 대서양 너머로 전해지고 있었다. 의도치 않게 의외의 사람에게.

> *벨 모리슨이 극찬한 'HALO의 아들, 로'*

"이 여자 미쳤나."

피우다 만 담뱃대가 땅에 툭 떨어진다. 그것을 커다란 워커가 짓밟아 불씨를 끈다. 입술에 박힌 피어싱과 뺨에 새겨진 작은 전갈 문신, 가죽 재킷 위로 목에 새겨진 로마 문자, SCORPION. 영국의 걸출한 메탈밴드 스콜피온의 리더, 릴이 껌을 질겅질겅 씹으며 핸드폰 디스플레이를 내렸다.

"작작 해야지. 몇 번째 태양의 아들이야. 마피아 보스도 그렇게 많은 아들은 없겠다."

주르륵 내려간 화면에 어떤 영상 섬네일이 보였다. 오늘도 평소처럼 댓글에 욕부터 박으려던 릴은 익숙한 얼굴을 발견하고 멈칫했다.

"세상에… 이게 누구야."

그에게 아시안은 대개 다 비슷해 보였지만, 그가 유일하게 기억하는 얼굴이 있었다. 좀 커진 것 같지만, 이 건방진 표정은 쉽게 잊을 수 있는 게 아니었다.

"천재 꼬맹이(The genius boy)?"

어느 겨울, 트래펄가 광장에서 자신의 실수를 정확히 지적하던 꼬맹이가 생각났다. 그 꼬맹이가 보여줬던 기타 연주, 어떤 여자와의 데이트에서도 차여본 적 없던 자신을 찼던 건방짐까지. 아무에게나 하는 멤버 영입 제안이 아니었는데, "Nope"이라고 대답한 표정이 영상 속의 소년 위에 덧씌워졌다.

'녀석, 분명 후회하고 있을 거야.'

그래도 두 번 다시 기회를 줄 생각은 없었다. 우버는 이미 떠났으니까. 릴은 코웃음을 치며 영상을 틱 눌렀다.

"뭔 듣보 토크쇼야."

적지 않은 시청률을 가진 토크쇼지만, 일단 그는 못 들어본 토크쇼였다. 영국 토크쇼도 안 보는데 미국 토크쇼를 보겠는가. 출연했던 토크쇼도 아니고. 영상은 토크쇼 부분을 다 자르고 무대 영상만 있었다. 그래서 릴의 눈에 이채가 서렸다. 그가 보았던 건 포크 기타 연주였는데, 소년은 마이크의 앞에 서 있었다. 큰 기대는 없었지만 소년의 노래가 몹시 궁금했다. 영상을 처음 보는 릴의 얼굴엔 흥미만 가득했다. 하지만 그는 어느 순간 눈을 번쩍 뜨고 짧게 감탄했다. 그러다가 점차 고개를 기울였다. 마침내 영상이 끝나고 검은 화면에 무표정의 릴이 비쳤다. 릴은 핸드폰을 바닥에 떨어트렸다 다시 주었다.

"풀 영상. 풀 영상 어디 있어."

그는 처음 노래하는 소년의 목소리를 들었다. 그가 알았던 건 오로지 짙은 포시 악센트를 쓰는 청아한 목소리였다. 이미 영어를 잘 구사한다는 건 알지만, 그는 새삼스럽게 다시 확인했다. 릴은 호스트 루시와 HALO에 관해 이야기하는 소년 로가 재생되고 있는 핸드폰을 얼어붙은 채 주시했다. 그의 머릿속에 HALO 곡을 부르는 소년이 끊임없이 재생되고 있었다. 그의 머릿속에 '만약'이란 글자가 떠오른다. 섣부른 추측일지도 모른다.

'아니, 섣부른 추측? 이게 섣부른 추측이라고 할 수 있나. 나름 합리적인 추측인 거 같은데.'

그가 인생을 막살긴 하지만 멍청하진 않다. 소년과 만났던 날, 이상하도록 조용했던 베일(VEIL). 그리고 그 영감이 소년과 이미 계약했다고도 했다. 그땐 무슨 내용으로 계약했는지 별로 관심이 없었는데 그로부터 몇 주 후 HALO의 음원 유통사가 베일이 되었다. 그가 슬쩍 직원들에게 물어봤으나, 아는 사람은 아무도 없었다. '태양'이 직접 왔다면 분명히 누군가 보았을 텐데, 담당자인 캐롤라인은 아무 말도 안 하고, '태양'의 광신도인 영감은 만나지 못했다고 했다. 물론 믿지는 않았다. 그 영감이 '태양'을 보러 가지 않았을 리 없으니까. 그는 다만 극도로 모습을 드러내는 걸 꺼리는 '태양'을 위해 외부 미팅을 하거나 메일이나 화상으로 연락했을 거로 여겼다. 그런데 만약 태양이 베일에 직접 왔다면…. 이렇게 추측만 할 게 아니라 그에겐 확신이 필요했다.

'영감탱이를 만나야 해.'

하지만 그전에, 땀이 난 손을 조거 팬츠에 쓱 닦은 릴은 한 곳에 전화를 걸었다. 그의 월드투어를 담당하는 직원에게로.

"헤이, 왓슨. 우리 아시아투어 있잖아."

그는 소년이 한국에서 왔다는 걸 또렷이 기억했다.

"한국도 추가해."

* * *

"저한테 할 말 없으십니까?"

소파 위에 올라간 다리가 걸렁거린다. 이른 아침부터 베일을 찾은 스콜피온의 리더, 릴이었다. 그는 갑자기 어거스트 베일의 사무실에 불쑥 들어왔고, 앉자마자 담배를 피워댔다. 뭔가 실수를 했나 싶어 찾아온 담당자를 돌려보낸 건 어거스트의 몫이었다.

"무얼 말하는 건가?"

어거스트는 생글생글 웃으며 되물었다. 바깥에서 눈치를 보는 캐롤라인과 제이슨에게 일하라며 손짓한 그는 릴이 노려보고 있다는 걸 인지했다.

"할 말이 없다면 편히 있다 가게."

"제가 할 말이 없어 보이시나요?"

"있으면 언제든 말하고."

오디오에서 들려오는 잔잔한 클래식 사운드에 집중한 릴이 어느 순간 팔짱을 꼈다.

"그의 음악은 이제 안 들으세요?"

"그럴 리가."

"내가 와서 안 듣는 건가, 혹시."

릴은 그렇게 말하면서 노인의 표정을 유심히 살폈다. 참 능구렁이 같게도 연륜 있는 노인은 어떠한 티도 내지 않았다.

'그래, 내가 졌다.'

릴은 자신이 먼저 말하지 않으면 저 노인네가 절대 말하지 않는다는 걸 안다. 거짓말탐지기 앞에서도 뻔뻔하게 거짓말을 읊어댈 것이다.

"대표님 이제 말해도 됩니다. 다 알았거든요. 절 속인 거."

"내가 자네를 속였다고?"

릴이 코웃음을 치며 대꾸했다.

"그를 만난 적이 없다면서요."

그제야 노인의 동공이 천천히 그에게 향했다.

"그때 좀 이상하긴 했지. 주말도 아닌 평일에 회사가 비어 있는 게. 그래서 이벤트라도 하냐고 제가 물었잖아요."

"흠, 그랬던가? 나이가 드니 기억이 가물가물하군."

"대표님은 별일 없다고 했고. 그리고 얼마 지나지 않아 태양의 곡이 베일을 통해 유통되었죠? 정작 그를 봤다는 사람은 없는데 말이에요."

릴은 추리를 풀어놓으며 여전히 노인을 살폈다. 노인은 그러냐는 듯 흥미롭게 이야기를 들을 뿐이다.

'이렇게 나온다는 거지.'

원래 능글맞은 노인이긴 했지만, 저렇게 태연하니 오히려 더 이상했다. 릴은 강렬한 직감이 왔다.

"근데 말이 안 되지. 당신이 그를 만나러 가지 않았을 리 없죠. 대표님은 분명 그와 만났습니다."

"내가?"

"예, '우리' 함께 만났잖아요."

릴은 큰 수를 던졌고, 노인이 뭐라 반박하기 전에 말을 이었다.

"그때, 대표님이 저한테 말씀했죠. '릴, 안타깝게도 멤버 영입을 불가능할 것 같네. 그는 오늘 나와 계약할 거거든'."

"릴!"

"확실하네."

자신의 이름이 불린 순간 릴은 제 추측이 맞다는 걸 확신하며 자리에서 벌떡 일어났다. 이 자리에 더 있을 이유가 없다. 제 촉이 맞다는 걸 확인했으니 됐다. 릴은 돌아가려다 불현듯 히죽 웃으며 난처할 게 분명할 노인을 돌아봤다.

"아, 저 10월에 한국 갈 예정입니다. 월드투어에 추가했어요. 중국과 일본 일정 사이에."

"가서 뭘 하려고?"

"뭐, 당연한 거 아니겠어요? 난 눈앞에 '태양'을 두고 못 알아보는 머저리가 아니라고 말하러 가는 거지."

10월까지 한참 남았지만, 벌써 가슴이 두근댔다. 릴은 그때 트래펄가 광장에서 천재 소년을 만났던 건 운명이었을지도 모른다고 생각했다. 자신이 태양과 나란히 서게 될 운명 말이다.

"그럼, 이만."

사무실에서 나온 릴은 벨 모리슨의 SNS를 떠올리고 낄낄 웃었다.

"태양의 아들?"

그 밑에 HALO 분위기를 잘 살렸다고 칭찬하던 무수한 댓글들.

'이 멍청한 놈들. 그렇게 찬양하면서 정작 온몸으로 티를 내는 태양을 알아보지 못하다니' 하고 릴은 고개를 절레절레 저었다. 이 놈들은 진짜 팬이라고 할 수 없다. 겉모습에 눈이 멀어 진짜를 발견하지 못하는….

"병신들."

릴은 그들을 비웃다가 휘파람을 불기 시작했다. 휘파람이 헤일로의 유일한 싱글 음원 멜로디를 따라 흐른다.

휘파람 소리가 멀어지고 혼자 남겨진 어거스트는 릴이 베일에서 벗어나는 걸 창가에서 지켜보며 나지막하게 중얼거렸다.

"10월이라…."

* * *

"해일 씨, 그동안 잘 지냈어요?"

박정호 음악감독이 그를 반갑게 맞이했다.

그들이 만난 곳은 지난날처럼 스튜디오나 촬영장이 아니라 충무로 프랜차이즈 카페의 한 미팅룸이었다.

"음원 잘 듣고 있어요. 난 해일 씨 노래가 그렇게 좋더라. 사인 좀해줄 수 있어요? 내 딸이 해일 씨 팬이거든."

헤일로는 옅게 웃으며 긍정했다.

간단한 안부와 잡담 후 박정호 음악감독은 '뮤지컬' 얘기를 꺼내며 서류 파일을 테이블에 올려놓았다. 그리고 그가 편하게 볼 수 있도록 서류 방향을 돌려주었다.

"이거 먼저 봐줄래요?"

수북한 파일의 상단에는 '대한민국 1960~1970년대'라고 쓰여있다. 그 당시 정치, 경제, 사회적 이슈, 그와 맞물리는 록 음악의 역사까지 빼곡한 자료였다.

"일단 우리 뮤지컬이 대한민국 록의 태동기에 관한 이야기라고 했잖아요. 뭐, 어느 나라가 안 그렇겠냐마는 우리나라에서의 록도 좀 복잡한 과거를 가진 친구예요. 헤일 씨도 학교에서 우리나라 6,70년대 역사를 배웠겠죠? 그때가 좀 혼란한 시기였잖아요."

헤일로는 몰랐지만 일단 대답하지 않았다. 나중에 찾아보면 되는 문제다. 다행히도 박정호 감독이 친절하게 설명해줬다.

"1960년대 미군 클럽을 통해 도입된 록은 기성세대에 도전하는 청년 세대의 일탈과 반항의 상징이 되었죠."

그건 그의 세계도 마찬가지였다. 대표적인 게 그의 친부였고.

"록은 이렇게 청년문화로 꽃피웠지만, 75년 시행된 '공연물 및 가요정화 대책'으로 탄압받았고 이후 그대로 침체했죠. 물론 맥이 완전히 끊긴 건 아니었어요. 어떤 형태로든 계속 이어졌죠."

헤일로는 박 감독의 이야기를 조용히 경청했다.

"어쨌든 우리는 딱 이 시기, 6,70년대의 록을 이야기하려고 해요. 한국대 대학생으로 이루어진 록 밴드. 탄압과 검열에도 아랑곳하지 않던 청년들의 정신. 좀 흥미롭지 않아요?"

"흥미롭네요."

간결한 답이었지만 거짓말은 아니었다. 다른 국가지만 그 시대의 젊음을 공유했던 세대로서 충분히 흥미로웠다. 역사를 좀 더 찾아봐야겠다는 생각도 잠시 청년운동 위에 얹어지는 멜로디가 머릿속을 돌아다니기 시작했다.

"그럼 같이 작업하는 걸로?"

박정호 음감이 반색하며 묻자, 헤일로는 은은하게 웃었다.

"그 전에 듣고 싶은 게 있어요."

"뭐든 물어봐요."

흥미롭긴 한데 여전히 의문이 남아 있었다.

"왜 제게 요청하셨어요?"

그는 뮤지컬 곡을 만든 적이 없다. 게다가 그가 이제까지 보여준 노해일의 음악은 록과 거리가 먼 장르다. 뮤지컬, 그것도 록을 주제로 하는 뮤지컬인데 왜 그에게 의뢰를 했는지 듣고 싶었다.

그의 물음에 박정호 음감이 당연하다는 듯 웃었다.

"내가 예전에 같이 작업하자고 했잖아요."

"그러셨죠."

"그거 진심이었어요. 난 해일 씨의 음악도 좋아하고, 번뜩이는 천재성을 잊지 못하거든. 희태 레프리제를 순식간에 만들어냈던 그 재능 말이에요."

혜일로는 '천재성'이란 단어에 태연하게 고개를 끄덕였다. 박정호 음감도 당연하게 생각하며 말을 이었다.

"언제든 해일 씨의 번뜩이는 천재성이 보고 싶었죠. 다만, 이번에는 좀 다른 이유예요. 뭐, 천재성을 보고 싶은 게 다르진 않은데, 주요한 이유는 아니란 거죠."

의외의 말에 귀가 쫑긋했다.

"내가 해일 씨가 나온 방송들을 좀 찾아보았거든요. 〈드로잉북〉부터 라디오, 그리고 〈랑데부〉까지. 신주혁 씨의 '세션 33(Session 33)' 편곡한 거부터 '영웅의 노래'까지 집요하게 다 찾아들었어요."

박정호 음악감독이 히죽 웃어 보였다. '집요하다'라는 수식어처럼 그는 모든 자료를 찾아보았다. 번뜩이는 천재성을 다시 보여준 〈랑데부〉, 카메라의 시선을 빼앗은 〈드로잉북〉 모두 만족스러웠다. 그런데 라디오에서 했던 신주혁 곡 편곡 버전은 무척 짧아서 아쉬웠다. 여전히 편곡 버전을 발매해달라고 기다리는 사람들이 있는 것처럼, 박정호 음감도 전체 버전을 듣고 싶었다. 그렇다고 지금 그걸 발매해달라고 말하려는 건 아니다. 그가 진짜 하고 싶은 말은….

"난 거기서 이상한 게 보이더라고요. 해일 씨가 아는지 모르는지 모르겠지만."

긴가민가한 표정으로 박정호 음감이 조심스럽게 말을 이었다.

"사람들은 해일 씨의 노래가 듣기 편하고 잔잔한 태평양 같다고 하는데, 나는 반대로 곧 몰려올 폭풍이 보이더라고. 뭐, 폭풍일지 파도일지, 불꽃이라 표현해야 할지 애매하긴 한데, 해일 씨가 음악 속에 꼭꼭 숨겨둔 것 같은 열기가 느껴졌어요. 그게… 우리 극 주인 공이랑 닮았다고 생각했지."

가장 중요한 이유는 그거다. 극의 초반 주인공은 자신에게 내재 된 열정을 겉으로 드러내지 않는다. 현재 노해일의 음악처럼.

"그런가요?"

소년은 모호한 반응이었다. 긍정하는 건지 부정하는 건지 알 수 없었다. 하지만 박정호는 극의 주인공이 록이란 장르를 알게 되며 열정을 드러내는 것처럼, 눈앞 소년의 음악도 비슷한 결을 따라갈 거라고 생각했다. 그가 소년에게 주고 싶은 건 주인공이 열정을 드 러내지 않는 초빈 넘버다. 그리고….

"해일 씨, 지금 하는 음악에 플러스해서 그거 꺼내보는 게 어때 요? 해일 씨가 잘 모르겠다면 내가 도와줄게요. 뭐, 어련히 잘하겠 지만, 어쩌면 엄청난 게 나오지 않을까?"

만약 가능하다면 희태의 레프리제처럼 터트릴 마지막 넘버도.

박정호 감독을 만나고 집으로 돌아온 혜일로 앞에는 그가 준 자료가 수북이 놓여 있었다.

"흠⋯."

헤일로는 그걸 대강 넘겨서 보았다. 일단 해보겠다고는 했는데, 이제까지와 달리 까다롭게 느껴졌다. 한국의 역사가 담긴 창작 뮤지컬. '한국'도 '역사'도 '창작 뮤지컬'이란 것도 그에게 친숙한 건 아니기 때문이다. 결국, 자료만으로 부족할 거 같아서 박정호 감독이 추천한 다큐멘터리를 찾아서 보기로 했다.

헤일로는 거실 바닥에 앉아 소파에 등을 기대고 팔짱을 낀 채 텔레비전을 노려보았다. 화면에는 70년대의 한국 사회 다큐멘터리가 재생되고 있다. 내레이션이 천천히 50년대 일어난 6·25전쟁 이후의 상처와 군부정권, 탄압을 설명했다.

'어머, 얘가 웬일로 다큐멘터리를 보지? 그것도 한국사를.'

어머니가 신기하게 바라보는 줄도 모르고, 헤일로는 다큐멘터리에 집중했다. 한국 근현대사에 관해 매우 많은 영상 자료가 존재했다. 다큐멘터리를 다 보고 나서 시간이 된다면 관련 영화나 드라마까지 참고하고 싶었다. 하지만 뮤지컬 곡 의뢰 기간이 짧지는 않으나 몇 달간 그것만 할 수는 없는 노릇이라 물리적으로 가능할까 싶긴 했다. 세션 연습이 끝나면 HALO 7집을 녹음할 예정이었고, 당장은 아니지만 노해일의 정규앨범도 생각하고 있었다. 헤일로는 해가 떨어지기까지 미동도 하지 않았다. 어머니가 가져다준 과일이 있는 것도 인지하지 못했다.

박승아가 저대로 둬도 괜찮나 걱정할 때쯤 노윤현 교수가 평소보다 일찍 귀가했다.

"저 녀석 뭐 해요?"

"오늘 집에 일찍 와서 다큐멘터리를 보더라고요."

오늘도 당연히 아들이 없을 거라고 생각한 노윤현은 바닥에 앉아 있는 아들을 보고 좀 놀랐다. 그 앞에 놓인 한국 근현대사 책과 다큐멘터리까지 발견한 그는 가만히 아들을 바라보았다. 노해일은 그가 온 것도 모를 정도로 집중하고 있었다. 산만한 것보다 아들의 그런 모습이 마음에 들었다. 한편으론 좀 뜬금없기도 했고 놀랍기도 했다. 고등학교에 가지 않겠노라고 선언한 이후로 완전히 공부에 손을 놓았다고 생각한 아들이 역사 공부를 하고 있다니.

'혹시… 공부에 관심이 생겼나?'

다른 과목도 아니고 한국사를 공부하는 모습에 노윤현은 작은 기대를 품었다. 그의 머리에 천천히 동료들의 말이 스쳐 지나갔다.

"자네 아들 대학은 진짜 안 보낼 거야?"

"한국대 음대! 이 얼마나 멋진 이름이야."

그는 현재 아들의 행보에 만족하고 있지만, 대학에 가서 나쁠 게 없다는 것도 알았다. 그는 아들의 세상이 깊고 넓게 뻗어나가길 바랐다. 분명 그 '넓게'에 대학도 하나의 수단이 될 수 있다. 대학은 또한 누군가에게 좋은 울타리가 되어주는 곳이다. 인터넷에서 아들에게 중졸이라 비방하는 놈들이 있다는 걸 그는 잘 알았다. 아들은 신경 쓰는 것 같진 않았지만, 앞으로는 모르는 법이다. 원래 상처라는 게 모를 때 생기지 않는가.

노윤현은 아들과 약속했던 1년이 얼마 남지 않았음을 인지했다. 물론 아들은 음악에 대한 재능과 열정을 충분히 증명했다. 아들의 통장에 찍힌 숫자는 평생 놀아도 남을 정도의 액수였다. 음악에 관해서라면 그는 아들을 도와줄 수 있는 게 없다. 하지만 만약 녀석이 은근히 대학에 관심이 생겼다면 말이 달라진다.

'나도 어쩔 수 없는 아버지인가. 좀 더 안정적으로 대학에 입학하길 은근히 원하게 되는 건.'

그는 아들이 다시 거부감을 느낄지도 모르니 대놓고 말할 생각은 없지만, 만약 조금이라도 원한다면 어떻게든 도와주고 싶었다. 다만 이건 확실하다.

'한국은 좁아. 내 아들을 품기에. 한국대학교 음대? 한예종? 무슨. 간다면 해외에서 배워야지. 진정한 천재들이 모이는 곳에서.'

노윤현은 문득 한 사람의 얼굴을 떠올리고는 아들의 속내를 직접 들춰보는 것보다 더 좋은 방법을 생각해냈다.

"그러고 보니 저번에 봤던 해일이 친구… 진수 말이에요."

"진수요?"

"그 애 요즘 좀 못 봤던 거 같은데."

"아. 진수, 요즘 공부한다더라고요. 대학에 갈 거라고."

대답을 들은 노윤현 교수의 입이 부드러운 호선을 그렸다.

"언제 같이 밥 먹자고 하죠."

* * *

"나는 반대로 곧 몰려올 폭풍이 보이더라고. … 음악 속에 꼭꼭 숨겨둔 것 같은 열기가 느껴졌어요."

헤일로는 박정호 음악감독의 말을 떠올렸다.

"꼭꼭 숨겨둔 열기라."

그가 무엇을 말하는지는 대충 알 것 같았다. 노해일의 음악에선 일부러 배제했던 감정의 잔해를 박정호 감독이 발견한 게 아닐까

싶었다. 황룡필이 그의 행적을 어슴푸레 짐작한 것과 비슷한 원리
로 말이다. 그가 일부러 배제했다고 해도 완전히 걸러낼 수 없을 것
이다.

*"헤일 씨, 지금 하는 음악에 플러스해서 그거 꺼내보는 게 어때
요."*

헤일로는 박정호 음악감독한테 받았던 대본을 툭툭 두드렸다.
노해일의 방식은 그의 음악을 편하게 들을 수 있도록 감정을 절제
한 것이었고, HALO의 방식은 그의 감정을 무한히 쏟아냈던 것이
라면, 박정호 음악감독이 요구한 건 그 중간인 것 같다. 사람들에게
자신의 감정을 강요하지 않을 정도로 적당량….

"문서연, 생강청 이거 얼마나 넣어야 해?"

"적당히."

"적당한 게 어느 정돈데? 한 스푼?"

"그거야 물의 양에 따라 다르겠지? 근데 너 생강 싫어하면서 무
슨 생강청이야. 나 타주게?"

"미쳤냐?"

남규환은 생강청을 따뜻한 물에 풀며 색깔을 확인했다. 대충 카
페에서 파는 생강차와 비슷한 색이 나온 것 같다. 그는 딱 한 잔 정
성스럽게 탄 후 기대 어린 눈을 한 문서연을 외면한 채 소년의 앞으
로 다가가 양손으로 내려놓았다.

"더 필요하면 언제든 말해주십시오."

신에게 공물을 바치는 사제처럼 정중을 넘어 신성하기까지 했다.

"고마워요."

헤일로가 답하자, 남규환이 감격에 찬 얼굴로 새 컵에 뜨거운 물

을 부었다. 이대로 생강차를 대량 생산할 기세라, 문서연의 그의 등을 찰싹 내리쳤다.

헤일로는 여느 때 같은 그들을 보며 생강차를 마셨다. 적당한 맛이었다. 그의 손이 천천히 움직였다. 오랜만에 기타를 연주하는 대신 무릎 위에 노트를 펴고 음을 따라 적었다. 그 결과물이 범인은 상상할 수 없는, 범주 이상이라는 것을 이 자리에 있는 모두가 알았다.

남규환과 문서연은 집중한 얼굴의 소년을 보고 목소리를 줄였다.

"지금 사장님 뮤지컬 넘버 작곡하는 거지? 진짜 기대된다. 뉴스 기사 보니까 어디 당선된 대박작이라던데. 창작 뮤지컬치고 꽤 경쟁 셀 것 같더라."

"그게 중요한가?"

"그게 중요한 게 아니면 뭐가 중요한데."

문서연의 물음에 남규환이 소년을 바라봤다. 그는 원래 뮤지컬을 그리 선호하지 않았다. 비용적 진입장벽도 있고 해서, 차라리 영화를 선호했다. 다만 헤일로가 참여하는 뮤지컬이라면 말이 달라졌다.

"세상에서 가장 위대한 님의 곡이 나오는데."

"왜 안 그러나 했다."

문서연이 '어휴' 하는 표정으로 고개를 절레절레 저었다. 그래도 그녀 역시 기대되는 건 마찬가지다. 뮤지컬에서 가장 중요한 건 넘버고, 그 넘버를 맡은 게 자기네 사장이니 (물론 여러 사람이지만) 어떤 곡이 나올까 기대되었다.

그때 남규환이 입을 열었다.

"사람들은 알긴 할까?"

"뭘?"

"자기가 보는 록 뮤지컬 넘버를 작곡한 게, 누구인지."

"그거야 모르지."

심지어 다른 사람도 아니고, 전 세계적으로 침체하던 록을 부활시킨, '태양'이 만든 넘버. 그게 알려진다면 어떤 반향을 일으킬지 남규환은 감히 상상도 할 수 없었다.

* * *

6월 중순, 작곡 작업이 본격화되었을 즈음 노해일의 방송 활동까지 뜸해졌다. 음방 외에는 공개된 일정은 전무, 공연이나 방송 활동도 전무했다. 그동안의 떡밥으로 먹고살던 팬들은 당연히 그들의 가수를 찾을 수밖에 없었다. 노해일의 비공식적 팬카페인 '파도타기'는 물론이고, 초록창 카페에서 떨어져 나와 새로운 땅을 개척한 콜럼버스도 마찬가지였다.

초록창 카페는 욕설을 거의 허용하지 않은 분위기에, 규정이 많은지라 법 없이 살고 싶은 이들이 찾아간 곳은 남자 가수 갤러리다. 하지만 이곳에도 이미 메이저는 따로 있었고, 콜럼버스들은 결국 마이너 갤러리를 팠다. 그리고 여느 날처럼 게시글이 올라왔다.

[갤주 요즘 뭐 하고 사냐? 미국 토크쇼 이후 음방 좀 나오더니 안 보이던데 광고나 예능도 잘 안 나오는 것 같고. 원래 물 들어올 때 노 저어야 하지 않냐. 방송국에서 보이콧함?]

ㄴ방송국이 미쳤냐 음원 1위 보이콧하게.

ㄴ근데 왜 방송 안 나오냐고.

└ 신비주의?

└ 돌아버리겠네ㅅㅂㅅㅂ나도 라이브 한번 보고 싶은데.

음원 차트 1위를 아무나 할 수 있는 게 아니고, 1위를 몇 번이나 한 가수, 그것도 화제의 정점에 있는 일약 스타가 다른 연예인보다 방송 노출이 적자, 팬들에게 불만이 생길 수밖에 없었다.

[내 친구가 방송국 소속인데 갤주가 섭외를 잘 안 받는다던데.]

└ 인증 없으면 뭐다?

└ 뭐 믿는지 말든지 알아서 하고 근데 따로 하는 건 있는 듯.

└ ㅅㅂ 또 곡 작업 들어갔나?

└ 솔직히 이쯤되면 HALO병 걸린 게 아니라 그냥 HALO 아님?ㅋㅋㅋㅋ

[내 생각엔 여팬들이 홍대 버스킹 때 발라드 시켜서 PTSD 생긴 듯.]

└ ㅇㄱㄹㅇㅋㅋㅋㅋㅋㅋㅋㅋㅋ

└ 그때 진짜 질색하더라ㅋㅋㅋㅋㅋ

└ 노해일 상남자이긴 한가 봄. 외국에서도 기가채드(GigaChad) 이러던데.

[갤주 그래도 대학 축제에는 뜨겠지?]

└ 솔까 대학 축제랑 갤주 곡은 안 어울리지 않냐.

└ 위치가 약간 애매하긴 해. 신인이라서 곡도 많지 않고 또 잔잔하자나.

└ 뭐가 애매한데. 아직도 갤주 내려치기하는 놈들 있냐.

사실 불만만 있는 건 아니었다. 연예인에게 열등감을 느끼며 저주하는 사람이 세상에 있는 것처럼, 내 가수가 더 쾌적한 환경에서 더 좋은 음악을 하길 바라는 사람들도 많았다. 그래서 노해일의 속세와 멀어 보이는 행보는 걱정을 사기도 했다.

[근데 갤주 진짜 수익구조 어케 되냐? 음원 수익으로 독립 레이블 차리고 먹고 사는거임? 굿즈도 따로 안 만들고.]
[우리가 후원이라도 해줘야 하는 거 아냐?]
ㄴ 음원 1위면 먹고살만하겠지.
ㄴ 혼자 먹고사는 것도 아니고 밴드도 있잖아.
ㄴ 법인 유지 어케함?
ㄴ 갤주 금수저 아님? 성수동 레이블 노해일 이름으로 되어 있던데.
ㄴ 잠실 산다는 말은 들었는데 ㄹㅇ 금수저임?
ㄴ 아버지 대학교수란 소문은 있던데.
ㄴ 그리고 내 친구 국세청 다니는데 갤주 세금 개많이 뗀대.
ㄴ 음원수익 많이 나오나보네.
[(뉴스) 메탈밴드 스콜피온 내한 결정.]
ㄴ 이걸 왜 여기서 말함.
ㄴ 메탈 갤로ㄱ

하고 싶은 말이 의식의 흐름처럼 흘러나오는 곳이 이곳 갤러리다. 서로 하고 싶은 말만 하며 '갤주'를 부르짖는 와중 누군가가 이미 지나간 떡밥을 다시 물었다. 뭐, 이건 어쩔 수 없는 일이었다. 새로운 떡밥이 없으면 과거의 떡밥을 사골처럼 우려먹어야 했으니까.

[나 지금 갤주 토크쇼 나온 것만 NN번째 돌리는 중인데 갤주 영국식 영

어 어디서 배운 거임? 영국인이 저거 전형적인 포시 악센트라고 인증도 해줬다며 갤주 유학파임?]

└ 퓨어한 백의민족에 잠실 초중출신ㅇㅇ

└ 금수저니까 집에서 과외했나보지.

└ 아니 근데 과외를 해도 누가 포시 악센트를 알려줌? 그거 귀족들만 쓰는 악센트라며.

└ 이 새끼 또 음모론 가져오려고 하네ㅋㅋ 진짜 귀족들만 쓰겟냐 배우면 누구나 쓸 수 있음.

└ 그니까 포시 악센트를 누구한테 배웠냐고.

└ 원래 금수저는 포시 악센트로 가르침.

└ 아 ㄹㅇ? 너도 금수저임?

└ ㅇㅇ 우리집 10분위.

└ 오!

└ ㅋㅋㅋㅋㅋ이새끼들 뭐하냑.

[아니 근데 음모론 음모론 하지만, 갤주 영국영어 쓰는 것도 그렇고, 다른 사람들보다 방송활동 뜸한 것도 그렇고, 기계처럼 곡 만드는 것도 좀 누구같지 않나;;]

└ 니가 이러면 갤이 문제가 아니라 갤주가 처맞는다니까.

└ 유럽에서 누가 태양인 척하다가 헬리건들한테 처맞은 사건 모름? 우리나라 태양단은 그냥 척이고 해외는 ㄹㅇ종교임.

└ 갤주 신곡이나 듣자.

인터넷 세상에서 어떤 일이 일어나는지 모르는 헤일로는 작업에 박차를 가했다.

"이제 녹음 들어가죠."

헤일로의 말에 밴드 사람들의 눈이 번쩍 뜨였다. 녹음이라고 한다면 하나밖에 없었다. HALO 7집!

"이렇게 일찍이요?"

"뮤지컬 넘버는요?"

"그건 아직."

헤일로가 대충 생각한 건 있는데 완성된 건 아니었다. HALO 음반 작업을 진행하며 뮤지컬 미팅을 기다리기로 한 헤일로는 사람들을 둘러보며 말했다.

"슬슬 심심하죠?"

"어…."

모두가 입을 다물자 헤일로가 피식 웃었다.

실제로 틀린 말은 아니었다. 소년의 활동이 적어지면 그의 세션도 당연히 활동이 적어질 수밖에 없었다. 6월 중에 곧바로 HALO 녹음에 들어가자는 것엔 그들에 대한 배려가 있을지도 모른다. 그 따뜻한 배려에 남규환은 테이저건을 맞은 듯 얼굴이 서서히 흐물흐물해졌고, 문서연은 두 손을 꽉 쥐고 기쁨을 표시했다.

"이번 건 청심환 좀 먹어야겠다."

"준비하겠습니다, 사장님!"

"혹시 생강차라도 한 잔 만들어드릴까요?"

밴드 사람들이 차곡차곡 일을 진행해나갔다. 이젠 완전한 팀이 되어 모두의 얼굴에 만족스러운 미소가 걸렸다. 물론, 100퍼센트 행복만 있는 건 아니다. HALO 7집 연주가 보통 어려운 게 아니라 걱정이 되기도 했다. HALO 음악이 언제 충격적이지 않았겠냐마는 이번엔 유독 부정적인 감정이 과하게 담긴 음악이었다.

"이번엔 오버 더빙이 아니라, 원테이크로 가요."

차례차례 녹음하는 게 아닌, 한번에 합주를 맞추자는 소리에 모두가 긍정했다. 오버 더빙이 나쁜 건 아니지만, 합주할 때야말로 진정한 밴드가 된 것 같았기 때문이다.

* * *

또각또각. 복도 끝, 멀리서 들려오는 구두 소리에 신주혁과 이소라가 고개를 돌렸다. 그들은 MC와 게스트로 만나 오랜만에 대화하고 있던 참이었다. 멀리서 방송국 스태프의 시선을 끄는 아이가 다가오고 있었다. 무용을 해서 그런지 발걸음이 통통 튀는 것 같다.

"어머! 세상에!"

이소라가 반색했다.

"안녕하세요, 언니. 그동안 잘 지내셨어요?"

"당연히 잘 지냈지. 연우도 잘 지냈어? 진짜 오랜만이다. 살 빠진 것 봐. 공연 많이 힘들지?"

"아니요, 재밌게 열심히 하고 있어요."

"그럼 다행이다. 그런데… 무슨 일이야? 혹시 우리 프로그램 나오니?"

"아, 그건 아니고 미팅이 있었어요."

"그렇구나."

신주혁은 이소라와 같은 소속사로서 활발하게 대화하는 제 어깨에 닿는 둥근 머리통을 번갈아 바라보았다.

"둘 다 나는 안 보이나 보다?"

"주혁 오빠도 안녕하세요."

소녀가 태연한 얼굴로 꾸벅 인사한다.

신주혁은 요즘 애들은 다 이런가 싶었다. 물론 다른 하나는 이 애보다 좀 더 건방진 느낌이지만 비슷했다.

"오빠, 요즘 록 뮤지컬 곡 만든다면서요."

"그게 거기까지 퍼졌나?"

"요즘 다들 오빠 이야기를 하더라고요."

"거참 좁다, 좁아."

그 말에 소녀가 옅게 웃어 보였다.

"근데 아직 캐스팅도 안 했는데, 좀 관심 있나 보다."

"당연히 관심 있죠."

"내 곡이니까?"

"녹 PD님이 연출을 맡은 대작이라?"

"으흠."

"물론, 신주혁이 만든 록 넘버가 흥미롭기도 하고?"

"입술에 침 좀 바르고 말해라."

소녀가 까르륵 웃었다.

아무리 봐도 녹 PD가 연출을 맡은 이유가 더 강한 것 같았다. 신주혁은 솔직하게 말하는 소녀를 보며 노해일을 생각했다.

'뭐, 솔직한 거 좋다 좋아. 뭘 해도 다른 놈보단 나으니. 걔는 가끔 한심하다는 눈으로 나를 쳐다볼 때가 있단 말이지.'

"나만 참여하는 것도 아닌데 뭐."

"아, 맞다. 해일 씨도 참여한다며? 네 거보다 더 기대되는데."

이소라의 눈에 이채가 서렸다.

"야. 그래도 내가 더 낫…."

당연히 자기가 더 낫다고 말하려던 신주혁은 입을 다물었다. 노해일의 이름 뒤에 있는 진짜가 떠올랐기 때문이다.

"왜 말을 하다 말아."

"넘버가 완성된 것도 아니고, 캐스팅은 더 한참 멀었는데 말해서 뭐 해."

신주혁은 말을 재빨리 돌렸고, 다행히도 그들이 고개를 끄덕이며 넘어갔다.

"그런데 해일 씨는… 누구예요?"

소녀가 묻자, 이소라가 친절하게 설명해줬다.

"'노해일'이라고 안 들어봤어? 음원 차트에서 매번 봤을 텐데."

"아. 알아요. 그분도 작곡가로 참가하시는 거예요?"

"응. 그렇다고 하더라고."

신주혁은 두 여자의 대화를 들으며, 불현듯 얄궂게 끼어들었다.

"혹시 관심 생겼어? 소개해줄까? 그러고 보니 둘이 나이 차이도 얼마 안 나고. 두 살 차인가? 잘 어울리겠는데?"

소녀가 피식 웃었다.

"오빠랑 채원이 언니처럼?"

"아!"

"전 연애하기엔 아직 하고 싶은 게 많아서요."

신주혁의 입이 단번에 다물어지자, 옆에 있던 이소라가 킥킥 웃음소리를 냈다.

"다만, 궁금하긴 해요. 그 사람 곡은 다 들어봤는데…."

"좋았지?"

이소라의 물음에 소녀가 고개를 끄덕였다.

"네, 그분 감성이 되게 좋았어요. 록 뮤지컬에 참여한다니 잘 상 상이 안 가지만요."

"혹시 해일이 곡 부르고 싶어?"

다시 살아난 신주혁이 묻자, 그녀가 어깨를 으쓱였다.

"글쎄요, 그건 아직 모르죠."

"왜?"

"누구의 곡보단 제일 좋은 곡이 내 곡이 되었으면 해서."

"아직 캐스팅 시작도 안 했는데. 벌써 캐스팅된 것처럼 말한다?"

소녀가 태연하게 웃는다. 이제 막 필모그래피 만들어가는 신인 이 이 뮤지컬을 원하고 있음을 솔직하게 내보인다.

'거참, 요즘 애들 무섭다니까.'

신주혁은 소녀가 보통 필모도 아니고, 이쪽 업계에선 대박 신인 이라 저 솔직함과 자신감이 일면 이해됐다.

"선배님들, 전 그럼 먼저 연습하러 들어가 보겠습니다."

"그래, 연우야 또 봐."

6월 어느 날이었다.

* * *

HALO 7집 〈죽은 피터팬을 위한 진혼곡(Requiem for the dead peter)〉이 발매되며 본격적인 여름이 시작되었다. 한낮의 무더위와 한밤의 열대야, 신경을 곤두서게 하는 매미 소리, 그리고 멀리서 다 가오는 장마 구름까지 완벽한 여름이었다.

헤일로는 하다만 듯한 싱거운 메시지를 보고 눈을 감았다. 어두운 작업실, 사람들이 모두 돌아가고, 혼자남은 건물에서 눈을 깜빡였다. 그는 저 메시지가 무얼 의미하는지 모를 리 없다. 이번이 두 번째였으니까. HALO 7집을 발매한 지 얼마 되지 않아 밤중에 황룡필에게도 연락이 왔다. 비슷한 내용으로 안부를 물으며 밝은 목소리를 듣고 끊었더랬다.

그에게 무슨 일이? HALO 7집 〈죽은 피터팬을 위한 진혼곡〉
죽은 피터팬이 의미하는 바란?
HALO 7집, 故 토마토 파프리카에 대한 애도인가
HALO의 좁혀지는 정체… 오랜 할리우드와의 인연?

이전 세상에서 7집이 발표되었을 때도 이런저런 기사가 떴다. 지금이야 한 달 만에 낸 곡이지만, 그땐 2년 만에 발매한 것이라 시선이 더 몰렸었다. 게다가 그의 일거수일투족이 세상에 알려져 있으니 합리적 추측도 난무했다. 헤어진 연인, 자살한 친구, 그만둔 매니저, 부모와 연을 끊은 사연부터 록스타에게 얽힌 흔한 논란까지 모든 게 들추어졌던 것 같다.

그는 그냥 어느 날 꾸었던 꿈을 그렸던 것뿐인데. 후크선장이 되어 영원한 숙적인 피터팬을 살해하고 네버랜드를 해방하는 꿈 말이다. 레퀴엠답게 첫 구절은 라틴어로 '그대에게 영원한 안식을'이며 피터를 그리워하고 애도하는 가사가 뒤를 잇는다. '당신은 용감한 사람이었고…' 이런 가사 말이다. 죽은 할리우드 스타가 누군지 모르겠지만 애도 곡이라고 봐도 틀리진 않았다. 헤일로는 이번에도 이렇게 반향이 클 줄은 몰랐다. 메인 타이틀곡을 제외하면 수록곡은 가벼운 분위기를 냈으니까. 이번 곡의 테마는 동화나 레퀴엠, 애도가 아니라 '꿈'이다. 그가 실제로 꾸었던 꿈들을 모아놓은 것이다. 그래서 누군가에게 해석할 여지가 많은 곡이 될지도 모르겠다.

그리고 지금, 창작 뮤지컬 〈록〉의 음악 작업 미팅 날 충무로 한 사무실에서 헤일로가 뜬금없이 자신의 7집을 떠올릴 수밖에 없는 일이 벌어졌다.

"제가 원하는 게 이런 겁니다. 이 넘버엔 이런 분위기가 좋을 거 같은데 다들 어떻게 생각하십니까?"

"뮤지컬에서 HALO 곡은 왜 말씀하시는 건지."

"아니, 이 절제된 애도가 느껴지지 않습니까? 정우가 하나둘 친구를 잃어가는 넘버에 꼭 필요한 분위기란 말씀이었습니다. 크흠."

클래식 전공에 작곡과 교수도 겸직하고 있고, 현재 창작 뮤지컬 〈록〉의 작곡 작사로 초빙된 김 교수가 당연하다는 듯 대꾸했다.

"해외에서 현재 큰 인기를 얻고 있는 가수 HALO의 곡을 분석해 보자면, 클래식에 대한 교양과 뼈대가 출중합니다. 우리가 참고해야 할 건 이런 클래식적 기품입니다. 흠흠, 물론 노해일 씨와 신주혁 씨 곡도 잘 듣고 있지만, 우리나라엔 클래식 인식이 부족해서 좀 더 보완하고 성장할 필요가 있다고 생각합니다."

많은 뮤지컬 작곡가들이 클래식 전공자라는 건 맞지만, 이렇게 미팅에서 대놓고 클래식을 찬양하는 인간은 오랜만이었다. 나쁠 건 없었다. 다만 HALO 곡이 클래식적인 뼈대를 갖췄다는 건 의외였다.

'난생처음 듣는 말인데' 하고 헤일로는 정말 순수하게 감탄했다. 얼굴을 공개했을 때, 단 한 번도 듣지 못한 소리를 여기서 듣게 될 줄 몰랐다. 그리고 옆에 앉은 신주혁과 눈이 마주친다. 신주혁은 그냥 손으로 입을 가리고 책상에 팔을 받치고 있다. 특히, 김 교수가 HALO를 인용하여 대중음악 가수인 그들을 미묘하게 깎아내리고 자격을 의심하기 시작했을 때부터 실룩이는 입꼬리를 참지 못하더니 지금까지 계속 입을 가리고 있었다.

"이제 미팅이나 시작하죠."

박정호 음악감독은 오자마자 30분간의 클래식 찬양, 그리고 20여 분간의 HALO 찬양으로 분위기를 압도한 김 교수를 슬쩍 쳐다보고는 지긋지긋하다는 듯 고개를 저었다. 그는 말려주지 못한 것을 미안해하며 잠깐 쉬는 시간에 두 사람을 불렀다.

"저 인간 좀 꽉 막혀서 그렇지, 능력은 있는 인간이에요. 그냥 넘겨줘서 고마워요. 어휴, 저 인간. 록 뮤지컬에 대중 가수 부르겠다고 했을 때 얼마나 반대했는지. 여기까지 와서 저럴 줄은 몰랐네."

"뭐, 이해합니다. 워낙 기대를 받는 작품이니까요."

"이해해줘서 고마워요."

신주혁답지 않게 착하게 말한 것도 잠시, 음감이 들어가자 헤일로를 보며 평소처럼 툭 하고 말을 던졌다.

"6,70년대에 살다 온 것 같은 인간도 있으니 고증은 잘 되겠네."

"엇?"

"넌 왜 화들짝 놀라냐."

"아무것도 아니에요."

신주혁은 무심코 던진 돌에 개구리가 맞을 수 있다는 걸 몰랐다.

쉬는 시간이 끝나고 돌아와서, 김 교수는 다른 동료들에게 무슨 말을 들었는지 다시 입을 열었다.

"다들 아시죠? 다 도움 되라고 하는 말인 거."

"알죠, 그럼 마지막으로 해일 씨 곡 들어볼까요?"

박정호 음감이 서둘러 말을 끊었지만, 다시 설교가 물 흐르듯이 이어졌다.

"그냥. 이 뮤지컬의 시대적 배경을 과연 신주혁 씨가, 그리고 이제 겨우 열일곱 살인 해일 씨가 제대로 이해했을지 걱정이 되어서요. 그때의 정신이 요즘 애들의 치기 어린 반항과 같은 결이라고 할 수 없잖아요. 안 그래요?"

"그렇게 많이 다른가요?"

"당연히 다르지. 6,70년대 투쟁 정신과 요즘 뭐라고 하지? 욜로? 알파 세대? 그게 어떻게 같아요."

신주혁은 결국 참지 않고 비꼬듯 되물었고, 김교수는 그 비꼰 뉘앙스를 깨닫고 비꼬듯 대답했다.

'다 내 죄나' 생각하며 박정호가 이마를 감싸며 한탄했다.

반면, 이 상황에서 가장 화내야 할 당사자인 소년은 알 수 없는 표정을 짓고 있었다. 흥미로워하는 것 같기도 했고 웃는 것 같기도 했다. 박정호는 이제 보통 아닌 성격의 소년도 폭발하기 전에 의미 없는 논쟁을 끊기로 했다.

"그럼 틀겠습니다."

서둘러 틀라는 다른 작곡가의 손짓에 박정호는 김 교수가 입을 열기 전에 스페이스 바를 눌렀다.

곧 곡이 흘러나왔다. 6, 70년대를 살아갔던 어느 청춘의 이야기. 무서워서, 혹은 원하는 게 있어서 군부정권에 반대하는 대중을 멀찍이서 지켜만 보던, 어느 대학생의 이야기가 시작되었다. 첫 번째 넘버가 군부정권에 반대하는 대중의 노래였다면, 두 번째는 한국대학생인 정우의 독백이었고, 헤일로가 요청받은 게 그 부분이었다.

사실 헤일로는 잘 이해가 가지 않았다. 그는 자신의 욕망을 참은 적이 없고, 어떤 이유로든 현재를 외면한 적이 없었다. 음악에 대한 열정이 꽃피었을 때, 그는 곧바로 투쟁했고 집에서 뛰쳐나왔다. 그래서 본인의 욕망을 내면에 숨기고 있다는 한국대 학생 '정우'가 이해되지 않았다. 그런데 이건 〈오늘부터 우리는〉의 희태도 마찬가지였다. 헤일로 자신은 그들과 너무 달라서 하나도 이해할 수 없었다. 그러나 그는 이 사람들을 한번 이해해보기로 했다. 이해할 수 없던 원래 몸 주인, 노해일이 부모님과 화합이라는 꽤 괜찮은 방법을 선택했듯이. 다큐멘터리를 보며 대학생 정우의 마음을 이해해보려고 했다.

적당량이란 건 모르겠다. 음악은 생강차와 달라서 눈으로 색을 구분할 수 없으니까. 김 교수가 그렇게 좋아했던 클래식 뼈대는 없을지도 모른다. 세션을 추가하지 않고, 요즘 애들답게 일렉 기타로만 살살 표현했으니까. 언젠가 꽃필 연약한 청춘을 처음에 어쿠스틱 기타로 하려다가, 정우의 정열은 짙은 붉은색과 어울릴 것 같아서 일렉 기타를 선택했다. 연약하지만 그 속에 있는 열정, 이기적이면서도 세상을 사랑하는 마음을 표현했다.

"어떠세요?"

헤일로는 입을 떡 벌리고 있는 김 교수를 지그시 주시하며 입꼬리를 슬쩍 올렸다.

"요즘 애들 음악."

면허도 매니저도 없는 소년을 데려다준다고 한 건 신주혁이다. 그냥 데려다주는 건 아니라 용건이 있었기 때문이다. 그는 차 안에서 한참 김 교수 표정이 어땠다느니 하며 낄낄 웃다가 불현듯 말을 꺼냈다.

"이러다 얼마 안 가 들키겠다."

"엄청난 비밀도 아닌데요."

"그렇게 엄청난 비밀이 아니면, 매니저랑 경호원부터 고용해야지."

밝혀지면 지금의 노해일만큼 자유롭게 다니지 못할 것이다. 집 앞, 사무실 앞, 그냥 그가 있는 모든 곳에 사람들이 몰려 있지 않을까. 그런데도 소년은 전혀 주의 깊게 듣는 얼굴이 아니었다.

"근데 어쩌면 안 들킬 수도 있고."

신주혁은 전방을 주시하며 중얼거렸다.

"왜요? 록인데."

내가 가장 잘하고 가장 나를 잘 드러내는 음악이 록이라고 말하는 자신감이 느껴진다. 신주혁은 소년이 그 자신감을 드러내는 게 이상하지 않았다. 처음엔 몰랐지만 그의 정체를 알게 된 순간부터 당연했으니까.

"같은 록인데 다른 느낌이 들었거든."

"다른 느낌이요?"

"좀."

HALO의 음악 특징에는 수많은 의견이 있지만, 뭐니 뭐니 해도 자신에 대해 이야기한다는 의견이 많았다. 그의 감정, 그의 일화를 표현한다는 것. 지구상의 수많은 음악가가 세계를 논하거나 인간에 대해 이야기했다면, HALO는 오로지 자신에 대해 말했다. 그걸로 충분하다는 것처럼 말이다. 실제로 충분을 넘어서기도 했다.

다만 이번에 들은 음악은 HALO 같지 않았다. 신주혁은 오히려 노해일의 음악과 일부 닮았다 느꼈다. 부족하거나 특별히 엄청 다르다거나 하진 않은데….

"야, HALO 곡은 습작이라고 했지?"

"네."

"그럼 그건가 보네."

"뭐요?"

거울로 시큰둥한 표정이 보이자, 신주혁은 나오려던 말이 쏙 들어가버렸다.

'하여튼 요즘 애들이란.'

신주혁은 고리타분한 생각을 하며, 다시 전방을 주시했다. '너도 발전했나 보다'라고 좋은 말 좀 해주려고 했는데 '다시 생각해봐야겠다' 하는 순간 건방진 한마디가 그의 귀를 파고들었다.

"싱겁긴."

'저놈 자식. 머리에 피도 안 마르고 군대도 안 다녀온 녀석이 은근히 날 동갑내기 대하듯 한단 말이야.'

신주혁은 언제 날 잡고 꼰대의 맛을 보여줘야겠다 마음 먹었다.

3. 한의 의미

개미와 베짱이가 열정적으로 사는 계절, 7월은 누군가에겐 가장 기다리던 휴식의 달이 될 수도 있다. 모든 대학이 휴강하고 초중고가 방학을 맞이하니 말이다. 물론 방학이라고 정말 쉴 수 있는 자들은 소수일 뿐이지만…. 학생들로 붐비는 학원, 대학 도서관에 나와 미래를 준비하는 사람들을 보면 '휴식'이란 선택받은 자만이 누릴 수 있는 것 같다. 7월, 한참 에어컨과 소파에서 뒹굴어야 할 시기에 학교에 불려온 한국대 총학생회도 그렇게 생각했다.

"무슨 11월 축제를 4개월 전부터 준비하지?"

"개강하면 늦는 거 너도 알잖아."

9월에 정하면 늦긴 하다. 연예인들의 스케줄을 따져보면 7,8월에 미리 정하는 게 그들에겐 소위 '국룰'이긴 하다.

"우리 학교 애들 중에 축제 언젠지 아는 애들 거의 없는데."

"회장 형이 이번엔 노잼 이미지를 타파하자고 하잖아. 너도 그냥 협조해."

"하, 그냥 인정해도 나쁜 거 없는데."

한국대 축제는 대대로 재미없기로 유명했다. 얼마나 재미가 없으면 재학생들도 축제 기간이 언제인지도 모르고, 자기 학교 축제에 가느니 다른 학교 축제에 가서 놀라고 한다.

그래서 이번 총학생회장은 한국대 애들은 공부만 한다는 이미지를 타파하기 위해 7월 학생회를 소집했다. 이번 가을 축제만큼은 완벽하게 만들어야 했다. 업체에다 찾아본 연예인 섭외비 리스트를 단톡에 띄워 두고 회의를 시작했다. 총학생회라면 엄숙한 이미지를 상상할지도 모르지만 결국 학생들이 모인 자리고, 특히 축제에 관해서라면 격식을 지킬 필요가 없다. 회의는 마치 야식 사업을 준비하는 것처럼 진행되었다.

"자, 보고 싶은 연예인 한 명 한 명 손들고 말해주세요."

일단 브레인스토밍(?)을 시작했다. 모든 의견을 받아 칠판에 적어놓은 후 차근차근 소거법을 거치는 게 이 회의의 결정 방식이다.

과잠을 입은 복학생이 손을 들었다.

"HALO."

"와. 미친놈."

회장이 욕을 하며 칠판에 이름을 적었다.

"섭외해오면 인정."

"HALO는 섭외비 얼마야?"

"우리 학교 기둥 뽑아야지 않을까?"

"HALO 온다면 티켓 200만 원에 팔아도 될걸?"

"와… HALO 부르면 우리 학교 노잼 소리는 앞으로 안 듣겠다."

"아, 그래서 누가 섭외해올 거냐고."

다들 킬킬거리며 망상만 했다. 그때 여학생 하나가 슬그머니 손을 들었다.

"응, 슬기야, 말해봐."

"콜드브루 어때요?"

"오."

'남자 아이돌그룹이라니.'

"너의 의견을 존중하겠다."

'존중만 하겠다'라고 생각하며 회장이 또박또박 이름을 적었다.

의견을 낸 슬기도 가능성이 없다는 건 알 것이다. 잘나가는 남자 아이돌을 부를 때 섭외비도 문제지만, 성비의 반만 만족할 가능성이 커서 잘 안 부른다. 차라리 여자 아이돌은 남자애들도 좋아하고 여자애들도 좋아하니 더 선호된다.

"형, 리브요."

"와, 리브 요즘 진짜 예쁘더라."

"신주혁은 어때요?"

"이제야 좀 현실감 있는 사람들을 부르는구나."

리브든 신주혁이든 사실 섭외비 A급 인물들이지만, HALO를 듣고 나니 모든 게 현실감 있게 들렸다.

"해일이는 어때요?"

"노해일?"

"괜찮은데?"

학생회장의 말에 다른 아이들이 의견을 덧붙였다.

"애매하지 않아요? 학교 축제는 좀 즐거운 노래 불러야 하지 않나."

"그건 편견이지. 그리고 네가 안 들어봐서 그런데 노해일 라이브 가 그렇게 쩐대."

"너도 안 들은 거 같은데."

"그래서 이번에 들어보고 싶다고."

"뭐, 우리 학교랑 잘 어울리긴 하네. 전국 1등."

그 말에 다른 애들이 동의하듯 웃었다. 1등이 모래사장의 모래 만큼 많은 한국대 아닌가.

"희소성도 좋지 않나요. 지금 거의 잠적했던데. 우리 학교에서 딱 나타나면 화제성 있잖아요."

"근데 노해일이 섭외 안 받아주면 어떡해?"

그 말에 다들 입을 다물었다. 현재 잠적한 건 노해일의 의지가 아 닌가. 방송국이나 광고나 노해일을 부르지 않을 이유가 없다.

"여기 노해일 아는 사람 없어?"

"있겠냐."

이제 다른 의견은 없다. 학생회장은 칠판을 보며 일단 말도 안 되 는 이름을 지웠다.

'HALO 응, 안 되고. 트럼프? 되겠냐? 셜록 홈스, 이건 뭐 아서 코 난 도일 관짝 열기를 바라는 걸까.'

결국 남은 후보는 늘 그렇듯 대학 축제를 달구는 A급 인사들이 다. 노해일의 팬인, 학생회장은 진지하게 노해일의 이름을 바라보 았다.

'요즘 행보를 보면 곧 더 커질 것 같은데. 섭외한다면 빨리하는 게 좋을 거 같은데.'

"회의 끝. 이제 우리 한잔하러 가죠."

"콜. 회장 오빠, 우리 오늘 뭐 먹어요?"

"한우?"

"한우 같은 소리 하네. 감자탕이나 먹으러 가자."

회장은 회의 내용을 카메라로 찍으며 일단 이놈들은 도움이 안된다고 막연히 생각했다.

'근데 노해일 아버지가 대학교수라던데, 그 대학에 가려나?'

* * *

HALO의 앨범처럼 모든 게 뚝딱 만들어진다면 얼마나 좋을까. 그러나 협업이란 건, 맞댄 머리가 많을수록 프로젝트의 규모가 크면 클수록 금방 끝날 수 있는 게 아니다. 연출자가 아닌 한 넘버를 맡은 작곡자도 여유로울 순 없다.

헤일로의 음악과 달리 이야기가 존재하고 그 줄거리에서 뽑아낸 가사를 음률에 맞춰야 했다. 또한 아무리 좋은 곡이라도 대중음악과 뮤지컬 음악의 차이는 존재하기에 편곡 과정도 거쳐야 했다. 다행인 건 그의 곡에 대해 내가 편곡하겠다, 프로듀싱하겠다고 나선 사람이 없다는 것이었다. 심지어 작곡 전공인 총연출가도 두 번째 넘버를 딱 한 번 듣고 "음… 이거 잘못 건드리면 안 되겠는데"라고 덧붙였다.

"왜요? 곡 단순해 보이는데."

"넌 이게 단순해 보이냐?"

"예."

"그래서 네가 아직 보조인 거야. 제대로 곡을 보려고 노력해봐."

"뭐가 어떤데요?"

"짜임새가 너무 촘촘해. 어떤 변태가 만들었는지 모르겠지만… 음표들이 거미줄처럼 얽혀 있다고 해야 하나? 너 거미줄 만져본 적이 있냐?"

"갑자기 거미줄이요? 뭐, 네. 옛날에 개미 잡아서 거미줄에 넣어주다가 손에 붙은 적이 있어요."

"거미줄 안 건드리고 잘 뗐어?"

"이미 건드렸는데 어떻게 안 건드려요. 만진 순간 무너졌죠."

"내 말이 그거야. 이거 원곡자가 아니면 함부로 못 건드려."

그들의 대화를 가만히 듣던 박정호 음악감독이 입꼬리를 올렸다.

"박 감독 이거 곡 누가 만든 거야? 이 정도 짜임새를 만들 작곡자는 별로 없을 거 같은데."

"들으면 깜짝 놀라실걸요?"

"그렇게 말하는 거 보면, 내가 아는 사람인가 보지?"

"아마… 모르긴 힘들걸요?"

작곡자가 곡을 만든다고 바로 채택되는 건 아니다. 작곡자도 이미 알겠지만, 이미 만들어둔 곡을 뮤지컬 장면에 넣지 못하는 경우도 허다하다. 심지어 아무리 좋은 곡이라고 해도 뮤지컬에 맞지 않으면 넣을 수 없다. 그렇기에 작곡자끼리 곡을 만들면, 다른 제작팀에 공평하게 블라인드 테스트했다.

"어떠세요?"

총연출가가 별걸 묻는다는 눈으로 음악감독 박정호를 흘겨보았다. 음감이 들려준 곡은 서른 개가 넘었고, 그가 직접 데려온 작곡가가 아닌 사람의 곡도 있었다. 여기저기서 곡을 받는 건 흔한 일이다. 그래서 총연출가는 이름이 가려진 곡의 작곡자를 전혀 알 수 없었다. 그러나 이름을 안다고 해도 달라질 건 없다. 이미 그의 입에서 '필요 없다', '쓰레기 같다' 따위의 수식어가 나오지 않는 이상 확정된 건 확정된 것이었다.

"작곡은 잘하는데, 뮤지컬 작곡은 별로 해본 적이 없는 것 같고."

"그렇죠."

굳이 말할 것도 없어 총연출가는 음감과 스무고개를 시작했다.

"짜임새 보면 작곡은 꽤 오래 한 것 같고."

"그럴 수 있죠."

"대중음악을 꽤 오래 한 사람 같아."

"그럴 수 있죠."

"그 사람이 뮤지컬 음악으로 편곡할 수 있을 거 같아?"

총연출가에게 중요한 건 정체가 아니다. 이 짜임새가 촘촘한 곡을 만질 수 있을지다. 정작 곡은 잘 만들어놓고, 더는 못 만지는 사람도 있으니 말이다.

"미팅은 잡아놓았습니다."

"된다는 거네. 누군지 모르겠지만, 박 감이 제대로 믿는 사람인 모양이야."

"그렇죠."

"그럼 계속 고. 그나저나 마지막 넘버는 어떻게 되어가고 있어? 들려준 곡 중에는 괜찮은 게 없던데."

"그건 좀 시간이 걸릴지도 모르겠습니다만, 제 바람은 같은 사람에게 맡기는 겁니다."

"같은 사람? 두 번째 넘버 작곡자?"

"예."

"그, 분위기가 좀 다른데 그런 곡도 만들 수 있대?"

"오히려 그런 걸 더 잘할지도 모릅니다."

"그런데 왜 시간이 걸린다는 거야?"

"그게…."

음감은 노해일과의 대화를 떠올렸다. 주인공 정우의, 그리고 6,70년대를 살아간 청년의 한이 담긴 곡을 만들어달라고 주문했을 때 노해일은 천천히 고개를 한쪽으로 기울이며 물었다.

"한이요?"

"좀 어려운가?"

"어렵다기보다는…."

말은 안 했지만, 그냥 한이 뭔지 모르는 얼굴 같았다. 열일곱 살이니만큼 그럴 수 있다.

"한이 뭔지 잘 모르는 반응이더라고요."

박 음감의 말에 총연출가가 고개를 갸우뚱했다.

"외국인인가?"

박 음감은 그렇게도 생각하는 것도 이상하지 않다며 "하하하" 웃었다.

어쨌든 그런 이유로 헤일로는 미팅이 다수 잡혀 있었고, '뮤지컬'이라는 극이 만들어지는 과정을 옆에서 보게 되었다. 그리고 아직 곡을 다 만들지 못한 신주혁이나 다른 작곡자와 만날 일도 많았다.

"하, 어렵다. 하나를 만들면 다른 게 더 괜찮은 거 같고, 그래서 그걸 만들면 이게 더 나은 것 같고."

신주혁이 요청받은 넘버는 주인공 정우가 록 밴드를 결성한 이후의 첫 공연이다. 깜깜한 라이브클럽, 군부의 눈에 띄지 않은 곳에서 보여줬던 열정적인 무대. 신주혁은 처음 받은 뮤지컬 작곡 의뢰인 만큼 꽤 열의를 다했고 그게 눈에 들어왔다.

"근데 넌 이미 다 만든 거 아니야?"

"편곡해야 하고. 그리고 하나 더 요청받아서요."

"요청? 설마 한 곡 더 만들어달래?"

헤일로가 태연하게 고개를 끄덕이자 신주혁이 감탄했다.

"이 정도 되면 박 감독님이 뭔가 아는 거 아냐?"

그는 헤일로가 두 곡을 받은 것보다, 헤일로에게 두 곡을 요청한 박 음감이 더 신기했다. 아무리 깨어 있는 사람이라도 신인에 열일곱 살 소년이라면 편견이 생기기 마련일 텐데, 소년에게 넘버를 하나 더 요청한 건 대단한 선택이다. 신주혁은 문득 생각했다. 사람들이 이 꼬마의 진짜 모습을 알기까지 그리 멀지 않은 것 같다고. 그때 뮤지컬이 공개되면 어떤 파란이 일까.

* * *

오늘은 그날이었다. "언제 같이 밥 먹자고 하죠"라는 노해일 아버지의 말에 어머니가 장진수와의 저녁 약속을 한 그날.

"어머."

어머니가 작게 감탄했다.

얌전해진 머리를 긁고 있는 장진수가 보였다. 헤일로와 그는 거의 반년만의 재회다.

"진수야, 안녕. 그동안 잘 지냈니?"

"안녕하세요, 어머니."

누가 봐도 공부한다는 걸 티를 내듯 장진수는 중학생 친구들에게 일진처럼 보였던 차림을 모두 내려놓았다. 교복도 단추 꽉꽉 채워 입고 파마머리나 피어싱도 일절 보이지 않았다. 게다가 등에 멘 가방까지.

헤일로는 사람이 이렇게 달라질 줄 몰라, 어머니처럼 놀란 눈으로 쳐다보았다.

"조금만 해일이랑 있을래, 진수야? 아직 해일이 아버지가 안 오셨거든. 혹시 배 많이 고프니?"

"아, 아니요, 괜찮아요. 천천히 먹어도 괜찮습니다."

"근데 어쩌다 이렇게 살이 빠졌어? 공부 너무 열심히 하는 거 아니니?"

어머니가 속상하다는 눈으로 장진수를 바라보자 그는 그냥 옅게 웃었다. 못 본 사이 노해일이 성장했듯 장진수도 성장해 말라 보이긴 했다.

"오늘 맛있는 거 먹자. 그리고 간식 챙겨줄게. 가져가렴."

"괜찮은데…. 감사합니다."

그리고 나서 장진수는 가방에서 무언가를 꺼냈다. 〈수학의 정석〉과 문제집이다. 헤일로는 그에게 전혀 친근하지 않은 단어들을 보고 인상을 찌푸렸다.

"그걸 왜 공부해?"

그 말을 어떻게 이해했는지 몰라도 장진수가 친절하게 설명해줬다.

"한예종이 아무리 실기 위주라고 해도 내신은 보니까 수학 공부해야 해. 난 기초가 안 돼 있어서 더."

"굳이 대학에 가야 해?"

"응."

그렇게 굳게 말하니 헤일로는 할 말이 없었다. 정확히는 하고 싶은 말은 많은데, 그가 문제집에 집중하는 바람에 뭐라고 말할 수 없었다.

"넌 앞으로도 갈 생각 없어?"

그러다 불현듯 장진수가 물었다.

헤일로는 당연하게 고개를 끄덕였다.

장진수는 "너답다"고 말하며 다시 집중하기 시작했다.

헤일로도 노트를 들었다. 한(恨)이라는 글자가 노트 한가운데 크게 쓰여 있었다. 그는 물끄러미 그 단어를 바라보며 중얼거렸다.

"한이 뭘까?"

"어?"

수학 문제집에 코 박고 있던 장진수가 고개를 번쩍 든다.

"너도 혹시 검정고시 준비해?"

"아니? 갑자기 왜 검정고시가 나와."

"한이라고 하니까. 그거 국어책에 맨날 나오는 단어잖아."

"그래?"

장진수는 아니면 됐다는 듯 뒤통수를 문질렀다. 공부를 열심히 하든 차림새가 어떻든 그의 소심함은 그대로였다.

"그 국어책에선 한을 뭐라고 그러는데?"

헤일로는 가장 궁금한 걸 물었다.

그러자 장진수가 머리를 갸우뚱했다.

"이미 너도 알걸."

"일단 말해봐."

"너 중학교 때까진 공부 열심히 하지 않았냐?"

중학교 교과서에 나온 거로 충분하지 않냐는 질문이었다. 하지만 헤일로는 중학교 교과서조차 제대로 본 적이 없었으므로 답변을 요구했다. 크게 도움이 될 거라곤 생각하지 않지만 들어서 나쁠게 없었다.

"내가 틀릴 수도 있는데, 교과서에선 '한'을 이렇게 말하기도 해. 응어리."

"응어리?"

"본인이 간절히 원했지만 하지 못해서 생기는 슬픔이나 아쉬움일 수도 있고, 여전히 남아 있는 욕구일 수도 있고. 그리고 무엇보다 한이란 단어가 우리나라가 힘들 때 생긴 말이잖아. 일제시대나 군부정권 때. 그래서 독립을 갈망하고 자유를 쟁취하고자 했던 마음이기도 해."

가만히 듣고 있던 헤일로의 눈썹이 꿈틀거렸다. 그건 자신의 삶을 일면 떠올리게 하는 단어였다. 음악에 대한 갈망과 자유에 대한 욕구. 그러나 거기에 슬픔과 아쉬움 그리고 역사까지 집어넣으니 꽤 복잡하게 느껴졌다.

"어렵네."

"그렇지? 나도 잘 모르겠어. 그냥 외운 거지."

헤일로에게 그 단어가 표현하고자 하는 게 너무 광범위해서 어려웠다. 아쉬움을 표현하는 선율과 슬픔을 간직한 선율, 갈망에 대한 선율, 욕망에 대한 선율을 어떻게 한번에 표현할 수가 있는가. 표현할 수 있어도 곡 길이가 클래식처럼 10분이 넘어갈 가능성이 크다. '고통스러운 역사니만큼 슬픔이나 고통을 더 부각하면 될까'

생각하며 헤일로가 노트를 툭툭 두드리며 생각에 잠겼다.

그걸 장진수가 신기하게 쳐다봤다. '애도 어려워하는 게 있구나' 하는 신기함. 그러곤 곧 '아, 나는 모든 게 다 어렵지. 공부나 하자' 라고 빠르게 결론을 내리고 다시 수학 문제집에 고개를 박았다.

노윤현 교수가 귀가한 건 그로부터 1시간이 지난 후였다.

"만나서 반갑구나."

거실에 어질러진 문제집과 기타를 흘끔 본 노윤현은 장진수를 보고 옅게 미소 지었다. 그러나 장진수는 노윤현이 노해일과 진학 문제로 언쟁하는 걸 본 이후 처음 만나는 거라 대하기 어려웠다. 그러나 부자지간에 일어날 법한 자연스러운 대화만 있을 뿐 그날의 숨 막혔던 분위기는 없었다. 게다가 노윤현이나 헤일로나 말이 많은 성격은 아니라 대화를 주로 주도하는 건 박승아와 장진수였다.

"공부하는 거 많이 어렵지 않고?"

"어, 어렵긴 한데 제가 이제까지 열심히 안 했으니, 어려운 게 당연하죠. 그리고 성적이 올라가는 거 보면 재밌어요."

"어머, 그건 다행이다. 공부할 때 그게 가장 중요하거든. 성취감. 어려운 과목은 없어?"

"어… 아무래도 수학이랑 영어가 어려워요."

수학은 그가 오랫동안 던져뒀던 터라 어렵고 영어는 외국어라 어렵다. 그리고 이 두 과목은 한국 학생이라면 누구나 어려워하는 것 아닌가.

한때 아들의 입시를 열정적으로 준비했던 박승아가 다 이해한다며 고개를 끄덕였다.

"진수는 어느 대학 갈 거니?"

노윤현의 물음에 장진수는 입에 있는 음식을 허겁지겁 삼키고 대답했다.

"저…. 한예종이요."

"한국대는 생각 없고?"

"어… 한국대도 무척 좋은 대학교지만."

노윤현이 한국대 교수인 걸 알기에 장진수가 말을 골랐다.

"한국대 입시랑 한예종 입시랑 준비해야 할 게 꽤 달라서, 하나만 집중하려고요."

"좋은 선택이구나."

노윤현이 흐뭇하게 고개를 끄덕이고 나서 더 말을 걸지는 않았다.

눈치를 보던 장진수는 박승아와 즐겁게 대화했고, 헤일로도 간간이 대답했지만 좋은 청취자(사실 한 귀로 흘렸다) 역할을 했다.

노윤현이 다시 장진수에게 말을 건 건, 아들과 아내가 거실로 가 어떤 방송을 켜고 도란도란 이야기를 나눌 때였다.

"수학이랑 영어가 많이 어렵지?"

"네, 네."

"그럼, 우리 집에 와서 공부하는 게 어떻니?"

"네?"

"해일이와 함께 말이다. 해일이가 과외를 한다면, 같이 듣게 해주마."

그 말에 크게 뜨였던 장진수의 눈이 천천히 가라앉았다.

"해일이가 과외 안 할 텐데요."

"한번 녀석한테 권해보렴. 혹시 대학에 가길 원할 수 있잖니. 같이 대학에 다니면 더 즐거울 테고."

노윤현이 흘끗 거실에 있는 아들과 아내를 바라본다.

"해일이가 대학에 가길 원하세요?"

"좋은 울타리가 되어줄 테니 가도 나쁘지 않겠지."

가만히 '울타리'란 단어를 중얼거린 장진수가 천천히 고개를 돌렸다. 그들 사이에 무슨 대화가 오가는지 전혀 모르는 노해일은 진지한 표정으로 텔레비전을 보고 있었다.

장진수는 생각할 것도 없이 대답이 나와버렸다.

"죄송하지만 못하겠어요."

이어서 노해일이 대학에 갈 생각이 없다던 조금 전 대화가 떠올랐다.

"제가 해일이를 오래 본 건 아니지만, 걔가 대학에 갈 생각이 없는 건 알아요."

"그래도 혹시 모르잖니."

노윤현은 '혹시'라고 말했지만, 장진수가 본 노해일은 한 입으로 두 말 할 성격은 절대 아니었다. 고집도 세고 말이다. 장진수도 솔직히 속으로 흔들렸던 걸 인정한다. 영어나 수학은 독학보다 과외가 훨씬 도움이 될 것이다. 그렇지만 그걸 위해서 대학 생각 없다는 노해일을 설득할 마음은 조금도 없었다.

"무엇보다 제가 과외를 듣고 싶어서 해일이를 설득하고 싶지도 않아요."

그리고… 장진수는 한참을 고민하다가 말했다.

"원래 남의 집 일에 끼어드는 거 아니라고 배웠지만, 그래도요. 지금 해일이한테 필요한 건 대학이 아닌 것 같아요."

노윤현 교수는 대답이 없었다. 그러나 표정이나 제스처가 그럼 무엇이 필요하냐고 묻고 있다는 걸 장진수는 알았다. 장진수는 언젠가 집을 나가겠다던 녀석을 떠올렸다. 그리고 지금은 노해일이 누구보다 어머니와 친해진 것을 보며 느낀 게 있었다.

"쟤는 그냥 단단한 지지와 서포트가 필요한 거 같아요. 뭘 해도 믿어주고 뭘 해도 응원해주는 사람이요."

다른 사람이면 몰라도 노해일이라면 그럴 거라 생각했다. 누군가에게 신뢰받고 응원받고 싶었던 역사책의 음악가들처럼 노해일은….

"쟤는… 진짜니까요."

장진수는 늘 생각했던 걸 입에 내뱉었다. 그리고 문득 가슴 한편이 아려오는 걸 느꼈다. '쟤는 진짜라는 건', 다시 말해 자신은 진짜가 아니라는 거니까. 자신은 어쩌면 친구를 질투하고 열등감을 느끼고 있는지도 모른다고 생각했다. 아니, 질투한 게 맞다. 친구를 질투하지 않는다고, 잘됐으면 좋겠다고 했지만 부러운 건 어쩔 수 없었다. 친구의 재능과 자기가 꿈꾸던 미래를 가진 친구가 부러웠다. 그리고 누구보다 그를 사랑해주고 무엇이든 해주려는 부모님까지 모든 게 부러워서 눈시울이 뜨거워졌다.

그 순간 노윤현도 깨달았다. 대학이란 것에 눈이 멀어 눈앞에 있는 아이에게 큰 실수를 했다. 그리고 그는 아들이 알아서 인연을 잘 만들어나가고 있다는 것도 깨달았다. 구태여 울타리를 만들어주려고 하지 않아도 이미 사람을 잘 만나고 좋은 사람들과 어울리고 있었다. 걱정할 필요가 없겠구나, 싶어 미안하면서도 안심되었다.

노윤현은 앞에 있는 아이가 버릇처럼 죄송하다고 말할 때, 그 위로 소심하고 유약했던 옛날의 노해일이 겹쳐 보였다. 잘못한 건 아이가 아니었고, 어른의 욕심이었다. 그러니 이제 욕심쟁이인 어른이 사과할 차례였다.

"아니야, 내가 미안하구나."

노윤현은 눈시울이 붉은 아이에게 천천히 손수건을 건넸다. 장진수가 얼떨떨한 얼굴로 손수건을 보았다. 그리고 떨리는 손으로 손수건을 받았다.

노윤현은 미안한 마음을 어떻게 전할까 고민하다가 집으로 들어오면서 보았던 문제집을 떠올렸다.

"아까, 풀던 문제 그거 틀렸던데. 그건 따로 푸는 방식이 있단다."

장진수는 노윤현 교수를 올려다보았다. 뜬금없는 말이라고 생각했지만 그가 건네는 화해의 방식이란 걸 알 것 같았다.

"와서 공부하라는 말은 거짓말이 아니란다. 가끔 놀러 오렴. 네가 괜찮다면… 내가 봐줄 수 있단다."

장진수는 멍하게 들었고 천천히 고개를 끄덕였다. 친구의 어머니도 그렇듯 친구의 아버지도 정말 좋은 사람이라는 것을 깨달았다. 미소가 지어졌다.

"네!"

* * *

"야 근데 너 이렇게 돌아다녀도 되냐."

"뭐, 내가 현상 수배범도 아닌데."

"현상 수배는 아니지만… 비슷하지 않나?"

장진수는 다른 의미로 현상 수배에 걸린 걸 떠올렸다.

```
WANTED
ONLY ALIVE
HALO
$-
```

물론 죽이거나 살려서 데려오라는 수배지가 아니라, 정체만 알려달라는 수배지(?)이긴 했다.

"심지어 걸린 돈도 시가야. 최소가 억일걸."

헤일로의 눈썹이 잠깐 꿈틀거렸다.

"별걸 다 하네."

딱 봐도 마음에 드는 기색은 아니라 장진수가 킥킥 웃었다.

그렇게 잡담하는 사이 그들은 박승아가 빌라 앞까지 차로 실어다 준 음식 보따리를 들고 장진수네 문 앞에 다다랐다. 헤일로는 장진수에게 아까 아버지와 심각하게 나누던 대화에 대해 묻고 싶어 여기까지 따라왔다. 그는 장진수가 현관 번호를 누르는 걸 기다리며 입을 열었다.

"아까 아버지가…."

이상할 정도로 기분이 좋아 보였던 장진수가 문을 여는 순간 표정이 확 굳어버려 헤일로는 말을 잇지 못했다. 헤일로도 집 안에서 짙게 풍겨오는 알코올 냄새와 담배 찌든 냄새를 맡을 수 있었다. 그의 표정도 찬찬히 굳어졌다. 문 안으로 가장 먼저 거실에 앉아 있는 한 남자가 보였다. 사람이 오든 말든 소주 한 병을 손에 쥐고 텔레비전을 보고 있다. 장진수가 이혼가정에 아버지와 함께 살고 있다 했으니 필시 장진수의 아버지일 것이다. 다만 인사를 할 여유는 없어 보였다. 그는 뉴스를 뚫어져라 쳐다보며 구시렁거렸다. 대개 수위가 높은 욕설이었고, '씨발'이 그중 90퍼센트를 차지하고 있었다. 장진수의 얼굴이 점점 창백해졌다.

'아이씨, 이 시간엔 잘 줄 알았는데.'

늦은 저녁 식사를 했기에 시간도 11시가 넘어 있었다. 당연히 방에 처박혀 잘 줄 알았던 아버지를 마주친 장진수는 옆에 있는 친구를 의식했다. 그러니까 좋은 부모를 둔 친구를 말이다. 석촌호수가 보이는 레이크 타운에 살며, 한국대 교수인 멋있는 아버지가 있는 노해일은 이런 사람을 본 적이 없을 것이다.

"일론 머스크, 이 개 같은 새끼. 날 가지고 놀아? 씨발 씨발."

남자의 한 마디 한 마디에 욕설이 빠지지 않는다.

말하는 건 아버지라는 인간인데 듣고 있는 장진수는 수치스러웠다. 이건 노해일한테 느낀 열등감과 결이 달랐다. 열등감이 부러움과 뿌듯함에 의해 중화되었다면, 이건 어떻게 해도 중화될 수 없는 감정이었다.

아이들 둘이 현관문 앞에서 계속 있든 말든 남자는 뉴스를 보며 구시렁거리더니 바지를 질질 끌고 방 안으로 들어갔다.

폭풍이 지나갈 때까지 가만히 있던 헤일로가 입을 열었다.

"그러니까…."

그 한 음운 한 음운에 장진수는 긴장이 됐다. 머릿속이 온통 김은 낙서로 가득 찼다. 노해일의 머리를 내려쳐서 기억을 삭제하고 싶기도 했다.

"너희 아버지 애인 분 성함이 일론 머스크야?"

장진수가 잘못 들었나 싶어 눈을 번쩍 떴다.

노해일은 여상한 얼굴로 묻고 있었다.

"뭐, 뭐래. 미친."

장진수는 생각해볼수록 어처구니가 없어 웃음만 나왔다. "킥" 하고 웃음이 터진 순간 긴장도 함께 터져 나왔다. 욕과 함께 터져 나온 웃음이 점점 커져 나갔다.

시큰둥한 얼굴의 노해일이 주변을 둘러보다가 발로 소주병을 밀어내고 어머니가 싸준 음식 보따리를 내려놓았다. 딱 보아도 알 수 있었다. 전혀 신경 쓰지 않는다는 걸. 장진수는 노해일은 원래 이런 애였다는 새삼 떠올렸다. 남의 말은 전혀 신경 안 쓰고 자기 멋대로 사는 타입 말이다. 대개 재수 없던 그의 태도가 오늘만큼은 다행으로 느껴졌다.

'아. 다행이다.'

장진수는 한참 동안 배를 잡고 낄낄대며 웃었다. 마치 그때 같았다.

"야, 장진수 일진이잖아."

"쌤들도 그렇고 부모님도 웬만해선 친하게 지내지 말라고 하던데."

"야, 노해일. 근데 장진수랑 노는 거 니네 엄마가 제일 안 좋아할걸."

제 이야기에 교실로 들어가지 못한 장진수에게 들려왔던, 코웃음이 섞인 한마디가 지금과 같았다.

"뭐래."

그 친구는 그때처럼 평소처럼, 별것 아니라는 듯 주변을 두리번거리다 관심을 뗐다.

"집에 자주 놀러 와라."

"갑자기?"

장진수는 낄낄 웃으며 되물었다.

"부모님이 자주 오라고 했잖아. 빈말하실 분들이 아니라, 진짜 자주 오라는 뜻이야."

"넌?"

넌 안 불편하냐는 말에 헤일로가 시큰둥하게 대꾸했다.

"거기 내 집 아니고, 부모님 집."

그의 집은 성수역에 있는 작업실이고, 잠실 레이크 타운은 엄연히 부모님의 집이었다. 그는 대개 집에 잘 들어가지 않는 터라 어머니 아버지가 좋다면 가서 살아도 상관이 없었다.

"그래."

장진수는 생각했다. 노해일과 정말 따뜻한 아주머니와 아저씨, 따뜻한 밥과 따뜻한 인사, 그리고 따뜻한 시선 모든 게 너무 감사해 세상 모든 사람이 그에게 등을 돌리고 돌을 던지더라도 자신은 평생 옆에 있을 거 같다고.

"야, 근데 너 아까 한이 뭔지 잘 모르겠다고 했잖아."

"응."

"당연히 음악 관련 일일 테고. 그럼 가장 관련된 수업을 찾는 게 어때?"

"수업?"

그리고 막연히 바랐다. 이렇게 고마운 사람들에게 도움이 되고 싶다고.

헤일로는 돌아오는 차 안에서 창에 머리를 기대고 도로를 멍하니 쳐다보았다.

운전하던 박승아가 물었다.

"뭐, 안 좋은 일 있었니?"

"아뇨. 그냥."

헤일로는 장진수의 집에서 보았던 남자를 떠올렸다. 혼자 망하지 않고 다른 사람의 인생까지 무너트리는 인간. 그가 가장 싫어하는 유형을 오랜만에 보았다. 만약 그의 아버지가 저런 인간이었다면 타협할 생각도 없이 곧바로 집에서 나왔을 것이다.

"이해가 안 돼서요."

헤일로는 그래서 이해가 안 되었다. 장진수가 이제까지 가출을 안 하는 건 둘째치고, 자신이 예전에 집을 나가겠다 결심했을 때 가장 말렸던 사람이 그라는 게 말이다. 물론 헤일로가 그렇게 공감 능력이 뛰어났던 적은 없긴 했다. 애초에 누군가를 이해할 생각도 별로 안 해봤고. 이곳에 온 이후로나 좀 해봤을 뿐이다. 한 번도 해보지 않은 OST를 만들고 협업도 하면서 말이다.

'이해'에 대해 생각하며 그는 다시 창작 뮤지컬 작곡을 떠올렸다.

'한을 담은 노래라….'

헤일로는 '한'과 관련된 수업을 찾으라고 제안하며 장진수가 소심하게 덧붙던 말을 생각해봤다.

"판소리 같은 거 말이야. 한국의 전통음악. 국악과에서 그런 주제로 강의하지 않을까? 대학 생각은 없어도 청강은 할 만하지 않냐?"

"어머니."

"응, 왜?"

"우리나라에서 국악을 가르치는 학교가 어디 있어요?"

뜬금없는 질문에도 박승아는 당연하다는 듯 바로 대답했다.

"너희 아빠 학교에도 있잖니, 국악과. 그런데 국악은 왜?"

"작곡 때문에요. 거기 청강은 어떻게 해요?"

"글쎄, 너희 아빠가 알지 않을까? 그런데 지금 방학이라 수업이 있을지 모르겠다."

'아, 그렇네. 지금 여름방학 시기였지'라고 수긍한 헤일로는 고개를 끄덕였다. 그는 꼭 청강할 생각은 없었다. 그저 있으면 한번 들어보려 했을 뿐이다. 한국 전통음악 관련 공연은 너튜브와 인터넷에 충분히 많이 있다. 물론, 직접 본다면 또 다르긴 할 것이다.

며칠 동안 판소리 공연을 여러 번 찾아본 헤일로는 팔짱을 낀 채 인터넷을 바라보았다. 〈한국대 국악과 여름 특강〉이라는 강의 안내서에 '한이란 무엇인가'라고 쓰여 있는 것이 눈에 띄었다. 그는 특강을 다 듣고 싶은 것 아니었고, 그 강의 주차만 궁금했다.

그러던 어느 날 노윤현 교수가 여름학기 수업을 위해 준비한 자료를 집에 두고 와 박승아에게 가져다 달라고 부탁한 일이 생겼다. 집에 와 있던 헤일로는 아버지의 서재에서 서류 파일을 들고 나와 어머니가 미용실 예약을 취소하기 전에 말했다.

"제가 가져다드릴게요."

"응? 네가?"

"네."

헤일로가 씩 웃었다. 매일 같이 새로운 자극, 새로운 쾌락을 찾는 그에게 반가운 일이었다. 관악구에 있는 아버지 대학도 구경하고 청강에 대해서도 알아볼 생각이었다.

"너 근데 막 돌아다녀도 되겠니?"

"어때요, 지명수배당한 것도 아닌데."

"그건 그런데….."

장진수와 나누었던 것과 똑같은 맥락의 대화를 어머니와 하며, 헤일로가 택시에 올라탔다. 그녀는 다행히도 해외에서 헤일로가 현상수배(?) 상태인 걸 몰랐다.

무더운 여름에 캡과 마스크까지 쓰고 택시에 타자 기사가 혀를 쯧쯧 차며 젊을 때 몸을 잘 돌봐야 한다며 잔소리했다. 한창 여름 감기가 유행 중이고 기타 없이 맨몸으로 나온 터라 헤일로를 수상 하게 여기지 않은 것이다.

"감사합니다."

헤일로는 택시에 내려서 고개를 들어 '한국'이라고 쓰여 있는 거 대한 캠퍼스를 바라보며 생각했다.

'그래서 이제 어디로 가야 하지?'

방심했다! 지구본으로 보면 손톱만 한 나라라, 설마 대학교 부지 를 이렇게 넓게 잡고 있을 줄 몰랐다. 남들이 셔틀버스에 오를 때 혼자 도보로 움직인 헤일로는 땀으로 등이 젖을 만큼 땡볕을 헤매 다 겨우 자연대에 도착할 수 있었다.

대학 건물에 다가가니 여름학기를 잡은 학생들이 꽤 보였다. 사 실 여름학기가 아니더라도, 행시든 자격증이나 자소서 때문이든 학교에 나올 수밖에 없는 이들이 많았다. 그들은 하얀 반소매 티 위 긴 셔츠를 입고, 캡을 쓴 채 헉헉대고 있는 한 학생을 전혀 신경 쓰 지 못했다. 한여름에 마스크라니 불쌍하다고 생각할 뿐 저희 사정 으로 바빠서 유심히 쳐다볼 기회가 없었다. 그렇게 그 학생(?)은 아 무런 의심도 받지 않고 자연대에 입성했고, 아버지의 사무실을 찾 았다.

딸칵.

아버지의 교수실은 '수업 중'이라는 표시와 함께 문이 잠겨 있었다.

'하필. 수업 중이면 연락도 안 받을 텐데.'

헤일로는 서류 폴더를 한번 보고 굳게 닫힌 문을 다시 바라보았다. 물론 바라본다고 문이 열릴 일은 없었다.

"어? 노윤현 교수님 찾아왔어요, 학생?"

그때 마침 복도를 지나던 노윤현 교수의 조교가 다가와 그에게 말을 걸었다.

"네."

"교수님 수업 들어가셨을 텐데. 이제 막 들어가셔서 시간 좀 걸릴 거예요."

헤일로가 멀뚱히 서 있자 강 조교가 한참 고민하다가 말을 이었다.

"교수님 207호에서 수업 중이니까 2층에서 기다리는 게 어때요? 관심 있는 수업이라면 강의실에서 기다려도 교수님께서 뭐라고 하지 않을 테고요."

"아, 감사합니다."

소년이 고개를 숙이자 강 조교도 같이 인사했다. 그리고 그를 지나가며 천천히 고개를 갸웃 기울였다. 모자 사이로 뾰족하게 튀어나온 금빛과 마스크 사이로 보인 눈이 왠지 낯익었다, 마치 매일 본 것처럼. 이상하다 생각하며 앞으로 다시 걸어 나가던 강 조교가 불현듯 멈춰 섰다. 그녀의 머릿속에 노윤현 교수의 책상 위에 있던 가족사진이 떠올랐다.

'설마… 액자 사진 속의 그…!'

다시 뛰쳐나왔을 때 그는 어디에도 보이지 않았다. 엘리베이터의 움직임도 없었고 신기루처럼 사라졌다.

강 조교는 생각했다.

'그래, 그럴 리가 없지. 노해일이 학교에 왔다면 이렇게 조용하겠어?'

헤일로는 계단으로 내려와 207호를 찾았다. 스무 명 정도의 사람들이 뒷문으로 얼핏 보였다. 깜깜한 강의실에 빔프로젝터에 모두가 집중하고 있는 사이 헤일로가 천천히 문을 열었다. 문이 열린 소리에 뒷자리에 앉은 학생들이 그를 돌아봤지만, 곧 관심을 잃고 수업에 집중했다. 영어 전용 수업이다. 게다가 노윤현 교수는 말이 빠른 편이라 놓치면 그들만 손해였다. 헤일로는 그렇게 무관심 속에 강의실에 들어와 가장 뒷자리에 앉았다. 그리고 손으로 바람을 일으키며 더위를 식히려고 노력했다. 다행히도 에어컨이 잘 작동해 곧 있으면 시원해질 것 같았다.

유창한 영어로 천문학 수업이 진행되고 있었다. 처음 보는 대학 수업에 그가 평생 생각해본 적이 없는 천문학 수업이라 뭔가 신기했다. 그것도 그냥 천문학 수업이 아니라 아버지 수업이니 더 그랬다. 심지어 영어로 진행하고 있었다.

"So, that's why…."

헤일로는 당연히 말은 알아들었지만 알아듣는 것과 이해하는 것은 또 다른 문제였다. 그는 어느 순간 넋을 놓고 빔프로젝터를 지켜보았다. 시원하고 어두우며 포근하기까지 한 뒷자리, 일정하게 낮은 아버지의 목소리와 스크린에 뜬 별이 하나… 둘… 셋….

의자 등받이에 바싹 기댄 채 팔짱을 낀 학생의 목이 아래로 수그러진다. 그의 옆 옆자리에 앉은 학생은 노윤현 교수가 수업 중에 조는 학생을 싫어한다는 걸 잘 알았지만, 그렇다고 옆 옆자리 모르는 사람까지 깨우는 오지랖은 부리지 않았다.

빔프로젝터로 진행한 수업이 찬찬히 흘러갔고, 어느덧 노윤현이 강의실 불을 켰다. 그와 함께 학생들 몇몇이 기지개를 켜고, 필통에서 인공눈물을 꺼내 눈에 넣었다. 교수의 눈이 그들 뒤로 찬찬히 이동했다. 그리고 맨 뒷자리, 캡을 쓴 학생 하나가 팔짱을 낀 채 잠자고 있는 모습이 눈에 들어왔다. 그가 '아직도 저런 놈이 있나' 하고 괘씸해하며 아무 말 없이 뒷자리를 노려보고 있자니 다른 학생들도 천천히 고개를 돌렸다. 그리고 그들 역시 '그' 노윤현 교수 수업에서 자는 학생을 발견했다.

"대박."

"노 교수님 수업에서 자네?"

"졸리면 그냥 나가서 좀 자다 오지, 차라리."

학생들이 수군거리는 건 당연했다. 원래 천재들이 많다는 물리천문학부지만 노윤현은 그중에서도 기억력이 좋기로 유명했다. 과 내 모든 학생의 이름을 기억하는 건 물론, 당신의 수업을 들은 타 학과 학생의 이름까지 오래도록 기억했다. 군대 제대하고 학생 식당에서 마주친 4학년에게 3년 전 자기 수업에서 졸던 학생 아니냐고 물을 정도로.

수군거림이 커지자, 옆 옆자리에 앉은 학생이 자는 학생의 등을 두드렸다.

"저기요, 일어나세요···."

곤히도 잤는지, 화들짝 깨어난 사람이 기지개를 켰다. 잠결에 내려간 마스크에 얼굴이 확연히 드러났다. 금발에 새하얀 얼굴···.

노윤현의 눈이 점점 커졌다.

"아니, 네가 여기 왜…."

하나둘 노해일을 알아본 강의실에 정적이 내려앉았을 때, 헤일로는 마스크가 내려간 줄도 모르고 아버지와 눈을 마주했다.

"안녕하세요, 교수님."

뻔뻔한 얼굴로 인사하며, 시선이 몰린 걸 확인하고 한마디 더 덧붙였다.

"저 안 좋았습니다."

"…침이나 닦고 말해라."

헤일로가 천천히 손을 들어 입가를 닦았다.

"노해일?"

"노해일이다!"

웅성거림은 누군가의 탄성과 함께 시작했다.

"진짜 노해일이네."

"그런데 노해일이 왜 한국대에 있어?"

"아니 그보다 교수님이랑 아는 사인가?"

학생들의 엉덩이가 들썩인다. 이 중의 반은 수업만 아니었으면, 노윤현 교수만 이 자리에 없었으면 소년에게 달려갔을 것이다. 그러나 이 자리는 여름학기 전공 수업이었고, 교수는 그들의 이름과 학점이라는 훌륭한 인질을 쥐고 있었다. 초등학생도 아니고 머리에 웬만큼 피가 마른(?) 대학 3,4학년들은 교수의 권위에 도전하려 들지 않았다. 다만, 집중력은 이미 흩어졌다. 이 방송 저 방송 나와서 얼굴 좀 비추었다면 달랐을까. 한창 화제를 몰다가 돌연 잠적한 일약 스타는 공부를 좋아하는 변태(?)들조차 흥미를 갖기 충분했다.

'그러고 보니 노 씨가 흔한 성은 아닌데.'

게다가 노해일과 노윤현 교수가 딱 보아도 아는 사이 같아 보이고, 뭐가 됐든 수업보다 흥미로웠다.

"모두 조용."

노윤현의 한마디에 교실이 조용해졌다. 엄격한 얼굴로 학생들을 둘러본 교수는 소년도 한번 노려보곤 "너도 얌전히 기다려라"라고 덧붙였다. 아들은 아버지의 속도 모르고 싱긋 웃으며 두 팔을 책상 위에 올려뒀다. 노윤현은 재빨리 수업을 진행했다.

"구상성단 광도함수의 통계저 함수에서 우리 은하의 구상성단 광도는 가우스 곡선으로 모형화하는데…."

그렇게 노윤현이 쉬지 않고 진도를 나가자 당연히 노해일을 향한 시선이 줄어들고 입도 다물어졌다. 다만, 아무리 대단하고 훌륭한 강의를 하는 교수도 학생들의 손만큼은 제압할 수 없었다. 재학생 최대 커뮤니티인 '한국대 에브리타임'에 노해일 이름이 싹 퍼졌다.

[지금 자연대에 노해일 왔어.]

[노해일? 우리가 아는 그 노해일? 걔가 한국대에 왜 있어? 지금 에타에 도는 떡밥 뭐야? 진짜야 어그로야.]

[아무도 인증 안 하는 거 보면 딱 보이지 않음?]

└ 누가 수업 중이라던데.

[노해일 한국대생임?]

[특별입학? 노해일 정도면 ㅇㅈ이긴 한데.]

└ 노해일 고졸도 아니고 중졸이니 우리 학교 입학할 린 없겠지만 들어오면 좋겠다.

[무슨 소리야 노해일 학교에 있음? 오늘 축제임? 어차피 아무도 안 오는 거 방학에 축제하기로 했음? 총학 미쳤냐?]

[아니 그래서 노해일이 학교에 있다 치고 자연대엔 왜 간 건데? 음대도 아니고.]

[진짜인지 구라인지 확인하고 옴. 근데 자연대 어디 있는지 아는 사람.]

└ 1학년인가? 인문대 맞은편 중도랑 농업대 사이ㅇㅇ

└ 농대는 어딘데?

그야말로 혼돈이었다. 학생들이 공부하기 싫을 때, 자소서 쓰기 싫을 때, 수업이 듣기 싫을 때, 그냥 자퇴하고 싶을 때 들어가는 게 에브리타임이다. 방학이라 글리젠이 많진 않아도 노해일이란 이름에 들썩이긴 충분했다. 그리고 한참 수업 중인 109동 207호 강의실에서 영어인지 수학인지 모를 공식을 가만히 노려보며, 책상을 규칙적으로 툭툭 두드리고 있던 헤일로는 고개를 옆으로 돌렸다.

"저…."

안경을 쓴 남학생이 그에게 소심하게 노트를 내밀고 있었다.

"사인 좀 해주세요."

헤일로는 방송국 앞에서 못 보던 '남팬'의 존재를 인지하며 고개를 끄덕였다.

"이름이 뭐예요?"

"제 여자친구가 팬인데, 은지라고 써주세요."

"아, 네."

'여성 팬이구나' 하고 고개를 끄덕이며 헤일로는 방송국 앞에서 팬들에게 해주었던 그대로 썼다. 그의 사인은 늘 같았다. 유려한 사인과 편지 첫마디처럼 'Dear 이름'. 노해일로 활동할 때는 Dear 대신 한국어를 썼다. Dear에 다양한 의미가 있어 처음에는 '친애하는'이라고 썼다가 어떤 팬의 요청에 따라 바꿨다. 그가 활짝 웃으며 노트를 넘겨주자, 남학생도 감사하다고 속삭이며 노트를 받아들었다. 유려한 사인, 그리고 그 아래 써진 문구는….

사랑하는 은지에게

'사랑하는… 뭐?'

복학생이 당황하는 사이 수업이 끝났다. 1분도 남기지 않고 강의 시간을 꽉꽉 채워 등록금이 아깝지 않도록 학생들을 위했던 교수는 오늘 이례적으로 15분 일찍 수업을 끝냈다. 그리고 노해일이 있는 곳이 109동 207호란 소문이 퍼지기 전, 그는 질문을 받지 않고 곧바로 소년을 데리고 나갔다.

"대학에 관심 없다면서 내 수업엔 어쩐 일이냐?"

"집에 두고 가신 게 있잖아요."

헤일로는 손에 든 서류 파일을 흔들었다.

그걸 받아 든 노윤현이 "아!" 하고 고개를 끄덕였다.

"이걸 주려고 온 거야?"

"그것도 있고 찾아볼 게 있어서요."

"한국대에?"

"청강 신청 좀 해보려고요."

노윤현의 표정이 미묘해진 사이 헤일로가 입을 열었다.

"무슨 청강?"

"국악과 여름학기 강의요."

헤일로는 핸드폰으로 〈한국대 국악과 여름특강〉 기사를 보여줬다.

핸드폰을 받아 읽은 아버지가 걸음을 멈춰 섰다.

"국악과에 관심이 생겼니?"

어머니가 했던 질문과 같다. 헤일로는 어깨를 으쓱하고는 같은 답을 내놓았다.

"한이 담긴 음악을 만들어달라는 의뢰를 받아서요."

"한…?"

순간 노윤현의 머릿속에 한국 6,70년대 다큐멘터리를 열심히 보던 아들의 모습이 스쳐 지나갔다. 그게 근현대사 공부가 아니라 한이 담긴 음악을 만들어내기 위한 공부였던 것이다. 노윤현은 자신이 완전히 오해했다는 걸 깨닫고 저도 모르게 이마를 손으로 짚었다.

"왜 그러세요?"

"아니다. 요즘 바빠 보이던 게 그래서였구나."

"뭐, 이것저것 하느라 그렇죠."

아들의 또 다른 정체도 알고 있는 노윤현은 '그건 그렇지' 하며 바쁠 수밖에 없다는 걸 인정했다.

노윤현이 날카로운 눈으로 갑자기 고개를 획 돌렸다.

"그나저나 너희들은 어디까지 따라올 거냐? 당장 해야 할 질문이 있나?"

"어, 그게요, 교수님…."

멀찍이서 교수와 소년을 따라가던 몇몇이 그대로 얼어붙었다. 그들은 멈춰서 눈을 데구루루 굴렸다. 언제 말을 걸어야 할까 눈치를 보다 노윤현 교수의 사무실 앞까지 따라왔으니 지적받는 건 당연했다.

몇몇의 간절한 눈에 헤일로가 가볍게 대꾸했다.

"절 따라온 것 같은데요."

그 말에 아버지가 혀를 쯧 찼다.

"오늘 강의가 좀 쉬웠나? 어려웠다면 공부하러 갔을 텐데. 좀 더 진도를 빼도 좋겠군."

"아니, 그건 절대 아닙니다, 죄송합니다! 교수님!"

학생들이 발작적으로 외치며 허리를 숙였다. 그러면서도 돌아갈 기색이 없는 학생들에 노윤현은 문제의 원인이기도 한 아들을 바라보았다.

"그러니까 너는 왜 졸아서 일을 이렇게 만들어."

"다시 말하지만 안 졸았습니다, 아버지."

"안 졸긴. 잘 해결하고 와라. 먼저 들어가 있으마."

노윤현이 아들의 머리를 다정하게 툭툭 두드리며 먼저 사무실 안으로 들어갔다.

'들었어? 들었어? 아버지래.'

'진짜 아버지야?'

'어쩐지 닮았더라!'

'노해일 아버지 교수란 말은 들었는데, 그게 노 교수님이었다니.'

눈으로 대화하던 학생들은 노윤현 교수가 들어가자마자 허겁지겁 가방에서 노트를 꺼내 들었다.

"저, 같이 사진도 찍어주실 수 있나요?"

"네, 좋아요."

헤일로가 마스크를 살짝 내린 채 씩 웃으며 브이 자를 그렸다.

찰칵.

한국대 과잠을 입은 학생과 같이 찍은 사진이 곧 온갖 커뮤니티를 점령한 건 말할 것도 없었다.

간이 사인회를 마친 후 아버지의 사무실에 들어온 헤일로는 벽면을 가득 채운 책과 천문 그림을 발견했다. 보기만 해도 머리가 아픈 책, 그리고 화려한 우주 사진.

"저게 오늘 배운 거란다."

아버지가 수업에서처럼 차분한 목소리로 넌지시 알려줬다.

"예?"

"자느라 못 들었니?"

그렇게 코웃음 친 아버지가 옆으로 와 사진을 가리켰다.

"자, 이 거대한 원반이 별과 기체로 구성된 우리 은하란다. 별 헤일로(Stellar Halo)가 원반을 둘러싸고 있고, 더 넓게 푸른 빛의 지역을 차지하는 게 암흑 헤일로(Dark Halo)지."

헤일로의 머릿속에서 아주 오래된 기억이 떠오른다. 언젠가 구겨진 과학 교과서에서 이런 그림을 보았다. 그는 저 광활하고 아름다운 세상은 어떤 곳일까, 생각하며 그 밑에 쓰여 있던 멋있는 이름을 그대로 가져왔었다. 'HALO'라는 이름을.

"어렸을 때도 그렇게 바라보고 있더니, 이 이름이 마음에 들어서 그랬구나."

아버지가 다정하게 소년의 머리를 쓰다듬었다. 이제 조금만 있으면 이렇게 쓰다듬기 힘들지 모르겠다고 여기며….

"해일아, 네가 말한 국악과 말이다."

"네."

"방금 찾아봤는데 이미 청강 신청은 끝난 것 같더구나."

"그래요?"

7월에 들어선 지도 꽤 됐다. 이미 강의는 시작되었고, 수강 신청 기간은 당연히 초과했다. 그래도… 노윤현 교수는 다시 컴퓨터를 바라보았다.

"그래서 말인데 오늘 일정 있니?"

"아니요. 갑자기 그건 왜요?"

노윤현이 스크롤을 내리고 가만히 국악과 일정을 지켜보았다. 한이 담긴 음악은 모르겠는데, 오늘 콘서트홀에 국악과 하계 세미나가 잡혀 있었다. 국악과 학생들이 정기적으로 진행하는 국악공연이다. 보통 콘서트홀에서라면 졸업 연주회가 아닌 이상 특강을 진행하는 데 의외다 싶었다. 가야금, 거문고, 해금, 대금, 피리, 아쟁 등 한국의 전통 악기가 공연 포스터 아래 적혀 있다. 그런 학생 세미나는 보통 누구나 들어가 공연을 관람할 수 있었다.

"국악 공연 아직 한 번도 본 적 없지? 오늘 국악과 학생들의 세미나가 있던데, 듣고 가는 게 어떻겠니?"

가만히 듣던 헤일로가 고개를 끄덕였다.

'국악 공연이라.'

너튜브에 올라온 판소리 실황 말고는 본 적이 없어서 괜찮은 자극이 되리라 싶었다.

그때였다. 복도에서 사람들이 몰려오는 소리가 들렸다. 이어서 쿵쿵 문을 두드린다.

"이런."

노윤현은 한숨을 푹 쉬며 머리를 짚고 엄한 표정으로 문에 다가 갔다. 벌써 소문이 여기저기 퍼져 학생들이 몰려왔나 싶었다. 그는 괜히 들어오게 해서 조용한 사무실에 소란을 일으키기보단 직접 나가는 것을 선택했다. 그래서 문을 벌컥 열고 뭐라고 한마디 하려 는 찰나, 뜬금없는 얼굴을 보고 당황했다.

"자네들이 왜 여기에?"

"아니 우리 노 교수! 우리 오늘, 그… 인사를 못 한 것 같아서 말 이야."

"아까 아침에도 인사했는데 무슨 인사야?"

"뭐, 아침에 인사했으면 오후에 하지 말라는 법 있나? 굿에프터 눈! 수업은 없다고 알고 있는데 안으로 들어가도 되겠나?"

학생도 아니고 동료 교수들이 음흉한 얼굴로 모여 있었다. 그들이 연구하다 말고 여기에 몰려온 이유는 뻔했다. 한 교수가 목을 옆으 로 빼 안을 들여다보다 금발의 소년을 발견하고는 손을 흔들었다.

'어휴. 이 인간들.'

노윤현의 눈썹이 꿈틀거렸다. 다들 점잖은 태도를 유지하고 있 지만, 실제론 연예인을 보러 구경하러 온 학생들과 다를 바가 없어 보였다.

"미안하지만 그건 안 될 것 같아."

"왜?!"

노윤현의 말에 한 교수가 정색했다. 그러다 본인도 오버했다는 걸 깨닫고는 헛기침했다.

"가야 할 데가 있어서 말이네."

노윤현이 손목에 있는 시계를 확인하고 안에서 음료수를 마시며 앉아 있는 소년에게 손짓했다.

"어, 어디를 간다는 말인가? 이렇게 갑자기, 우리가 오자마자?"

"콘서트홀. 뭐, 자네들도 갈 텐가?"

노윤현은 가려다 말고 예의상 물었다.

[잠시 후에 국악 세미나가 시작되겠습니다. 객석에 계신 관객 여러분들은….]

"허허, 내가 또 한 국악 하긴 하지."

"한 국악은 무슨. 한 주걱턱 하겠지."

"뭐야? 내 턱이 어때서? 그리고 자네 요즘 그런 농담 하면, 애들이 비웃어."

중년의 교수들이 콘서트홀 관객석에 나란히 앉아 있는 풍경은 꽤 이색적이었지만, 조명이 내려앉으며 곧 모습을 감췄다.

노윤현은 정말로 쫓아온 동료 교수들을 보며 고개를 절레절레 저었다. 모두 천재 소리 듣고 사는 이들인데 호기심 앞에 장사 없다 싶었다.

곧 공연이 시작됐다. 모든 공연이 그렇듯 복장을 통일한 연주자들이 나와 악기를 조율했다. 헤일로는 흥미로운 눈으로 조율을 지켜보았다. 그는 악기를 조율하는 이 시간이 좋았다. 공연에 대한 기대감도 기대감이지만 악기의 사운드 상태가 그대로 들려왔기 때문이다. 게다가 대개 그에게 낯선 세션이 아닌가.

그쯤 방송 안내음이 들려왔다. 시작하기 전에 공연에 대한 해석을 잔잔하게 들려주었다. 누군가에겐 따분한 박물관 큐레이터 설명처럼 들릴지 모르지만, 국악이 낯선 헤일로에겐 친절하게 닿았다. 그리고 곧 조명이 무대 위로 떨어졌다.

'확실히 다르네.'

바이올린이나 플루트와 느낌이 다르다. 현악기라고 소개한 해 금은 바이올린 같은 소리가 아니라 묵직하고 날것의 사운드를 들 려줬다. 정제되지 않은 통곡 소리. 아리랑으로 시작한 공연은 그 배 경을 모르는 사람에게까지 구슬프게 들려왔다. 헤일로는 귀를 기 울이며 '한'이 담긴 음악에 대해 다시 생각해보았다.

'이렇게 해금으로 슬픈 소리를 만들면 될까?'

록 밴드가 해금을 들진 않으니 헤일로는 일렉 기타 사운드로 해 금의 서글픔을 구현하면 어떨까 생각했다. 사랑하는 친구, 가족을 잃은 정우. 매를 맞으면서 나오는 통증의 노래를. 원래 전통적인 극 엔 그렇게 절망적인 음악이 나오기도 한다. 헤일로는 이게 맞나 싶 으면서도 멜로디를 짜 내려갔다.

그러던 때 공연의 분위기가 달라졌다. 서글픈 역사를 설명해주며 흐느끼던 악기들이 돌변했다. 악기의 구성이 달라지진 않았다. 하 지만 그들의 가락이 달라졌다. 헤일로가 천천히 몸을 앞으로 기울 였다. 보다 빠른 박자, 단조가 아닌 장조의 선율. 분명 방송에서 들려 준 이야기는 슬프고 절망스러웠는데, 즐겁고 흥겨운 소리가 달려간 다. 이야기 속에 눈도 멀고 곧 죽을지도 모르는 시각장애인이 흥겹 게 부르는 판소리가 이어진다. 덩실덩실 춤을 추고 주변 이들의 비 난에도 아랑곳하지 않고, 노래를 이어 나간다. 상황이 어두워지면 어두워질수록 더 밝고 익살스럽게. 아이러니했지만, 그가 세상의 아름다움을 입에 담을수록 선율이 더 흥겨워질수록 무언가 쩡하게 울렸다. 징의 진동이 전해지는 것 같았다. 헤일로는 두 손으로 진동 을 느꼈다. 시각장애인의 춤은 그의 숨이 닿을 때까지 멈추지 않는다. 눈앞의 장면에 넋을 놓은 그의 귀에 내레이션이 와 박힌다.

[아울러 한과 한 쌍으로 거론되는 '흥'에 대해 말해보려고 합니다. 사람들은 한국인을 '한의 민족'이라고 말하지만, 동시에 '흥의 민족'이라고 말합니다. 사실 한보단 흥이 우리나라의 정서에 알맞다고 말하는 사람도 있죠. 어떤 것이 정답인진 모르겠습니다. 다만, 우리는 흔히 이렇게 말합니다. 흥은 어느 정도 극복할 수 있는 정신적인 고통에서 나온 정서이고, 한은 너무 압도적이거나 극복할 수 없는 고통에서 나온 감정이라고….]

헤일로는 뮤지컬의 주인공을 떠올렸다.

'모든 걸 잃고 혼자 록을 부르는 주인공의 처절함, 그가 갈망하는 자유는 과연 압도적이고 극복할 수 없는 고통에서 나오는 걸까?'

그의 머릿속에선 6,70년대의 다큐멘터리가 흘러갔다. 군부정권에 대한 청년 운동의 이야기가 지나갔고, 결국 청년들은 자신들이 원했던 가치를 성취했다.

'압도적이고 극복할 수 없는 고통이 아니야.'

헤일로는 주먹으로 무릎을 내리쳤다. 그가 표현해야 하는 건 처절함에서 오는 슬픔이 아니다. 오히려!

"아버지."

헤일로는 자리에서 벌떡 일어났다. 거의 끝나가는 공연을 보며 다리와 팔이 초조하게 움직였다.

"저 먼저 가볼게요."

영감이 찾아왔다. 정우가 부를 가장 흥겨운 선율이 온 세상에서 들려오고 있었다.

"지금? 갑자기?"

"예. 가보겠습니다."

"해일아."

노윤현이 눈을 껌벅였다. 아들은 이미 어딘가에 정신이 팔린 것 같았다. 귀에 거는 건지 넣는 건지 허겁지겁 마스크를 올려 쓰고 인사를 하더니 말없이 공연장 밖으로 뛰쳐나갔다. 아들이 보이지 않을 때까지 등을 주시하던 노윤현은 다시 몸을 돌렸다.

"허… 녀석."

노윤현은 국악 공연을 보다가 피식 웃었다. 저 다급함이 어디서 나왔는지 모를 수가 없다. 기타를 잡지 않았지만 녀석은 이미 기타를 치는 듯 손을 움직이고 있었으니까.

"답을 얻었나 보군."

노윤현은 좌석 깊이 몸을 기댔다. 아들은 자신의 도움 없이, 대학이나 어떤 기관의 도움 없이 스스로 답을 쟁취할 줄 알았다.

"기특한 놈."

노윤현의 입가에 만족스러운 미소가 걸렸다.

자연대에 노해일을 보러 갔다가, 콘서트홀이라는 말을 듣고 뒤늦게 들려온 사람들로 콘서트홀이 북적였다.

"노해일은?"

"노해일 안 보이는데? 벌써 갔어?"

"해일이 보러 등교했는데."

자신들이 공연을 보며 곯아떨어진 새 동료의 아들이 이미 갔다는 말을 듣고 구시렁거리던 교수들은 학생들의 인파에 혀를 내둘렀다. 정상적으로 공연을 다 보고 노해일이 나왔더라면 여름 해운대와 같은 인파에 휩쓸렸을지도 모른다.

'해일이가 이 정도인가?'

교수들은 자기들도 궁금해서 찾아간 걸 깜빡 잊었다.

학생들이 흘끗거리며 교수들을 바라봤다.

'저 중에 노해일의 아버지가 있다.'

천문학부가 아닌 학생들은 서넛의 교수 사이에서 노해일의 아버지를 확정 지을 수 없었다. 물론, 천문학부 생들은 노윤현을 알아보긴 했다. 그러나 그들 역시 노해일이 없는 자리에서 교수에게 말을 걸진 않았다. "교수님께서 혹시 노해일의 부친 되십니까?"라고 말할 수 있는 용자가 나타나기엔 노윤현의 얼굴이 차가웠다.

그때였다. 인파 속에서 누군가 뛰쳐나왔다. 하얀 반소매가 땀으로 젖은 남학생이 나와 거칠게 숨을 뱉었다. 여기까지 뛰어온 것 같았다.

"존경하는 교수님!"

그 인파에서 나온 남학생은 주위를 두리번거리며 노해일을 찾더니 그가 없다는 걸 인지하고는 교수들을 올려다보았다.

"평소 노 교수님을 흠모하였고, 노 교수님의 수업을 간절히 듣고 싶었던 총학생회장 이종현이라고 합니다!"

쏜살같이 말을 뱉어낸 총학생회장이 눈치껏 노 교수를 찾았다. 다른 교수들의 시선이 노 교수에게 쏠려 있어 쉽게 눈치챌 수 있었다. 총학생회장은 인사하듯 고개를 숙이며 재빨리 말을 정리했다. 그의 머릿속에 잭팟이 펑펑 터지고 있었다. 말을 더듬지 않으려면 한 번 더 정리해야 했다.

'아니, 세상에, 우리 학교 교수님이었다니!'

총학생회장은 학연, 지연이란 말을 그리 좋아하진 않았지만, 오늘만큼은 그 단어를 사랑하기로 했다.

"감히 제가 한국대학교의 무궁한 발전과 영광을 위해 한 가지 건의해도 되겠습니까?"

'학연! 지연! 그리고 혈연! 넌 21세기 최고의 가치야!'

* * *

노해일이 한국대에 왔을 땐, 한국대 에브리타임이라는 비교적 규모가 작은 커뮤니티만 들썩이게 했지만, 누군가 한국대 과잠을 입은 학생과 노해일의 인증 사진을 올리면서 다른 커뮤니티들로 유성처럼 퍼져나갔다.

[(HOT) 본인 노해일한테 사인 받은 한국대생인데 (사인인증.jpg) 내 여친한테 줄 거라고 사인해달라고 했는데 이거 맞냐?]

└ 사랑하는 은지에게 ㅋㅋㅋㅋㅋ

└ NTR ㅋㅋㅋ

└ 아니 ㅈㄴ 웃기넼ㅋㅋㅋㅋㅋㅋ노해일 금태양썰 ㅋㅋㅋㅋㅋㅋ

└ 근데 노해일 이 새끼 남팬한텐 사랑하는 안 붙여주던데.

└ 남팬한텐 어떻게 주는데?

└ 그냥 To 이름.

└ 아닠ㅋㅋ다른 놈이었으면 차별인데, 급식이 그러니까 그냥 웃음벨이눜ㅋㅋㅋ솔직한 새끼.

└ 노해일 이 새끼 씹호감이네 ㅋㅋㅋㅋ

[근데 나도 사랑하는 받고 싶다…]

└ 여자임?

└ ㄴ ㄴ 남잔데.

└ ;;;

그리고 무엇보다 뉴스 기사로도 나온 사실이 커뮤니티를 불태웠다.

[그러니까 한국대 천문학 여름학기를 수강하다가 졸던 놈을 깨웠는데 그놈이 노해일이고 교수가 노해일 아빠라고???]

[노해일 아빠가 한국대 교수임?? 그것도 천문학??? ㅗㅜㅑ 미쳤네.]

└ 와 유전자 뭐냐? 아빠는 이과 천재고 아들은 음악 천재임??

└ 노해일 아빠 교수라는 소문이 있긴 했는데 한국대 교수는 ㄹㅇ...

└ 집안도 금수저ㅅㅂ 인생 혼자 사네.

└ 노해일 금수저임?

└ ㅇㅇ 성수역에 있는 노해일 레이블 건물 집안에서 사준 듯.

└ 하긴 음원 수익으로 건물까진 힘들지도 ㅋㅋ

[그니까 이제 노해일 보고 싶으면 한국대 물리 천문학과 가면 된다는 얘기지? 아ㅋㅋ 별거 아니네ㅋㅋ]

└ ㄹㅇㅋㅋ

[그럼 이번 대학 축제 라인업은 확정인가? 아빠가 한국대 교수면 한국대로 가겠지?]

└ 근데 한국대에서 노해일 섭외 안 할 수도 있잖아.

└ ?? 총학이 미쳤다고? 노해일은 잡아야지.

└ 한국대 총학이 노해일 아빠 만났다는 말 있던데.

└ 아니 근데 이거 반칙 아님? ㅈ같은 혈연지연학연. 우리 학교에서 노

해일 섭외하려고 했는데.

└ 아니 언젠 관심 없다며 ㅋㅋ 발라드라 분위기 죽는다며 ㅋㅋ 총학 새끼

들 하나같이 블러핑쳤네 ㅋ

└ 그 꼬우면… 알지?

[그래서 노해일 지금 어딨음? 이 새끼는 어그로란 어그로는 다 끌고 다

시 잠적하는 거 개열받네. 다른 연옌이었으면 관종새끼 하고 말았을 텐

데 노래 ㅈㄴ 좋고 하는 짓도 ㅈㄴ 신기해서 지금 뭐 하고 있나 개궁금함.

보니까 노해일 팬덤 불타오르던데 노해일 이 새끼 이쯤 되면 즐기는 거

아님?]

└ ㅁㄹ 니가 교수님한테 물어봐.

└ 뭐라고 물어보냑 ㅋㅋㅋ 교수님, 실례지만 아드님이 혹시 관종인가요?

└ 흠흠, 내 아들이 관종인 건 모르겠고… 그런데 자네 혹시 대학원에 관

심 있나?

└ !!!

SNS도 하지 않고, 소속사 웹사이트도 없으며 팬에게 그의 일정

을 알릴 생각이 없어 보이는 이 시대 보기 드문 연예인 때문에 팬

덤은 이미 불타오른 전적이 있었다. 미국 토크쇼에 갔을 때 말이다.

사실 다른 연예인이었다면 이 무소통 무관심 정책(?)에 의해 팬들

에게 욕만 엄청나게 얻어먹었을지도 모른다. 그러나 노해일의 경

우는 좀 달랐다. 일단 계속 발매하는 노래마다 음원 1위를 차지하

기도 하고, 화려한 라이브 실력 등 본업에 대해 욕할 요소가 없었

다. 잠적한 것도 어디 가서 술 먹고 사고 치는 게 아니라 건전하게

음악 작업을 하기 때문이었고, 일찍이 특이한 성격의 음악 천재 이

미지도 미디어와 평소 행적을 통해 잡혀 있었다. 독립 레이블의 특성도 팬들이 이해할 수 있는 최소한의 이유가 되었다. 한결같은 무소통에 팬들은 그 무심함을 노해일의 매력이라고 받아들이기까지 했다.

[오늘 달 한국대에 있었어???? 바로 옆이었다고???]
└ 진정해.
└ 내가 지금 진정하게 생겼어????
[달 한국대 축제 확정임? 한국대 축제 티켓팅 언제 해?]
└ 콘서트 아냐 진정해.
└ 한국대 축제는 언제야? 지금부터 일주일 동안 노숙하면 돼?
└ 11월이야. 지금 방학이라고!! 노숙하면 잡혀가.

그래서 팬덤이 불탔다는 건 어떻게든 노해일을 만나고 싶다는 욕구가 점점 강해지며, 단단해지고 있다는 의미였다. 말하자면 유럽에서 HALO를 보고 싶어서 만나고 싶어서 그의 손길을 받고 싶어서 미쳐가는 팬덤과 얼핏 닮아 있었다. 팬 카페에서 차단당한 이후로 헤일로는 팬덤에서 일어나는 일을 전혀 알 수 없었다. 물론 차단당하지 않았어도 지금은 알 수 없었을 것이다.

헤일로는 녹음실에 박혀서 일렉 기타를 튕겼다. 만 하루 동안 녹음실에 처박혀 기타만 튕겼지만 배가 고프지 않았고, 기타를 온종일 치느라 하얀 손가락이 빨갛게 달아올라도 아프지 않았다. 며칠 동안 고민하던 난제가 깨끗하게 해소되고, 그가 생각하기에 가장 좋은 정우의 노래가 완성되어 그의 기분은 붕 떠 있었다.

"사장님, 저렇게 둬도 괜찮을까요?"

의도치 않은 식음 전폐에 문서연이 걱정스러운 얼굴을 했다.

컨트롤 룸에 모인 멤버들이 소년을 가만히 주시하고 있었다. 녹음실에 있는 소년은 웬만해선 건드리지 않는 게 이곳의 암묵적인 룰이지만 걱정이 되는 건 어쩔 수 없다. 노해일이 차라리 성인이었으면 걱정하지 않았을 텐데, 열일곱 아직 성장해야 하는 청소년이란 걸 이 자리에 있는 모두가 의식했다.

"노래 다 완성된 것 같은데, 슬슬 부르긴 해야 할 거 같아."

한진영이 차분하게 대꾸했다.

"오빠도 그렇게 생각하죠? 제가 가서 밥 먹자고 해볼까요?"

"응."

"안 돼."

남규환이 문서연의 길을 막자, 문서연이 눈썹을 까딱였다.

"비켜라."

"안 된다, 이놈…!"

남규환이 엄숙한 태도로 길을 막는다. 방해하지 말라는 것이다. 그는 소년의 정체를 알게 된 이후로 그를 왕이나 신적 존재로 여기는 경향이 있었다. 물론, 문서연은 남규환이 흔히 말하는 '헬리건'이라는 걸 알기에 이해는 한다. "그래도…"라고 한 소리 하려는 찰나, 녹음실에 있는 소년이 돌연 고개를 숙였다 들어 올렸다. 그가 코를 쓱 닦는데 붉은색 액체가 묻어나온다. 그 순간 남규환이 누구보다 빨리 컨트롤 룸 밖으로 뛰쳐나갔다. 문서연은 그의 행동에 고개를 절레절레 저으려다 그녀의 사장님이 코피를 쏟았다는 걸 인지하며 서둘러 따라 나갔다.

"사장님!!!!"

헤일로는 제 코에서 나오는 게 콧물이 아니라 코피라는 걸 보고는 '아, 나 약하지'라고 생각했다. 그리고 문득 노해일의 몸이 미성년자에 미완성이란 걸 다시 한번 실감했다.

'쉴 때가 됐구나.'

헤일로는 차분하게 기타를 내려놓았다. 원래 그의 몸이었다면 절대 쉬지 않았을 것이다. 하루 이틀 밤을 새운다고 코피가 나는 몸이 아니니(누군가에게 맞고 코피를 쏟을 순 있다) 쉬진 않았을 것 같다. 그러나 이건 자신의 몸이 아니다. 그가 최소한의 책임을 져야 할 노해일의 몸이었다.

'쉬자. 곡도 괜찮게 나왔고.'

헤일로는 한 번 눈을 깜빡였다. 정신을 차렸을 때 그는 코에 휴지를 꽂고 죽을 먹고 있었다. 코피 좀 흘렸다고 놀란 문서연이 허겁지겁 뛰쳐나가 죽을 사 왔다. 한진영은 기타를 압수하며 자고 일어나면 돌려준다고 했다. 그리고 남규환이야 뭐, 물을 떠 오고 손을 달달 떨며 뭐든 시켜달라고 했다. 피를 쏟은 건 헤일로인데 남규환이 더 놀란 것 같았다. 문서연이 사온 죽은 좀 싱거워서 맛이 없었지만 그래도 모두 둘러앉아 함께 먹었다.

"와 난 소고기죽 맛없는 집 처음 봐. 대충 샤브샤브 먹고 죽 먹으면 맛있던데."

"참치죽은 보통 참치캔 넣어서 만들지 않나? 참치 기름 쓰면 맛이 없을 수가 없는데. 요즘 라면만 먹더니 입이 고급이 됐나?"

"무슨 라면 먹었는데."

"진순?"

"진순이 라면이야?"

다들 맛없다고 투덜거리고, 심지어 죽을 사 온 문서연도 한마디 했지만 다른 음식을 시키거나 사 오진 않았다.

헤일로도 계속 숟가락을 움직였다. 배가 안 고픈 줄 알았는데 죽이 계속 들어갔고, 멤버들의 목소리가 합쳐져 즐거운 음악처럼 들렸다. 맛이 싱겁긴 하지만 나쁘진 않았다.

'이렇게 쉬는 것도 나쁘진 않네.'

* * *

헤일로는 박정호 음악감독에게 연락했다. 이렇게 일찍 미팅을 잡을 줄 몰랐는지 그는 좀 당황하며 주소를 불러줬다.

"해일 씨 벌써 만든 거야?"

헤일로는 주변을 두리번거렸다. 박정호 음악감독이 그를 부른 곳은 이제까지 만났던 사무실이 아니라 뮤지컬 무대 배경이 만들어지는 스튜디오였다. 곧 예정된 극장이 비워지면 이 소품과 무대를 그대로 옮길 거라고 했다.

소년이 흥미로워하자 그에게 호의적인 박정호 음악감독은 쉬는 시간에 제작 중인 무대를 소개해줬다.

"이게 60년대 후반 한국대 강의실. 신기하지?"

"네. 그렇네요."

60년대 강의실이라 신기한 게 아니라 며칠 전 방문한 한국대 강의실과 크게 다를 바 없어 신기했다. 하긴 건물을 새로 짓거나 리모델링을 했으면 몰라도, 인문대나 자연대엔 리모델링이 필요한 옛 건축물이 많이 남아 있었다.

"여긴 정우의 밴드가 공연하는 라이브클럽. 해일 씨는 아직 클럽은 못 들어가지?"

벽 뒤에 또 다른 무대가 나왔다. 해일로는 이미 클럽이 어떻게 생겼는지 잘 알았기 때문에 뮤지컬 무대로 구현한 클럽의 모습을 가만히 지켜봤다. 반응이 재미없는지 박정호 감독은 그 뒤의 무대를 보여줬고, 그렇게 겹겹이 쌓인 무대가 지나갔다. 가장 마지막 벽은….

"여기군요."

"그래, 이쪽에 버스가 서 있고, 여기에서 연막탄이 터질 거야."

정우의 무대가 해일로의 눈앞에 펼쳐졌다. 그의 간절함이 담긴 마지막 무대가.

"그럼 이제 우리 해일 씨 곡 들으러 갈까?"

해일로는 음감의 말에 잡념을 지우고 고개를 끄덕였다. 클라우드로 이미 보내놓았기에 그가 더 할 건 없었다.

그때, 그들의 뒤로 또 다른 목소리가 들렸다.

"그거 나도 들어볼 수 있나?"

해일로는 인기척 없이 갑자기 들려오는 목소리에 화들짝 놀랐고, 박정호 음감 역시 발작하듯 놀랐다. 그런 그들 뒤에 음흉한 얼굴로 서 있는 남자는 창작 뮤지컬 〈록〉의 총연출가였다.

"노해일 씨 맞나? 만나서 반가워요. 우리 뮤지컬 작곡 의뢰를 빌아줬다곤 들었는데 만나는 건 처음이네."

선글라스의 수염, 맵시 있는 복장을 한 총연출가가 씩 웃으며 말했다. 원래라면 악수 타임을 가져야 했지만, 총연출가는 소년의 손 온도보다 박 음감이 들으려는 음악이 더 궁금했다.

"연출가님은 블라인드 때 들으세요."

박 감독이 단호하게 잘랐지만 총연출가는 포기하지 않았다.

"아니, 내가 뭐 노해일 씨와 특별한 인연이 있는 것도 아니고, 그렇다고 악연이 있는 것도 아닌데 그렇게 빡빡하게 해야겠나?"

"그래도⋯."

"그리고 그거, 블라인드 테스트 말이야. 의미가 없어졌어."

"예? 그건 무슨."

총연출가는 뜻을 읽을 수 없는 모호한 얼굴로 어깨를 으쓱였다. 그리고 제 어깨 너머를 손가락으로 까딱했다. 박정호 음감이 그의 손끝을 따라 시선을 넘겼다. 그 시선 끝에 닿은 건⋯.

"김 교수 아니세요⋯?"

"그래, 김 교수가 자기가 만든 음악 어떠냐며 이미 나한테 보냈거든."

박정호 음악감독의 미간이 일그러졌다. 먼저 연출가에게 곡을 보여준 건 분명한 월권이자, 청탁이었다.

"그래서 들으셨습니까?"

"듣긴 했지. 근데 오케이한 건 아니고. 우리 음악감독이 여깄는데 내가 혼자 어떻게 결정하나."

"예, 저도 받아달라는 건 아닙니다. 가장 좋은 곡을 선택해야죠."

"그렇다고 하네."

음감의 시선을 받고 다가온 김 교수가 뻔뻔하게 대답했다. 그러곤 그는 고개를 돌려 소년을 바라봤다. 그때 "어떠세요? 요즘 애들 음악"이라고 했던 건방진 한마디가 같이 떠올랐다. 김 교수는 솔직히 그 음악만큼은 부정하지 못했다. 눈부신 재능은 인정할 수밖에 없었다. 그러나 조금 더 인생을 살아본 어른으로선 소년이 굉장히 마음에 들지 않았다. 원래 벼는 익을수록 고개를 숙여야 하는 법이거늘, 아직 실패를 겪어보지 않은 소년은 재능만 믿고 오만했다.

'하긴 뭐, 요즘 애들은 안 맞고 자라서 싸가지가 없지.'

김 교수는 저 날개가 언젠가 한 번은 부러질 거라는 걸 의심치 않았다. 그때 소년의 건방진 태도가 부메랑처럼 돌아와 남김없이 물어뜯을 것이었다.

"하느님의 이름으로 맹세하건대, 난 받은 거 없어. 그래서 솔직하게 음감한테 말한 거고, 곡에 대한 선택도 같이할 거야. 다만 이미 블라인드 테스트는 의미를 잃었으니, 모두 다 이름 까도록 하자고. 박 감은 내가 막 편견 있는 사람이 아니란 거 알잖아."

편견이 없는 사람인지 모르겠으나, 샛노란 색의 스펀지밥 정장은 확실히 개성 있는 사람으로 보이게 했다.

"네, 뭐, 그렇죠."

박정호 음감은 김 교수의 월권에 이미 기분이 상했지만, 총연출가나 소년에게까지 짜증을 옮기지 않았다. 이미 벌어진 일이다. 물론 김 교수는 월권과 청탁에 대한 책임을 져야 할 것이다.

원래라면 헤드폰으로 들었을 곡을 실내 사무실로 들어와 성능 좋은 오디오로 재생했다. 박정호 음감은 김 교수보다 소년의 곡이 좋을 거라고 믿어 의심치 않았다. 그런데… 그가 대충 상상했던 슬픈 선율은 없었다. 통곡도 절망도 주변 사람들을 잃고 피폐해진 마음도 느껴지지 않았다. 흥겨운 박자와 흥겨운 멜로디, 흥겨운 록의 선율이 들려왔다.

'이게 뭐지?'

박정호 음감은 당황했다.

김 교수는 '흥, 두 번째 넘버랑 헷갈렸군' 하고 코웃음을 치며 총 연출가를 바라보았다. 그가 총연출가에게 들려줬던 곡이 마지막 넘버였다. 뮤지컬의 꽃이 될 넘버를 그는 포기하고 싶지 않았고, 무례를 무릅쓰고 총연출가에게 들려줬다. 끝없이 우울하고 절망에 빠진 정우의 곡을. '자 봐, 내가 낫지?'라고 김 교수는 생각했다. 신주혁이나 노해일, 근본도 없는 대중가수와 비교도 안 될 것이다. 김 교수는 총연출가의 반응을 기다렸다.

'잠깐 이거….'

가만히 곡을 듣던 총연출가의 고개가 돌연 옆으로 기울어졌다. 그는 김 교수가 만든 마지막 넘버에 그 당시의 시대상, 청춘들의 절망이 잘 드러나 나쁘지 않다고 생각했다. 그런데 이건… 완전히 다르다! 물론, 처음엔 마지막 넘버가 아니라 첫 번째 넘버가 아닌가 싶었다. 그러나 불현듯 그에게 찌릿한 번개가 지나갔다. 그는 몸을 획 돌려 창 너머를 바라보았다. 그 앞엔 미완성된 무대장치가 있다.

'…보인다, 보여!'

음악이 들려온다. 즐겁고 정겨운 선율이 귀를 휩쌌다. 어느새 그는 완성된 무대 위에 서 있었다. 그가 어렴풋이 상상했던 소품과 무대, 조명, 그리고 아직 캐스팅도 되지 않은 정우까지 완벽한 형태로 무대의 막이 오른다. 빠르게 흐르는 시간 속에서 그가 도달한 건 마지막 무대. 군부정권에 대항하며 운동하는 사람들 사이에 연막탄이 터지고, 사람들이 얻어맞는다. 이미 친구를 잃은 정우는 그 자리에서 똑똑히 모든 것을 지켜보며 기타를 연주했다. 군부에 의해 민중이 밀려 나간다. 그곳에 절대 이길 수 없는 벽이 있었다.

그곳에서 정우는 노래한다. 슬프고 괴로운 음악으로 그와 청춘들의 고통을 대변하기보다 즐거운 음악으로 머지않아 다가올 청춘들의 미래를 노래했다. 저 눈앞의 벽이 당장 압도적이고 극복할 수 없어 보이더라도 결국 극복하게 되리라 말했다. 그리고 정우가 그렇게 노래할 수 있는 것은….

총연출가는 주먹을 쥐었다. 전율이 밀려와 눈물이 글썽글썽 맺혔다. 이 뮤지컬의 주인공 정우는 그들의 운동이 진짜 성공하는지 모른다. 그러나 이 뮤지컬을 보는 관객들은 그들의 시도가 어떻든 성공하리란 걸 알 것이다. 그들이 정우와 청년들이 만든 미래를 누리게 된 청춘이기에.

'그래! 이게 내가 원했던 거였어.'

총연출가가 고개를 획 돌렸다. 그곳엔 무대 대신 그가 원하던 무대를 보여준 소년이 있었다. 그는 눈을 휘둥그레 뜬 김 교수를 지나쳐 소년에게 다가가 어깨를 턱 잡았다.

"혹시 나 대신 총연출가 하겠나?"

"풉!"

강렬한 갈증을 느끼고 물을 마시던 박정호 음감이 그대로 뿜었다.

***

총연출가는 바쁘나며 연출 제의를 단호하게 거질한 소년을 떠올리며 큭큭 웃었다. 골머리를 앓았던 부분이 해소된 것에 매우 기쁜 찰나다. 김 교수가 씩씩거리며 그에게 다가왔다.

"더 좋은 음악으로 선택하겠다고 하셨잖습니까."

"그래, 더 좋은 음악으로 선택했지."

뭐가 문제냐는 듯 총연출가가 어깨를 으쓱였다. 그의 정장에 박힌 스펀지밥 패턴이 김 교수의 눈에 들어왔다. "월요일 좋아"라고 외치는 스펀지밥도 그를 조롱하는 것 같았다.

"혼자 결정할 생각 없다고 하셨죠?"

"내가 결정권자이지만, 혼자 결정할 생각은 없다고 했지. 왜?"

김 교수가 답답하다는 듯 가슴을 쿵쿵 두드렸다.

"그런데 저를 조롱하고 그 꼬마의 되지도 않는 곡을 선택하셨습니까?"

"내가 김 교수를 조롱했다고? 언제?"

총연출가는 돌아서서 물었다.

진짜 모르겠다는 태도에 김 교수가 이를 악물며 대꾸했다.

"그, 마지막 넘버 같지도 않은 넘버, 그걸 선택한 게 절 조롱한 거 아닙니까?"

"뭐? 허! 이 사람 보게."

총연출가는 어처구니가 없어 코웃음을 쳤다.

"괜히 총연출가 하라는 농담이나 하고."

"그건 진심인데."

모두가 농담으로 넘겼지만 그는 진심으로 한 말이었다. 그 순간 소년이 응했다면 총연출 책임을 넘겼을지도 모른다.

가만히 김 교수의 항의를 들어주던 총연출가의 눈썹이 꿈틀거렸다. 슬슬 자신을 심문하는 듯한 김 교수가 거슬린 것이다. 한창 기분이 좋은 터라, 그냥 넘어가려고 했는데 점점 기어오르고 있지 않은가. 부정을 한 번 넘어가줬는데도 말이다.

"이러시면 저 가만히 못 있습니다."

"가만히 못 있으면 어쩌려고? 뭐, 이번엔 투자자 찾아가서 곡을 들려주려고 그러나?"

"연출가님!"

비웃음이 섞인 말에 김 교수가 고함을 버럭 내질렀다.

총연출가는 눈 깜짝도 하지 않았다. 그는 김 교수가 투자자까지 찾아갈 배포가 안 된다는 걸 알았다. 설사 찾아가더라도 투자자는 그의 선택을 더 신뢰할 것이었다.

"김 교수, 혹시 나랑 파워 게임하고 싶어서 그래?"

김 교수는 차갑게 들리는 목소리에 그제야 흠칫했다. 이 괴짜 같아 보이는 총연출가가 업계에서 보통이 아닌 사람이라는 걸 깜빡 잊고 있었다. 너무 억울한 나머지 선을 넘었다. 여기서 더 나가면 영영 업계에서 묻힐 수 있다는 것 또한 깨달았다.

"아, 아닙니다, 제가 어떻게."

"그렇지? 내가 김 교수의 의도를 착각할 뻔했잖아. 곡이 괜찮아서 들려주려던 걸 청탁이라고 받아들이고."

"네?"

"이번엔 내 권위에 도전하는 거라고 착각할 뻔했잖아."

"그렇게 받아들이셨다면 죄송합니다."

총연출가가 손을 들자, 김 교수가 본능적으로 움찔했다. 그러나 총연출가는 그를 때리려는 의도가 아니었다. 총연출가의 손이 김 교수의 눈을 가렸다.

"뭐가 보이지 김 교수?"

김 교수는 대답하지 않았다.

"아무것도 보이지 않지?"

총연출가가 먼저 대꾸했다.

"그게 당신의 깜깜한 미래야."

그리고 총연출가는 손을 떼고 제 눈을 가렸다.

"그런데 아나? 나는 눈을 가려도 미래가 보여!"

총연출가가 다른 손으로 무대를 가리켰다.

"저곳엔 조명이 내려앉을 거고 정우가 그 위에 서 있을 거야. 저쪽에 사람들이 곤봉으로 맞고, 쓰러지겠지. 정우는 그들을 보며 더 처절하게 즐겁게 노랠 부를 거야! 김 교수는 그 무대가 보이지 않아?"

총연출가는 아무것도 없는 무대에 정말 뭐라도 있는 것처럼 말했다. 김 교수의 표정이 점점 창백해졌다. 긴 연설을 내뱉은 총연출가가 김 교수를 다시 돌아보았다.

"이게 방금 자네가 부정한 꼬마가 보여준 미래야! 내가 김 교수를 차별하고 조롱하는 것 같다고? 하하하!"

밝게 웃던 총연출가의 표정이 순식간에 비웃듯이 일그러진다.

"내가 왜? 자네가 뭐라고."

그때 멀리서 소년을 배웅하고 온 박정호 음감이 그를 불렀다.

"총연출가님!"

총연출가는 다시 밝아진 표정으로 손을 흔들었다. 잠시만 있으라는 제스처에 음감이 멈춰 서는 사이, 총연출가가 김 교수 어깨의 먼지를 털어줬다.

"물론 걱정하지 말게, 김 교수. 나는 혼자 결정할 생각이 없어. 블라인드 테스트 의미는 잃었지만, 합리적으로 다수결의 의견을 받아서 결정할 거야. 김 교수의 곡이 더 좋다면 그 곡이 선택되겠지. 우리가 모두 원하는 게 아닌가? 공평."

'그러니까 기어오르지 말라고.'

총연출가가 웃으며 김 교수의 어깨를 툭툭 두드리고 돌아섰다.

"응, 박감. 해일 씨가 뭐래."

"네, 작사가 완성되면 가이드 녹음을 해주겠다고 약속했습니다."

"음, 좋네! 좋아."

잠깐 상상해본 총연출가의 입에 호선이 걸렸다.

창작 뮤지컬인 것치고 생각보다 순항하고 있었다. 김 교수가 만든 다섯 번째 넘버도 신주혁이 만든 네 번째 넘버도 누가 도와주고 있는 게 아닐까 할 정도로 잘 흘러가고 있었다. 소년의 곡이 불어넣어준 영감 덕분에 무대 제작도 더 빨라졌다. 모든 게 너무 잘 흘러가서 오히려 불길할 정도였다. 그러다 가이드곡이 도착했을 때 총연출가는 처음으로 수다스러운 입을 다물었다.

"흠, 이거 MR로 들을 땐 몰랐는데, 가이드를 입히니까…."

곡이 나빠서 문제가 아니라 너무 훌륭해서 문제였다. 기타와 다른 세션이 함께 들어간 녹음은 훌륭하다고밖에 말할 수 없었다. 그래서 다른 의미로 막막했다.

"이걸… 뮤지컬 배우들이 소화할 수 있을까요?"

"이거 록 밴드 불러올 거 아니면 한두 달 연습으론 부족할지도 모르겠는데요."

"뮤지컬 배우 내버려두고 뭔 록 밴드를 불러."

뮤지컬 가수가 아니라 뮤지컬 배우다. 즉 뮤지컬 극에서 가장 우선하는 게 연기라는 것이다. 뮤지컬 곡 때문에 연기를 못 하는 록 밴드를 불러올 수 없었다. 물론, 한국엔 훌륭한 올라운더형 그러니까 연기와 보컬 둘 다 훌륭한 배우들이 많다. 다만, 보컬리스트이자 기타리스트인 정우의 보컬 능력이 생각보다 더 크게 요구될 것 같왔다. 기타야 MR을 틀면 되지만 노래는 어떻게 한단 말인가. 이는 총연출가 혼자만의 고민이 아니었다. 음악감독부터 주요 책임자들의 회의에서 말이 나왔다.

"노래가 생각보다 음역이⋯."

"노해일 씨 원래 음역 넓기로 유명하긴 했잖아요. 이게 다 보컬이 작곡을 하면 생기는 문제죠. 자기가 부를 수 있으면 남들도 다 부를 수 있다고 생각하는 거. 아, 그냥 천재들의 문제인가."

"하, 이런 고민은 처음이네."

가이드곡이 너무 잘 빠졌다. 예상하긴 했지만 상상 이상으로. 나중에 캐스팅된 배우한테 들려준다면 당황해서 "이렇게 부르라고요?"라고 물을지도 모른다.

"노해일 씨는 연기 못하나?"

"노해일 씨 캐스팅하려고요?"

"아니, 그건 아닌데⋯. 노해일 씨 연기 한 번도 안 해봤대?"

"해봤겠습니까?"

"노해일 씨 천재잖아. 연기는 못해?"

총연출가도 그냥 하는 말이다. 당연히 캐스팅 불가능할 거란 걸 알고 있다. 가만히 책상을 툭툭 두드리던 그가 결론을 내렸다.

"일단, 캐스팅을 당기자. 제작 마치자마자 곧바로. 연습 기간 8주는 줘야 할 것 같아."

보통 뮤지컬 연습 기간은 4주에서 6주이며 최대 8주까지 잡는다. 일단 총연출가는 동선, 음악, 대사, 안무 등 4주론 절대 불가능할 거라고 방금 결론 내렸다.

"노래로 걱정이 되는 건 처음이네."

"넌 누가 제일 잘할 것 같아?"

"누구? 주인공? 솔직히 세 손가락 안에 드는 사람은 데려와야 소화하지 않을까."

"근데 주인공이 젤 어려워서 그렇지 조연들도 장난 아니지 않냐."

"애초에 작곡가를 대거 데려온 이상, 이 사달은 어쩔 수 없었지."

이런 대화가 충무로 한 식당에서 오가자 소문은 연못의 파동처럼 퍼져나갔다. 영화배우들이 더 좋은 작품에 캐스팅되기 위해 충무로를 지켜본다면, 이는 뮤지컬 배우도 마찬가지다. 그들의 필모그래피가 될 작품을 모두가 신중하게 선택했다.

이미 이쪽 업계에는 창작 뮤지컬 〈록〉에 대해 잘 알려져 있었다. 오랜 제작 기간, 엎어질 뻔하다 갑작스러운 록의 인기로 급부상한 작품, 록이라는 특별한 장르와 대거 참여한 작곡가의 이름까지 암암리에 알려졌다. 곡을 들어보진 못했어도 마지막 정우가 부르는 넘버가 엄청나다는 소문이 생태계를 휩쓸었다. 이는 대한민국에서 A급으로 불리는 배우들의 호기심을 자극하기 충분했다.

"그렇게 어렵다고? 내가 못 부를 정도로?"

4. 버릴 수 없는 기타

헤일로는 고개를 내려 기타를 바라봤다. 어쿠스틱 기타의 브릿지가 떨어졌다.

"헉! 사장님, 손 괜찮으세요?"

"다친 건 아닌데."

노해일이 용돈으로 구매했을 저가형 기타이기도 하고, 육체만큼 혹사당했으니 망가진 게 당연할지도 모르겠다. 지난해 11월에 노해일의 몸에 들어왔고, 그 후로 쭉 이 기타를 한몸처럼 지니고 다녔다. 9개월 만에 너덜너덜해진 어쿠스틱 기타가 죽여달라는 비명을 내지른 것이다.

"완전히 떨어진 게 하나 새로 사야겠는데요."

"하나 더 좋은 거로 장만하죠."

사실 이제 가격은 전혀 문제가 되지 않았다. 헤일로는 얼마든 원하는 기타를 손짓 하나에 살 수 있었다.

"안 버리시게요?"

다만, 왜일까? 저가형에 소리도 평범하고, 브릿지까지 떨어진 기타를 버리고 싶지 않은 건.

"수리하고 싶으면, 낙원상가로 갈래?"

소년이 매번 어디 다닐 때마다 어쿠스틱 기타를 메고 다녔다는 걸 기억하는 한진영이 다정히 물었다.

"낙원상가 갈 거면 저도 갈래요."

"로드(Lord), 부르셨습니까? 영원한 보디가드 남규환, 여기 있습니다."

"아 저 컨셉충 진짜 안 부끄럽냐?"

헤일로는 케이스에 어쿠스틱 기타를 넣었다.

"갈까요?"

그 말에 나가지 않을 사람은 없었다.

헤일로는 몇 개월 전 어머니와 처음 낙원상가에 와봤었고 이번이 두 번째 방문이었다. 그때와 달리 밴드 멤버들과 함께 온 그는 하나도 변하지 않은 낙원상가 안으로 들어갔다.

"와, 키보드 봐."

"스틱, 하…. 안 되겠다."

기타를 사러 온 건 헤일로인데 멤버들이 더 신나 있다.

"나도 피크나 더 사갈까?"

네 명이 몰려다니니 사람들의 시선이 쏠렸다. 들어와서 잠깐 구경해보라는 건 여느 때와 같다. 그래도 진열장에 진열된 일렉 기타와 악기들을 보며 저들끼리 떠들고 있자니 관심이 좀 덜해졌다. 이 사이에 노해일이 있다는 걸 알면 모를까 밴드 멤버의 얼굴까지 아는 사람은 많지 않았다. 놀이동산에라도 놀러 온 듯 떠드는 멤버들을 보는 눈이 점점 뾰족해졌다. 낙원상가를 관광명소처럼 찾아오는 사람들도 워낙 많으니 관광객으로 여겼는지 모른다. 하지만 곧 그들의 태도는 달라지게 될 것이다.

헤일로는 조잘조잘 떠들던 문서연이 가만히 멈춰서 한 가게의 진열장을 바라보자 같이 고개를 돌렸다. 신시사이저와 음향기기들이 잔뜩 모인 가게였다. 주로 두 개의 인기 브랜드의 전자 건반과 신시사이저가 있었다.

"그거 마음에 들어요?"

"아, 아니요. 그냥 뭔가 해서."

키보디스트가 신시사이저 앞에서 그냥 궁금해서 바라본다는 게 무슨 말인가. 헤일로는 피식 웃으며 안으로 들어갔다.

"어, 사장님. 아니, 진짜 괜찮아요. 그냥 본 거라니까요. 저 진짜 살 생각 없어요."

"내 세션인데 내가 챙겨야죠."

툭 던진 말에 문서연이 멈춰 서더니 수줍게 고개를 끄덕였다.

"나, 나도?"

헤일로는 멤버들의 눈이 닿는 대로 사줄 기세였다. 아무리 돈을 많이 벌어도 좀 생각하고 구매해야지 않을까 싶은데, 소년은 낙원상가의 상점 하나하나 도장을 깨듯 들어가 아무렇지 않게 카드를 긁었다.

"평생 가보로 간직하고 대대손손 자손들에게 물려주겠습니다."

남규환은 거의 오열할 거 같은 얼굴로 스틱을 받았다. 새로운 퍼커션과 함께 택배로 받을 수 있는 스틱을 굳이 챙긴 것이다. 보아하니 어디 보관함이라도 만들어 보관할 기세였다.

"그건 좀 곤란한데."

헤일로의 말에 남규환은 고개를 갸웃했다.

"이제 다시 녹음해야죠. 8집이랑 그리고 이것저것. 연습은 잘 되어가고 있죠?"

"예! 그럼요."

헤일로의 물음에 대답하는 남규현의 얼굴엔 '행복하다. 이대로 성불해도 좋다'라고 쓰여 있었다.

헤일로는 멤버들과 함께 이전에 어머니와 함께 일렉 기타를 구매한 매장으로 갔다. 주인 노인이 기타 수리도 가능하다고 했었다. 아쉽게도 진열대엔 예전에 그가 보았던 하얀색 바디의 유선형을 가진 어쿠스틱 기타는 보이지 않았다. 6개월이 지났으니 이미 팔린 모양이었다.

안에서 동료들과 화투를 치던 노인은 들어온 손님을 가만히 보다가 캡을 쓰고 있는 헤일로를 발견하곤 벌떡 일어났다.

"손님 왔으니, 다들 나가."

"손님 응대하고 오면 되지. 뭘 나가라고까지."

"이것들이 좋은 말할 때 나가라고."

"아니, 언제부터 그렇게 장사 매너가 좋았다고."

같이 화투를 치던 노인들이 투덜거리며 하나둘 일어나 나갔다.

"안녕하세요."

"아, 안녕하십니까?"

노인이 문서연과 남규환 그리고 한진영, 이 개성 있는 사람들을 천천히 바라보곤 소년에게 말을 걸었다.

"좋은 사람들을 만났구먼."

노인은 6개월 전 만난 소년을 기억했다. 그때보다 키가 자라고 머리카락 색도 허여멀건해졌지만, 그럼에도 소년을 잊지 않고 기억해냈다.

'그런 음악을 들려줬는데 잊을 수가 없지.'

"볼일은, 그거 때문이야?"

"네."

노인이 눈짓하자 헤일로가 고개를 끄덕이며 낡은 어쿠스틱 기타를 내려놓았다. 기타 케이스를 열자 부서진 브릿지가 가장 먼저 보였다.

'흠⋯. 이건 힘든데.'

브랜드면 모를까, 그냥 저가형이라 고장 나면 버리는 용도다. 다시 되살릴 방법이 없었다. 브릿지야 다시 붙일 수는 있겠지만, 소년의 귀에 만족스러운 소리가 날 가능성은 적다.

"고치기 힘들까요?"

"⋯그렇네."

'역시 그렇구나' 하고 헤일로는 담담하게 고개를 끄덕였다.

"그럼 수리만 부탁드립니다."

"보관만 할 거라면 뭐. 그나저나 새로 하나 장만해야겠군. 저건 어떤가."

노인이 괜찮은 브랜드의 기타를 가리켰다. 제일 비싼 거다. 스트링을 건드린 소년이 몇 번 튕겨보았다.

"혹시 그때처럼 좋은 곡을 들려줄 수 있나?"

가만히 소년을 지켜보던 노인이 입을 열었다.

"그럼 이번에도 할인받을 수 있나요?"

"아니. 돈 잘 버는 양반한테 뭐 하러 할인해주겠어?"

노인의 말에 멤버들은 화들짝 놀랐다. 하지만 헤일로는 그에게 HALO 2집을 들려준 걸 기억하고 있었다. 노인은 그에게 헤일로냐고 묻거나 부르지 않았다. 속세와 멀리하는 건지 아니면 뭐가 됐든 상관없다는 건지 모를 노인의 태도에 헤일로도 어떻든 상관없다고 생각했다.

"그냥, 이번엔 관객으로서 듣고 싶어서 그러는데 안 되겠나?"

'그런 거라면 뭐'라고 생각하며 헤일로가 순순히 긍정했다.

헤일로가 연주하기 전 노인이 작게 중얼거린다.

"와줘서 고맙네. 난 사실 자네가 다시 안 올 줄 알았거든."

헤일로는 노인이 추천한 어쿠스틱 기타를 잡고 선곡을 고민했다. '뭐가 좋을까. 지난번에 HALO 2집 타이틀곡 '우리가 다시 만날 때(When we meet again)'를 들려줬던 것처럼 HALO 8집을 연주해야 할까.'

헤일로는 노인에게서 시선을 떼고 고개를 돌렸다. 그가 연주한 단 소리에 호기심 어린 눈으로 지켜보던 멤버들과 마주쳤다.

'정했다. 무슨 곡으로 할지.'

"이번엔… 그때와 달리 미완성곡입니다."

"그것도 좋지."

노인은 어떤 곡이든 좋았다. 그냥 다시 그 기적을 경험하고 싶었다. 청춘이 된 듯한 기적을.

헤일로는 의문에 찬 멤버를 향한 채로 기타를 튕겼다. 제목은 아직 알려줄 생각이 없다.

낙원상가 2층에서 어슬렁거리는 남자가 있었다. 며칠째 그곳을 돌아다니는 그는 놀랍게도 백수가 아니라, 미국 악기 제조사인 G의 한국지사 마케팅 매니저 박대형이다. 한국 내에 해당 브랜드가 론칭한 지 얼마 되지 않아 인지도를 올리기 위해 먼저 시장조사를 나선 그는 어디선가 들려오는 멜로디에 귀를 기울였다.

'그나저나 이건 어디서 들려오는 노래지?'

낙원상가니 어디든 음악이 들려오는 건 이상하지 않았지만, 이런 음악이라면 달랐다. 처음 들어보는 곡에 그는 홀린 것처럼 소리를 쫓았다. 이미 그처럼 곡에 홀려 찾아온 사람들이 한 매장에 몰려 있었다. 중년과 노인들, 즉 낙원상가 상인들이 자기 가게를 버려두고 남의 가게 앞에 몰려 있는 것이다. 그들 사이로 끼어든 박대형은 눈을 번쩍 떴다. 선율도 놀라운데 그보다 더 충격인 건 대한민국에서 가장 핫한 가수를 발견했다는 거다.

'노해일? 노해일이 왜 여기에 있어.'

선율에 귀를 기울인 그의 눈에 천천히 한쪽에 놓여 있는 기타 케이스가 들어왔다. 브릿지가 부서져 완전히 망가진 기타는 딱 보아도 회생 불가능한 상태였다. 아마도 저 기타는 눈앞의 소년 노해일의 것일 테고, 그가 무슨 목적으로 이곳에 왔는지 알 수 있었다.

그 순간 박대형의 머릿속에서 무언가가 펑 터지는 기분이 들었다. 대량 생산이 아닌 소수를 위해 악기를 생산하는 G와 그 인지도를 올려줄 천사가 여기에 있었다.

"이럴 수가…!"

이건 신이 주신 기회나 다름없었다. 남자가 사람들의 틈으로 파고들었다.

***

  G의 한국지사 마케팅 매니저 박대형은 사장님이 가장 좋아하는 시간대인 오후 1시에 제안서를 들고 우물쭈물 사장실 문을 두드렸다.

"사장님 안녕하십니까."

"무슨 일이야 제임스."

직급 대신 닉네임으로 불리는 외국계 기업에서 제임스라 불리는 박대형은 어색하게 활짝 웃었다. 청심환을 먹긴 했지만 아직 약발이 안 돌아 조금 초조했다.

"협찬 건과 관련하여 좋은 소식과 조금 어려운 소식이 있습니다, 사장님."

"좋은 소식과 나쁜 소식도 아니고 어려운 소식은 뭐야? 그냥 둘 다 좋은 소식이면 안 돼?"

"어떻게 들으시냐에 따라 좋은 소식일 수도 있고 나쁜 소식일 수도 있습니다."

'그건 무슨 슈뢰딩거의 고양이 같은 소리야'라고 생각한 사장이 의아한 시선을 던졌다.

"어느 것부터 들으시겠습니까?"

"일단 좋은 거. 뭔데 그래?"

좋은 거부터 물을 줄 알았다. 일단 박대형은 안심했다.

"제가 어제 우연히 누굴 만났는지 아십니까?"

"지금 나랑 스무고개라도 하게? 누굴 만났는데."

"그게 누구냐면…."

박대형이 한참 말을 끌자, 사장은 그가 대어를 낚았음을 눈치챘다.

'어쿠스틱이나 포크 기타 협찬을 받을 대어가 누가 있지?'

이미 연예계에 A급은 테일러와 깁슨이 쓸어가서 딱히 생각이 안 났다. 그러나 사장은 곧 들려오는 말에 자리에서 벌떡 일어났다.

"노해일 씨를 만났습니다."

아직 어장에 안 들어간 대어가 있었다! 사장은 일어나는 중에 책상에 무릎을 박았지만 아프지 않았다.

"내가 아는 그 노해일 맞지? 노폭풍이나 김해일 아니고 노해일?"

"허허허, 아주 재밌는 농담입니다, 사장님."

"아니, 제임스! 믿고 있었다고. 제임스가 이렇게 일 잘하는 거 알고 있었지!"

'전설의 포켓몬보다 만나기 힘들다는 노해일 아닌가!'

사장이 환히 웃으며 박대형의 어깨를 토닥이며 치하했다. 그때 박대형이 웃는 얼굴로 말을 이었다.

"사장님 아직 어려운 소식 못 들으셨는데요."

"그렇게 중요한 거야?"

"네."

'노해일'이란 이름 하나에 마음이 훨씬 편해진 사장이 물었다.

"뭔데?"

박대형은 눈을 질끈 감았다. 낙원상가에서 급하게 달려가 소년에게 아이패드를 보여줬던 기억이 선명히 떠올랐다. 협찬을 제안했을 때, 소년의 은은한 미소. 대어가 물린 낚싯대를 돌돌 돌리는데 들려온 한마디.

"생각해보겠습니다."

"거절했습니다."

환하게 벌어졌던 사장의 입이 서서히 닫혔다. 그는 방금 자신이 무슨 말을 들었는지 잘 이해하지 못했다.

"거절했다고?"

"예."

"누가 노해일이?"

"예."

가만히 숨을 쉬던 사장이 옆에 있던 명패를 들었다.

"지, 진정하십시오, 사장님!"

"아니, 그럼 왜 말한 거야?! 지금 자랑해?! 연예인 만났다고 나한테 자랑하러 왔어?"

"아, 아닙니다. 그게 아니라요. 조금 더 있습니다. 들어보세요. 제가 얼마나 머리를 굴렸는데….."

"그래, 해봐."

사인 받아왔다고 자랑하진 않을 테지만, 만약 그런 말을 한다면 진짜 내려치기 위해 사장은 크리스털 명패를 잡은 손에 힘을 줬다.

제가 맞기 직전인 줄 모르는 박대형은 다시 기억을 떠올렸다. 그는 거기서 노해일을 놓쳐선 안 된다고 생각했다. 왜 협찬을 거절하는지 이해되진 않았지만, 이유가 중요한 게 아니었다. 그가 적신호를 느꼈다는 게 중요했다. 이대로 놓친다면 영영 보지 못할 거란 생각이 들었다.

"그 짧은 순간 저의 몇십억 뇌세포들이 전기신호를 보내기 시작했죠."

"결론."

"고객의 니즈, 타기팅(targeting). 사장님께서 말씀해주신 마케팅 이론들이 머릿속을 스쳐 지나갔고."

딱! 박대형이 손가락을 튕겼다. 불현듯 떠올랐다. 잠적했던 노해일이 낙원상가까지 와서 기타를 고치려 했다는 것이. 연예인이 보통 애정이 아니고서야 기타를 고치러 낙원상가까지 직접 오진 않을 것이다.

"추측이 맞는지 확신하지 못했지만 그래도 마지막 기회라고 생각하고 외쳤습니다."

"뭐, 오겡키 데스카라도 외치고 왔어?"

사장의 말을 한 귀로 흘린 박대형은 그때의 전율을 떠올렸다.

"가지고 다니신 기타와 똑같이 만들어드린다면 어떻겠습니까?"

추측이 사실인 걸 입증받았을 때의 쾌감! 그 말에 앞서나가던 소년이 멈춰 선 것이다.

"그러고 나서 조만간 연락드리겠다고 하고 돌아왔습니다."

박대형은 뿌듯하게 웃으며 말했다.

잠깐 말이 없던 사장이 물었다.

"노해일이 우리 회사 기타를 썼던가?"

"아니요."

"그러면 똑같은 기타를 어떻게 줘?"

"만들어주면 되죠."

"어떻게?"

박대형이 입을 다물었다.

"아니지?"

사장의 질문엔 '그냥 협찬이 아니라, 시그니처 협찬을 말하는 건 아니지?'라는 말이 생략되었다.

박대형이 허리를 숙이며 긍정했다.

"제가 노해일 씨의 기타 모델도 알아 왔는데. 사장님, 어떻게 안 되겠습니까?"

"지금 우리 회사 모델 중에 비슷한 건."

'비슷한 거로 주면…' 하고 사장은 수습할 생각을 했다.

"그, G의 모든 모델은 레드우드나 마호가니를 원목을 쓰는 데 반해 노해일 씨 기타는 밝은색의 가문비 원목을 쓰더라고요….”

"나가!"

사장은 혈압이 머리끝까지 솟구치는 걸 느꼈다. G사에선 밝은 원목을 쓴 적이 이제까지 단 한 번도 없었다.

"사장님, 어떻게 안 되겠습니까? 노해일이 그냥 아티스트도 아니고 대한민국의 현재이자 미래인데! 본사에 잘 말하면 시그니처로 만들어주지 않을까요?"

사장이 코웃음을 쳤다.

"박 대리, G의 장인들이 이제까지 시그니처를 만들어준 아티스트가 누가 있었지?"

"테일러 스위프트, 제이슨 부허스….”

"그래, 테일러 스위프트, 제이슨 부허스! 그리고 노해일?"

사장은 어처구니가 없었다. 두 명은 오랜 커리어를 가진 세계적인 스타, 다른 쪽은 국내 일약 스타. 30분의 시간과 감정을 잃어버린 기분이었다.

그러는 와중 박대형이 침착한 목소리로 기름을 뿌렸다.

"그… 혹시 아니요? 노해일이 막 1년 안에 빌보드 1위 찍고 모두가 원하는 세계적인 톱스타가 될지."

"그럼, 그때 데려오든가! 나가라고!"

"사장님… 제발요."

"난 몰라. 모르는 일이야! 제임스가 알아서 해. 본사에 제안서를 쓰든 말든!"

"저, 사장님? 사장님!"

사장실에서 잔뜩 깨지고 쫓겨난 박대형이 터벅터벅 자리로 돌아오며 생각했다.

'그래, 내가 멍청했지.'

웬만한 스타한테도 시그니처는 안 만들어주는 게 G인데, 이제 막 뜨기 시작한 스타한테 시그니처를 만들어주자는 제안은, 적어도 한국지사 소속인 박대형이 꺼낼 말은 아니긴 했다.

박대형은 머리를 박박 긁으며 아쉬워했다. 운명과도 같은 낙원상가에서의 만남, 그게 아무 때나 오는 기회가 아니라는 느낌을 지울 수 없었다. 사실 웬만한 연예인이었다면 깔끔히 포기했을 수도 있다. 그러나 노해일이 그런 웬만한 연예인이 아니라서 쉽게 포기할 마음이 안 들었다. 왜 그런 사람 있잖은가. 얼마 지나지 않아 좀 더 높게 뜰 거 같은, 이 자리에 머물지 않고 대성할 것 같은 사람. 노해일의 현 인기도 단순히 작은 이슈로 커진 것도 아니고, 음원 1위, 화제성, 스타성 등은 국내에서 끝낼 만한 게 아니었다. 그가 현재 노해일의 음악을 잘 듣고 있으므로 콩깍지가 낀 것일 수도 있다. 그래도 그는 낙원상가의 작은 공연에서 보았던 노해일의 아우라를 기억했다.

"남자가 칼을 뽑았으면 무라도 베야지. 대형아, 할아버지가 지어

준 이름처럼 대형으로 살자!"

박대형은 자신의 뺨을 짝짝 때리고 옛 토익 실력을 뽐내며 메일을 작성하기 시작했다. 수신인은 본사의 담당자. 보고 버릴지도 모르지만 만약을 위해 그는 최대한 정성을 다해 노해일에 대한 자료를 작성했다. 그들이 왜 '노해일'이란 아티스트를 잡아야 하는지, 노해일이란 아티스트가 가진 가치가 무엇인지.

노해일의 행적을 검색해보니 잠적한 것치고 꽤 많은 자료가 나온다. 노해일의 앨범 전곡을 들을 수 있는 플랫폼 주소부터 음원 성적, 노해일의 너튜브와 방송 이력, 〈랑데부〉 축제와 최근 미국에서 찍었던 토크쇼.

"이건 좀 먹힐지도 모르겠다."

벨 모리슨이 붙여준 '태양의 아들'이라는 기록과 함께 박대형은 마지막으로 올릴 자료를 보았다.

'흠, 이것도 보내야 하나?'

누군가 핸드폰으로 찍은 버스킹 영상이라 화질이나 구도가 좀 아쉽다. 그래도 그냥 커버도 아니고 비틀스 커버면 좀 먹히지 않을까 생각한 박대형은 홍대 버스킹 영상 주소까지 총합한 다음 엔터를 눌렀다.

* * *

"'태양'을 알아본 자, 복이 오리니."

"갑자기?"

문서연이 묻자, 남규환이 태연히 SNS를 보여줬다. 영국 유명 메탈 밴드인 스콜피온의 리더 릴이 남긴 문구였다.

"아. 이 사람 그 SNS에서 논란 많은 사람 아니야? 악플러한테 패드립 박고 싸워서."

"서연아, '태양'을 좋아하는 사람 중엔 나쁜 사람이 없어."

문서연은 그 말에 표정이 차게 식었다. 그녀도 사장님의 곡을 좋아하지만 저렇게 주접을 떠는 건 이해할 수 없었다. 그래서 그녀는 자신의 핸드폰을 보며 말을 돌렸다.

"그런데 어제 만났던 아저씨가 다니는 회사 G는 엄청 유명한 브랜드였네요."

"서연이 넌 진짜 G 몰랐어?"

한진영이 놀라며 되물었다.

그러나 그녀는 기타를 단 한 번도 연주해본 적 없는 데다 국내에서 G가 그리 유명한 기타 브랜드가 아니었기에 모를 수밖에 없었다.

"네, 저야 기타 쪽엔 관심 없으니까. 물론 깁슨이나 테일러는 많이 들어봤어요."

"그건 전 국민 중에 모르는 사람이 없을걸?"

"어쩔."

또 다른 전쟁의 서막이 열리고 남규환과 문서연이 서로를 노려보며 다시 싸우려고 할 때였다. 어디선가 웃음소리가 들려왔다. 볕이 들어오는 소파에 누워 있던 헤일로가 제 핸드폰을 보며 웃고 있었다. 뭘 보고 그리 재밌게 웃냐고 물으려던 문서연이 불타오르는 헤일로의 눈에 멈칫했다.

'아, 즐거워하는 게 아니었구나.'

헤일로의 눈은 전혀 웃고 있지 않았다. 물론, 꼭 즐겁지 않은 건 아닌데…. 그는 자신의, 정확히는 노해일의 비평을 보고 있었다.

HALO에 대한 비평이 이전과 달리 이상하게 온화해지고 좋은 말만 가득해서 의아할 즈음, 노해일 음악에 대한 비평이나 평론을 보니 역시나 싶었다.

> _노해일 '밤의 항해' 평점 2/5
> 소년에게 필요한 건 찬양이 아닌 부족한 음악적 성장에 대한 충고
> 이제까지 참신했다. 그러나 다음 앨범에선 '역시' 그다음 앨범에선 '또 야'라고 비평하겠다. 열일곱 살이 만든 음악 어쩌라고? 열일곱 살이 만들었으면 무조건 찬양하고 칭찬만 해줘야 하나?

헤일로는 하하하 시원하게 웃었다. 역시 그는 전생에도 그렇고 비평가들과 친하게(?) 지낼 운명인 것 같았다.

'뭐, 친한 거 좋지. 동고동락도 하고 육체적으로도 부대끼고. 다 좋은 게 아니던가. 재미있어. 한결같고 좋네.'

그러다 그는 웃음을 뚝 멈췄다. 무표정한 얼굴 위에 조소가 담겼다.

"이런 거 보면 꼭 깨부수고 싶더라."

헤일로는 몸을 벌떡 일으켰다. 그의 무릎 위에 올려두었던 노트가 바닥으로 툭 떨어졌다. 헤일로는 어느새 긴장한 채로 그를 주시하는 사람들을 발견하곤 웃으며 물었다.

"다들 충분히 쉬었죠?"

"네넵! 8집 녹음 연습 완벽히 하고 있습니다!"

"예스, 마이 로드."

"때가 되었군요."

잔뜩 각이 잡힌 문서연, 언제나 그렇듯 진지하게 주접을 떠는 남

규환, 그리고 손가락을 뚝뚝 푸는 한진영까지 모두가 동의를 표하자, 헤일로가 말을 이었다.

"HALO 8집 오늘 녹음 들어가죠."

다들 뭐든 하겠다고 결연하게 고개를 끄덕인다.

"그리고 하나 더."

헤일로는 핸드폰 디스플레이에 크게 떠 있는 댓글을 보았다.

[잠적한 거 진짜 음반 작업 때문인가 천재병 오지네ㅋ]

[그래 봤자 발라드겠지ㅋㅋ]

[음색빨로 1위 참 쉽다 쉬워~ 누군 음색 안 좋아서 1위도 못하고. 노해일 인생 ㅈㄴ 쉽게 산다.]

"이번에 새로운 앨범 하나 만들 생각입니다."

HALO 8집도 새로운 앨범이긴 하나, 헤일로가 의미하는 건 그게 아닐 것이다.

"설마…."

"그 말은?"

누군가는 얼굴이 하얗게 질리고, 누군가는 눈을 번쩍 뜬다. 그 순간 누군가 말했다.

"묻고 더블로."

헤일로가 환히 웃으며 고개를 끄덕였다.

5. 나의 세상

"주, 죽여줘."

7월 말, 엄청난 무더위가 찾아왔다. 지겨운 매미 소리와 열탕에 들어간 듯한 습도에 잠 못 이루던 시민들이 하나둘 산이나 바다 혹은 워터파크로 피서를 가기 시작할 때쯤이었다. 무려 배달비 3,000원을 내고 1리터 아메리카노를 받아 온 문서연이 사약과도 같은 커피를 두 손으로 잡으며 읊조렸다.

"다이어트 할 때도 이렇게 아메리카노 안 마셨는데…."

그러고는 고개를 돌리자 유리창 너머로 한진영과 소년이 진지하게 대화하는 게 보였다. 남규환은 카페인 과다복용으로 사망하여 소파에 누운 지 오래였다. 그 모습이 곧 자신의 미래라는 걸 잘 아는 문서연은 소파에 누우려다가, 단톡에 올라온 HALO 8집 앨범 재킷 러프를 보고는 해맑게 웃으며 씩씩하게 회의실 문을 연다.

"다시 힘내자."

8월 초 발매될 HALO 8집 앨범 표지가 제작 중에 있었다. HALO 6집 〈빗속에서 춤을〉부터 시작된 일러스트 표지는 8집에도 이어졌다.

지난 5월의 어느 날, 헤일로는 이례적으로 어거스트 베일에게 6집 일러스트 표지를 요청했다. 그의 부탁이라면 뭐든 들어주려고 하는 어거스트는 흔쾌히 받아들였다. 그는 직접 공방을 찾아가 일일이 헤일로가 원하는 그림을 그려줄 사람을 선별했고 세 명 정도 추렸다. 여기서 한 명은 일정상의 이유로 'HALO'라는 이름을 듣기 전에 거절했고, 다른 한 명은 당연히 사기인 줄 알고 거절했다. 그렇게 의뢰를 받아든 오스트리아계 삽화가는 긴가민가하며 '빗속에서 춤을 추는 네 명의 발'을 그렸고, 순식간에 인디에서 'HALO의 6집 표지'를 그린 최상급 일러스트레이터로 떠오르게 되었다.

이제까지 발매하는 앨범마다 반향을 일으킨 HALO는 6집으로 한 일러스트레이터의 인생까지 변화시켰다. 그는 문자 그대로 일확천금을 벌었고 미국 〈엘런 쇼〉까지 나가며 인기도 거머쥐었다.

그때부터 들썩인 건 단지 일러스트 업계만이 아니다. 일러스트를 포함해 거리 예술가, 화가, 판화가, 디자이너, 만화가 등 '미술가'라고 통칭할 수 있는 직업군에서 제발 HALO의 앨범을 그리게 해달라고 베일에 요청하기 시작했다. 돈과 명예를 원하는 사람을 포함해, 단지 HALO를 위해 그의 앨범을 그리고 싶은 사람, 돈이고 뭐고 무료로 그려줄 테니 그와 밥 한 번만 아니, 멀리서 보기만 해도 좋으니 부디 만나게 해달라는 사람까지 얼마나 많은 예술가가 베일 앞에 총집합했는지… 헤일로는 모르고 있었다. 아무튼 그날 예술가들이 권리를 위해 집단으로 나섰다는 오보가 뉴스에 실리기도 했다.

그 수많은 청탁과 부탁과 협박을 뚫고, HALO 7집 〈죽은 피터팬을 위한 진혼곡〉의 표지를 그린 이는 프랑스의 유명한 동화 원화가였다. 죽은 피터팬이라는 잔혹동화 이미지를 아름답고 메르헨적으로 소화한 일러스트는 HALO의 충격적인 노래와 함께 신문 1면을 장식했다. 정치적 문제와 사회적 문제가 아니라, 어떤 가수의 앨범 표지가 1면을 장식한 건 매우 이례적인 일이었으나 판매 부수가 그들이 틀리지 않았다는 걸 증명했다.

물론 그 동화 원화가의 경우 6집 일러스트레이터만큼 임팩트 있는 부상을 받진 않았다. 그는 원래 유명한 원화가였고, 앨범 표지로 벌어들인 수익을 전액 아동단체에 기부했다. 다만 그가 HALO의 사인을 받았다는 설이 있는데, 원화가는 노코멘트로 일관했다.

HALO 8집 표지를 전 세계 누구보다 먼저 확인한 문서연은 뿌듯한 얼굴로 일러스트를 중간중간 확인했다. 다른 사람이 그녀의 핸드폰을 확인한다면 기이하게 여길지도 모른다. HALO 8집의 테마는 '공포'다. 무서운 그림이 가미된 일러스트를 본 사람은 결코 흐뭇한 표정을 짓지 못한다. 즉, 현재 진행 중인 회의는 HALO 8집에 대한 것이 아니었다. HALO 8집은 이미 녹음이 끝난 지 오래다. 지금 하는 것은 '묻고 디블로'의 그 연장선이라고 할 수 있다. '노해일 음악은 늘 똑같다', '할 수 있는 음악이 어쿠스틱, 발라드뿐이다', '아마 다음 앨범도 똑같을 것이다'라는 비평이 일으킨 날갯짓이다.

"으, 다시 들어도 어렵다."

한진영은 팔짱을 낀 채 고민했다.

"아직 앨범 콘셉트 때문에 고민하세요?"

"응."

"진짜 어렵네요."

다른 가수였다면 더 좋은 곡을, 더 좋은 훅을, 더 좋은 멜로디 라인을 찾느라 시간이 걸릴 텐데, 이 회의는 콘셉트 회의에 가까웠다. 헤일로가 간간이 만들어놓은 곡을 이미 들은 상태다. 하나같이 괜찮은데 이렇게 이들이 고민하는 이유는 음악들의 주제, 콘셉트 그리고 장르까지 천차만별이었기 때문이다. 하나의 장르밖에 못 한다는 소리를 들은 헤일로는 그대로 온갖 영감을 쏟아냈고 그 결과가 이것이다.

재생된 음반의 사운드가 서로 섞인다. 휘파람 소리에 연이은 오토바이 엔진 소리, 불협화음과 온 장르의 사운드가 섞였다. 정신 나갈 것 같은 건 당연하다. 어쿠스틱, 메스 록에 얼터너티브 록, 아카펠라, 일렉트로닉까지 온 장르가 총집합했는데 정신 사납고말고. 게다가 곡의 주제도 마찬가지다. 가사를 굳이 듣지 않아도 곡의 제목만 봐도…. 결론은 헤일로가 만든 이번 곡들은 통일성이란 것이 없는, 그냥 좋은 곡들의 나열이다.

"진짜 주제도 없고, 규칙이랄 것도 없네요."

"규칙이 없다라."

문서연의 말을 유심히 들은 헤일로는 불현듯 입꼬리를 올렸다.

"다들 곡을 추리긴 힘들다는 거죠?"

헤일로의 물음에서 어떤 뉘앙스를 캐치한 한진영이 미묘한 표정으로 그를 쳐다보며 고개를 끄덕였다. 문서연도 마찬가지였다.

"그럼."

헤일로의 입이 열렸다.

"그냥 이대로 갈까요?"

그 말에 두 사람의 눈이 번쩍 뜨였다.

"예? 이렇게… 다요?"

헤일로는 앨범의 테마와 주제를 맞추어 미니앨범을 낼 계획이었지만, 지금 생각이 달라졌다. 그가 언제 인생의 주제를 갖고 규칙적으로 살았다고.

"주제가 없는 게 주제. 규칙이 없는 게 규칙. 통일성 하나 없는 게 콘셉트. 어때요?"

헤일로가 악동같이 웃었다.

문서연은 그 자신감 넘치는 얼굴에 얼떨결에 긍정했고, 한진영은 가만히 생각하더니 묻는다.

"그럼 앨범 제목은 어떡하게?"

사실, 콘셉트나 주제 이야기가 나온 것도 앨범을 대표하는 제목을 정하기 어렵기 때문이었다. 보통 앨범 제목은 타이틀곡과 비슷하거나 활동 목표, 음악 세계나 특별한 콘셉트로 정하곤 했다. 노해일의 경우에도 타이틀곡, 그리고 전체적인 앨범 주제를 따라왔다. 그런데 이번에 그걸 깰 거냐고 한진영이 묻자, 헤일로는 가만히 곡들의 제목을 바라보았다.

사실 헤일로는 타이틀곡으로 생각해 둔 게 있긴 했다. 그가 가리킨 곡을 보고 한진영이 의문을 표했다.

"이번 타이틀곡은 록으로 할 줄 알았는데, 어쿠스틱으로 가게?"

열두 곡 중에 어쿠스틱 음악은 단 하나였다. 대개 록이나 로큰롤 음악이 주를 이루는 리스트에서 헤일로는 어쿠스틱 곡을 콕 찍었다. 아카펠라를 선택한 것보단 낫다고 생각했지만, 한진영과 문서연은 잘 이해가 되지 않아 고개를 갸우뚱했다.

헤일로는 이 부분에 대해서는 그들을 설득할 생각이 없었다.

"그리고 앨범 제목은 이렇게 두 단어로 하는 거죠."

헤일로가 앞 단어를 손가락으로 가리자, 앨범의 제목이 만들어졌다. 〈마이 월드(My World)〉.

"그러면 이번 앨범이요."

가만히 곡의 개수를 세어본 문서연이 외쳤다.

"미니앨범이 아니라 정규앨범이 되겠네요. 첫 정규앨범."

"어? 생각해보니 그러네. 이쪽저쪽 합해 첫 정규 아냐?"

"그렇네! 사장님, 오늘 첫 정규 기념 회식할까요?"

수록곡 도합 열두 개. 보통 열 개에서 열세 곡 이상 들어 있는 앨범을 정규앨범으로 칭하기에 분명 정규앨범의 규격에 맞았다.

"어쨌든, 전 사장님 의견 완전 찬성입니다."

여전히 타이틀곡에 대해서 의문이 있지만, 사장이 다 이유가 있어 선택했거니 생각한 문서연이 찬성했다. 무엇보다 그녀는 앨범 제목이 마음에 들었다. 규칙도 주제도 없는 곡을 하나로 딱 묶어주는 느낌이 들었다.

"이번에 또 난리 나겠네요."

잠적한(?) 노해일의 첫 정규. 열두 개의 각기 다른 장르가 수록된 앨범은 사실 홍보가 필요 없을 것이다. 노해일의 정규앨범? 이것도 귀가 쫑긋한데 노해일의 록이라니! 문서연은 아직 앨범이 발매된 것도 아닌데 불타오르게 될 팬덤과 '수박' 차트를 떠올렸다.

"이제 뭐 할 거야?"

한진영이 남규환을 깨우려는 제스처를 취하자, 헤일로는 손을 들어 보이며 말렸다.

"이제 피처링을 구하려고요."

"피처링? 사장님 피처링도 하게요?"

"네."

KDS 〈랑데부〉를 하며 협업도 나쁘지 않다는 걸 깨달은 지 얼마 되지 않았다. 헤일로는 이번 기회에 피처링도 한번 해볼 생각이었다. 이번에 여러 의미로 화려한 작업이 될 것 같다.

* * *

"피처링? 나?"

「아니요.」

통화하던 신주혁은 소속사 복도를 걷다가 멈춰 섰다. 이 단호함에 어처구니가 없었다.

"아니, 이 자식 봐라. 그렇게 단호할 것까지야. 내가 이런 취급받을 급은 아닌 것 같은데."

오가는 직원들이 그를 보고 인사한다. 가수팀은 당연하고, 배우 1, 2, 3팀까지. 신주혁도 표정으론 웃어 보이며 소년에게 마저 투덜거렸다. 전국에 신주혁의 이름을, 그리고 신주혁의 얼굴을 모르는 사람이 없는데, 이 건방진 꼬맹이만 그를 잘 모르는 것 같다.

"근데 너 뮤지컬 작업한 지 얼마나 됐다고 컴백을…."

말하는 중에 신주혁은 또다시 이 꼬맹이의 진짜 정체를 떠올렸다.

"아니다. 넌 원래 이랬지. 내가 잠깐 잊고 있었다. 네가 괴물 꼬맹이인 거."

노해일은 그의 혼잣말을 들은 척도 안 했다.

「원래 리브 선배님께 피처링 부탁드리려고 했는데요.」

"채원이 해외 투어 중이잖아."

「네, 그래서 다른 사람 찾으려고요.」

"흠."

물어볼 만했다. 좀 오래 연예계 생활을 했다면 모를까, 작업실에 박혀서 작업만 하는 헤일로는 인맥이 넓지 않으니 말이다.

"나 지금 소속사인데 한번 물어볼게. 그런데 소문이 날지도 몰라, 이런 건. 괜찮지?"

「네, 뭐.」

더 긴 대답이 돌아오진 않았지만, 신주혁의 귀엔 바라던 바라고 들리는 것 같기도 했다. 참, 영악한 후배 놈이다. 그런데 신주혁은 후배의 영악함이 기분 나쁘지 않았다. 원래 이 세계에 살아가려면, 어느 정도 영악함이 필요하다는 걸 알기에. 물론, 소년의 재능이라면 영악하지 않아도 주변에서 챙겨줄 테지만 말이다.

"그런데 나는 진짜 피처링 할 거 없냐? 저번에 내 오토바이 사운드 따가고 한동안 연락 없더니 좀 열받네."

신주혁 역시 이 후배가 언젠가 피처링이나 협업을 부탁하면, 한두 번쯤 거절하며 놀리다가 받아줄 생각이었다. 그런데 이 녀석은 협업할 생각도 없는 것 같다.

「선배님의 오토바이가 피처링했다고 꼭 언급하겠습니다.」

"흐… 내가 말을 말아야지."

전화 너머에서 웃음소리가 들려왔다. 진짜 날 잡고 유교 주입 좀 해야 하나 생각한 신주혁이 고개를 절레절레 저으며 가수팀 사무실 안으로 들어갔다. 사장과 계약 관련해서 만나야 했던 그는 시간을 확인하고는 어깨를 으쓱였다.

'뭐, 좀 기다리라고 해.'

"세상에, 이게 누구야. 주혁 씨, 어서 와요."

"안녕하셨어요, 이 팀장님. 다름이 아니라 물어볼 게 있어서요."

"어유, 주혁 씨가 필요하다면 뭐든 도와야지. 어떤 건데요?"

다음 날, 소문은 신주혁이 예상했던 것보다 더 빠르게 퍼져나갔다. 아무렴 한 해를 달구고 있는 스타가 아닌가. 대형 기획사부터 중소까지 소문이 퍼지기까지 만 하루가 걸리지 않았다. 노해일과 잠깐이라도 연이 있었던 가수들이 바로 소년에게 연락한 걸 보면, 이 사람들이 기다리고 있던 건 아닐까 싶었다.

원더: ㅎㅎ해일아 안녕.

이성림: 해일아 혹시 낚시 좋아하니?

리브(이채원): ㅠㅠㅠㅠㅠ 다음엔 꼭 같이해 해일아!

물론, 노해일이 피처링을 구한다는 소문을 모두가 긍정적으로 받아들이는 것은 아니었다.

"와, 이 새끼 스타병 제대로 걸렸네."

"좀 그렇죠?"

"지가 피처링 구할 급이야? 아니, 피처링 구할 수는 있지. 근데 직접 발품 팔아 구하는 게 아니라 이렇게 소문을 내? 이 새끼, 제대로 스타병 걸렸네."

"어떡할까요? 그래도 한번 물어볼까요?"

"물어보긴 뭘 물어봐, 그냥 잘라."

"그래도 가수들이 원할 수도 있는데….."

"이 새끼 한번 기를 죽여놔야지. 됐어, 잘라."

"옙."

한 중견 엔터사에선 소속 가수에게 노해일의 피처링 건에 대해 언급도 하지 않고 사장 선에서 잘랐다.

"일단 가이드곡부터 보내야지. 무슨, 내가 아무 곡이나 피처링하는 줄 아나."

"그래도 노해일 피처링은 재밌는 경험이 되지 않을까요, 선생님?"

"됐어. 내가 어린애랑 놀아서 뭐 하겠어."

직접적인 제의가 아니라는 것에 부정적인 중견 가수도 있었다. 그러나 노해일의 레이블 'H'로 피처링을 하고 싶다는 제안서가 수없이 도착했다. 헤일로는 이전 삶에서 누구에게도 피처링을 제안하지 않았고, 피처링을 해본 적도 없던 터라 이렇게 많은 사람이 러브콜을 보낸 것을 의외로 받아들였다.

'곡을 주는 것도 아니고 겨우 피처링인데. 피처링이 말이 좋아서 협업이고 컬래버지, 실상 부르다 만 거 아닌가? 그런데도 이렇게 많은 가수가 원하다니.'

그러나 다른 멤버들은 당연하다고 받아들였다. 그들은 이제까지 수많은 피처링 곡을 들어왔고, 피처링이라는 게 단순히 노래 일부만 부르고 마는 것이 아니라는 걸 알고 있었다. 피처링에 여러 가지 의미가 있을 것이다. 단순히 그 사람 앨범에 내 이름을 거는 것뿐만 아니라, 새로운 자극, 경험, 그리고 친목. 대중의 관심을 귀신

같이 잘 파악하고, 그들의 관심을 갈구하는 연예인 중 누가 노해일과 친목을 나누는 걸 싫어하겠는가.

"이 사람은 어때요?"

"흠."

수많은 러브콜이 도착한 것과 달리, 선택은 조금 어려웠다. 혜일로가 까다로운 것도 있었지만, 피처링을 원했던 곡이 리브의 보컬을 토대로 만들어진 탓도 있었다. 혜일로는 메일에 첨부된 노래를 들으며, 그들의 목소리를 파악하고 추려 나갔다. 다들 재밌는 음악을 하긴 하는데 자신의 곡과 어울릴 것 같은 사람이 없었다.

'그냥 리브가 돌아오면 부탁할까?'

해외 투어가 아니라 해외 촬영을 나간 거라면 원격으로라도 부탁했을 텐데, 한참 콘서트 중인 가수에게 녹음을 부탁하긴 어려웠다.

그렇게 예상보다 피처링을 선별하는 작업이 늦어지는 가운데 작업실에 놀러 와 자신의 오토바이 피처링을 듣던 신주혁이 물었다.

"리브 같은 보컬을 원하는 거지?"

"네, 그렇다고 볼 수 있죠."

"음. 괜찮은 애가 하나 방금 떠오르긴 했는데."

"선배님 회사 소속 가수분들 노래는 다 들어봤어요."

"우리 회사 아니거든?"

그 말에 드디어 혜일로가 고개를 들었다.

신주혁은 마음에 걸리는 부분이 있어 신중하게 말을 골랐다.

"걔가 음색 좋고, 노래도 잘 부르거든? 지금 바빠서 될지는 모르겠는지만 물어볼 수는 있어. 근데 네가 진짜 원하는 애인지는 잘 모르겠다."

헤일로는 음색 좋고 보컬이 좋은데 뭐가 문제인가 싶었다.

신주혁이 망설이다가 다시 입을 열었다.

"그 애가 그냥 가수는 아니거든."

* * *

월간 HALO는 정말 끝이 난 것인가?

7월 31일에서 8월 1일로 넘어가는 00시. 언젠가 보았던 듯한 기사가 올라왔다. 영국 표준시 00시 00분 35초에 등록된 걸 보면, 미리 써놓았던 게 분명하다. 기사의 내용은 HALO의 천재성이 고갈되었다는 내용이었다. 누구나 '몰락'을 떠올릴 수 있게 은유적으로 표현하기도 했다.

이 기사에 대한 반응은 정말 좋지 않았다. 말이 월간 HALO지, 실제로 달마다 앨범을 뽑는 게 무척 어렵다는 걸, 아니 사실상 불가능하다는 걸 모두가 알았고, 또한 4월 즈음 발매된 HALO 5집은 이미 44일이 걸린 바 있다. 모두가 재밌자고 하는 소리에 진지하게 호들갑을 떠니 여론이 좋을 수가 없었다. 특히, 미국이나 영국, 유럽계의 스타들이 직접 목소리를 내어 한 달이 아니라, 한 해에 한 번도 힘들다고 성토했다. 유럽에서 헬리건으로 통칭하는 HALO의 팬들은 말할 것도 없었다.

이에 '천재성의 고갈'이라 직접적으로 언급한 기사가 내려갔는데 그렇다고 월간 HALO에 대한 이슈가 들어간 건 아니었다. 빌보드 순위가 점점 높아지듯이 HALO의 다음 앨범이 언제 나올지 이슈는 커져갔다. 그러던 중 영국 프리미어리그의 31/32시즌이 돌아오며 이슈가 막을 내렸다. 그런데 우연인지 일부러 의도한 건지 아무도 모르지만, HALO 8집 〈그곳엔 아무도 없었다(No one was there)〉가 프리미어리그 개막일인 8월 9일에 발매되었다. 이날은 온갖 해외 축구 팬들과 태양단의 드립 축제였다.

[그곳엔 아무것도 없었고 너만 있다…(jpeg)]
[그곳엔 우승도 없다…(jpeg)]
[그곳엔 머리도 없었다]
 └ 너어어어는!

HALO의 8집이 발매되기 며칠 전, 헤일로도 어거스트 베일과 비슷한 이야기를 나누었다. 우연히 프리미어리그와 시기가 겹치게 되면서 축구 이야기가 나왔던 것이다. 헤일로도 한때 축구에 열정적이었던 적이 있다. 팀을 위해 곡을 만들고 시간이 나면 경기를 관람하러 가고 축구선수들과도 친하게 지냈다. 그렇게 애정을 갖고 좋아했던 팀이 있긴 했는데….
 "지금은 없어요."
 그가 좋아했던 팀은 이 세상에 존재하지 않았다. 연고지가 같은 팀은 있으나 영 정이 안 갔다. 그가 좋아했넌 팀은 성적이 안 좋은 편이었는데, 이 세상에 존재하는 팀은 너무 잘했기 때문이다. 미운 정도 정이라고 헤일로는 지금 축구를 끊은 상태였다.
 헤일로가 좋아했던 팀이 없어졌다는 걸 모르는 어거스트는 성적이 안 좋은 팀들을 나열하며 껄껄 웃었다. 그리고 늘 그렇듯 오늘의 일과를 물었다. 자주 전화를 걸지는 않은 것치고 그는 헤일로의 일과에 꽤 관심이 많았다.

헤일로는 달력을 한 번 보고 창밖을 한 번 보았다. 아스팔트에서 아지랑이가 지글지글 올라왔다.

"오늘은, 피처링을 하려고요."

오늘은 신주혁이 소개해준 사람과 미팅이 있는 날이다. 사실 말이 미팅이지, 그냥 녹음 날이다.

신주혁은 헤일로가 당연히 마음에 들어할 거라면서 자신이 인정한 노래 천재라는 뮤지컬 배우를 추천했다. 그리고 그 배우에 대해 "걔도 너처럼 성격 장난 아니다? 나쁘다는 건 아니고. 지는 걸 싫어한다고 해야 하나. 조심해라. 걔는 나처럼 안 봐줄걸. 어쭈, 그 표정은 뭐야"라고 덧붙였다. 신주혁이 인정한 노래 천재라 그렇게 큰 신뢰가 가지 않았지만 궁금하긴 했다. 다음 날 바로 헤일로는 한 회사로부터 공식 보컬 영상을 받았다. 배우 매니지먼트로 유명한 회사였다. 옛날 드라마 촬영장에서 보았던 이소라의 소속사이기도 했다. 어쨌든 회사에서 보내준 영상 속의 소녀는 리브와 같은 음색은 아니었지만, 듣기 좋은 음색에 보컬 기초도 탄탄했다. 뮤지컬 배우라 성악 발성을 쓸 줄 알았는데 영상 속에선 일반 가요를 불렀다.

헤일로는 신주혁이 소개해준 노래 천재를 기다리다 같이 녹음실에 남아 있는 문서연을 돌아보았다.

"그나저나 문서연 씨는 안 쉬세요?"

"저요? 저 지금 쉬고 있는 거예요! 아직 연습 안 하잖아요."

문서연은 리클라이너 의자에 앉아 노트를 보고 있었다. 무얼 하는진 모르겠지만, 적어도 쉬는 건 아닌 것 같았다.

헤일로는 사실 문서연이 자신과 체력이 비슷할 줄 알았다. 그녀가 먼저 이 마라톤에서 지칠 줄 알았지만 쓰러진 건 오히려 남규환과 한진영이다. 그들은 현재 헤일로가 아래층에(빌딩 전체를 구매한 지 좀 됐다) 마련한 흔들리지 않는 편안한 침대가 있는 방에서 쓰러져 자고 있었다. 헤일로는 그녀가 괜히 한예종 출신 전직 피아니스트가 아니구나 싶었다. 체력이 좋은 건지, 관리를 잘하는 건지 모르겠지만 아무튼 열정적인 건 분명하다.

"아, 맞다. 사장님. 그런데 이번 타이틀곡이요. 그거, 낙원상가에서 연주했던 곡이잖아요."

헤일로는 놀라 잠시 입을 벌렸다 다물었다.

"그건 녹음 언제 하나요?"

"그것도 연습했어요?"

'악보도 안 줬는데.'

"네, 완성곡 들려주셨잖아요."

문서연이 당연하다는 듯 말했다. 그녀는 악보 없이 기억해서 연습한 것이다.

헤일로가 주저하다 입을 열었다.

"그건… 세션 녹음은 들어가지 않을 거예요."

"네?"

예상치 못한 답에 문서연은 놀라 아무 말도 못 했다.

"기타로만 가져갈 예정이라서요."

"그래도 키보드 필요하지 않으세요?"

문서연이 시무룩해져 묻자 헤일로는 움찔했다. 사실 그녀가 멜로디를 기억해서 연습할 줄 몰랐기에 이미 당황한 터였다. 그래도 변경하진 않을 것이다. 이번 타이틀곡은 모든 멤버의 세션이 들어가지 않는다. 문서연을 포함해, 남규환과 한진영까지. 그래야 하는 곡이니까.

"아니, 사장님께 화낸 건 아니고요. 그냥 물어본 거였어요."

혜일로가 뭐라고 하기 전에 문서연이 손을 휘저으며 말했다. 그리고 창가를 보더니 눈을 반짝이며 외쳤다.

"어, 왔다!"

레이블 건물 앞에 검은색 밴이 멈춰 섰다. 일명 연예인 밴이라고 불리는 자동차의 문이 열리고 먼저 나온 건 검은색 모자를 쓴 매니저였다. 그의 뒤를 따라 여자가 나왔다. 더운 여름에도 긴소매 셔츠에 청바지를 입은 그녀는 매니저와 잠깐 대화를 나누더니 혼자 레이블 건물 안으로 들어왔다.

"안녕하세요."

이윽고 문을 열고 들어온 여자가 꾸벅 인사했다. 긴 머리카락이 그와 함께 쏟아졌다.

"혹시 제가 많이 늦었나요?"

"어머."

그녀를 본 문서연이 한 손으로 입을 가리고, 다른 손으로 손사래를 쳤다. 그리고 갑자기 눈을 반짝이며 어쩔 줄 몰라 하기까지 했다.

"아, 아니요, 하나도 안 늦으셨어요! 30분이나 일찍 오셨는걸요."

반면, 차분한 성격인 듯한 여자가 태연하게 마주 웃으며 인사했다.

"배우 주연우입니다. 만나서 반가워요."

"저, 전 키보디스트 문서연입니다. 잘 부탁드려요!"

혜일로는 갑자기 텐션이 올라간 문서연을 이상하게 생각하며 다음으로 인사했다.

"오늘 날이 많이 덥죠? 혹시 생강차 좋아하세요?"

"아, 감사합니다. 저는 뭐든 안 가리고 잘 먹습니다."

"잠시만 기다리세요!"

문서연이 후다닥 냉장고를 향해 달려갔다. 날쌘 움직임만 봐선 냉장고에 있는 걸 다 꺼내줄 태세다. 문서연이 냉장고 문을 여는 걸 본 주연우가 소년에게 고개를 돌렸다.

"말씀 많이 들었어요, 노해일 씨. 음악도 잘 듣고 있고요."

"저도 말씀 많이 들었습니다."

"신주혁 선배님이라면, 좋은 이야기를 해주진 않았을 텐데."

헤일로는 그 장난 어린 말에 피식 웃으며 받아쳤다.

"제 이야기도 그랬나 보죠?"

주연우도 따라 웃었다.

헤일로는 신주혁이라면 이 애에게 자기 성격이 어떻다 이야기한 게 분명하다 짐작했다.

"주연우 씨, 여기 있습니다."

"와, 감사합니다. 잘 먹을게요."

"저, 주연우 씨 팬이에요."

"제가 나온 뮤지컬 보셨어요?"

"네네, 그 데뷔작인⋯."

"맞아요, 맞아요! 세상에⋯."

문서연과 화기애애하게 이야기하는 주연우는 그냥 여느 여자애 같았다.

느긋하게 생강차 한 잔의 여유를 즐긴 다음, 본격적인 녹음을 시작했다. 헤일로는 원래 악보를 따로 주려고 했는데, 주연우가 필기가 많이 된 악보를 꺼내 들고 마이크 앞에 서기에 그냥 놔두었다. 그는 바로 녹음할 수 있을 거라곤 생각하지 않았다. 리브의 보컬을 토대로 만든 곡이라, 어느 정도 편곡을 가미할 생각이었다. 소속사에서 보내준 주연우의 영상만으로 완벽하게 판단하기 어려워 한번 시켜본 것이다. 그런데….

'생각보다 좋은데?'

곡을 소화하는 건 기본이고, 이 노래를 자신의 것으로 만들겠다는 욕심이 있었다. 아니, 그보단 애초에 이 곡이 그녀를 위해 만들어진 것처럼 착 달라붙었다. 섬세하면서도 이야기하듯 부드럽게 부르는 것이 좋았다.

"왜 그러세요? 혹시 틀린 부분이 있나요?"

헤일로가 가만히 있으니 주연우가 고개를 돌려 물었다.

컨트롤 룸에 있는 헤일로는 고개를 저었다.

"아니요. 잘하시네요."

"연줄로 들어온 건데 잘해야죠."

주연우가 주먹을 불끈 쥐어 보이며 뿌듯하게 웃었다.

뮤지컬 발성은 전혀 느껴지지 않았다. 주연우를 모르는 사람이라면 가수나 가수 지망생으로 여겼을 것이다. 리브도 음역이 높지만 이쪽 역시 음역 문제로 씨름하지는 않을 것 같았다. 헤일로는 당연히 편곡이 필요할 줄 알았는데, 이대로 가도 좋겠다 싶었다. 아니면 박자를 좀…. 그는 테이블을 톡톡 두드리며 방금 머릿속으로 들어온 영감을 그려내고 있었다.

그런 그를 재촉하지 않고 주연우가 가만히 바라보았다. 그녀는 오늘 일정을 비워놨기에 급할 건 없다. 일정 부분 선배 신주혁의 연줄로 얻게 된 노해일의 피처링이지만, 그렇다고 다른 사람의 기회를 뺏었다고 생각하진 않았다. 그녀는 노래 부르는 걸 좋아했고 잘 부른다는 것도 알았다. 솔직히 다른 누구보다 잘 소화할 자신이 있었다. 다행히 저쪽도 마음에 안 드는 기색은 아니고, 그녀 역시 곡이 아주 마음에 들었다. 특히, 음악 천재의 작곡 과정이 신기하기도 했다. 나중에 천재 연기를 하게 된다면 큰 도움이 될 것 같아 그녀는 노해일의 동작을 유심히 바라보며 기억에 새기려 노력했다.

녹음은 순조롭게 진행됐다. 중간중간 편곡을 거치는 데도 주연우는 금방 적응했다. 신주혁이 '노래 천재'라고 칭한 게 과장만은 아니었다. 열아홉 또래 중에 견줄 사람이 없을 것이다. '난 어땠더라' 하고 잠깐 과거의 자신을 떠올렸다. 열여섯 살에 1집 그리고 스무 살에 2집을 냈다. 1집과 2집 사이에 즐겁게 놀았다. 다 좋은 경험이 되었다.

헤일로는 주연우가 목을 축일 때 물었다.

"뮤지컬 넘버를 부를 때도 그렇게 불러요?"

"이렇게요? 음, 아니요. 완전히 같진 않죠. 그렇다고 성악 발성까지는 아니지만요."

"한번 불러줄 수 있어요?"

"뮤지컬 넘버를요?"

헤일로는 고개를 끄덕였다. 어떻게 다른지 보고 싶었다.

물통을 의자에 내려둔 주연우가 가만히 생각하더니 물었다.

"지금 당장 필요한 건가요?"

"그건 아니에요. 얼마나 다른지 한번 들어보고 싶어서요."

"그럼…."

174

주연우가 장난스럽게 미소지었다.

"안 부를래요."

헤일로가 뭐라고 하기 전에 주연우가 말을 이었다.

"제 뮤지컬 보러 오면, 그때 들려줄게요."

가만히 듣던 헤일로가 피식 웃었다. 신주혁이 제게 했던 마지막 말을 조금 알 것 같다. 완전히 공감하진 않았지만, 보통 성격이 아닌 건 분명했다.

"뮤지컬 끝난 거로 아는데."

"곧 다시 하나 할 거예요. 노해일 씨도 잘 아는 거요."

헤일로가 아는 건 하나밖에 없었다. 창작 뮤지컬 〈록〉. 그런데 그녀는 아직 음악 제작도 안 끝난 뮤지컬에 이미 캐스팅된 것처럼 말하고 있었다.

"벌써 캐스팅됐어요?"

"아직이요. 하지만 곧이겠죠? 그때 제가 노해일 씨 노래 멋있게 불러드릴게요."

'음, 자신감은 좋다만…' 하고는 헤일로는 어깨를 으쓱했다.

"그때 내 노래를 부를 일은 없을걸요."

"왜요?"

주연우가 집요한 시선으로 물어봤다. 그녀는 이건 예상하지 못했다.

"주연우 씨가 정우로 캐스팅될 리는 없으니까."

"그러니까 제가 왜 안 된다고…."

잠깐 욱했던 주연우가 멈칫했다. 그녀는 대본을 읽었던지라 뮤지컬 남자주인공의 이름이란 걸 알았다.

"남자 노래구나⋯."

"네."

"그래도 정우가 여자일 수도 있지 않을까요?"

"그건 감독한테 한번 물어보세요."

주연우가 말도 안 된다는 걸 알면서 괜한 고집을 부리다 이내 고개를 숙였다.

헤일로는 시무룩해진 주연우를 바라봤다. 아까부터 느꼈지만 그녀는 노래에 욕심이 많았다. 그는 그런 욕심, 열정을 좋아했다. 헤일로는 옅게 웃으며 물었다.

"주연우 씨는 가수 할 생각 없어요?"

뜬금없는 질문이었지만 주연우가 진지하게 대꾸했다.

"전 노래 부르는 것도 좋아하지만, 그만큼 연기도 좋아해요. 그래서 둘 다 할 수 있는 뮤지컬을 가장 좋아하는 거고요. 그래도 언젠가 제 이름으로 된 앨범을 내고 싶긴 해요. 작곡은 안 해봐서 자신은 없지만."

"아, 작곡은 못 하는구나."

자신감 있는 표정으로 '뮤지컬을 좋아한다' 선언한 주연우의 입매가 헤일로의 한마디에 굳어버렸다.

"못하는 건 아니고, 한 번도 안 해본 거죠."

"그게 못하는 거죠."

"그⋯."

어떻게든 반박할 말을 생각하던 주연우가 돌연 활짝 웃으며 말을 돌렸다.

"그럼 노해일 씨는 뮤지컬 배우 할 생각 없어요?"

"네."

그는 단 한 번도 생각해 본 적이 없다. 단순히 뮤지컬 배우뿐만 아니라, 배우도.

"왜요? 잘할 거 같은데."

"연기는 안 하는 편이라서요."

"못하는 건 아니고요?"

주연우가 활짝 웃자, 헤일로도 따라 웃으며 생각했다.

'이 건방진 꼬맹이가.'

헤일로는 주연우가 지기 싫어한다는 걸 실감했다.

두 사람의 웃음이 점점 짙어진다. 겉으로 보기엔 참 화기애애하고 미소밖에 없는 작업실이었다.

"뭐야 뭐야, 둘이 뭐야."

바깥에서 훔쳐보던 문서연이 호들갑을 떠는 것도 모르고, 그들은 서로를 주시했다.

녹음은 오래 걸리지 않았다. 녹음이 끝나고, 주연우는 다시 차분하고 침착한 태도로 꾸벅 인사했다.

"피처링은 처음인데 기회를 주셔서 감사합니다. 혹시 녹음에 문제가 생긴다면, 불러주세요. 오늘 즐거웠어요."

"그럴 일은 없겠지만. 저도 즐거웠습니다."

주연우가 나가려다 무언가 생각난 듯 멈춰서 돌아보았다.

"아, 오늘 혹시 기분 나빴다면 그것도 죄송하고요."

"별로 나쁘지 않았어요."

"그렇다면 다행이에요."

헤일로가 옅게 웃자 주연우도 따라 빙긋 웃고는 다시 한번 고개를 숙이고 떠났다.

"사장님, 사장님 뭐예요?"

문서연이 눈을 반짝이며 물었다. 아까 시무룩했던 태도는 어디 가고 지금 너무 신이 나 있다.

"녹음은 잘 됐어요?"

헤일로는 고개를 끄덕였다. 노래 잘 부르는 주연우 덕분에 녹음은 마음에 들게 잘됐다.

"다른 건요?"

"다른 거요?"

문서연이 고개를 기울이며 그의 대답에 집중했다.

도대체 무슨 말을 하나 싶었던 헤일로는 순간 '아' 하고 깨달았다. 저 음흉한 시선의 의미를 모를 수가 없다. 문서연이 뭔가 오해를 한 것이다.

"주연우 씨 진짜 예쁘지 않아요? 아까 처음 보고 진짜! 쇼크가 와서."

'그래, 젊은 남녀를 엮으려는 건 인간의 본능이긴 하지.'

헤일로는 코웃음을 쳤다. 주연우의 외모가 어떻건 간에 그는 전혀 생각이 없었다. 헤일로는 드라마 촬영장에 갔을 때부터 이 동네, 그러니까 한국 사람들은 다 어려 보인다고 느꼈다. 그의 눈에는 30내라는 이소라가 10대로 보일 정도였다. 그때, 그는 당분간 연애는 힘들 거라고 생각했다. 헤일로가 많이 봐줘 30대와 사귀려고 한다 해도 30대가 미성년자인 그와 사귀겠는가? 그렇다고 노해일 또래를 만나는 것은 절대 싫다. 그는 미성년자와 사귀는 취미는 없었다.

"너무 어려서요."

"예? 주연우 씨가 사장님보다 두 살 많은데요? 사장님?"

그 간결한 답에 문서연이 의아해했지만, 헤일로는 다시 컨트롤룸에 들어왔다. 이제 본격적인 작업을 시작해야 했다.

* * *

피처링을 녹음한 날로부터 5일이 지난 8월 9일에 발매한 HALO 8집 〈그곳엔 아무도 없었다〉는 여름의 또 다른 테마인 '공포(horror)'에 초점이 맞춰져 있었다. 공포스러운 일러스트 표지를 가진 8집은 멜로디만 들었을 땐 동요나 발라드를 떠올리게 했다. 그러나 가사는 전혀 그렇지 않았다.

앨범의 제목이자 타이틀곡인 '그곳엔 아무도 없었다'는 전반적으로 에드가 앨런 포의 시 '더 레이븐(The Raven)'을 연상시키는 공포를 주었다. 다만 '더 레이븐'이 문밖 너머 미지의 것에 공포를 느끼게 한다면 HALO는 실종, 상실에 관한 공포를 구현했다.

벽난로와 따뜻한 담요, 정다운 대화와 유쾌한 웃음소리, 칠면조와 양초가 올라간 식탁에서 이루어진 따스하고 부드러운 저녁 만찬은 누군가의 노크 소리(불협화음으로 구현한)와 함께 정지된다. 문을 열었을 때 바깥엔 아무것도 없다. 그리고 집 안으로 돌아오니 안에 있던 모든 것이 신기루처럼 사라졌다는 것이 첫 번째 타이틀곡의 내용이었다. 사실 여기까지만 보면 7집처럼 HALO에게 무슨 일이 일어난 것이 아니냐는 추측성 이슈들이 생겨났을 것이다. 그러나 이례적으로 이번 8집에선 타이틀곡이 하나 더 존재했다. 더블타이틀곡 'HOLY×DAY'.

이 곡은 공포 클리셰를 익살맞게 표현하며(저주받은 인형이 아이가 혼자 남은 집에서 깨어나 식사를 차리고, 이불 속에서 기어 나온 귀신이 "굿모닝 허니, 오전 9시 월요일이에요"라고 속삭이는 등) 유쾌한 분위기를 주도한다. 'HOLY×DAY'의 임팩트가 더 커서 첫 번째 타이틀곡을 누르고 모든 디지털 스트리밍에서 1위를 차지할 정도였다.

[태양이시여!]

[아버지 저희를 따뜻하게 안아주소서.]

[가사 보니까 축구 때문에 흑화한 거 아냐? 아무것도 없었다는 건 우승 컵을 빙자한 게 아닐까?]

[태양 혹시 맹…?]

└ 갈!

└ 태양의 길은 오직 태양만이 아시는 법이지만, 저건 아니 되옵니다…

[사랑해자기사랑해자기사랑해자기사랑해자기.]

└ 얘는 몇 달 동안 이러네.

└ 여자임? …여자든 남자든 둘 다 무서운데.

└ 태양 노래 들으면 여기가 천국인가 싶은데 이런 새끼들 보면 그냥 지옥인 것 같다.

└ 그러니까 이런 놈들이 가짜 헤일로 나타나면 차 박살 내고 불 지른다는 거지?

[HALO의 음악 탐구-반항적이고 저항적인 아방가르드, 메타포를 활용한 이데아의 실현, 에드가 앨런 포의 시 '갈까마귀'를 연상케 하는…]

└ 뭔소리야. 이거 쓴 평론가도 뭔 의민지 모를 듯.

└ 대충 개쩐대.

└ 아하 내가 이해한 거랑 똑같네.

└ 평론가도 찬양하는 건 HALO뿐인가?

└ 팝 가수 중에 안 까이는 건 진짜 HALO밖에 없긴 해! 근데 그 까인 사람 중에 HALO 있는 거 아냐?

└ 평론가들이 HALO 정체 안 까길 가장 바라겠지ㅋㅋ 아니면 업보 그대로 돌아온다.

늘 그렇듯 찬양 일색이었다. 헤일로는 팬들의 찬양은 이해하지만, 평론가의 찬양에는 팔짱을 꼈다. 솔직히 말하면 닭살이 돋는 것 같았다. 그는 '에드가 앨런 포'라는 이름도 방금 처음 들었다. 이전 삶과 같은 곡을 내고 있는데 이렇게 평론가의 태도가 다를 수가 있을까. HALO의 음악에 대해 비판하는 평론가도 없진 않았다. 그러나 소수에 불과할 뿐 대개는 그의 음악에서 어떻게든 예술성을 찾으려고 했다. 가수 또한 아티스트라고 불리지만 스스로 어떤 대단한 예술을 한다고 생각해본 적 없는 헤일로는 그 고급스러운 단어들에서 소름이 돋았다. 이전에 들어본 적 없는 말이라 더 그런 것 같다.

노해일에 대한 평은 달랐다. 대중과 평론가들이 갈라선 것이 딱 그가 생각하던 모습 그대로였다. 그가 앨범을 내려고 할 때마다 미리 알고 설레발을 치는 모습까지 똑같았다. 세상은 좁고 비밀은 언젠가 알려지기 마련이다. 사람들이 그의 이름을 아직 인지하지 못했다는 게 놀랍긴 하지만…. 한편, 다른 비밀은 일찍 알려졌다. 그가 피처링을 비공식적으로나마 모집하기도 했고, 여기저기 드문드문 모습을 드러냈으니 당연했다.

노해일, 현재 정규앨범 제작 중?
싱어송라이터 노해일이 정규앨범을 제작하고 있다는 정보가 급속히
온라인상에 퍼지고 있다. 대표적인 근거는…

그가 정규앨범을 만들고 있다는 소문, 그리고 이번 음악이 어쿠스틱, 발라드가 아니라 록이라는 것까지 빠르게 퍼져나갔다.

[안 보이기만 하면 진짜 음악 작업을 하는 거구나.]
[달 첫 정규앨범!!!!]
[기레기새끼야 그래서 컴백 언제 하는데.]
[다른 가수들 1년이면 컴백 할까 말까인데 노해일은 데뷔까지 치면 컴백을 세 번이나 하네. 아직 8월인 걸로 봐서 네 번까지 가능할 듯 ㅁㅊㄷ]

이 정도는 무난한 반응인데, 이번 장르에 대해 북 치고 장구 치는 사람들이 있었다.

[노해일이 록???]
[진짜 천재 소리 듣더니 예술병 돌았나 본데?]
[신주혁이 만들어준 거 아냐?]
[노해일이랑 록은 진짜 안 어울리는 데;;;]
[ㄹㅇ 노해일 영어 가사 안 쓰기로 유명한데 영어 가사 없는 록 가능은 하냐?]

일반 대중만의 반응은 아니었다. 자기 복제를 할 거라고 미리 욕

하던 평론가.

> 과한 욕심은 좋지 않은 결말을 낳는다. 그냥 자기 음악을 하는 게 좋지 않을까

　팬덤도 걱정과 우려를 표하기도 했다. 물론, 노해일이 록을 보여 주지 않은 건 아니다. 처음이자 마지막 라디오 방송에서 신주혁과 노래 바꿔 부르기를 한 적이 있다. 그때 노해일은 신주혁의 록 '세션 33'을 편곡하여 매력적으로 소화했다. '영웅의 노래'도 어떤 장르냐에 대한 이야기가 나오지만 보통 아트 팝이나 팝 록으로 규정했다. 노해일이 편곡한 HALO 4집 '부디 시험에 들지 말게 하소서'도 마찬가지다.

　단, 이 세 가지 곡에는 공통점이 있었다. 완전히 노해일이 작곡한 음악이라고 볼 수 없다는 점이다. 신주혁의 '세션 33'이나 HALO 4집 '부디 시험에 들지 말게 하소서'는 편곡이었고, 그나마 '영웅의 노래'가 노해일의 자작곡이긴 한데 록과 대중음악의 거장 황룡필도 작곡자로 들어간 공동작곡의 곡이었다. 방송에 작곡 과정이 드러나긴 했지만, 일부분이라 대개 황룡필이 만든 거로 보았다.

　이번 노해일의 정규앨범도 공동작곡일 수도 있고, 프로듀싱이나 편곡을 받을 수 있기도 하다. 그러나 이제까지 노해일이 '영웅의 노래'를 제외하면 작곡, 작사, 편곡에 다른 이름을 올린 적이 없다는 것도 중요한 문제다. 귀납적으로 이번에도 그럴 가능성이 크다.

　사실, 팬들은 노해일의 앨범 정보에 다른 사람의 이름이 올라오지 않는 걸 굉장히 뿌듯하게 여겼다. '작곡, 작사, 편곡 노해일.' 이

얼마나 간결하고 멋있는가. 심지어 모든 앨범 수록곡이 이러했다.

원래 작곡, 작사, 편곡에 많은 이름이 실리기 마련이다. 멜로디 라인, 훅, 코러스, 브릿지 등 곡을 세분화해서 만드는 과정에 수많은 작곡가의 이름이 앨범 정보에 실렸다. 심지어 자작곡이라고 하더라도, 편곡자는 늘 존재하며 공동작곡인 경우도 많았다. 협업이 발전한 21세기라 언젠가 이 규칙이 깨지겠지만 일단 팬들은 현재를 자랑스러워했다. 그래서 그들은 그런 특징이 독이 될 거로 생각하지 못했다.

[달 성적 좀만 안 나와도 물어뜯을 텐데.]
[요즘 달 안티 많은 거 봐서 백퍼.]
[아니 모든 앨범이 성공한 가수가 어딨다고.]
[지들 열일곱 살 때는 얼마나 잘났다고 물어뜯냐!!!!]

팬들은 성적이 안 나왔을 때의 슬럼프도 걱정이지만, 요즘 미쳐 날뛰는 안티들이 가장 큰 걱정이었다. 조금만 성적이 안 나와도 그들의 가수를 물고 뜯고 맛보고 즐길 것이었다. 벌써 곡이 망할 거라는 글이 한두 개가 아니다. 소속사에서 대응하고 안티나 모든 악성 글을 차단했으면 좋겠는데, 노헤일은 여전히 묵묵부답이었다. 그의 정규앨범 소식처럼 말이다.

***

수많은 직장인이 오가는 삼성역, 코엑스 건물 중앙 초대형 전광판에 K-POP이나 영화, 게임 광고 대신 이례적으로 올라온 것은 한 명품 브랜드의 광고였다. 코엑스 전광판이 아닌 TV에 나올 법한 광고였지만 누구도 이상하게 생각하지 않았다.

한 남자가 매력적인 향을 풍기며 환락을 즐긴다. 알코올과 뿌연 연기 그리고 파티. 관능적인 미인이 그를 돌아보며 손을 뻗는 동안 HALO 5집 〈중독(Addiction)〉의 타이틀곡인 '헤로인처럼(Like a Heroin)'의 멜로디가 들려온다. 남녀의 몸이 겹치며 블랙아웃. 그리고 짙은 푸른색 배경이 펼쳐진 가운데 문구가 나타났다.

We will find you(우린 당신을 찾아낼 거야)
For glory(영광을 위하여)

"와…."

광고를 보고 멈춰 선 문서연은 감탄했다. 캐주얼한 여름 정장을 입은 그녀는 천천히 핸드폰을 들어 향수를 검색했다. 3, 40대 남자를 타깃으로 한 명품 C사의 옴므 향수로 이름은 'For glory'였다. 묵직하고 은은한 남성적인 향을 가지고 있는 고가의 향수다. 기사를 보니 지금 코엑스 전광판에 올라온 광고가 한국에만 나오는 게 아니었다. 전 세계 전광판에 영상이 송출되고 있었다. 미국의 타임스퀘어, 일본의 도톤보리, 등 전 세계 랜드마크에서! 누군가에게 그들의 메시지를 전달하기 위해 광고를 건 것이었다. 그가 누구인지 굳이 따질 필요도 없다. '영광을 위하여' 그 구절 하나면 충분했다.

"멋있다. 우리 사장님…."

얼떨결에 탄성을 내지른 문서연이 재빨리 입을 두 손으로 막았다.

'드, 들은 사람 없겠지?'

죄지은 사람처럼 주변을 두리번거렸다. 다행히 그녀의 말을 유심히 들은 사람은 없었다. 갑자기 두리번거리는 그녀를 이상하게 볼 뿐이다. 문서연은 민망해하며 약속 장소로 향했다.

"세상에, 서연아?"

"서연아, 잘 지냈어?"

"다들, 안녕. 오랜만."

문서연이 손을 흔들었다.

오랜만에 한예종 동창들이 모였다. 연습벌레 문서연이 작업실을 벗어난 건 이들을 만나고 리사이틀이 잡힌 친구를 축하하기 위해서였다.

"요즘 서연이도 잘 나가더라?"

"그러게. 노해일 밴드 됐다며. 나 기사 봤어."

친구들이 그녀를 보자마자 반색하며 인사했다. 보아하니 꽤 많은 게 알려진 듯했다.

'애들이 알고 있는 걸 보면 학교에 다 알려졌겠네'라고 생각한 그녀는 환하게 웃으며 자리에 앉았다. 그리고 맞은편에 앉은 단아한 여자에게 꽃을 내밀었다.

"수아야, 리사이틀 축하해."

홍수아는 그녀가 대학 와서 사귄 친한 친구 중 하나였다.

'같이 밥을 먹고 밤을 새우고 공부하고. 그런 적이 있었지.'

문서연은 그때를 떠올리며 옅게 웃었다.

"와줘서 고마워, 서연아. 정말 보고 싶었어."

홍수아도 역시 반갑게 받아 맞이했다.

오랜만에 만났지만 둘은 어색하진 않았다. 다만 서로 벽을 느꼈다.

오랜만에 만난 데다가 진로도 완전히 달라졌으니 당연한 일이다.

문서연은 홍수아가 건네준 리사이틀 티켓에 적힌 장소를 보고 "와, 성공했구나"라며 순수하게 감탄했다. 그녀의 감탄에 홍수아는 밝게 미소 지었다.

"수아야, 리사이틀 꼭 보러 갈게."

"예술의 전당에서 리사이틀을 하다니. 너 진짜 멋있다."

"아니야, 얘들아. 그냥 운이 좋았어."

홍수아가 수줍게 대꾸했다.

"그리고 서연이가 그만두지 않았다면 이 자린 내 자리가 아니었을 테고."

"그…."

문서연이 멈칫했고 다른 친구들도 잠깐 말을 멈췄다. 갑자기 분위기가 얼어붙자 홍수아가 두 손을 맞댔다.

"비꼬려는 건 아니었는데. 서연아, 혹시 기분 나빴니? 미안해."

"아니."

사실 기분이 상했지만 문서연은 못된 생각을 고쳐먹었다. 고의로 한 말도 아닐 테고 지금 행복한 인생을 사는 자신이 한 번 넘어가 줘야지 싶었다. 좋은 날이 아닌가.

"야, 내가 있었어도 네가 연주했을 거야. 자신감을 가져."

"고마워, 역시 우리 서연이. 아, 얘들아 나 잠깐 화장실 좀."

홍수아가 핸드폰을 보더니 자리에서 일어났다.

그녀에게 다녀오라며 손을 흔들어준 친구들이 다시 문서연에게 달려들었다.

"그래서 서연아, 노해일 어때?"

"나 완전 궁금했잖아."

"방송 보면 에고가 강해 보이던데, 진짜 그래?"

"걔 근데 은근 매력적이던데."

친구들은 눈을 반짝반짝 빛내며 그녀의 사장에 관해 물어봤다. 익숙한 일이라 문서연은 태연하게 받아들였다. 그렇게 한참 홍수아를 기다리는데 불현듯 누군가 말했다.

"근데 서연아. 너 세션만 하는 거 좀 아쉽지 않아?"

"응?"

"작곡하고 싶다면서."

한 친구의 말에 다른 친구가 호응했다.

"맞아, 너 학교 그만둔 거 작곡하고 싶어서라고 했잖아."

"그거 아니었으면 진짜 네가 수아 자리에 있을 수도 있었는데. 네가 수아보다 잘했잖아. 솔직히."

문서연은 아무 말도 안 했는데, 왜 죄를 지은 기분인지 모르겠다. 그녀는 홍수아가 간 화장실을 흘끗 바라보며 친구들에게 되물었다.

"얘들아. 우리 수아 축하하러 온 거 아냐?"

"뭐, 어때. 수아도 그렇게 말했잖아."

"우리 당연히 축하하러 왔지."

"그냥 우린 네가 걱정돼서 그래. 우리기 보기에 넌 세션으로 남으면 안 되는 애인데, 아쉽잖아."

"맞아, 심지어 넌 꿈을 이룬다고 학교 자퇴한 거였고."

동창들이 서로 마주 보며 세션맨이 얼마나 바쁘고 박봉인지 이야기하기 시작했다. 개인 활동도 못 하게 한다는 어떤 악덕 아티스트의 이야기를 꺼내 들고서 신나게 떠들었다.

문서연은 점점 피로감을 느꼈다.

'남규환이 피자 사온다고 했는데. 그 돼지 새끼가 다 먹기 전에 돌아가야겠다.'

어차피 인사만 하러 온 거라 그녀는 더 할 말도 없다.

"얘들아, 아쉬워할 필요 없어. 난 지금 진짜 행복하거든."

일단 오지랖 넓은 동창들이 걱정하지 않게 문서연은 활짝 웃었다. 실제로 그녀는 행복했기에 언제든 밝게 웃을 수 있었다.

"사장님한테 많이 배우고 있고 작곡도 꾸준히 하고 있어. 200퍼센트 만족하고 있으니 걱정하지 마."

그 말에 할 말이 없는 듯 친구들이 입을 열지 못하다가 마주 보며 다 같이 웃어준다.

"그래? 그럼 다행이다."

"잘됐다. 좋은 사장님 만났구나."

"작곡도 하고 있다니, 잘됐네. 언젠가 앨범 나오면 꼭 살게."

이런 덕담이면 충분했다.

친구들과 헤어지고 지하철역으로 이동하던 문서연은 잠깐 멈춰 섰다. 고개를 들자, 향수 광고가 보인다. 'We will find you for glory'라고 여전히 멋있는 문구가 적혀 있다.

"솔직히… 부럽다."

저도 모르게 속에 있는 말이 나와버려 깜짝 놀란 그녀는 입을 막았다. 그러나 이미 튀어나온 말은 다시 삼킬 수 없었고, 소리가 되어 자신의 귀로 돌아왔다.

"아니야. 난 사장님이랑 있는 거 좋아. 너무 좋아."

이것도 속에 있는 진심이다. 문서연은 현재 밴드 세션으로서 너무 행복했다. 멋있고 존경스러운 사장님, 시끄럽지만 재밌는 세션 멤버들, 쾌적한 환경과 든든한 통장까지 모든 게 완벽하다. 하지만 그냥 막연히, 사장님만큼은 아니지만 작곡가 문서연으로서도 살아가고 싶다고 생각했다.

"이미 성공했는데⋯. 성공하고 싶다."

이게 가장 솔직한 심정이었다.

* * *

HALO의 8집 발매 일주일 후, 노해일의 첫 번째 정규앨범 〈마이월드〉가 오프라인과 온라인에 동시에 발매되었다.

헤일로가 노해일이 된 후 가장 크게 느낀 건, 이 세상에 음악이 넘쳐흐른다는 것이다. 말 그대로 음원의 바다, 매일매일 새로운 음악들이 쏟아져나오는 세상이다. 헤일로는 그런 세상을 즐겼지만 반대로 단점도 있었다. 너무 많은 음원이 탄생하는 만큼 대개 수면 위에 떠오르지 않고 심해로 가라앉았다. 사실, 음원뿐만이 아니라 모든 상품이 그럴 것이다. 그래서 중요한 게 마케팅이다. '이러한 음원이 만들어졌고 이러이러해서 좋으니 한번 들어보세요'라고 대중에게 상품의 정보를 알리고 구매하게 만드는 것이 중요하다.

음원 마케팅은 음원의 바닷속에서 살아남기 위해 보통 세 가지 형태로 진행되었다. 유통 프로모션, 제휴 프로모션 그리고 자사 프로모션. 유통 프로모션은 보통 '수박'과 같은 음원 플랫폼에서 열어주는 이벤트, 배너 등이 있다. 제휴 프로모션은 타사 채널을 활용한 프로모션으로 너튜브, 음악방송, 라디오 출연 등이 해당되며, 마지막으로 자사 프로모션은 말 그대로 자사 채널로 콘텐츠를 오픈

하는 것이다. 너튜브와 SNS 채널, 또 오프라인 행사도 여기에 포함되었다. 이런 프로모션을 잘만 활용하면 중박을 대박으로 만드는 세상이다. 역으로 마케팅이 없으면 대박도 망할 수 있는 세상이다.

"그래서 이번 앨범도 마케팅을 안 했다 이거지?"

"'수박'에서 프로모션을 해주긴 했는데, 괘씸해하고 있다고 합니다. 다른 회사였다면 넣어달라고 요청했어도 안 넣어주는 판국에."

"'수박'이야 매출과 직결되는 일이니까. 참, 운이 좋은 꼬마야. 반면, 좀 바보 같기도 하고. 우리 회사에 들어오면 몇십 몇백 배는 더 벌었을 텐데."

"괜히 애인가요."

"어쨌든 다들 신경 쓰지 말라고 해. 우리 회사는 꼬마가 차린 동네 슈퍼와 달리 프로모션 팍팍 넣을 테니까."

"네, 그렇게 전달하겠습니다."

소속 가수의 컴백과 노해일의 컴백이 맞물린 8월 중순, 한 기획사 사장은 여유롭게 웃어 보이며 직원을 내보냈다. 그러나 문이 닫힌 순간 그는 다급하게 음원 순위를 열었다. '수박' 차트 상단에 걸린 대배너는 노해일 앨범이었다.

"이 새끼들 괘씸하다면서 넣을 건 다 넣었네. 직원 중에 노해일 팬 있는 거 아냐? 보이콧해도 모자랄 판에."

늘 자리가 꽉 차 있던 배너인데 '노해일 컴백 즈음 누가 발매 취소라도 했나 보지?' 사장은 비꼬며 혀를 끌끌 찼다.

"그래 봤자, 마케팅은 이게 다지. 남들은 쇼케이스, 기자간담회, 팝업스토어까지 한다고 난리인데, 역시 개인 회사라 그런지 마케팅이란 걸 모른다니까."

그러나 두두두두 쏟아내는 그의 입과 다르게 손에 땀이 찼다.

마케팅이란 결국 대중에게 알리기 위함이다. 어떤 프로모션이든 노출이 가장 1순위의 목적이다. 대중이 이미 그 음원의 존재를 알고 있고, 관심을 두고 있는 상황이라면 노출을 목적으로 하는 마케팅의 효과는 작아진다. 그때부터 시기상의 문제가 될 것이다. 마케팅을 적극적으로 한다면 단시간 만에 높게 치솟을 테고, 아니라면 천천히 차오른다. 어쨌든 차오른다는 게 중요한 거다.

차트인, 톱텐 그리고 음원 1위가 되는 때부터는 다른 마케팅은 필요 없다. 성적이 곧 최고의 마케팅이자 홍보가 된다. 차트 1위면 식당, 카페, PC방, 상점 등 사람들이 모이는 곳 어디서든 한 번 이상 노출될 테니 결국 누구나 듣게 되기 때문이다. 괜히 음원 사재기가 일어나겠는가. 마케팅 없이 1위 가는 게 사실상 불가능해서 그렇지, 한 번 1위만 가면 된다.

그런데 사장은 마케팅 없이 1위를 간 사람들을 잘 알고 있다. 하나는 굳이 상대할 필요 없는 외국 놈, 다른 하나가 바로 노해일이다. 기획사 사장끼리 '꼬마', '꼬맹이', '개' 더 나아가 '이 새끼'로 불리는 노해일은 그가 본 가수 중 가장 미친놈인 것 같았다.

'1년 동안 데뷔 한 번에 컴백 두 번이라니.'

인디 가수라면 그러려니 할 텐데, 음원 1위를 물 마시듯 달성하고 그것도 모자라 수록곡을 차트에 싹 다 나열한 놈이다. 이런 일은 최정상 가수인 리브가 아니고선 거의 일어나지 않는다. 신나박이, 황룡필, 삼장 등 잘 알려진 가수들도 모든 수록곡을 차트에 나열시키진 못한다. 심지어 올해는 HALO의 해이기도 하지 않은가. 한국 시장이니 한국어 노래가 유리한 건 당연하지만, 신인이 그 HALO

를 성적으로 이긴 건 원래 일어나선 안 되는 일이었다.

"으이구, 이번 HALO 앨범 좀 약해서 기회인 줄 알았는데."

음악이 별로라는 의미가 아니라 한국에서 좀 약하다는 뜻이다. HALO 음악은 원래 영국 팝 느낌이 강했지만, 이번만큼 유럽 감성이 짙었던 적이 없었다. 에드가 앨런 포나 그의 시를 아는 한국인이 얼마나 있겠는가. 더블 타이틀인 'HOLY×DAY'면 몰라도 이번 감성은 한국인이 공감하기 힘들어 나름 컴백하기 좋은 시기라고 생각했는데, 노해일이 이렇게 일찍 컴백할 줄 몰랐다. 사장은 돌아버릴 것 같았다. 매일매일 빠지는 머리털, 횡해지는 정수리.

그런 그를 놀리기도 하듯 프로필 사진 속 노해일은 특유의 자신만만한 미소를 짓고 있다. 다들 노해일의 이번 앨범이 망할 거라고 얘기했는데 들어보니 그런 것 같지도 않다.

"어떤 새끼가 노해일 록 못 한다고 했어."

걱정하지 말라고 하던 전략팀의 얼굴을 떠올리며 사장이 이를 갈았다.

* * *

"이 자식이 이걸 진짜 써놨네."

신주혁은 낄낄거리고 웃으며 음원을 재생했다.

-17sec(Feat. 신주혁의 오토바이) | 노해일

부릉. 남자의 심장을 뛰게 하는 오토바이 엔진음, 그리고 신시사이저로 곡이 시작된다. 베이스와 드럼, 그리고 일렉 기타가 합류하며 목소리가 들려왔다. 누구나 어쿠스틱 음악에 잘 어울린다고 말했던 목소리가 거친 남자의 것이 되어 있었다. 목을 긁어서 내는 굵

직한 목소리에 아드레날린이 피어오르고, 심장이 애타게 뛴다.

> 321 타들어 가는 도화선
> 발사된 탄환이 무한한 시간 속에 쏟아져
> 폭주하는 엔진 과열된 대기를 뚫고
> 자, 카운트 다운을 시작해볼까?
> 누군가 비명을 지를 때까지 절대 손을 놓지 마
> 최고의 피날레를 위해

"미친놈, 이게 무슨 피처링이라고."

신주혁은 음원을 다 듣고 다시 낄낄 웃었다.

음원 시작 전 딱 5초, 이외에 오토바이 사운드가 더 이상 없는데도 기어이 써놓았다. 이를 본 사람들이 아마 무슨 소리인가 할 것이다.

"근데, 좀… 컴백하고 싶어지네."

신주혁이 한참 웃다가 의자에 깊숙이 앉았다. 그의 발가락이 꿈틀거린다. 아드레날린이 피어오르며 심장이 미친 듯이 뛴다.

"미친놈. 어떻게 이런 걸 단숨에 만들지."

신주혁은 허탈하게 웃었다. 노해일이 록을 만든다고 뭐라고 했던 사람들은 지금쯤 무슨 생각을 하고 있을까. 사실 자기들이 누구에게 그따위 소리를 한 건지 알기는 할까. 라이브하우스에서 노해일이 영어로 된(정확히 영어 가사가 많은) 록을 부르지 않았다면, 자신도 그 멍청이 대열에 합류했을 것이라는 게 끔찍했다.

앨범을 전체 재생해놓았던 신주혁이 스페이스 바를 쳤다. 더 들을 필요 없어서가 아니라 자신도 이 영감을 쏟아내고 싶어서다. 지금 뭘 해도 할 수 있을 것 같은 자신감이 넘친다. 신나는 멜로디가 머릿속을 유영한다. 그의 곡에 영향받아 작곡하는 거라 나중에 다 잘라내게 될지도 모르지만, 그중 남는 것 또한 있을 것이다. 지금 그는 그저 행복하다. 작곡하다 막히면 다시 듣고 영감을 얻을 수 있는 곡이 열두 곡이나 있지 않은가. 그리고 이건 신주혁만의 반응이 아니었다.

- 노해일 정규 1집 My World
1. (title) Welcome to my world
2. 17sec(Feat. 신주혁의 오토바이)
3. Zigzag(Feat. 주연우)
4. Ever End
  :
12. Voice to Voice

노해일과 같은 시기에 소속 가수를 컴백시킨 사장은 이 음원을 들으며 '언젠가 음원 1위를 달성할 만하지만 당장은 힘들겠지. 대중에게 알려지기까지 시간이 좀 걸릴 거야'라고 생각했다. 그러나 그가 한 가지 간과한 것이 노해일의 팬덤이다. 지속적으로 스트리밍하는 사람, 주변 사람들에게 앨범의 존재를 알려주는 충성고객 말이다. 10년 전만큼 순위에 엄청난 영향을 미치지 않지만 팬덤의 실시간 스트리밍의 힘은 무시할 수 없는 것이다. 또한 노해일은 갑작스러운 인기를 포함해 신비주의를 표방하는(?) 행적 때문에 안티도 꽤 있는데, 사실 안티도 아무나 할 수 있는 게 아니다. 그들은 스타를 어떻게 깎아내릴 것인지 전략을 만들고, 망했다는 걸 증명하기 위한 근거를 마련하는 데 노력을 아끼지 않는 사람들이다. 그래서 노해일의 안티들은 음원 차트로 들어가 스트리밍하는 수고를 마다하지 않았고, 생각지도 못한 음악에 당황했다.

"괜찮은⋯."

안티 중 누군가 그렇게 말했다 입을 다물었다. 존재해선 안 되는 말을 한 것처럼 자신의 입을 내려쳤다. 그리고 그들은 재빨리 앨범 정보를 확인한다. 그들은 간절히 바랐다. 이 앨범을 노해일 혼자 만든 것이 아니기를. 피처링도 이렇게 많이 했는데, 신주혁이나 황룡필 등 주변 사람들이 도와줬을 거로 예상한다. 그러나 그들이 발견한 건, 여백의 미. 아니, 가장 보고 싶지 않던 진실이었다.

17sec, 노해일

앨범: 노해일 정규앨범 1집 My world

발매일: 2031. 08. 16

장르: 얼터너티브 록

작사 노해일 | 작곡 노해일

서둘러 다른 수록곡도 찾아봤지만, 그들이 발견한 차이는 하나, 아니 두 개밖에 없었다. 제목과 장르만 다를 뿐이다.

Zigzag(Feat. 주연우), 노해일

장르: 하드 록, 팝

역시 아무나 안티를 할 수 있는 게 아니라, 그들은 어떤 위기에도 불구하고 굴하지 않고 욕할 거리를 찾아내기 위해 혈안이 되었다.

[피처링 가수 누구임? 여자 음색 때문에 산 듯.]
[feat.신주혁의 오토바이 뭐임. 신주혁 이용해서 장사하는 거 역겹네.]
└ ㄹㅇ 본인은 재밌다고 생각할 듯. 잼민이 수준 ㅋ
[이 새끼 혹시 사기 치는 거 아님? 앨범에 누가 참여했어도 지 이름만 적으면 아무도 모르잖아 ㅋ]

그러다 결국 그들이 찾아내고 말았는데, 하나는 앨범 정보 위조에 대한 의심, 그리고 다른 하나는….

[다른 건 뭐 무난하고 ㅇㅋ 근데 타이틀곡은 좀 약하지 않음?]
[ㄹㅇ 다른 곡들보다 약한데 안 팔릴까봐 타이틀에 올렸네.]
[또쿠스틱ㅋㅋ 자기복제 지리죠?]
[음색빨 1위가 또 먹힐 거라고 생각하나.]
[돈 많이 벌면 다인가ㅋ]

가장 순위가 낮은 타이틀곡을 지적하는 것이다. 물론, 이들은 소수일 뿐이었다. 대개는 안티의 글을 찾아볼 일이 없었다.

[와… 솔직히 록 한다고 해서 걱정했는데 내가 누굴 걱정해.]
[이 새끼 왜 이제까지 록 안 불렀어 으아아아아아아아.]
[안 되겠다 당장 오토바이 타러 간다.]

[(속보) 오토바이 판매율 +1000% 상승.]

[와 이번 수록곡 싹 다 미쳤다. 잠적할만 했었네 이런 곡 만들면 ㅇㅈ이지.]

└ 그것도 작사작곡편곡 노해일 씹간지.

[죄송합니다 머리 박겠습니다 멍청한 제가 하늘의 뜻을 감히 의심하였습니다. 앞으로 클래식을 한다고 해도 믿고 따르겠습니다. 아멘!]

[그래서 팬 사인회는?]

└ 아멘…

[노해일 악플 근황 ㅋㅋ 무난 ㅇㅈㄹ]

└ ㅋㅋㅋㅋ할 말 없으니까.

문서연은 작업실 아래층에 만들어둔 휴식 공간에 누워 노해일 정규 1집에 대한 댓글을 보며 웃다 투덜거리다 하고 있었다. 그녀는 이곳에 한 번도 온 적 없었는데, 다들 얼굴이 안 좋아 보인다며 쉬라고 등 떠미는 바람에 와 있는 참이었다. 집에 있는 것보다 더 좋은 침대에 누워 있자니 왜 남규환이나 한진영이 시도 때도 없이 와서 자는지 알 것 같았다. 침대맡에 홍수아의 리사이틀 티켓과 노트북을 올려둔 문서연은 티켓을 뚫어져라 쳐다보았다.

'그냥 가지 말까.'

"우리가 보기에 넌 세션으로 남으면 안 되는 애인데, 아쉽잖아."

그 친구들을 다시 보고 싶지 않았다. 밉다고 해야 하나? 아니, 괜히 머리를 복잡하게 만든 걸 원망하고 싶은 건지도 모른다.

"에휴, 모르겠다."

문서연은 돌아누워 선물 받은 실물 앨범 〈마이 월드〉를 보며 뿌듯하게 웃었다. 음원 플랫폼 앨범 정보에 세션을 적는 란이 없었지만, 정규앨범에는 한진영, 문서연, 남규환의 이름이 다 적혀 있었다.

문득 그녀는 타이틀곡 '웰컴 투 마이 월드(Welcome to my world)'를 단 한 번도 들어보지 못했다는 걸 깨달았다. 물론, MR 버전으로 듣긴 했지만 노해일의 밴드라는 이름이 무색하게 완성된 버전은 들은 적이 없었다. 사장은 세션 녹음도 따로 하지 않았고, 앨범이 나오면 들려주겠다고만 했다. 안티와 악플러들은 '웰컴 투 마이 월드'가 타이틀곡으로 약하다고 욕했지만, 멤버들에게 단 한 번도 들려주지 않은 이 곡을 타이틀곡으로 한 이유가 있을 것이었다. 실제로 회의에서 노해일은 강하게 주장해 의견을 관철했다.

문서연은 타이틀곡을 재생했다. 휘파람 소리가 들려온다. 휘파람이 만드는 멜로디가 듣기 좋다. 휘파람 소리를 따라온 일렉 기타, 그리고 노해일의 달콤한 목소리로 읊조리는 '웰컴 투 마이 월드'라는 대사 같은 한마디로 노래가 시작되었다.

노래는 설레고 귀엽다. 대충 사장이 바라보는 세상이 어떤지 소개해주는 내용이었다. 그가 바라보는 세상은 음악으로 둘러싸여 있다. 모든 곳에 선율이 존재한다. 그의 세상은 또한 어설프다. 어설프지만 아름다운 것으로 가득 차 있다. 간질간질한 목소리에 휘파람이 얹히니 행복한 미소가 지어졌다.

'이렇게 좋은 노랜데 뭐가 이상하데.'

그녀는 듣는 이의 기분을 설레고 좋게 만드는 사장의 목소리가 그대로 드러나 이 노래가 록보다 더 좋았다. 노래를 듣다 보니 왜 세션이 필요 없다고 했는지 알 것 같았다. 이 노래는 기타만으로 충분했다. 그러다 어느 순간 문서연은 미소를 멈추었다. 일렉 기타로 이어지던 선율이 어쿠스틱으로 바뀌었다. 가식적인 소리가 사라지고 순수 슬래시 현 소리가 투명하게 들리며, 강렬한 자신감이 드러나는 노래가 간질간질하고 진솔한 이야기가 되었다.

기다리고 있어
너의 한마디 언젠가 듣게 되겠지

문서연의 눈이 한순간 떨려왔다. 가슴속에서 쿵 하고 무언가 떨어진 것 같기도 했다.

Welcome to my world

"Welcome to my world."
문서연은 자기도 모르게 읊조렸다. 눈시울이 붉어진다.
"예쁘네, 노래⋯."
수미상관 구조로 끝나는 이 노래가 무엇을 말하는지 모를 수 없다. 처음 이 노래를 들었던 날이 떠올렸다.
낙원상가 한 낡은 기타 가게에서 노해일 사장은 그들을 바라보며 노래를 불러줬다. 그땐 이 곡을 기억하라는 의도로 받아들였는데, 그러면서 왜 악보를 안 주고 세션이 필요 없다고 했나 궁금했는데⋯. 이건 노래가 아니라 멤버들을 향한 편지였다. 문서연이 주먹을 꽉 쥐고 두 눈을 찡그렸다.
"우리 다시 인사할까요?"
"어떻게요?"
"그냥 인사."

"노해일로서 헤일로로서 잘 부탁해요, 문서연 씨."

"저도…."

그때랑 구도가 똑같다. 사장은 먼저 자기를 소개했고 손을 내밀며 그녀가 잡길 기다렸다. 속에서 무언가 울컥 차올랐다.

"사장님 이거 언제 여자한테 써먹었죠?"

그때는 너무 부끄러워서 장난식으로 넘어갔는데 갑자기 후회된다. 제대로 인사했어야 했다. 노해일 사장은 자기의 이야기를 들려주며 너희의 세상이 보고 싶다고 노래를 불러줬는데, 그녀는 모호하게 넘어가기 일쑤였다. 너무 나빴다. 그녀는 천천히 침대에서 일어나 위층으로 올라갔다.

"서연아, 어서 와. 저번에 피자 다 먹었다고 화내서 또 시켰는데."

멤버들이 모여 있다. 그들의 반응을 보니 아직 타이틀곡을 안 들어본 것이 분명했다.

'바보들. 음악 나오자마자 들어봐야지.'

문서연이 고개를 들자 남규환과 눈이 마주쳤다. 피클 국물을 버리던 그가 눈이 둥그레지더니 그녀에게 다가와 얼굴을 잡았다.

"너 왜 울어. 누가 괴롭혔어?"

"아니야, 안 울어. 그냥…."

"야, 누가 그랬는데. 진정하고 말해봐."

"아니라니까…."

문서연은 목에 무언가 콱 막힌 기분이 들었다. 최대한 눈에 힘을 주며 고개를 도리도리 돌렸다. 그때 그녀의 눈에 피자가 들어온다. 남규환이 시킨 피자 토핑은, 불고기도 페퍼로니도 아니었다. 순간 꾹 참고 있던 눈물이 주르륵 흘러내렸다.

"어떻게 피자에, 흡, 파인애플이."

가만히 문서연을 지켜본 한진영이 고개를 돌렸다.

"너 때문인가 본데, 규환아."

"이게 울 일이야?"

남규환이 당황하던 찰나, 문서연이 천천히 앞으로 다가갔다. 그
녀에게 노해일 사장의 목소리가 들려온다.

기다리고 있어

너의 한마디 언젠가 듣게 되겠지

나의 세상에 온 걸 환영해

'나의 세상' 문서연은 그 한마디를 생각하며 헤일로의 앞에 섰다.

"사장님."

울먹이는 그녀의 목소리가 덜덜 떨렸다.

"저는, 전 작곡하고 싶어요. 사장님 세션도 하고 작곡도 하고 다
하고 싶어요."

헤일로가 옅게 웃으며 고개를 끄덕였다.

"해요, 그럼."

문서연은 코를 훔치며 말을 이었다.

"사장님만큼 성공한 작곡가가 되고 싶어요."

"그건 좀 힘들 거 같은데. 그래도 도와줄게요."

환하게 웃은 사장이 대답했다. 너무 따뜻하게, 노래처럼.

문서연은 또박또박 이야기했다.

"절대로 태만하거나 사장님 실망시키지 않을 거예요."

"잘 알죠. 문서연 씨 성실한 거."

작업실에서 가장 성실하고 체력이 좋은 게 문서연이다. 혜일로의 말에 문서연이 다시 눈물을 주르륵 쏟았다.

남규환은 눈치를 보며 피자 박스의 뚜껑을 덮었다.

"사장님⋯."

"네."

"너무 좋아해요. 태어나주셔서 감사해요. 흐흡."

이런 건 단 한 번도 들은 적이 없는 말이라 혜일로는 잠깐 멈칫했다가 고개를 끄덕였다.

"저의 세상에 와줘서 고마워요."

문서연이 환하게 웃으며 말했다. 예전엔 장난으로 넘어갔지만 이번엔 제대로 인사했다.

문서연의 울음이 그친 몇 분 후, 멤버들은 다 같이 노래를 들었다. 그 이후의 이야기는 '오래오래 행복하게 살았답니다(happily ever after)' 정도로 칭할 수 있을 것이다. 아닌가?

"해일아, 형의 세상은 말이야."

"'태양'이시여. 저는 본디 경기도 과천시에서 태어나⋯."

"사장님, 제 세계는요⋯."

온종일 이 꼴을 본 혜일로는 후회했다. 아무래도 '웰컴 투 마이 월드'를 괜히 낸 것 같다.

6. 게릴라 콘서트

「허허허, 내 세상에 대해 말하자면….」

"제발 그만."

전화 너머에 어거스트 베일의 호탕한 웃음소리가 들려왔다. 간간이 전화를 걸던 어거스트는 늘 안부나 소식 그리고 앨범 판매 추이나 유통사 프로모션 등에 대해 언급했는데 오늘만큼은 달랐다. 노해일의 정규앨범을 챙겨 들은 그는 멤버들이 며칠째 하는 말을 똑같이 내놓았다. 그렇게 한참 놀리더니 어거스트는 수록곡에 관해 이야기하기 시작했다.

「아, 참 그 피처링 가수는 어땠는가? 예쁜 아이던데.」

"노래 잘 부르더라고요."

「그게 다인가?」

성별 국적 종교 여부와 관련 없이 관심을 두는 부분부터 묻는다.

「그리고 오토바이가 필요했다면 말을 하지.」

은근히 'Feat. 신주혁의 오토바이'를 질투하는 말투다.

"오토바이가 아니라 다른 걸 요구한다면요."

「무엇이든. 유람선이나 비행기 말만 하게.」

"그럼 그땐 어거스트 베일의 비행기가 피처링했다고 적어놓겠습니다."

「허허허.」

한참을 열두 개의 수록곡에 대해 찬사를 늘여놓던 어거스트는 마지막으로 덧붙였다.

「그래도 난 '웰컴 투 마이 월드'가 가장 좋았네. 처음으로 자네한테 편지를 받는 기분이었지.」

"편지 아니라니까요."

「그럼 뭔데?」

능글맞은 목소리는 전혀 믿는 기색이 아니었다.

"뭐, 그냥."

헤일로는 녹음실 너머를 바라보았다. 다들 1집부터 복습한다며 연습이 한창이었다. 하나같이 진지한 얼굴들이었다.

"기록 같은 거죠."

멤버들에게 말했듯 그에게 인상 깊었던 기억을 노래로 남겨두고 싶었을 뿐이다. 그는 누군가에게 편지 같은 걸 쓸 만큼 낭만적이지 않다.

「그래? 뭐, 자네가 그렇다면 그런 거겠지.」

"안 믿는 말툰데요."

「안 믿을 게 무언가. 나는 그저 자네가 잘 지내는 것 같아서 보기 좋네. 멀리서 지켜보기만 해도 즐거워.」

"그렇습니까? 그래도 멀리서 보는 것보단 가까이에서 보는 게 더 재밌지 않나요?"

헤일로의 말에 불현듯 전화 너머에서 목소리가 줄어들었다. 그러다가 어느 순간 어거스트는 조심스럽게 말했다.

「둘 다 제각각의 매력이 있지. 그래도… 가까이에서 보는 것도 조금 궁금하긴 하는군.」

"그럼 한번 놀러 오세요."

「내가 가도 되겠나?」

"안 될 건 뭡니까."

전화 너머 소리가 다시 사라졌다. 그리고 뭔가 후다닥 챙기는 소리가 들리더니 갑자기 한숨 소리가 났다.

「지금 당장은 힘들 것 같네.」

헤일로는 고개를 끄덕였다. 유통사 대표가 한가할 리 없다. 어거스트 같은 사람은 비행기 표 살 돈이 없는 게 아니라 시간이 없는 것이다.

「혹시 릴이 10월에 한국 공연하는 건 알고 있나?」

"릴?"

「스콜피온. 자네가 예전에 베일에 왔을 때 만났던 친구 말이네.」

"아."

「릴이 서운해하겠군.」

헤일로는 목에 스콜피온이라고 쓴 문신이 있던 가수를 떠올렸다.

「그때라면 어떤가?」

헤일로는 생각해보겠다고 했던 한국대 축제를 떠올렸다. 아버지의 부탁으로 할 생각이긴 했는데, 그때가 11월이었나 가늠해보았다. 그전이라면 여유가 날 것 같았다.

"기다리겠습니다."

「그래!」

어거스트는 어쩐지 벅차올랐다. 그리고 작게 "진작 물어볼걸…" 하며 한탄했지만, 제대로 듣지 못한 헤일로는 그가 직원이랑 대화한다고 여겼다.

「그럼 오늘도 재미있는 하루 보내게나.」

얼핏 '웰컴 투 마이 월드'의 반주가 들려오며 전화가 끊겼다. 헤일로는 피식 웃으며 전화를 내려놓았다.

노해일의 첫 정규앨범 〈마이 월드〉의 타이틀곡 '웰컴 투 마이 월드'는 이렇듯 어거스트와 멤버들에게 최고의 곡이자 최애곡으로 인정받았다. 아쉽게도 대중의 선택은 달랐다. 타이틀곡치고 수록곡보다 순위가 낮은 결과를 낳았다. 물론 현재 톱텐에 HALO의 'HOLY×DAY'를 제외하면, 모든 곡이 노해일의 정규앨범이라 아쉽다는 타이틀곡도 톱텐이었다. 적어도 '수박'에 곡을 올렸거나 올릴 예정인 사람이라면 "성적이 나쁘다"라고 말할 수 없는 성적이다. 그리고 누구나 인정하듯 타이틀곡이 부족한 게 아니라, 이번에 시도했던 새로운(?) 음악이 상상 이상으로 사랑받은 것이다.

－1위. 17sec(Feat. 신주혁 오토바이) | 노해일

－2위. Zigzag(Feat. 주연우) | 노해일

무엇보다 사랑받는 건 이 두 곡이었다. 두 곡은 '수박' Top100에 올라온 순간부터 1위 쟁탈전을 벌였다.

[심장이 뛴다…!]

[와이프 몰래 바이크 긁었다가 들켰다 어쩌냐;;;]
 └ 요즘 유행하는 빨래 건조대라고 해.
[와 왜케 달달하지 목소리 미쳤다.]
 └ 노해일도 목소리 좋은데 주연우? 처음 듣는데 이 사람 음색 미쳤다.
 └ 나 주연우 뮤지컬에서 처음 보고 노래 개잘부른다 생각했는데 피처
링 했네 좋다.
 └ 노해일이랑 목소리 조합 상상 이상이네.
 └ 뮤지컬 배우야? 어느 뮤지컬?
 └ 보고 왔는데 미쳤다… 아니 노래도 노랜데 외모가 왜배않???

1,2위가 계속 뒤집히는 건 취향 차이라고밖에 할 수 없었다. 듣
는 사람에게 질주 본능을 일으키는 얼터너티브 록 '17sec'가 오토
바이 엔진음부터 사람의 심장을 콱 쥐고 흔든다면, 하드 록이자 팝
'지그재그(Zigzag)'는 사랑 노래가 아님에도 달곰한 두 남녀의 목
소리 조합 때문에 연인이 서로에게 노래하는 듀엣처럼 들렸다. 똑
바르지 않고 삐뚤삐뚤하게 사는 어떤 두 남녀의 독립된 이야기. 가
사 속에서 두 남녀는 만나지 않았지만, 팬들은 벌써 그들이 연애하
는 2차 창작까지 내놓았다.

[뮤직비디오… 뮤직비디오 갖고 싶다. 아니면 녹음 영상이라도… 달 라
디오 또 안 나오나?]
[노해일 절절한 사랑 노래 불러줬으면 좋겠다_기원 301일 차]

일렉트로닉 록인 '에버 엔드(Ever End)' 역시 5위에 자리매김하

며 록 커뮤니티에서 회자되었다.

[노해일 록이랑 안 어울린다는 새끼 누구야.]
[그러니까 이런 노래를 여자들만 듣고 있었다는 거지?]
[와 Ever End 작곡 분석한 거 봐. ㅁㅊㄷ 거의 태양급 리포트 아님?]
[제일 이해 안 가는 거 노해일 진짜 열일곱???]

4분짜리 곡을 논문 쓰듯이 분석하는 등 재야의 고수들이 나타나 곡의 완성도에 대해 찬양하기도 했다. 적어도 한국에서 8,9월은 노해일의 달이 될 것이 분명했다. HALO의 음악이나 정체 추리는 결국 바다 건너(?) 일이기에 집 앞에서 일어나는 일과 관심도 차이가 극명했다. 어떤 관심이든 수많은 사람들이 모이니, 많은 의견들이 오갔고 수면 아래 가라앉아 있던 의문도 떠오르기 시작했다.

[근데 노해일 발성 어쿠스틱 할 때랑 록할 때랑 확 달라진다.]
└ 목 긁는 거 소름. 노해일 라디오 때부터 알았다고. 이 새끼 록 잘하는 거. 근데 이 정도로 잘할 줄은 몰랐지.
└ 난 예전부터 노해일이랑 HALO랑 목소리 비슷하단 생각은 했었거든? 근데 록하니까 진짜 HALO 느낌 나면서 개쩔더라.
└ 아 그거 발성 비슷하단 얘긴 많이 하더라.
[또 시작됐다 마이클 잭슨에 모자라 이번엔 노해일이냐…]
└ M.J는 드립이지.
└ 노해일은 그럼 진심임?
└ 아니 뭐 비슷할 순 있지 않냐. 노해일 옛날에 태양 커버할 때마다 생각

한 건데, 편곡 말고 순정 커버했으면 좋겠음. 일치율 개높을 거 같음.

└ ㅋㅋㅋㅋ그럼 바로 슈퍼스타. 혹은 헬리건들한테 사살.

그렇게 진지한 의문은 아니었다. 노해일의 발성에 관한 얘기는 옛날부터 간간이 나오기도 했고, 무엇보다 요즘 홍대에선 90퍼센트가 HALO 발성을 흉내 냈다. 사실 홍대뿐만이 아니었다. 'HALO 현상' 혹은 'HALO 신드롬'이란 신조어까지 생겨나고 있었다. 최근 데뷔한 가수 중에도 HALO 발성으로 부르는 이들이 꽤 있었다. 대개 그리 좋은 결과를 낳진 않았지만 수많은 가수가 HALO에게 영향을 받고 있는 건 분명했다.

[진짜 한국 남고생이 태양일 가능성은 1도 없나?]

└ 라는 내용의 라노벨 추천 좀.

└ 발성 비슷하긴 한데 왜 자꾸 비교하냐.

└ 가능성이야 0.00001퍼센트는 있겠지. 근데 둘 음악 스타일 누가 봐도 다른데 같은 사람일 리가?

└ 절대 불가능함. 근거도 있음. 목소리, 작곡 스타일 좀 비슷할 수 있음. 근데 이건 불가능함. 바로 앨범 발매 주기임ㅋㅋㅋ

[ㅅㅂ 월간 HALO도 음악 하는 입장에서 어처구니가 없는네 노해일이랑 HALO 발매 이번에 일주일 차인 거 아냐? 근데 둘이 동일인이라고? 말이 되는 소리 좀.]

└ ㄹㅇ확실하네. 이게 어떻게 한 사람이냐고ㅋㅋ

└ 모차르트 베토벤이 회귀해도 불가능함.

└ 그건 될지도…

이런 의문은 'HALO'나 '태양', '이름을 말할 수 없는 자', '볼드모트', '그 남자' 등 한 사람을 칭할 수 있는 단어를 모조리 차단한 팬카페에선 보기 힘들었다. 그들에게 중요한 건 음모론이 아니었다.

[다 좋은데 라이브는? 공연은? 달 이런 음악 내놓고 지금 어디 있음???]
[팬 사인회 제발…]
[콘서트 안 함? 버스킹이라도 해줘…]
[내가 이런 말 안 하려고 했는데 진짜 레이블 앞에서 대기탈까?]

이런 대단한 곡을 내놓고 사라진 그들의 가수를 찾는 것이 중요할 뿐이었다.

* * *

헤일로가 아무런 일정이 없는 건 아니다. 그는 팬들에게 알려주진 않았지만 정규앨범을 내고 그 곡을 연주하고 부르고 싶다는 욕망이 있었다. 바로 콘서트에 대한 욕망! 노해일의 키가 180센티미터 직전까지 자라고 몸이 점점 튼튼해질수록 공연에 대한 열망은 강해졌다. 남의 콘서트를 보고 있으니 더 그런 것 같다.

헤일로는 모자와 마스크를 쓴 채 예술의 전당을 둘러봤다. 사람들은 여름임에도 마스크를 쓴 소년을 잠깐 쳐다보았다. 반드시 마스크 때문은 아니었다. 예술의 전당 연주회에 온 소년은 찢어진 청바지와 반팔 차림이었다. 연주회를 보러 온 관객들 대부분이 어느 정도 격식 있는 복장을 하고 있어 비교되었다.

단정한 베이지색 원피스를 입고 친구들과 이야기하던 문서연은 정장을 차려입은 남규환을 보고 당황했고, 곧이어 나타난 헤일로의 존재에 입을 턱 막았다.

"헉, 사장님도?"

클래식과 전혀 어울리지 않은 두 사람. 그래도 주변을 전혀 신경쓰지 않고 유유히 걷는 사장에겐 특유의 여유로움이 느껴졌다.

"누구야 서연아? 친구야?"

"우리 밴드 멤버야."

문서연은 예술의 전당을 두리번거리고 있는 헤일로를 흘끔 바라보며, 남규환을 소개했다.

"어… 너 재밌게 사는구나."

친구들이 남규환을 보고 눈썹을 구겼다. 연주회에 알맞은 옷차림이었지만 깎지 않는 수염이나 뻣뻣한 자세는 절대로 신사의 것으로 보이지 않았다.

"여긴 왜 왔어?"

"데리러 왔어. 끝날 시간 맞춰서."

"어디 가는데."

"우리 공연할 데."

"뭐?!"

"놓고 가면 삐질 거잖아."

문서연은 "누가 그렇게 잘 삐지는 줄 아나" 하고 남규환에게 투덜거리려다 보는 눈이 있어 참았다. 그러는 와중 그녀는 친구들이 남규환을 보며 억지 미소를 짓는다는 걸 깨닫고 기분이 좀 상했다.

"어머, 얘들아, 거기 있었어?"

그때 홍수아의 목소리가 들려왔다. 리사이틀을 잘 마친 홍수아가 반짝거리는 드레스를 입고 있었다. 화려한 장미 꽃다발을 한아름 안은 채 단아하게 웃는다.

문서연은 제가 가져온 주황색 장미 한 송이를 등 뒤에 숨겼다.

"그런데 이분은 누구시니?"

홍수아 그리고 뒤에 서 있던 그녀의 어머니가 남규환을 눈짓했다.

"서연이 직장동료시래요."

문서연의 직장동료라면 노해일의 밴드 세션을 말하는 것이라 홍수아는 관찰하듯 남규환을 위아래로 살폈다. 남규환은 전혀 신경 쓰는 기색이 아니었지만 문서연은 그에게 괜히 미안해졌다.

"서연이 친구, 홍수아라고 합니다. 우리 서연이 잘 부탁드려요. 착하고, 여린 애예요."

그렇게 말한 홍수아는 남규환의 손을 흘끗 보고 말했다.

"손이 무거워서 악수는 좀 힘들 거 같네요."

"야, 홍수아."

문서연은 참을 수 없었다. 그때 뒤에서 웃음소리가 들려왔다.

"저희도 잘 부탁드립니다."

어느새 문서연 뒤에서 불쑥 나타난 헤일로가 마스크를 살짝 내렸다.

"그러니까… 문서연 씨 친구분."

장난기 어린 미소의 소년. 그를 알아본 홍수아의 눈이 점점 커다래진다.

"…노해일?"

헤일로는 문서연이 쥐고 있던 장미꽃을 가져와 홍수아의 장미 꽃다발 위에 올려주었다. 붉은 장미 위의 주황색 장미는 유독 눈에 띄었다.

"공연도 축하드리고요."

"어, 어."

뜻밖의 연예인 등장에 홍수아의 동공이 이리저리 흔들렸다. 그래도 재빨리 정신을 차리고 악수하기 위해 꽃다발을 내려놓으려고 할 때 헤일로가 이어 말했다.

"악수는 손이 무거워 보이니 힘들 것 같고. 이만 문서연 씨 데려가도 될까요?"

남규환이 고개를 숙여 문서연에게 속삭였다.

"지금 좀 바빠. 지금 진영이 형이 밴에서 기다리고 있어."

문서연은 황급히 친구들에게 인사를 하고 앞서나가는 헤일로와 남규환을 쫓았다. 그녀는 문을 나서기 전에 잠깐 뒤를 돌아보았다. 남규환을 무시하고 자신을 무시하던 친구들이 입을 떡 벌리고 바라보고 있었다. 문서연은 이내 다시 앞을 보았다. 입구에서 눈부신 햇살이 들어오고 있었다. 누군가 말했다.

"자, 가자."

* * *

헤일로가 차에서 내렸다. 연예인 밴을 빌견한 사람들이 수군거렸지만 관심은 곧 흐려질 것이다.

연국대학교 창립기념관 콘서트홀. 헤일로는 익숙한 건축 양식의 홀 앞에 섰다. 그를 따라 멤버들이 뒤이어 내렸다.

"진짜… 말 그대로 공연하는 데를 온 거였구나."

"그럼 당장 공연할 생각했냐? 그 옷 입고?"

"원피스 입고 키보드 치지 말라는 법 있어? 정 안 되면 체육복 입으면 되지."

"맞는 말이긴 하네."

헤일로는 9월에 일주일 동안 소극장 콘서트를 진행할 예정이다. 몇 시간 동안 진행하는 콘서트는 힘들 것 같아 생각한 게 소극장이다. 무대와 관객의 거리가 가깝고 스피커를 사용하지 않더라도 육성으로 목소리가 전달되는 작은 규모의 공연. 가수도 팬들도 만족할 만한 공연이 될 거다.

"노해일 씨? 설마 직접 오실 줄이야."

대학 극장 관리인이 허겁지겁 나와 노해일을 맞이했다.

"이렇게 와주셔서 감사합니다. 편하게 둘러보십시오. 직접 극장을 둘러보러 오는 가수는 제 인생에 처음입니다."

'그렇지. 보통은 회사에서 나올 테니.'

헤일로 역시 이전 삶에서 리허설이 아니고서야 미리 공연 장소를 체크한 적은 없었다. 그러나 이런 것도 나쁘지 않다는 생각이 들었다. 자신이 공연할 장소를 직접 찾아보고 방문해서 무대를 구상해보는 것. 음악방송도 재밌긴 하지만 그는 좀 더 자유롭게 무대에서 놀 수 있는 공연이 아무래도 더 기대되었다.

'옛날 생각나네.'

헤일로는 대형 콘서트를 주로 했지만 소극장이나 클럽 공연도 좋아했다. 밀폐된 공간에 사람들의 열기가 가득 차고, 팬과 가수가 정말 손 뻗으면 닿을 수 있는 거리에 있다는 것이 매력적이지 않은가. 노래를 다 부르고 나서 나눠 마시는 술도 참 좋았다.

무대의 조명, 동선과 세션이 놓일 자리까지 둘러본 멤버들의 얼굴도 기대에 찼다.

"티켓팅은 언제쯤 열려요?"

"곧이요."

헤일로가 입꼬리를 올리며 기분 좋게 웃었다.

2층으로 이루어진 연국대 창립기념관은 도합 830석의 객석을 가지고 있었다. 노해일의 첫 콘서트는 무려 일주일 동안이나 진행될 예정이다. 다만 티켓팅을 마주해야 하는 팬들이 마냥 즐거울지는 모르는 일이다. 그러나 티켓팅을 직접 해본 적 없는 헤일로는 다들 기다리던 콘서트니 즐거워할 거로만 생각했다.

"나도 티켓팅 한번 도전해봐야겠다."

문서연의 말에 한진영과 남규환도 퍼뜩 생각나 말했다.

"어, 나도 덕수랑 공학이 초대해야지."

"나도 부모님."

그들을 보며 헤일로가 장난스럽게 말한다.

"티켓 주려고 했는데 그럼 필요 없겠네요."

"헉!"

그들은 기겁하는 반응까지 똑같았다.

한참이나 티켓을 가지고 실랑이를 벌이고는 차로 돌아갔다.

"이제 작업실에 돌아가면 돼?"

"흠…."

운전석에 앉은 한진영의 물음에 방금까지 떠들던 이들이 동시에 입을 다물었다. 무릎까지 오는 원피스 위에 양손을 올린 문서연, 조수석에서 창밖을 물끄러미 바라보는 남규환, 그리고 팔짱을 낀 채 역시 밖으로 시선을 던지고 있는 헤일로까지.

"그, 아무래도 이 옷으로 공연하긴 힘들겠죠?"

"답답하긴 하지."

클래식 공연을 보러 갔던 문서연은 단정한 원피스를 입고 있었고, 남규환도 반소매 와이셔츠에 정장 차림이었다.

"옷을 갈아입긴 해야겠네."

한진영의 말에 문서연과 남규환이 다시 입을 다물었다.

아무도 작업실에 돌아가고 싶어 하지 않았다. 한동안 작업실에 박혀 있었으니 지겹기도 했고, 무엇보다 방금 소극장을 둘러보고 나온 터라 당장이라도 무대에 뛰어오르고 싶은 마음이 강했다.

"오랜만에 공연하려면…."

그때 헤일로가 입을 열었다. 모두의 시선이 집중되었고, 헤일로는 특유의 악동 같은 미소를 지었다.

"먼저 예열이 필요하겠죠?"

공연이 한 달이나 남긴 했지만 이 차 안에는 꼬투리를 잡는 사람은 아무도 없었다. 모두의 얼굴이 동시에 밝아졌다.

"제가 슬로 스타터라 오래 예열이 필요할 거 같아요!"

"쩌 죽어도 좋습니다."

"쩌 죽기 좋은 날씨긴 하네."

한진영이 창밖을 바라봤다. 아스팔트가 지글지글 타오르고 있었다. 삼겹살이든 계란 프라이든 웬만한 불판보다 맛있게 익을 것 같았다. '나는 몰라도 동생들이 쩌 죽는 건 좀 곤란하지'라고 생각한 한진영은 불쑥 고개를 들었다.

"어쩌면 우리 공연할 수 있는 데가 있을지도 모르겠다."

"진짜요?"

"전날이나 당일 간혹 펑크가 나기도 해서. 해일아, 혹시 기억나니? 네가 나한테 밴드 제안한 곳."

"아. 신주혁 씨와 갔던!"

"그래… 걔랑 왔던 거기. 한번 연락해볼까?"

"네."

'신주혁이랑 갔던 홍대 라이브 카페, 상호가 라이브하우스였나.'

그때 혜일로는 사장님으로부터 명함도 받았다.

"오랜만입니다, 사장님."

신주혁도 저렇게 말했는데, 누가 한때 같은 밴드 아니라고 할까 봐 멘트도 똑같았다.

"잘 지내셨죠? 네, 네. 저야 항상 같죠."

문서연과 남규환이 한진영의 전화를 뚫어져라 쳐다본다.

"네, 다름이 아니라 혹시 오늘 자리가 있나 해서요."

거울에 비친 한진영의 얼굴에 서서히 난처한 빛이 서렸다.

"아, 오늘 쉬는 날이세요?"

문서연과 남규환의 얼굴도 한진영의 표정을 따라 변했다 마치 전염이라도 된 것처럼. 혜일로는 속으로 피식 웃었다.

"아, 꼭 나오시지 않으셔도 돼요. 급한 건 아니라서."

한진영이 룸미러로 혜일로를 흘끗 봤다.

"버스킹하려고 했거든요, 우리 밴드요."

「뭐엇!」

그 순간 전화 너머의 목소리가 차 안에 있는 사람들에게까지 닿을 정도로 확 커졌다.

「진영이 네 밴드가 그, 그, 그러니까 노해일 밴드?」

“맞아요. 말한 적 없었는데 아시네요?”

「아니, 내가 너희들에 대해 모르는 게 어딨냐. 그것보다 근데 우리 해일 씨가 가게에서 공연하고 싶대?!」

“우리 해일? 사장님, 해일이 언제 본 적 있으세요? 아, 그땐가.”

한진영은 신주혁과 노해일을 마주쳤던 그날을 떠올렸다. 신주혁과 함께 왔으니 만났을 가능성이 컸다.

“뭐, 오늘 쉬는 날이면 어쩔 수 없죠.”

「아니, 누가 쉬는 날이라고 했어!」

“네?”

「어허이! 잘 영업하는 가게 쉬게 만들면 되나? 무조건 와라! 자고로 조상님들이 잠은 죽어서 자라고 했다. 우리 가게 오늘 영업한다.」

“예? 사장님. 아깐….”

「노해일 씨 오는 거 확실하지?」

그 소심한 물음에 헤일로가 미소 지으며 손을 뻗었다. 황당해하는 한진영이 순순히 폰을 넘겼고 헤일로가 입을 열었다.

“안녕하세요, 사장님. 노해일입니다.”

「어이구, 해일 씨, 그간 잘 지냈어요? 저 기억해요?」

진작 바꿔주는 게 답이었겠다고 생각하며 한진영이 멤버들에게 엄지와 검지가 맞닿은 ‘오케이’를 만들었다.

‘됐어? 진짜 됐어? 됐다! 야호!’

멤버 전체가 소리 없는 환호성을 질렀다.

* * *

홍대 라이브하우스의 사장은 흐뭇하게 가게 문을 열고 들어갔다.

'휴무'라고 쓰인 명패는 주머니 속에 집어넣고, 청소를 시작했다.

'노해일이 온다니 당장 빌려줘야지.'

홍대 라이브 카페 중에 노해일 이름을 듣고 안 빌려줄 곳은 없을 거라며 열심히 청소하던 사장은 불현듯 문제가 하나 있음을 깨달았다.

"갑자기 사이트에 올린다고 홍보가 될지 모르겠네."

그의 얼굴이 순식간에 심각해졌다. 원래 홍보는 일주일 전부터 사이트에 포스터를 올리며 진행한다. 2시간 전 갑자기 생긴 일정에 포스터를 올린다고 홍보가 될 리 없다. 게다가 오늘은 단골들도 모두 아는 한 달에 한 번 있는 휴무일이다. 지금 당장 포스터를 올리긴 하겠지만 걱정된다. 그에게 특별한 SNS 창구가 없었고, 올린다고 해도 당장 몇 시간 후인데 연예인 이름값이 있다고 해도 홍보 시간이 부족하다. 더욱이 라이브하우스는 홍대 깊숙이 있어 찾아오기도 힘든 아는 사람만 오는 성지랄까.

사장의 눈이 흔들렸다.

'차라리 게릴라 공연을 하게 둘걸 그랬나. 그래도 노해일인데 아무도 안 오진 않겠지. 하지만 노해일이 여기서 공연한다는 걸 알아야 오지. 아는 기자도 없는데. 어떡하지?'

사장은 손을 덜덜 떨며 전화기를 찾았다.

* * *

헤일로와 밴드 멤버들은 라이브하우스로 가기 전 갈아입을 옷을 사기 위해 홍대 옷가게를 찾았다. 온라인에서도 천천히 이름을 알리고 있는 디자이너 브랜드 '커스텀스텔라(Custom Stella)'의 오프라인 매장이었다. 갑자기 각양각색의 사람들이 들이닥치니 홀로 매장을 지키던 아르바이트생이 눈치를 보면서 문서연 옆에 섰다.

"어떤 상품을 찾으시나요?"

"어… 편안하고 무난한 복장?"

손님이 되려 물으니 아르바이트생이 난처해졌다. 그렇다고 답하기 어려운 건 아니다. 대개 트레이닝복을 무난하고 편안한 복장이라고 하지 않는가? 아르바이트생은 문서연의 얼굴이 유난히 익숙하다고 생각하면서 신상품을 가리켰다.

"며칠 전에 나온 그라데이션 신상품인데 어떠신가요? 컬러는 아이보리색, 보라색, 청색, 오렌지색으로 구성되어 있습니다."

무난하지만 네 가지 컬러 모두 개성 있는 트랙슈트였다. 가슴팍에 '커스텀스텔라'라고 쓰인 글자도 감성적이고, 무엇보다 소매에 박힌 별들이 예뻤다.

"손님같이 피부가 하얀 분들에겐 보라색을 추천합니다. 그리고 옆에 계신 남성분께는 아이보리색이나 청색을 추천하고요."

"아, 깜짝이야. 너 언제 왔어?"

문서연이 화들짝 놀라건 말건, 남규환이 주머니에 손을 넣은 채로 다가와 신상품을 구경했다.

"네 종류네."

아무 생각 없이 중얼거린 말이었다. 그러나 아무 생각 없이 하는 말이 간혹 누군가에게 의미가 생기기 마련이다. 문서연에게 그러했다.

"어? 그러네. 딱 네 개. 우리 넷. 컬러도 넷."

남규환이 '어쩌라고?' 되묻기 전에 문서연이 헤일로를 불렀다.

"사장님도 옷 산다고 했죠? 우리, 단체복 맞추는 거 어때요?"

'사장님?'

알바생은 찢어진 청바지를 입은 소년이 사장님이라 불리자 의아해하며 그를 쳐다봤다. 입구 근처에서 어슬렁거리기에 가장 신경을 안 썼는데, 어쩌면 집중해야 할 사람은 저기 있는 물주가 아니었을까 싶었다. 소년은 모자에 마스크를 쓰고 있었다. 감기에 걸린 것 같아 안쓰러웠던 것도 잠시, 모자 사이로 보이는 눈이 어딘가 익숙하다 생각했다.

"단체복?"

"네, 공연할 때 다 같이 맞춰 입는 옷이요. 트레이닝복 세트는 좀 그런가요?"

문서연의 물음에 헤일로는 어차피 다들 옷을 사러 왔으니 나쁘지 않다고 생각했다.

"뭐, 다들 좋다면?"

그 목소리에 알바생의 눈이 휘둥그레졌다.

'이 목소리, 이 뉘앙스.'

그녀의 가수가 방송에 자주 나오지 않은 관계로 그가 나왔던 방송만 무한히 돌려봤던 알바생은 순간 귀를 의심했다.

'그러고 보니 눈도 좀 우리 달 같은데?'

그녀는 반신반의하며 소년을 주시했다.

알바생이 그러거나 말거나 밴드 멤버들이 차례차례 동의했고, 헤일로도 이내 고개를 끄덕였다.

"그럼 색깔별로 하나씩 사죠."

"다들 치, 치수가 어떻게 되나요?"

소년이 다가오자 알바생은 심장이 요동치는 걸 느꼈다. 덕후의 심장이 마구 울렸다. 같이 사는 놈은 못 알아봐도, 내 가수만은 알아본다는 덕후의 심장이!

소년이 어깨를 으쓱하며 카드를 내밀었다.

그녀의 눈에 박힌 섬섬옥수, 그리고 카드에 새겨진 그녀가 가장 사랑하는 그 이름. Haeil Roh.

'세상에!'

아르바이트생은 저도 모르게 카드 대신 소년의 손을 양손으로 잡았다. 속에서 눈물이 차오른다. '덕계못'이라는 말 위로 떠오른 슬롯머신에 7이 차례차례 등장한다.

'777! 당첨! 축하드립니다!'

"실례지만 혹시 노해일 씨 맞으신가요?"

알바생은 카드를 긁지 않고 소년의 눈을 바라봤다. 묻긴 했지만 그녀는 이미 확신하고 있었다.

놀라지도 않은 그녀의 가수는 곧, 그녀에게 눈웃음을 지어주었다. 아마 마스크에 가려진 입꼬리가 올라가 있으리라.

"계산 부탁드려도 될까요?"

"계산이라뇨! 노해일 씨, 팬이에요!"

그녀의 가수임을 확신한 순간 계산은 머릿속에서 사라졌다.

"그냥 입어주세요. 제발요. 부디."

'그리고 그 단어 뭐였지?'

가슴 속 가득 찬 환희에 한국어 능력을 상실할 뻔했던 것도 잠시, 그녀의 가수가 거절하기 전에 알바생은 재빨리 그 단어를 입에 담았다.

"혀, 협찬입니다. 부담스러워하실 필요 없고, 저희 브랜드에선 인플루언서 마케팅을 적극적으로 진행하고 있습니다. 인플루언서가 혹여 오프라인 매장에 방문한다면, 곧바로 전달할 수 있게 시스템을 갖추고 있으니 부담 갖지 않으셔도 됩니다."

"아."

"다만 한 가지 부탁이 있다면…."

사장님한테 알려야 한다는 이성은 그녀의 머릿속에 없었다. 카드를 절대 받지 않겠다며 거절한 알바생이 행복하게 인증샷을 찍고 사인을 받았다.

"정말 감사합니다."

이대로 죽어도 좋다고 생각할 찰나 노해일이 입을 열었다.

"혹시 실례가 아니라면, 저도 한 가지 부탁드려도 될까요?"

다시 살 이유가 생겼다.

"네, 뭐든 말씀하세요!"

"제가 오늘 공연이 있어서 그런데."

"공연이요?"

'지금 뭐라고? 공연?'

알바생이 눈을 번쩍 떴다.

"어, 어디서요?"

"여기 앞 홍대 라이브하우스에서요. 그래서 혹시 홍보용 사진 찍어주실 수 있나요?"

"네, 네, 어떻게 찍어드릴까요?"

어려운 부탁도 아니었다. 매장에 있는 옷과 금고를 달라고 해도 주려고 했던 알바생은 그의 핸드폰을 받아들었다. 그녀의 가수는 그녀에게 빌린 A4 종이에 무언가를 적었다.

오늘 저녁 6시 2O분 홍대 라이브하우스에서 봐요!
―노해일

제 이름까지 쓴 헤일로가 마스크를 벗으며 양손으로 종이를 들었다. 라이브하우스 사장님이 이런 거 하나 찍어달라고 했는데 잘 됐다 싶었다.

찰칵.

"호, 혹시 저도 이거 올려도 될까요?"

"네, 괜찮아요."

어쨌든 공연을 알리면 좋을 것 같아 헤일로가 순순히 고개를 끄덕였다.

아르바이트생이 제 핸드폰으로 사진을 한 번 더 찍었다. 그녀의 핸드폰 애플리케이션에 반짝 빛나는 초록창 카페. 곧 그곳을 떠들썩하게 만들 사진에 그녀의 가슴이 웅장해졌다.

"정말 감사합니다, 다음에도 언제든 또 오세요, 부디."

협찬을 쥐여주면서 언제든 오라는 알바생은 노해일과 밴드가 보이지 않게 될 때까지 손을 흔들었다. 그리고 재빨리 노해일 팬카페 '파도타기'에 사진 한 장, 아니 총 세 장(노해일과 같이 찍은 사진과 사인까지)을 올리고는 핸드폰을 내려놨다.

'아니지, 사장님한테 연락해야 하는구나.'

알바생은 귀찮은 얼굴로 번호를 꾹꾹 눌렀다.

"어, 여보. 난데…"

상냥한 하이톤으로 노해일을 대하던 목소리는 없었다.

'파도타기'에서 활발하게 활동하는 회원 '넌달난별'이 남긴 인증 사진 석 장. 특히 가장 하단에 있는 사진이 퍼지기까지는 30분도 채 걸리지 않았다. 잠적한 그들의 가수를 그리워하고, 특히 노해일의 공연을 목놓아 기다리며 무한 반복 스트리밍하던 이때, 그가 하얀 종이를 들고 환히 웃는 사진은 기름이 부어진 거리에 떨어진 불씨와 같았다.

[$%#$@$%#@]
[그러니까 이게 8월 마지막 공연이라는 거지?]
└ 아니라고 하고 싶은데 아니라고 할 수가 없다…
[여기 선착순 입장이라 앞 사람 안 나가면 절대 못 들어갈 텐데;;;]
[모두 죽여라.]

* * *

"그래, 연예인이었지…."

라이브하우스 사장이 깨달음은 'Closed' 명패가 걸린 유리문을 본 이후 찾아왔다. 공포 영화처럼 유리문에 바싹 붙은 다수의 손바닥에 흠칫 놀란 사장은 문을 열다가 마주친 시선들에 다시 한번 화들짝 놀랐다. 왜 잊고 있었을까. 신주혁이 있다는 소리에 밀물처럼 몰려왔던 그의 팬들이 떠오른다. 노해일이 과연 신나박이 급인가에 대한 의문은 있지만(증명할 만한 커리어가 적어서) 현시점 가장 핫한 가수인 건 확실했다. 라이브하우스 사장은 오늘 쉬는 날이라 나오지 않은 직원들에게 전화를 걸었다. 아티스트와 관람객 양쪽의 안전을 위해 진행요원이 필요했다.

[지금 라이브하우스 줄 미쳤다. 연희동 사는데 이 사람들 다 어디서 온 거야.]

[관람석 얼마나 됨? 다 들어갈 수 있냐?]

└ 백 명은 들어가려나?

[아니… 부산 팬은 웁니다… 지금 ktx 타면 공연 볼 수 있나?]

└ 제발 오지 마.

└ 지금 여기 미쳤다. 서울 사람 싹 다 온 듯.

└ 백퍼 못 들어갈 거 같긴 한데. 아무도 안 빠짐.

[얘들아 사실 노해일 라이브 좀 별로인 거 암? ㅎㅎ]

└ ㄹㅇ노해일 라이브 못하기로 유명하잖아.

└ 그냥 음원으로 듣는 게 낫대 ㅎㅎ

└ 내가 라이브 경험자인데 맞음ㅇㅇ

└ 노력한다 ㅋㅋㅋㅋ

온라인과 오프라인 세상에서 어떤 일이 일어나는지도 모르고, 헤일로는 태연히 주황색 트랙슈트의 팔을 걷으며 시계를 확인했다. 공연은 6시 20분에 시작하기로 했고 지금 시각은 5시 30분.

"입장은 언제부터 진행해요?"

"생각보다 사람들이 몰려 진행요원을 불렀습니다. 이후 진행하겠습니다."

"사람들이 많이 왔나요?"

헤일로는 겨우 몇 시간 전에 홍보한 거라 얼마나 올까 싶었다.

라이브하우스 사장이 창가로 다가가 암막 커튼을 치우고, 빛 차단 필름을 붙여놓은 창문을 열자, 느껴지는 숨 막히는 공기, 따가운 햇볕, 그리고 그 너머의 인파….

"생각보다…."

많다. 라이브하우스 수용인원은 한참은 초과할 것 같았다.

"수용인원을 더 늘린다면…."

"진행이 가능할 만큼 수용하겠지만 모두는 불가능합니다."

최대로 들이겠다고 했지만 반의 반도 못 들일 것 같았다.

"아니면, 한 가지 방법이 있긴 한데요. 가끔 다른 밴드에서 하는 건데…."

사장이 하는 말을 가만히 들은 헤일로의 얼굴이 점점 밝아졌다. 그런데 문제는 그걸 할 사람이….

"제가 한몸 희생해서 만족할 만한 무대를 만들어드리겠습니다."

"괜찮으시겠어요?"

"제가 이래 봬도 상체 좀 칩니다."

사장이 활짝 웃으며 괜찮다는 의미로 엄지를 내밀었다. 그러나 그는 속으로 울부짖었다.

'주혁이가 왔으면 이런 건 네가 하라고 했을 텐데.'

그렇게 진행요원이 온 이후 입장이 시작되었다. 진행요원은 생각보다 사람들이 많아 당황한 듯했으나, 곧 능숙하게 입장시키기 시작했다. 어쨌든 늘 하는 일은 같으니까.

밴드 멤버와 떠들고 있던 노해일이 이윽고 관객을 향해 손을 흔들었다. 갑작스러운 공연에다 그들을 8월 땡볕에 방치했지만 그의 인사 하나에 미움이 씻은 듯이 사라졌다. 라이브하우스에 들어갈 수 있는 인원은 80여 명이다. 그것도 수용인원을 최대까지 늘린 숫자이다. 80명이 다 차면 이후 자리가 빌 때까지 기다리겠다고 한 사람들도 많았다. 거의 빠질 가능성이 없었지만 혹시 모르니까 하는 마음으로. 그런데 그들의 기다림이 완전히 무의미하진 않았다.

"저 사람은 뭐야?"

"여기 사장이라는데."

가장 앞줄, 촬영금지가 걸린 가게에 중년의 남자가 셀카봉을 들고 서 있었다. 그의 뒤에서 시야가 가려진 사람들이 인상을 찌푸렸지만 곧 이어진 말에 이해했다.

"너튜브 스트리밍도 하려나 보네."

"근데 왜 삼각대 안 쓰고? 힘들 텐데."

"몰라. 어쨌든 스트리밍하면, 집에 가서도 더 볼 수 있겠네."

거기엔 크나큰 사정이 있다. 삼각대 쓸 일이 없어서 부러졌음에도 방치했던 사장은 눈물을 머금고 자신의 팔을 희생시켰다.

'오늘만 힘내자고.'

이내 이어지던 불협화음이 그치고 소년이 마이크에 다가왔다.

"아, 아. 안녕하세요. 노해일입니다."

소년이 환하게 웃었다.

"갑작스러운 공연인데도 이렇게 찾아와주셔서 감사합니다. 다음에는 좀 더 넓은 곳에서 만나길 바라며, 공연 시작하겠습니다."

그러나 헤일로가 미리 던진 예고를 인지한 사람은 없었다. 하지만 곧 알게 될 것이다.

헤일로는 일렉을 잡고 뒤를 쳐다봤다. 눈이 마주친 멤버들이 고개를 끄덕였다. 이윽고 타이틀곡 '웰컴 투 마이 월드'의 반주가 들려왔다. 일렉 기타와 어쿠스틱 기타로 이루어진 '웰컴 투 마이 월드'가 아니라, 드럼, 베이스, 키보드, 일렉이 함께 있는 편곡 버전이다. 누군가는 시작이 '17sec'이나 '지그재그'가 아니라는 거에 의아해했다. 현재 '수박' 차트 1위를 차지하는 곡들이었고, 공연의 시작으로 그 두 곡이 가장 어울릴 거로 여겼다. 그러나 첫 곡은 만장일치로 정해졌다. 그가 만든 노래에 대한 밴드의 답변이자, 팬들에게 보여주는 우리의 세계. 정규앨범의 첫 공연인 만큼, 첫 시작은 '웰컴 투 마이 월드'이어야 한다고 모두가 동의했다.

"이거 그 타이틀곡임?"

관객석에서 누군가 그렇게 물을 때 따뜻하고 간질간질한 키보드 소리가 들려왔다. 둥둥 울리는 베이스와 단단한 드럼, 부드러운 키보드의 움직임과 한층 여유로워진 일렉은 너무 좋았다.

"완전 다른데."

"뭐야 이거 '웰마월'임? 좋은데?"

"누가 별로랬어?"

일렉에서 어쿠스틱으로 이어진 담백한 버전의 '웰컴 투 마이 월드'도 좋지만, 사운드가 가득 찬 이 버전이 좀 더 완성된 형태 같았다. 어쿠스틱의 간질간질한 맛은 없어도, 그걸 키보드가 대신해주고, 베이스와 드럼이 서로를 지탱해주는 게 진정한 밴드 음악이구나 싶다. 적어도 이 자리에 있는 모두가 '이래서 타이틀곡이구나' 하고 납득하기 충분했다.

관객들이 노해일을 따라 쿵쿵 뛸 때마다 진동이 카메라의 흔들림을 통해 전달된다. 또한 뜨거운 라이브의 열기가 소년의 표정을 따라 담겼다. 그럴수록 너튜브로 지켜보는 사람들의 후회와 공연에 대한 열망이 커져갔다.

[ㅅㅂ 진짜 재밌겠다.]
[아 조금만 일찍 갔으면.]
[스트리밍이라도 틀어준 게 어디야.]
[설마 서버는 안 터지겠지?]

누군가 너튜브 서버의 연약함을 떠올리기 전에 소년의 목소리가 메들리로 이어진다.

"자, 이제 카운트다운을 시작해볼까?"

'17sec'부터 '에버 엔드', '보이스 투 보이스(Voice to voice)' 등 신곡들이 쭉 이어지고, 그의 콘서트를 기다려온 팬들도 따라 불렀다.

'즐겁다.'

헤일로가 가쁜 숨을 뱉으며 만족스럽게 웃었다. 그를 바라보는 수많은 시선, 누구도 이곳에 온 걸 후회하지 않게 만들고 싶었다. 집에 돌아갈 수 없도록 그에게 모든 에너지를 쏟아냈으면 했다. 다시 무대를 이어나가는데 헤일로의 무릎이 덜덜 떨려왔다. 무대에서 너무 신나게 뛰고 움직인 모양이었다. 잠깐 연주가 끝나고, 그게 보였는지 걱정하는 목소리가 들려왔다.

"어떡해…."

사실 지칠 만도 했다. 온종일 쏘다녔고 예정되지 않은 공연을 하게 되었으며, 무대의 열기는 소년의 에너지를 배로 빼앗았다. 물론 원래 헤일로라면 이런 소리를 들을 일도 없었을 것이다. 그는 자존심이 상해서 입술을 깨물었다. 뒤를 잠깐 돌아 밴드 멤버들을 힐끗 바라보았다. 눈이 마주치자 그처럼 땀을 쏟아낸 멤버들이 차례대로 주먹을 쥔다.

'아직 안 끝났어.'

헤일로는 그 표시에 악동처럼 웃고 다시 앞을 바라보았다. 땀에 젖은 머리를 쓸어올리면서, 관객들에게 은근하게 묻는다.

"혹시 힘든 건 아니죠?"

소년의 도발에 관객들이 뜨거운 열기를 참지 못하고 외친다.

"아니요! 전혀요!"

그 대답을 기다렸다. 헤일로가 입꼬리를 올렸다.

"그럼 다시 가볼까?"

* * *

[(HOT) 노해일 게릴라 콘서트 후기] (+617)

　찢

　　었

　　　다

[죽어도 좋다ㅜㅜ 근데 한 번만 더 보고 죽을래.]

[이게 라이브지. ㅅㅂ 미쳤다 미쳤어. 아직도 솜털이.]

[잡혀갈까 봐 뭐라고 말을 못 하겠는데 이렇게 이게 미성년자.]

[한여름에 빠심 테스트라니. 이 악마 새끼 근데 라이브 쩔어서 더 뭐라곤 못하겠다 + 도발부터가 진짜임. 이 새끼 롤 좀 칠 듯. 노해일 콘서트 또 언제 함?]

노해일의 갑작스러운 콘서트(?)로부터 하루 뒤의 반응은 대단했다. 물론 8월 땡볕에서 기다렸음에도 불구하고 라이브를 못 본 팬들의 오열은 말할 것도 없었다.

[도대체 도발이 뭔데… 아 왜 거기서부터 서버 터졌냐고.]
[너튜브 개1새끼들 프리미엄 가격은 쳐올리면서 서버에 돈 안 쓰고 뭐 하냐.]
[그래서 도발을 어떻게 했는데 제발 후기 좀.]
└ 반말함.
└ 끝?

그간 노해일의 콘서트를 기다려왔던 팬들의 목마름은 전혀 해소되지 않았다. 사막에서 물 한 방울 주고 빼앗은 느낌이랄까. 누군가는 노해일이 일부러 이러는 게 아니냐고 음모론을 내놓았지만, 그렇다고 향후 그의 콘서트에 가지 않을 건 아니었다. 문제는 아무도 이다음 콘서트가 언제일지 모른다는 것. 그리고 더불어 이 사태를 지켜본 팬 하나가 예언했다.

[만약 노해일 콘서트 하면 피켓팅 가능성 큰데…]
└ 지금 이 반응이면 백퍼임.
└ 그래도 다음 콘서트를 라이브 카페에서 할 리는 없으니까 널널하지 않을까?
[피켓팅이든 뭐든 제발 하기만 해.]

그들은 설마 노해일이 수천 석이 아닌, 수백 석의 콘서트를 앞두고 있을 거라곤 전혀 생각지도 못한 채 콘서트를 바랐다.

[(질문) 그나저나 노해일 게릴라 콘서트 때 입은 옷 어디 거야?]
 └ 커스텀스텔라라고 신생 디자이너 브랜드래.
 └ 너튜브로 보기만 했는데 핏 예쁘던데 많이 비쌈?
 └ 디자이너 브랜드라 싸진 않은데 돈값 하는 듯.

이번 게릴라 콘서트의 수혜는 예상치 못한 곳에 떨어졌다. 바로 노해일과 그의 밴드가 입었던 단체복, 커스텀스텔라. 가게 문을 곧장 닫고, 80여 명의 정예에 들어 라이브를 눈앞에서 봤던 '파도타기'의 '넌달난별'의 후기는 처음에 부러움을 낳았지만, 이어서 관심이 쏠렸다. 정확히 노해일이 입었던 트랙슈트에. 협찬이란 건 후기에서 보긴 했지만, 일반인이 보아도 컬러감이나 브랜드 마크가 예뻤고, 무엇보다 노해일이 하얀 반팔 티 위에 걸쳐 입었던 오렌지 컬러 저지의 핏이 잘 떨어졌다. 그동안 노해일에게 협찬하길 원했던 의류 브랜드가 아쉬워할 정도로 무대 위의 노해일은 트랙슈트가 잘 어울렸다. 결국, 그 결과….

[ㅅㅂ 솔드아웃 어떤 새끼가 쟁여놓냐?]
 └ 커스텀스텔라 홈페이지 서버 터짐ㄷㄷ
 └ 노해일 영향력이 이 정도였냐?
 └ 트랙슈트 일단 괜찮고, 무엇보다 노해일이 핏ㅈㄴ 잘 소화함. 노해일이 엄청 잘생긴 유형이 아니라서 다들 나도? 싶은 듯.
 └ 세상에 자기가 노해일 급은 된다는 놈들 많음.

└ 어디서 리뷰 봤는데 옷은 확실히 잘 만들었대ㅇㅇ 근데 노해일이 옷 잘 소화한 것도 맞는 게 프로필 보니까 기럭지 되던데.

[엄마 아들 새끼 자기가 노해일인 줄 알고 오렌지 입고 다니더라. 죽여버리고 싶음. 노해일보다 지가 나은 것 같대.]

└ 아니 왜 자꾸 달은 외모로 까이는 거임?

└ 그니까. 달 보면 볼수록 잘생겨지던데.

└ 막 엄청 잘생긴 타입은 아닌데 분위기가 진짜 미쳤지.

이 의외성은 대중에게만 화제가 된 게 아니다. '지가 광고 안 한다면 지 손해지'라고 여기던 기업가들이 눈을 번쩍 뜬 것이다. 특히 다양한 패션 브랜드에서 관심을 두기 충분했다.

며칠 뒤 노해일의 게릴라 콘서트에 대한 열기가 가시기 전 즈음, 돌연 너튜브에 짧은 영상 하나가 올라왔다. 바로 모두가 기다리고 기다린 노해일의 콘서트를 예고하는 영상이었다. 다행히 당일 게릴라 버스킹은 아니었다. 무려 정식 티켓팅을 진행하는 콘서트다. 물론 티켓팅 자체는 빠듯한 일정이었지만, 그래도 예고는 해줘서 다행이라고 생각한 사람들이 많았다. 그때 누군가 말했다.

[근데 연국대 창립기념관 콘서트홀. 내가 알기로 객석 830석일 텐데]

└ 830?? 8300 아니고 830???

[얘들아ㅎㅎ 우리 한 번만 보기로 약속할까?]

팬들에겐 정말 돌아버릴 정도로 '깜찍한(?)' 영상이었다.

7. 830석

트랙슈트 브랜드 커스텀스텔라의 점진적 도약 이전에 이미 노해일은 기업에서 주목받고 있었다. 노해일은 광고계 블루칩으로 떠오르기 충분했다. 열일곱 살이란 어린 나이, 천재라고 불리기 충분한 재능, 음원 1위···. 사실 이런 것보다 광고업계가 주목한 건 무대 위에 선 소년이 한순간 세상의 중심에서 스포트라이트를 받고 있다고 느낀 것이었다. 그건 곧 스타성이었다. 선남선녀가 모이는 연예계에선 평범한 축에 속한 외모임에도 옆에 선 스타들의 존재감을 가져온 건 스타성이라고밖에 할 수 없었다.

〈랑네부〉 가요제 이후부터 노해일은 사실 마음만 먹으면 돈을 쓸어 담을 수 있었다. 한 해 동안 광고만 열심히 찍고 사고만 안 치면 평생 돈 걱정할 일은 없을 것이다. 그러나 노해일은 광고 대신 음악 활동을 한다. 솔직히 광고업계 쪽에서는 그런 그를 특이하게 혹은 이상하게 바라보았다. 광고 찍는 걸 선호하지 않는 연예인이

236

있긴 한데, 아무것도 찍지 않는 연예인은 없었다. 엄연히 연예인도 수익을 내야 하고, 가장 큰 수익 창출 수단이라 할 수 있는 광고를 받지 않는 건 책임을 다하지 않는 것일 수도 있다.

누군가는 노해일이 어려서 그렇다고 생각했다. 누군가는 본업에 집중하니 멋있다고 생각했고, 누군가는 순수하고 천재적인 이미지를 만들려고 일부러 저런다고 짐작했다. 단가를 좀 더 높이기 위함이라고 말한 이도 있었는데, 글쎄…. 이 의견은 동의할 수 없는게 단가가 높아지려면 노해일이 당장 더 많은 활동을 해야 했다. 그가 이후 싱글과 정규앨범을 뽑아내며 활동하긴 했지만, 그때까지 누구도 노해일의 더 큰 활동을 기대하진 않았다. 결과적으로 노해일은 다시 정규앨범을 음원 차트 상위권에 도배해버리면서 누구도 생각지 못한 더 큰 활동을 보여준다.

기업들은 노해일의 가치를 원했으나 큰 기대를 가지지 않았다. 지금 행보 그대로라면 노해일은 당장 광고를 찍지 않을 것 같았다. 돌연 8월의 어느 날 홍대에서 진행한 게릴라 콘서트에서 그가 협찬받은 트랙슈트를 입으며 모든 인식이 달라졌다.

"다시 노해일한테 섭외 넣어."

기업에선 노해일이 드디어 광고에 눈을 떴다고 여겼다. 심지어 커스텀스텔라가 노해일의 광고 효과를 인증해주기까지 했다. 현재 SNS에서 가장 핫한 건 커스텀스텔라였다. 치킨, 피자, 음료 등의 식품기업부터 화장품, 이동통신, 영화관 등 호화 CF에서 노해일에게 관심을 가졌다. 심지어 한국의 모 자동차 브랜드 광고 에이전시도 관심을 보였다.

"모델로 노해일은 어떻습니까? 영하고 천재적인 이미지가 이번에 나온 2,30대 타기팅에 적절한데."

"대표님, 다 좋고 저도 노해일 노래 좋아하긴 한데, 해일이가 그, 면허가 없어요. 노해일이 우리 광고 찍으면 자동차 광고가 아니라 공익광고 돼요."

"무면허 운전 공익광고라… 조회 수는 높겠네."

아쉽게도 포기했다.

이렇듯 대중에게 친숙한 브랜드들이 노해일을 모델로 고려하고 있다면, 조금 의외의 브랜드도 있었다. 유구한 역사 때문에 아시아 시장에서 올드한 이미지가 붙은 브랜드, '메마른 나무'로고 하면 떠오르는 아르보(Arbor)였다. 유럽과 영미권 쪽에서 다양한 고객층을 가지고 있지만, 아시아 쪽에선 이상하게 중년층에 집중되어 있었다. 그들의 최신 패션 컬렉션이 청년층을 꽤 신경 쓰고 있음에도 불구하고 말이다. 젊고 혁신적인 이미지로 쇄신하기 위해서 그들은 공격적인 마케팅 논의를 거치고 있었다. 공격적인 마케팅이라면 당연히 셀럽 마케팅을 의미한다. 그중에서도 그들은 앞으로 같이 성장해나갈 앰배서더(ambassador)를 찾고 있었다.

"진시앙이 솔직히 젊은 이미지는 아니죠. 젊음을 추구했을 뿐. 우리가 찾으려는 건 청년층에게도 통하는 영한 이미지란 말입니다."

"아니, 실제 나이가 뭐가 중요하단 말입니까. 진시앙이 몇천 살이라도 돼요?"

아르보의 컬러와 철학과 잘 어울리는 홍보대사가 "짠!" 하고 나타나지 않는 이상, 이 열띤 논쟁이 오랫동안 이어질 것 같았다.

"우리 브랜드의 철학이 무엇이라고 생각합니까?"

그러던 때 회의에 참석한 아르보의 디자이너가 갑작스럽게 물었다.

"당연히…."

'진시앙'이란 이름을 말했던 마케팅 담당자가 덧붙였다.

"'성장'이죠. 아르보(Arbor: 나무)가 씨앗에서부터 개화하여 과실을 맺기까지의 과정. 아르보의 근간이자 성장의 자양분이 될 열쇠를 찾고 있는 게 아닙니까?"

"성장이 중요하다고 말씀하신 분이, 성장이 끝난 노배우를 데려왔습니까?"

'진시앙'을 반대했던 다른 마케팅 담당자가 외쳤다.

"그리고 성장만큼 우리 브랜드의 중요한 가치가 바로 자유 아닙니까. 단순히 성장에 그칠 뿐 아니라 우리의 씨앗이 세상 곳곳에서 자랄 수 있게 할 '새'를 찾아야 하는 거죠."

아르보는 오랜 시간 동안 쌓아올린 가치가 컸다. 세상을 따뜻하게 안아줄 치유력과 세상에 하나밖에 없는 특별함, 세상의 끝까지 닿겠다는 자유로움과 무궁한 성장력, 언젠가 가장 높은 곳에서 세상을 바라보게 될 거라는 초월의 의지가 아르보에 잠재했다.

마케팅 담당자들이 가져온 프로필을 넘겨보던 디자이너는 어떤 프로필을 보고 툭툭 두드렸다.

"이 친구는 어떻습니까?"

"아, 그 친구. 몇 번 협찬을 넣어보려고 했는데, 전혀 소통할 생각이 없더군요."

은발이 잘 어울리는 소년의 사진에 마케팅 담당자가 덧붙였다.

한국에서 이름을 알리고 있는 어린 스타였다. 대한민국뿐만 아니라 아시아 마케터가 관심을 둘 정도로 성장력이 두드러진 스타 말이다.

"소통할 생각이 없다고요?"

"섭외에 단 한 번도 응한 적이 없는 친구입니다."

디자이너가 고개를 갸웃하고 프로필을 넘겼다. 손끝엔 첨부된 파일이 있었다. 가장 최근 진행했던 게릴라 콘서트에서 커스텀스텔라의 트랙슈트를 입은 노해일이 관중을 바라보며 환하게 웃고 있었다. 다음 파일은 소극장 콘서트 티켓팅 티저였다. 영상을 굳이 틀지 않아도 무대를 사랑하는 게 보였다.

"이렇게 무대를 좋아하는 친군데 소통을 싫어할 리가 있나요. 지금 방식이 싫은 거겠죠."

고리타분하고 형식적인 메일을 지적하는 말에 마케팅 담당자의 얼굴이 굳어졌다.

"아니, 우리가 뭐가 아쉽다고 10대 꼬마한테 미팅을 구걸해야 합니까?"

평소 그래프만 보고 살던 직장인들은 예술가를 전혀 이해하지 못한다. 디자이너가 부드럽게 웃었다.

"아직 어떤 광고도 들어가지 않은 유일함, 특별한 재능, 음악을 추구하는 자유로움, 성장의 끝이 보이지 않는 잠재력."

그렇게 네 가지를 꼽은 디자이너가 어깨를 으쓱하더니 말을 이었다.

"이 꼬마보다 더 우리의 철학에 맞는 친구가 있나요? 시대에 뒤떨어진 이미지도 타파하고 말이죠."

"올드하다는 소리는 절대 안 나오겠네요."

한 사람이 슬그머니 동의했다.

"아니, 열일곱 살 꼬마입니다. 언제 어떻게 사고 칠지 모른다고요. 천재 소리 듣다가 서서히 잊힌 이들도 얼마나 많은데."

"그건 스물일곱 살이라고 다릅니까?"

"리스크가…."

"언제 어딘가에서 사고 쳤을지 모를 성인보다 앞으로 사고 칠 아이가 낫지 않나? 그건 예방이라도 하지."

디자이너는 소년이 굉장히 마음에 들었다.

다른 이가 조심스럽게 회의에 끼어들었다.

"아시아에서 비슷한 연령대의 인지도가 높은 다른 친구는 어떻겠습니까?"

아직 노해일은 한국을 제외하고 해외에서 잘 알려지지 않았다. 언젠가 알려질 거라고 해도 지금 당장은 더 좋은 대체재가 있었다.

"난 나이키 광고를 좋아합니다."

"예?"

디자이너의 뜬금없는 말에 마케팅 담당자들은 눈살을 찌푸렸고 가장 가까이 있던 이가 의아함을 드러냈다.

"나이키도 스타 마케팅을 활용하지만, 반드시 스타 마케팅만 하진 않죠. 광고의 주제를 정하고 그에 맞는 대상을 데려오기도 합니다. 그리고 그 대상을 스타로 만들죠. 우린 못합니까? 그리고 제가 보기엔 이 친구는 금방 뜰 것 같은데요."

이는 디자이너가 음악에 대단한 지식이 있어서 말하는 게 아니었다. 그는 어떤 음악이 더 뛰어난 음악인지 모른다. 그냥 그의 취향인 음악을 잘 만들었다고 생각할 뿐, 진짜로 잘 만든 건지 전문가처럼 분석할 수 없었다. 하지만 그에게는 다른 지식이 있었다. 디자이너로서의 눈도 있고 직감도 있었다.

"요즘 기술로 얼굴은 바꿔도 분위기는 못 바꾸거든요. 전 이 친구 분위기가 좋습니다. 그리고 내 경험상 보통 이렇게 특별한 분위기를 가진 친구는 둘 중 하나더라고요. 마이너의 끝을 달리거나!"

디자이너가 씩 웃으며 손가락으로 위를 가리켰다.

"정점을 찍거나!"

디자이너로서 하는 이야기다. 그는 이 어린 스타의 분위기가 좋았다. 그의 영감과 도전정신을 자극하는 그런 분위기 말이다.

"회의는 여기까지 하죠."

디자이너가 자리에서 일어나자 마케팅 담당자들도 따라 일어섰다. 그가 그저 그런 디자이너가 아니었기 때문이다. 페르 아스페라, 최근 아르보에 크레이티브 디자이너로 임명된 남자다. 신인 디자이너였던 그가 CD로 적절한지 그 자격에 관해 말이 많았지만, 현재로선 누구도 무시할 수 없었다.

"저거 저거, 어차피 오래 있지도 못할 놈인데."

"디자이너를 왜 마케팅 회의에 끼게 해서."

"정말, 이대로 그 한국의 꼬맹이로 가는 겁니까? 그것도 우리가 숙여서?"

화장실에서 손을 닦으며 마케팅 담당자들이 투덜거렸다.

"이미 결정 난 건데 어쩌겠어요. 정 마음에 안 들면 아까 말했어야죠."

"노해일이 적합하지 않다는 건 아닌데."

"그럼. 이제부터 수고하면 되겠군요."

동료들이 그의 어깨를 툭툭 두드리고 지나쳤다. 노해일에게 어떻게 접근해야 하나, 한국 및 일본 마케팅 담당자가 푹 한숨을 내쉬었다.

* * *

연극대생 윤아는 떨리는 목소리로 세상 모든 신을 찾고 있었다.

"제발, 신이시여…. 성부와 성자와 성령의 이름으로, 나무아미타불, 마하반야 바라밀다 심경."

밥이고 술자리고 아르바이트고 뭐가 중요하겠는가. 참 외우기 쉬운 시간 저녁 8시가 되기 30분 전인 지금, 그녀는 두 손을 모으고 한 가수의 티켓팅을 기다리고 있었다. 차라리 직장인들이 한창 출근할 때 티켓팅이 열렸다면 얼마나 좋았을까. 아니면 티켓 가격 8만 8,000원에 동그라미 두 개를 더 붙이는 거다. 그러면 좀 경쟁자를 제거할 수 있지 않았을까? 윤아는 죽을 각오로 대기화면을 바라보았다. 그녀의 가수는 얼마나 배려심이 깊은지 암표 방지를 위해 한 날한시에 티켓팅을 오픈했다.

"어차피 830석이라 암표도 없을 텐데, 하하핫."

그러고 그녀는 주변을 둘러보았다. 여기 PC방에 앉아 있는 모든 사람이 경쟁자처럼 보였다. 그녀가 초조하게 손톱을 물었다. 빡빡하기로 유명한 연극대 수강 신청보다 더 무서웠다. 청심환을 먹고 왔는데 심장이 진정되지 않았다. 그럴수록 시간이 빠르게 줄어들었다. 그녀는 빠듯해지기 전에 요일을 보았다.

'생각해보자. 월화수목금토일 이 중에 가장 경쟁률이 낮을 요일은 언제일까? 일단, 금토일은 아니겠고. 월요병이 터지는 월요일? 다이어트를 하는 화요일? 뭔가 어정쩡한 수요일? 미팅을 잡았던

목요일? 머리를 쓰자. 다들 이 생각을 하고 있을 거 아냐?'

자기 일정을 보고 날짜를 고르는 사람도 있겠지만, 가장 경쟁률이 덜할 요일을 고려할 사람도 있을 것이다.

"어떤 날이 가장 좋을까."

그녀는 사실 뭐가 됐든 일종의 '가챠'라고 생각했다. 8,300석도 가챠인데, 830석은 진정한 K게임의 랜덤박스와 다름없었다.

"그래, 원래 모든 것에 대가가 있다고 했지. 목요일! 훈남이 나오는 미팅을 바치자."

윤아는 결연하게 중얼거렸다.

"비나이다, 저의 연애를 제물로 바치겠나이다. 2년, 아니 5년간 솔로로 살 테니 제발 티켓팅만 성공하게 해주세요…!"

한쪽에 켜둔 초록창에서 표준 시계가 빨갛게 달아오른다. 그녀는 자기도 모르게 숨을 참고 마우스를 클릭했다. 로딩 창….

'아직 괜찮아, 기다려.'

여기서 새로 고침을 누르면 멍청이다. 그녀는 침착하게 기다리며, 좌석이 떠오르자 애매하게 중간인 곳을 선택하고 다음을 눌렀다.

'제발, 이선좌는 안 돼.'

제 화면을 보는 데 정신이 나간지라 윤아는 PC방이 이상할 정도로 고요해졌다는 걸 깨닫지 못했다. 드디어 결제창이 떴을 때 그녀는 들뜨려는 마음을 진정시켰다.

'진정해, 아직 안 끝났어.'

호들갑을 떨어서 좋을 게 없었다. 다시 잠깐의 로딩이 걸린다.

이윽고 그녀가 마주한 화면은….

"어?!"

윤아의 눈이 점점 커지다가 어느 순간 일그러졌다. 가슴에서 무언가가 부글부글 끓었다.

"으….”

눈앞에 뜬 글자에 팡 터졌다.

"돼, 됐다!"

'예약되셨습니다.'

그 한마디가 뭐라고, 울컥한 윤아가 자리에서 벌떡 일어났다.

"됐-!"

여기가 공공장소라는 걸 잊고 다시 한번 외치려는 순간, 여기저기서 쿵! 쿵쿵! 빡! 샷건 타격음이 세게 울렸고, 비명과 신음이 연이었다. 동시다발적으로 터진 메아리에 그녀의 목소리는 그대로 묻히고 말았다.

"으아아악!"

"이선좌 이 씨발!!"

"노해일 이 악마 새끼. 830석을 누구 코에 붙이냐고. 많고 많은 콘서트장 중에 왜 하필 소극장이야!"

PC방 이곳저곳에서 오열이 터졌다.

'다들 노해일 티켓팅하고 있었던 거야?'

윤아는 진짜로 이 자리에 있는 모두가 경쟁자였다는 걸 깨달았다. 그런데 티켓팅을 성공한 사람은 자신밖에 없는 것 같았다.

"흐흐흐."

옆자리에서 웃음소리가 들리자, 윤아가 천천히 고개를 돌렸다.

'이분은 성공하셨나?'

옆자리 여자의 목이 툭 꺾였다.

"내가 이대로 포기할 것 같아? 죽여서 빼앗는 거야. 다 죽이면 돼…."

윤아는 입을 합 다물었다.

이렇게 전국 방방곡곡에서 고통과 행복에 겨운 비명이 울려 퍼졌다. 일주일간 진행하는 830석의 소극장 콘서트는 모두 합쳐도 6,000명이 채 못 보는 공연이니만큼, 어떤 비명이 더 많은지 말할 것도 없다.

윤아는 다른 사람들처럼 엄숙한 얼굴로 자리에서 일어섰다. 9월 중순에 콘서트가 열리기까지 이대로, 조용히 안전하게 기다리면 됐다.

* * *

올콘이 천박한 농담이 되어버린 시대, 한 기자가 전쟁터를 걷고 있었다.

노해일 콘서트 티켓 전쟁… 팬들 "진정한 지옥을 보았다"

이너파크 티켓, 1분 만에 매진돼버린 노해일 콘서트 티켓, 티켓 파워 인증

노해일 콘서트 어떻게 하면 예매할 수 있을까?

노해일 소극장 콘서트 My World… 혈전 예상되는 티켓팅 전쟁

27일 이너파크에서 오후 8시 노해일 소극장 콘서트 'My world' 일반 예매가 진행되었다. 노해일의 공식적인 첫 콘서트인 만큼 많은 시선이 몰렸다. 일주일간 진행되는 콘서트는 노해일의 첫 데뷔 콘서트라는 점. 티켓팅 티저 이후 각종 온라인 포털 사이트 실시간 검색어 상위권을 차

지했다는 점. 그리고 무엇보다 콘서트가 개최되는 연극대 창립기념관이 단 830 객석을 보유하고 있기에 피 튀기는 티켓 전쟁이 예고되었다. 9월 21일에서 9월 27일까지 일주일간 진행되는 콘서트의 암표를 방지하기 위해 한날한시에 오픈했는데, 정각에 접속했음에도 1시간가량 대기화면만 노려보고 나왔다는 실패 후기가 다수 올라왔다. 심지어 서버가 터져버려 이후 예매가 제대로 진행되지 않기도 했다. 이너파크 서버이슈는 늘 존재했던 문제지만, 단 한 번도 해결된 적이 없었다. 고객의만족도를 높이고 고객 중심적인 기업이 될 거라는 대표의 취임사는 그저 말뿐이었던 걸까?

└ 잘 나가다가 갑자기? ㅋㅋㅋㅋㅋ

└ 1시간가량 대기화면 본 게 혹시 기자님이세요?

└ 급발진 웃기긴 한데, 나도 피해자라ㅜㅠㅠ피눈물난다. 노해일 이 악마 새끼 이너파크 이 쓰레기 사이트.

티켓팅이 오픈한 8시까지 서버를 제외하곤 전체적으로 폭풍전야와 같은 분위기였다면, 티켓팅이 진행되면서 패배자와 승리자가 갈리며 시끄러워졌다.

[노해일 티켓 구합니다 제발ㅠㅠ]

[노해일 팬 아니면 티켓 양보 좀 해주세요.]

[당근슈퍼에 노해일 막콘 티켓 올라오긴 했는데 ㅅㅂ 암표상 저걸 가격이라고.]

└ 와 암표 값 미쳤네.

[진지하게 고민 중. '17sec' 라이브로 개쩔겠지?]

그러나 이미 동이 난 표는 몇몇 암표를 제외하면 풀릴 기미가 없었다. 그렇게 피투성이의 여름이 지나고 9월이 왔다. 헤일로는 본격적으로 콘서트 준비에 돌입하며 바쁜 일상을 보냈다. 그는 콘서트의 호스트인 만큼 누구도 후회하지 않을 완벽한 무대를 만들어야 했다.

"헉, 죽을 거 같다."

연습해야 하는 건 멤버들도 마찬가지였다. 노해일이 만든 모든 곡을 이미 알고 있지만, 방심하면 무대에서 실수를 저지를 수도 있다고 생각하니 끔찍했다. 그리고 그들은 또 다른 음악도 준비해야 했다. 바로, HALO 9집이었다. 9집에 포함된 일곱 개의 수록곡은 콘서트 직후에 녹음할 예정이라 미리 준비해야 했다.

"미친…."

문서연은 9집 악보를 받아 들고 얼굴이 새하얗게 질렸다. 8집까지 감정을 담아야 해서 힘들었다면, 9집은 감정이 문제가 아니라… 정교한 속주(速奏)가 필요했다. 오선지에 가득 찬 음표를 보니 배도 고프지 않았다. 10월 첫 주에 돌아오는 올 추석엔 고향에 내려갈 생각은 하지 않는 게 현명할 것이다.

"그나저나 사장님은 어디 갔어요?"

"아, 콘서트 때문에 잠깐."

"콘서트 기획은 다 끝나지 않았어요? 업체도 생각보다 일찍 정했고."

"중요한 거, 하나 남았잖아."

"중요한 거?"

헤일로는 청담동에 있는 한 한식당에 들어갔다.

"안녕? 해일이 왔어?"

한옥 문을 열자 일찍 와 있던 두 사람이 손을 흔들었다.

"안녕하세요."

리브는 동남아 투어를 끝내고 지치지도 않는지 밝은 에너지를 발산하며 신나게 손을 흔들었고, 신주혁은 가죽 재킷에 넣고 있던 손을 꺼내 대충 휘저었다.

저를 바라보는 소년의 뚱한 표정을 발견한 신주혁이 덧붙였다.

"나도 너 보러 온 거 아니다."

"흠…."

"대답."

"네."

"둘은 여전히 사이가 좋네."

혜일로는 리브와 신주혁 맞은편에 앉았다.

리브는 이미 메뉴를 주문했다고 말해주며 킥킥 웃었다. 두 달간의 동남아 투어를 다녀온 직후임에도 리브는 힘든 기색이 하나도 없었다. 오히려 평소와 같은 텐션으로 대화를 주도하고 선물까지 줬다.

"해일아, 피처링 못 해준 거 다시 한번 정말 미안해."

이 자리는 피처링 제안을 거절했던 리브가 미안해 밥을 사주겠다고 마련한 것이었다.

"곡… 들어보니까 내 취향이던데. 그냥 한다고 할걸."

그녀는 피처링하지 못한 '지그재그'에 대해 진심으로 아쉬워했다.

"드디어 콘서트 한다며. 축하해, 해일아."

그리고 이 자리를 마련한 또 다른 이유, 노해일의 첫 콘서트 때문이었다.

〈2030 Song Festival-랑데부〉를 통해 만난 그들은 지금까지 쭉 인연을 이어오고 있었다. 〈랑데부〉의 단톡방이 아직 살아 있기도 하고, 무엇보다 나이 차이가 덜한 리브와 신주혁, 노해일 이렇게 셋이 모인 방도 따로 있었다.

"그런데 콘서트 정말 곧이더라. 콘서트 준비하느라 바쁠 거 같은데 음방은 어떻게 할 거야?"

헤일로는 잠깐 생각하다 이내 고개를 저었다.

"당분간은 안 할 거 같아요."

콘서트 준비, HALO 9집 등 할 일이 많았지만 사실 시간이야 만들어내면 된다. 잠을 줄이거나 다른 시간을 줄여서. 그런데도 하지 않는 건 단순히 끌리지 않기 때문이다. 최근 한 번씩 경험해본 음악방송은 재밌긴 했지만, 지금은 방송국과 수많은 사람이 만들어가는 무대보다 자신이 직접 만드는 무대에 집중하고 싶었다. 하나 아쉬운 게 있다면 공개방송에서 별을 만들어주던 팬들이다.

'이번에 다들 오겠지?'

대다수 팬을 피켓팅 지옥으로 내몬 헤일로는 태연하게 생각했다.

"자, 그럼 이제 말해봐."

세팅된 식사 앞에 모두가 수저를 들기 전, 리브가 헤일로를 보며 의미심장하게 말했다.

"하고 싶은 말 있잖아."

이 바쁜 시기에 군이 식사하러 나온 이유 말이다.

"아님, 내가 맞춰볼까?"

리브가 먼저 말을 꺼낼 줄 몰랐던 헤일로가 입을 열었다.

"아니요, 제가 말할게요."

"그래."

"제 콘서트 게스트를 부탁드려도 될까요?"

〈랑데부〉 때 몇 번이나 제안했던 협업을 이런 방식으로 하는 건 어떻냐는 듯한 헤일로의 물음에 리브가 기다렸다는 듯이 환하게 웃었다. 이 자리에 나올 때 리브는 소년이 제게 게스트 요청을 할 거로 예상했다. 오히려 제안하지 않았다면 서운했을 것이다.

"좋아. 해일이 콘서트라면 어떻게든 시간을 만들어야지."

"나는?"

'설마 일주일 동안 리브가 일곱 번 나가진 않을 테고, 남은 게스트는 어떻게 하게?'라고 생각한 신주혁이 자신을 가리켰지만 깔끔하게 무시한 헤일로가 옅게 웃었다.

"감사합니다, 선배님."

"별것도 아닌데 뭘."

콘서트 게스트 1순위로 불리는 리브가 가볍게 말했다. 투어를 위해 염색했던 애쉬 바이올렛 머리카락이 부드럽게 흔들렸다.

본론도 끝나고 이제 본격적으로 식사를 할 때였다. 리브가 무언가를 떠올리고는 입을 열었다.

"그러고 보니 잊고 있었네. 해일아, 너도 내 부탁 들어줄래? 별 건 아닌데."

"뭔데요?"

"너도 나올래?"

'어디를? 콘서트에?'

헤일로가 의아해할 찰나, 리브가 눈을 찡긋했다.

"안타깝게도 투어는 최근에 끝나서 당분간 무리고. 내가 하는 콘텐츠에 나오지 않을래? 잘해줄게."

* * *

9월 1일은 미국의 노동절로 노동자들이 휴일을 맞이하는 날이다. 노동절을 기념하며 밴드 스콜피온이 북미에 착륙했다. 8월, 영국에서부터 시작된 월드투어는 캐나다를 거쳐 미국으로 이어졌고, 동부에서 서부, 북부에서 남부로 진행될 예정이었다. 사실상 영국에서 가장 유명한 메탈 밴드라 LA까지 전석 매진되었고, 열렬한 메탈 팬들 중 가는 곳마다 보이는 얼굴도 있었다. 팬들은 콘서트뿐만아니라 그들의 모든 동선을 따라다녔는데, 반드시 팬만 있는 건 아니었다.

"릴 씨, 갑자기 한국 공연을 결정하신 이유가 있나요?"

시카고 콘서트를 진행하기 전 기자들이 그를 발견하고 몰려왔다. 기자들은 맨날 따라다니는 황색 잡지나, 언론사는 아니었다. 처음 보는 얼굴로 동양인으로 구성된 기자들이었다. '코리아'라는 단어가 릴의 귀에 꽂혔다. 그때 무시하고 가려던 릴이 걸음을 멈췄다.

'한국이라면?'

갑자기 멈춰선 그를 멤버들이 불길한 시선으로 쳐다보았다. 평소의 릴이라면 쫓아오지 말라고 가운뎃손가락을 날릴 텐데 이상하게 얌전했다. '그냥 들어가자' 하고 멤버 하나가 간절한 눈으로 바라봤지만, 릴은 늘 그렇듯 그의 바람을 따라주지 않았다. 기자들을 향해 몸을 빙글 돌린 릴이 한국인 기자를 쳐다보았다.

"뭐라고?"

"그, 내한 일정이 추가로 늘어났는데, 특별한 이유가 있나요?"

날카로운 시선에 흠칫했던 기자가 더듬거리며 다시 물었다. 인터뷰 태도가 안 좋다는 말을 몇 번이나 들었기에 위축될 수밖에 없었다. 기자는 질문했지만 대답해줄 거란 기대는 안 했다. 하지만 릴의 목소리가 들려왔다.

"만나고 싶은 사람이 있어."

기자는 겁먹은 것도 잊고 눈을 번쩍 떴다.

'내한의 이유가 만나고 싶은 사람이 있어서라고? 특종이다!'

다른 기자들도 같은 생각을 했는지 본격적으로 마이크와 카메라를 들이댔다.

"그게 누구죠?"

"혹시 여자인가요?"

"릴 씨, 만나는 여자가 있나요?"

'거참, 생각하곤.'

다 똑같은 생각을 하는 기자들을 보며 릴이 혀를 찼다.

릴이 무슨 말을 할지 기자들만큼 궁금한 건 멤버들이었다. 그들은 콘서트 직전까지 월드투어에 한국이 포함되어 있는지 몰랐다. 릴의 독선이 한두 번이 아니라서 불쾌하진 않았다. 그냥 그의 변심이 궁금했다. 지금까지 아무리 물어도 대답해주지 않았다. 그런데 오늘 뭔가 말해줄 것 같은 느낌이 들었다. 멤버와 기자 모두가 귀를 기울였다.

"팬이거든."

"네?"

다시 들려온 이해할 수 없는 답변에 멤버들의 눈이 커졌다.

'네가 좋아하는 한국 가수가 있었어?'

"릴이 K-POP을 들었어?"

"팬이라고요?"

그리고 기자들의 반응도 똑같았다. 공식적으로 릴이 좋아하는 가수는 HALO뿐이다. 그러나 사람이 한 가수만 좋아하고 그 가수의 음악만 들을 리는 없는 법. 기자들은 '스콜피온, 최근 K-POP을 즐겨 들어…' 따위의 기사를 떠올리며, 다시 질문을 이었다.

"그게 누구인지 말씀해주실 수 있나요?"

릴이 빙글빙글 웃는다.

그럴수록 듣는 이들은 목이 바싹 말라왔다.

"글쎄."

릴이 씩 웃자 탄식이 새었다.

'저 또라이 새끼. 역시 순순히 말할 리가 없지.'

이미 릴이 K-POP을 듣는다고 기사 하나 뽑긴 했지만, 도대체 누구인지 감이 잡히지 않았다.

'K-POP이라면 아이돌그룹이겠지? 남돌보단… 여돌일 테고.'

그렇게 콘서트장으로 들어가려던 릴이 멈칫했다.

"아니지."

그의 목소리가 다시 들려오자 첫사랑을 만난 것처럼 기자들의 심장도 요동쳤다. 릴의 변덕에 제대로 놀아나는 기분이라도 좋았다. 자존심이 밥 먹여주진 않는다. 오로지 조회 수의 신이 그들에게 일용할 양식을 주었다.

"생각해보니, 말해도 상관없겠지."

"그럼요. 상관없죠."

기자들이 서둘러 호응했다.

"그게 누구죠? 여자인가요?"

그의 답에 혈안이 된 사람들, 그 앞에서 그냥 말하려던 릴은 입을 달싹였다.

'뭐라고 불러야 할까.'

릴은 그냥 말해버릴까 하다 이 멍청이들에게 자신이 어렵게(?) 알아낸 걸 쉽게 알려줄 마음이 들지 않았다.

"여기선 로라고 불리던데."

"로?"

의아해하던 기자들이 저들끼리 말하더니 곧 탄성을 질렀다.

"잠깐, 로라면. 혹시 노해일 말하는 거 아냐?"

릴은 긍정해주지 않았지만 기자들은 이미 노해일로 확신했다. 애초에 노 씨가 흔한 성도 아니고, 미국에서 로로 잠깐 불렸던 아티스트는 하나밖에 없었다. 말하자면 노해일이 가장 유명한 로였다. 아무튼 대박 뉴스였다.

"릴 씨, 어떻게 그의 팬이 된 건가요?"

"그의 음악을 평소에 자주 들었나요?"

기자들의 미친 듯이 질문을 쏟아냈다. 그쯤 되니 그를 늘 쫓아다니는 황색 잡지나 미국 언론사도 끼어 있었다.

여기까지만 하려고 가려던 찰나 누군가가 소리 질렀다.

"그에게 하고 싶은 말이 있나요?"

'음. 질문 괜찮네'라고 생각한 릴은 마지막으로 대답해주기로 했다. 자신을 찍는 카메라를 직시하며 말하는 동시에 생각했다.

"로. 당신이."

'내가 하나 지켜줬으니 이 정도는 해도 되겠지?'

"내 콘서트에 와줬으면 좋겠어요. 이왕이면 무대 위로."

'그렇지 않나요, 헤일로?'

카메라 플래시가 터졌다.

"대박! 콘서트 게스트 제안인가?"

"이거 내한콘 오프닝 제안하는 거 같은데?"

"아니, 릴은 도대체 노해일을 언제부터 안 거야?"

"Excuse me. Who is he, hello?"

"일단 기사부터 올려. 특종이다."

"노해일 몸값 미친 듯이 오르겠구먼, 또."

한국 기자들, 그리고 릴이 누군가와 콘서트하고 싶다고 말한 건 처음이라 외국 기자들도 정신없이 특종을 전달했다. 그래서 그들은 한 가지 놓치고 말았다. 같이 콘서트를 하고 싶다는 제안이 전갈의 머리답지 않게 매우 정중했음을. 그들은 단순히 팬으로서 하는 말이라고 넘기고 말았다.

* * *

"안녕하세요. 리브의 러브레터입니다."

열여섯 살 눈부신 데뷔부터 사람을 울리는 음악으로 앨범을 냈다 하면 차트를 지배하는 음원 퀸, 리브. 그녀에겐 특별한 이력이 하나 있다. 바로, 너튜브 채널이다. 2000년대에 태어난 Z세대가 그렇듯 너튜브의 폭발적 성장과 함께 자란 리브는 너튜브 채널 하나를 가지고 웬만한 너튜버보다 활발한 콘텐츠를 운영하고 있었다. 음원 퀸이란 별명답게 음원 라이브 영상부터 음원 커버, 편곡, 뮤직비디오 등 다양한 음악 콘텐츠를 포함해 요리, 생활 등 브이로그 콘텐츠도 자주 제작했다.

무엇보다 그녀의 채널에서 가장 높은 조회 수를 차지하는 건, 게스트와 함께하는 토크쇼 겸 음악 라이브 코너였다. 단순히 〈이환희의 드로잉북〉을 모방하는 게 아니라 리브가 오랫동안 진행했던 '보이는 라디오'의 시스템을 가져와 만든 리브만의 독특한 라이브 콘텐츠였다. 콘텐츠 명은 '리브의 Love Letter'로 줄여서 'LLL'로 불리기도 했다. 모든 영상이 수백만 조회 수를 차지할 정도로 인기 있고, 리브와 게스트의 개인 일정 때문에 자주 만들어지는 콘텐츠는 아니라서 사람들이 더 기다리곤 했다.

리브의 투어가 끝난 지 얼마 되지 않은 시점이라 아무도 LLL을 기대하지 않았는데 리브의 커뮤니티와 SNS에 역대급 게스트가 나온다는 예고글이 올라왔다. 팬들은 한여름의 크리스마스 선물을 받은 기분이었다. 리브의 팬, 일반 대중 그리고 할 일 없는 사람들이 그녀의 너튜브를 찾아왔다. 그리고 그들이 마주한 건, 대한민국에서 가장 보기 힘들지도 모르는 천연기념물 아니, 열일곱 살의 어린 싱어송라이터 노해일이었다. 검은 머리 뿌리를 다시 탈색하고 깨끗한 백금발로 나타난 소년은 소파에 앉아 촬영장을 두리번거렸는데, 긴장한 기색은 전혀 없었다.

"안녕하세요, 노해일입니다."

카메라에 불이 들어온 걸 확인한 헤일로는 태연하게 인사했다.

[노해일???]

[노해일이 왔다고?]

아무 생각 없이 편안하게 LLL을 보려고 했던 시청자들은 그의 등장에 눈을 크게 떴다. 소년의 콘서트 티켓팅이 최근에 진행된 터라 아무도 예상하지 못했다. 나타나더라도 음방 같은 곳이겠지, 이런 방식은 아닐 거로 생각던 것이다. 누구보다 놀란 건 아무 생각 없이 리브의 방송을 보던 노해일의 팬들이었다.

[리브님 감사합니다 리브님 감사합니다 리브님 감사합니다ㅠㅠ]
[역시 선생님만이 저희의 뜻을 아는군요.]
[부디 저희 달도…]

실시간 반응을 살피는 리브에게 노해일 팬들의 애환과 노고가 솔직하게 다가왔다. 얼마나 힘들지 모르겠지만, 최근 노해일의 콘서트가 830석이란 걸 들은 그녀는 그들의 마음을 조금은 이해할 수 있었다. 리브는 바로 토크를 시작했다.

"최근 제가 투어를 진행하고 있어, 귀국하고 나서야 음원 차트에 들어갔는데요. 아니, 못 보던 곡이 차트 상위권에 생겼더라고요."

리브는 집에 돌아와서 '수박'을 확인하곤 화들짝 놀랐던 기억을 떠올렸다.

"2월 말에 미니앨범을 내고 5월에 싱글 음원 '밤의 등대' 내셨잖아요?"

'영웅의 노래'를 만든 지 얼마 되지 않아 발매된 싱글. 그때도 당황하긴 했지만, 싱글이려니 했다. 그리고 당연히 이번 피처링 요청 때도 싱글인 줄 알았다. 그런데 8월에 정규앨범? 열두 개의 수록곡? 정규앨범을 준비하는 데 얼마나 오랜 시간이 걸리는지 잘 아는 그녀는 당황스러웠다. 너무 당황스러워 신주혁한테 전화를 걸었을 정도였다.

"그렇죠."

"그런데 또, 그것도 정규를⋯. 여러분들 저도 하라고 하는데, 솔직히 말씀드리겠습니다. 전 불가능합니다."

항복의 의미로 리브가 두 팔을 위에 들었다.

자음이 주르륵 채팅창에 올라왔다. 다들 장난으로 받아들인 분위기였으나 그건 리브의 진심이었다.

"어쨌든. 늘 그랬듯이 이번 음원도 너무 좋더라고요. 해일 씨, 정규앨범 〈마이 월드〉에 대해 좀 소개해주실 수 있나요?"

그렇게 사람들이 기다리던 첫 번째 시간이 왔다. 다른 게스트들이 다 하고 가는 앨범 홍보. 그런데 그들과 노해일이 다른 하나가 있다면 노해일의 정규앨범 소개는 이 자리가 처음이었다는 것이다.

"정규앨범 1집 〈마이 월드〉에서는⋯."

타이틀곡 '웰컴 투 마이 월드'의 두 단어를 따서 지은 제목, 〈마이 월드〉. 수록곡의 장르가 천차만별인 것처럼 혼잡하고 불규칙한 그의 세상을 표현했다고 소년이 차근차근 말하자 리브가 호응했다.

"맞아요, 이번에 다양한 음악을 다루었더라고요. 그 앨범에서 해일 씨의 자신감이 딱 느껴졌습니다."

흘끗 시청자 창을 본, 리브는 '언니는 어떤 곡이 가장 좋았어요?'라는 댓글을 읽고 고민했다.

"음, 어려운 질문인데요. 제 최애곡은요."

가장 먼저 떠오른 건, '지그재그'다. '수박'에서 이 곡을 듣고 '그냥 한다고 할걸' 하며 얼마나 아쉬워했는지 모른다. 노해일이 어떤 스타일을 원했는지 잘 보여 무척 아쉬웠다.

그런데… 리브의 입에서 나온 건 다른 제목이었다.

"'웰컴 투 마이 월드' 타이틀곡이 가장 마음에 들더라고요."

시청자들이 묻는다. 이해할 수 없다는 반응들이 많았다. 아무래도 현 음원 1,2위는 '17sec'과 '지그재그'였으니까. 물론, 그 음악들도 다 너무 좋다. 리브가 이유를 설명했다.

"제가 어쿠스틱을 좋아하긴 하지만 그것 때문은 아니고요."

뭐랄까, '웰컴 투 마이 월드'가 가장 노해일의 음악답다고나 할까. '희태의 리프리제', '또 다른 하루'에서 '웰컴 투 마이 월드'로 이어지는 레퍼토리가 그녀의 최애곡이었다.

"그 곡을 들으면서 많은 생각이 들었습니다. 내 세상은 어떠한가 그런 생각도 들고."

또 무엇보다 일렉에서 어쿠스틱으로 전환되던 파트가 인상 깊었다. 그 순간 소년이 제 가면을 벗고 자신을 드러내는 것 같았다. 그때 그녀는 '이 아이가 먼저 자신감 있게 드러냈으니 나도 가면을 벗고 내 진짜 얼굴을 드러낼 수 있겠다'는 생각이 들었다. 아무리 추해도 있는 그대로 받아줄 것 같았다. 소년이 하려던 것은 단순히 자기소개가 아니라 너의 세상을 받아주겠다는 메시지였다. 그녀는 그 메시지를 통해 치유받은 기분이었다.

여전히 동의하기 어렵다는 댓글에 리브가 씩 웃고 검지를 들었다.

"여러분, 제가 하나 자신하겠습니다. 저희 할아버지의 이름을 걸고, 노해일 씨의 타이틀곡 '웰마월'이 가장 롱런하게 될 겁니다."

리브가 웃자 헤일로는 미묘한 얼굴로 고개를 끄덕였다. 리브의 극찬에 팬들은 소년이 부끄러워한다고 생각했지만, 사실은 좀 달랐다.

리브의 콘텐츠는 쭉 이어졌다. 원래는 앨범을 홍보하고 끝나야 겠지만 소년은 한 가지 더 말해야 할 것이 있었다.

"콘서트 말이에요."

그의 첫 번째 콘서트, 대략 2주 후에 진행할 콘서트 '마이 월드' 가 아직 남아 있었다.

"아쉽게도 전 티켓팅에 실패했지만, 그래도 이번 콘서트에 대해 미리 조금 들어보고 싶어요. 여러분들도 알고 싶지 않나요?"

노해일의 데뷔 이후 최초의 단독 콘서트인 만큼 많은 관심이 쏠 렸다. 그러나 하루에 단 830명의 '소수정예'만 들어갈 수 있는 콘 서트다. 보지는 못할지라도 알고 싶은 게 사람 마음이라 어떤 식으 로 진행하고 게스트는 누가 올지, 드레스 코드는 따로 있는지, 굿즈 는 어떻게 구성될지 궁금했다.

곧 노해일은 순순히 입을 열었다.

"이번 콘서트는 장소를 소극장으로 잡은 만큼 관객과의 소통을 목적으로 기획했습니다."

[???]

[소통… 830… 하.]

[다수의 의견보다 소수의 의견을 존중하겠다, 뭐 그런 거임?]

보는 팬들의 속을 뒤집으면서 헤일로는 어디까지 이야기할까 고민했다. 대부분은 콘서트에 와서 보면 되기에 말할 필요는 없을 것 같고, 문득 굿즈에 대해 떠오른 게 있었다.

"사장님, 첫 콘이면 이런 거 꼭 해야죠!"

"저도 갖고 싶습니다."

"아, 기프트를 하나 준비하고 있습니다."

"기프트요? 선물 말씀이죠?"

"네. 콘서트에 와주신 분들을 위한 작은 선물입니다."

"어머!"

리브는 채팅창을 힐끔 훔쳐보았다. 아무도 생각하지 못했는지 잠깐 멈칫했던 댓글 창이 난리가 났다. 가뜩이나 가고 싶었던 첫 콘서트에 못 가는 것도 억울한데, 첫 굿즈라니!

"별건 아닌데…."

"별 게 아니라뇨! 혹시 구성품 물어봐도 될까요?"

헤일로가 생각하기엔 진짜 별거 없었다. 사실, 공을 들인 선물이 하나 있는데 콘서트 때까진 도착하지 않을 것 같아 아쉬웠다. 그 선물은 10월에서 11월쯤 팬 사인회에서 줄 수 있을 것 같았다. 그래서 이번 콘서트 선물은 자필 편지와 포토카드, 앨범 표지가 그려진 엽서와 피낭시에, 쿠키 같은 간식, 마지막으로 음료 등을 준비했다. 음료는 이온 음료와 간단한 와인을 준비하면 어떻겠냐는 헤일로의 제안을 한진영이 미소와 함께 단호히 잘라냈다. 미성년자와 성년을 일일이 구분하기도 어렵고 소극장 콘서트에서 술을 줄 수는 없다는 이유였다.

"여기도… 그러니까 뮤지컬극장에서도 팔던데요."

"헤일아, 그게 우리나라는 아니지?"

영국에서 부모님과 함께 뮤지컬을 보았기에 알지만 한국에서 뮤지컬극장에 간 적은 없어서 대답하지 못했다.

늘 그의 의견을 따르는 남규환도 입을 벙긋거리다가 스무 살이
되면 한번 시도하자고 했다. 물론, 이후 문서연한테 등짝을 맞았다.

"어… 그러니까 이번 콘서트에 자필 편지가 든 선물을 준다는 이
야기죠."

헤일로가 고개를 끄덕임과 동시에 채팅창에 눈물과 욕설이 도
배되었다. 리브의 러브레터 중 욕설이 올라온 적이 없었다. 그러나
리브는 그들의 마음을 이해했기에 이에 대해 뭐라고 하지 않았다.

[ㅠㅠㅠㅠ]
[그런 건 진작… 하하하하하!]
[왜 이렇게 열심히 준비해 이 자식아ㅜㅜ 차라리 콘서트를 연장하라고.]
[하… 암표 얼마더라.]

반응이 너무 뜨거워 잠시 20분 정도 쉬었다가 2부를 시작하기
로 했다.

2부 코너는 사실 시청자들이 가장 기다렸을 소통 코너였다. 라
디오처럼 시청자에게 사연이나 질문을 받고 토크를 하는 콘텐츠
다. 2부 때 종종 공연을 하기도 해서 세션과 악기가 준비되었다. 소
년의 옆에도 기타가 준비되었다.

"자, 그럼 리브의 러브레터 2부를 시작하겠습니다. 첫 번째 질문
입니다. '헤일아, 혹시 기타는 언제부터 배웠는지 물어봐도 될까?'"

예전에 장진수가 헤일로에게 물었던 질문이다. 그때 장진수는
10년 넘었다는 말을 믿지 않았다.

"아마 작년부터?"

틀린 말은 아니었다.

그러나 리브도 물어본 시청자도, 댓글도 모두가 의문을 표했다.

"작년이요?"

노해일의 나이를 생각해보면 이상한 건 아닌데, 리브가 더듬거리며 토크를 이었다.

"그… 그럼 어디서 배웠는지 알 수 있을까요?"

재능을 무시하지 못하겠지만, 그렇게 잘 가르쳐준 선생님이 있을 것이다. 당장 결제하러 간다는 사람들이 귀를 기울였다.

"음….."

헤일로는 그들이 얼마나 애가 타는지 모르고, 천천히 생각했다. 일단 아카데미에 들어간 건 아니었다. 대학도 나오지 않았고, 그에게 노래를 어떻게 불러라 지시하는 사람도 없었다. 누가 헤일로에게 그런 요구를 하겠는가. 그는 그냥 길 가다 보이는 버스킹을 보고, 텔레비전 속의 가수를 보고 그리고 데뷔한 이후에는 인연을 가졌던 많은 사람을 통해 영향을 받았다고 대답했다.

소년의 말에 리브가 잠깐 말문을 잃었다.

[아니ㅋㅋㅋ 거짓말을 좀.]

[근데 저거 구라가 아닌 게 노해일 작년까지 외고 준비하느라 학원 개빡세게 다녔다고 하던데.]

[이거 맞ㅇㅇ 노해일이 다닌 학원이라고 떴었잖아. 특히 쟤 영어 ㅈㄴ 잘하는 거 보고, 영국식 영어 알려달라고 다 몰려갔지.]

[그래서 저 실력이 1년 안에 나온다고?]

[노해일 올해 세 번 컴백했는데 그건 말 되고?]

그렇게 믿기 힘든 질문 타임이 끝났다. 반신반의한 댓글은 여전했지만, 시청자들의 선곡 요청에 밀렸다. 리브가 그중 하나를 읽었다.

"'〈랑데부〉를 재밌게 봤던, 석입니다. 전 개인적으로 신주혁 님과 리브 님의 듀엣곡 '오만과 편견'을 감명 깊게 들었는데 혹시 불러주실 수 있나요?'라고 하셨네요. 어머, 그럼요. 헤일 씨도 할 수 있겠어요?"

"물론이죠."

헤일로는 웬만해서 한 번 들은 곡은 잘 잊어버리지 않고 기억하고 있었다. '오만과 편견'은 오만한 남자와 여자가 화해하는 스토리로 리브가 랩을 해서 화제 되었던 곡이다.

신주혁과 리브가 〈랑데부〉 때 보여준 '오만과 편견'의 커버는 소년의 목소리로 시작되었다. 신주혁이 당시 거칠고 오만한 다아시를 보여줬다면 노해일의 청아한 목소리는 어딘가 사연 있는 남자로 보이게 했다. 무엇보다 모두가 예상했던 것처럼 리브와의 조화는 기대 이상이라 감탄이 도배되었다.

[더더더 불러줘.]
[노해일 평생 노래만 하고 살자ㅠㅠ]
[와 왜 이렇게 목마르지? 들었는데 더 듣고 싶다.]

그리고 다음 선곡을 받으려고 할 때였다. 이모티콘으로 가득 차 있던 댓글에 문득 한 단어가 올라오더니, 새로운 시청자들이 어디선가 우르르 들어오며 '스콜피온'을 언급했다.

[스콜피온이 인터뷰한 거 보셨어요?]

[???]

[와 지금 실시간 검색어가.]

댓글의 80퍼센트가 스콜피온과 노해일로 도배되어 리브가 난처해 하자, 노해일이 먼저 이야기를 꺼냈다.

"한번 봐도 될까요?"

리브가 흔쾌히 고개를 끄덕였다.

시청자들이 알려준 주소를 누르자 짧은 영상이 연결되었다. 30초 정도 간결한 클립이지만 내용은 확실하게 전달되었다. 왜 사람들이 몰려와, 보라고 했는지.

[로, 당신이 내 콘서트에 와줬으면 좋겠어요. 이왕이면 무대 위로.]

두 스타가 동시에 입을 다물었다.

리브가 흘끗 소년을 보니 다행히도 당황한 것 같지 않았다. 무표정으로 영상을 바라보고 있었을 뿐이었다.

헤일로는 사실 그리 심각하게 생각하지 않았다. 그저 '알았나 보네' 하는 생각이 머릿속을 스쳐 지나갔을 뿐이다. 어떻게 알았는지 별로 궁금하진 않았다. 귀가 달렸으니 알겠지 싶었다. 그것보단 대놓고 자신에게 메시지를 날린 것이 인상 깊었다.

소년이 별로 놀라지 않고 웃고만 있자, 리브는 혹시나 하고 물었다.

"음, 혹시 아는 사이에요?"

그러자 소년이 순순히 답했다.

"예전에 마주친 적이 있어요. 트래펄가 광장에서."

"영국에서요? 어머, 어떻게 그런 우연이. 원래 스콜피온의 팬이

266

었나요?"

"아니요, 그런 건 아니고. 그냥 좀 싸웠어요."

"예?"

리브는 자신의 콘텐츠지만 지금 너무 흥미진진해서 멈출 수가 없다.

"기타로요."

"아."

무슨 생각을 했냐는 듯 소년이 눈을 접으며 미소 짓자, 리브가 어색하게 웃었다. 그녀는 진짜 주먹다짐이라도 한 줄 알았다.

헤일로는 그때를 회상했다. 그의 곡을 연주하면서 다섯 번이나 틀려놓고 안 틀린 척하길래 제대로 짚어주었다. 그러고 나니 다음 날까지 멤버로 들어오라고 했다. 거절하긴 했지만 재미있던 기억으로 남아 있었다.

[기타로 쥐어팼다는 소리는 아니죠?]

[조금 더 자세히 말해주세요. 그래서 어떻게 됐는데!]

[노해일! 야!!!]

이야기를 더 들려달라는 목마름의 댓글은 아쉽게도 헤일로에게 닿지 않았다. 헤일로는 그에게 정면으로 온 메시지를 무시할 성격이 아니었다.

"어떻게 할 생각이에요?"

그리하여 이 인터뷰에 대한 답은? 헤일로는 검지로 엄지를 툭툭 두드리다가 말했다.

"음… 생각해보겠습니다."

그것이 노해일의 공식적인 답변이 되었다.

리브와 노해일은 콘텐츠를 재개했다. 그들이 서로 네 곡 내 곡을 부르자 감미로운 음성에 스콜피온 이야기는 잦아들었다. 물론, 그렇다고 반응이 완전히 죽은 건 아니었다. 영국의 톱 밴드인 스콜피온과 노해일의 인연에 대한 호기심은 멈추지 않았다. 한국에서 마이너한 메탈 음악이라도 스콜피온은 월드 클래스, 그리고 헤일로는 변방의 라이징스타이니 사람들은 그 인연이 보통 궁금한 게 아니었다.

[노해일 내수용 아니었어?]
[그러니까 노해일 콘서트 보려면 스콜피온 콘서트 가면 된다는 거지?]

시끄러운 이슈와 뉴스들이 9월 내내 계속됐다.

> 영국 톱 밴드와 한국 소년의 운명적인 만남
> 그날 트래펄가 광장에서 무슨 일이 있었나?
> 스콜피온의 머리, 릴 "로, 내 무대에 와."

8. 첫 단독 콘서트

마침내 9월 21일, 노해일의 소극장 콘서트 '마이 월드'의 막이 올랐다.

"오늘 하루 고생하겠어."

연국대 창립기념관 앞, 교직원은 학교 축제만큼 빽빽한 인파를 보며 혀를 내둘렀다. 무대 진행 업체 쪽에서도 나왔지만, 몰린 사람들의 수가 예상보다 많이 웃돌았는지 정신이 없어 보였다. 830명의 관람객만 온 게 아니라 멀리서라도 노해일을 보기 위해 온 팬, 티켓을 얻지 못했지만 기사라도 쓰기 위해 온 기자들, 게다가 수업이 끝난 재학생까지 학교에 남아 콘서트홀을 기웃거리고 있었다.

"제발 티켓 팔아주실 분 없나요?"

성냥팔이 소녀만큼 간절한 몇몇이 행렬을 오가며 빌었다. 입장하기 위해 줄을 선 사람들이 고개를 돌려 그들을 외면했다. 그들의 간절함을 공감하지만 티켓을 양도할 수는 없었다. 그나마 암표로 올라왔던 티켓도 '리브의 러브레터' 이후, 정확히 선물의 존재가 알려진 후 싹 사라졌다. 누가 산 건지, 아니면 암표상이 매매를 포기한 건지는 아무도 몰랐다.

시간이 여지없이 흐르고, 손목시계를 보던 스태프들이 서로를 향해 고개를 끄덕인 후 누군가 외쳤다.

"입장을 시작하겠습니다."

콘서트홀의 문이 열리자 입장줄이 술렁거리고, 기자들의 카메라에서 플래시가 팍팍 터졌다.

"다들 컨디션 어때?"

한진영의 질문에 대기실에는 잠시 정적이 내려앉았다.

"설마 긴장한 거야?"

"아니요, 무대 한두 번 한 것도 아니고."

새삼스럽지도 않다고 문서연이 주먹을 불끈 쥐었다. 물론 그녀 스스로만 책임지면 되는 무대가 아니다. 모두 함께 만들어가는 무대에 책임감이 묵직하게 다가왔다. 문서연은 깊게 숨을 삼켰다.

"넌?"

"언제나 그렇듯 '태양'의 명예를 실추시키지 않도록 최선을 다하겠습니다."

남규환이 소녀를 향해 충성 자세를 취했다. 평소와 같은 모습에 문서연이 피식 웃었다.

"해일이는?"

소파에 앉아 있는 소년을 향해 한진영이 물었다. 사실 한진영이 가장 듣고 싶었던 건, 소년의 대답이다. 한때 밴드로 성공하고자 했던 한진영은 '단독 콘서트'라는 것이 얼마나 큰 의미인지 잘 알고 있었다. 거리 공연이나 콘서트 게스트로 간 것과는 차원이 다르다. 그 질문에 긴장했어도 전혀 이상하지 않을 소년이 입꼬리를 올리며 씩 웃었다. '내가 긴장을?'이라고 되묻는 듯했다. 사실 한진영도 소년이 긴장하는 그림은 전혀 상상하지 못했다.

"형은요?"

"글쎄, 좀 긴장되려나?"

한진영의 대답이 의외였는지 문서연과 남규환의 시선이 그에게 닿았다. 그리 긴장한 모습은 아니었다. 이번 콘서트는 노해일에게만 첫 단독 콘서트가 아니라 한진영에게도 첫 콘서트다. 그가 예전에 바라고 바라왔던 일이다. 그래서 긴장하는 게 당연하다. 그런데….

"긴장해야 할 것 같은데 이상하게 긴장이 전혀 안 되네."

그 말에 문서연과 남규환의 얼굴이 밝아졌다. 그들은 서로가 의지가 되기에 한진영이 그렇게 대답할 거라고 여겼다. 틀린 건 아니지만 사실 다른 이유가 있었다.

"이미 너무 큰 무대를 겪어봐서 그런가봐."

"이것보다 더 큰 무대요?"

"언제 다른 공연에도 가셨어요?"

이건 한진영에게 못 들었던 이야기라 문서연과 남규환은 의문을 표했다. 저희들의 세상을 소개하겠다는 명목으로 많은 이야기 꽃을 피웠던 여름날에도 그는 이런 이야기를 하지 않았다. 소년 역시 궁금해하자 한진영은 소년을 보며 미소 지었다.

'아마 넌 모를 거다. 예전 어느 겨울날 보았던 거리 공연이 나에게 얼마나 큰 의미가 되었는지.'

빌보드 가수의 훌륭한 공연이 그의 하루를 바꿔놓았다면, 그 겨울날 홍대에서 보았던 어느 소년의 무대는 그의 인생을 바꿔놓았다. 수만 명의 관객도, 꽉 찬 오디오와 훌륭한 세션도 하나 없는 무대였지만, 그 무대는 그의 인생에서 가장 커다란 무대였다. 누구도 그보다 멋진 무대를 만들지 못할 것이었다.

"내 인생에서 가장 큰 무대였지."

한진영의 대답을 들은 이들은 굳이 어떤 무대였냐고 묻지 않았다. 스태프가 무대 시간이 되었음을 알렸기 때문이다. 서둘러 나가려는 찰나, 느긋이 자리에서 일어난 소년이 한진영에게 말했다.

"그거 오늘부터 바뀌겠네요."

"응?"

"인생에서 가장 큰 무대요."

"어!"

"앞으로도 그럴 테고."

당연하다는 듯 말하며 헤일로가 유유히 나가자 문서연과 남규환이 웃으며 그 뒤를 따라간다. 한진영은 당당한 뒷모습을 보며 하하 소리를 내며 웃었다.

"어쩌면 그럴지도 모르겠네."

한진영의 인생에 있어서 가장 눈부신 무대를 보여줬던 소년이라면 어쩌면 가능할지도 모르겠다고 생각했다.

"우리 모두 파이팅 할까요?"

"파이팅."

"영혼 좀 담아줄래?"

네 개의 주먹이 탁 부딪혔다.

사람들은 입장하며 받은 기프트 박스가 담긴 예쁜 쇼핑백을 하나씩 품에 안은 채 객석을 채웠다. 마음 같아선 당장 풀어 안에 있는 내용물을 보고 싶은데, 막상 풀려고 하면 이대로 간직하고 싶다는 마음이 들었다. 간식으로 준 음료수와 피낭시에 쿠키마저 손을 댈 수 없었다. '그냥 이대로 대대손손 물려주면 안 될까?' 하며 관객들이 내적 갈등을 하고 있을 즈음 무대 알림음과 함께 천장의 조명이 탁탁 꺼지기 시작했다.

세상이 어둠에 잠겼을 때 익숙한 선율이 들려왔다. 노해일의 데뷔는 미니앨범 〈또 다른 삶〉이지만, 진정한 데뷔곡이라고 할 수 있는 그 곡에 사람들이 비명을 질렀다.

'설마 이것부터 불러줄 줄 몰랐는데!'

〈오늘부터 우리는〉의 희태 테마곡 '반복되는 삶'의 멜로디가 들려오자, 관객들은 드라마의 엔딩을 떠올리며 벌써 눈시울을 붉혔다. 그들은 변주 버전인지 아닌지는 아직 몰랐지만 아마 변주 버전을 부르지 않을까 기대했다.

나는 그렇게 또 눈을 감고 달아오른 햇빛에 녹아드네

마침내 소년의 목소리가 들려오자 객석 모든 이들의 심장이 쿵쿵 뛰어댔다. 비명을 지르던 사람들은 조금이라도 소년의 목소리를 더 잘 듣기 위해 가까스로 입을 막았다. 그러나 그들은 곧 다시 비명을 지를 수밖에 없었다. 무대의 조명이 밝아졌을 때 그들의 눈에 들어온 소년이 간절하게 노래를 부르다가 인사를 하듯 한 손을 흔들었기 때문이다. 그 인사는 절대로 희태 성격에 나올 인사는 아니었다. 다른 불량배 같은 등장인물이라면 모를까. 소년은 연기할 생각도 없어 보였고, 연기 스킬도 형편 없었지만 관객에겐 이 자체로 충분했다. 희태와 같은 교복을 입고 있는 소년 자체로.

인간에게 상상력이 있으니 희태가 성격이 더 능글맞게 변했다고 생각하면 될 터였다. 중요한 건 노해일이 지금 교복을 입고 있다는 것. 누구도 노해일이 교복 입은 모습을 본 적이 없다. 중학생 때 사진이 남아 있긴 하지만 이는 데뷔 이전의 기록일 뿐, 데뷔 이후 고등학교에 입학하지 않았으니 교복을 입을 일이 없었다.

고등학생 나이인 노해일이 교복을 입어주길 내심 바랐던 팬들은 눈물을 흘렸고, 드라마 팬들은 당당하다 못해 불량아가 된 희태의 성장(?)에 소리 없는 아우성을 질렀다. 노해일의 세션 역시 교복을 연상케 하는 옷을 입었다. 교복 치마에 체육복 바지를 껴입은 키보디스트 문서연, 품이 큰 와이셔츠를 입은 베이시스트 한진영과 와이셔츠를 걸치고 안에 검은 반팔 티를 입은 퍼커션 남규환, 그리고 교복 와이셔츠를 빼서 입고 넥타이도 반쯤 풀어헤친 노해일까지 교복을 제대로 갖춰 입은 사람은 아무도 없었다.

이어서 노해일의 미니앨범인 〈또 다른 삶〉의 타이틀곡 '또 다른 하루'가 들려왔다.

누구와도 다르지 않은 하루야

청아한 목소리가 귓속을 간질인다. 사람들의 뇌리에 울리던 소음이 사라지고 소년의 목소리만 남았다. 이 자체로 곡의 제목처럼 또 다른 하루가 시작되고 있었다.

"안녕하세요, 노해일입니다."

드라마 OST 한 곡, 1집 미니앨범 〈또 다른 삶〉의 수록곡 세 곡, 그리고 1집 정규앨범 타이틀곡 '웰컴 투 마이 월드'를 연속으로 부르고 난 후 소년이 마이크를 잡았다.

"제, 첫 번째 콘서트에 와주셔서 감사드립니다."

공연을 방해하지 않도록 절제했던 함성이 고삐를 푼 듯 우렁차게 들려왔다. 박수 소리까지. 그리고 헤일로는 보았다. 음악방송에서 팬들이 북두칠성을 만들어주었다면 여기에선 더 많은 별이 빛나고 있었다. 옅은 노란색의 은은한 불빛이 관중석에 가득 채워져 은하수처럼 일렁거렸다. 더는 북두칠성을 보긴 힘들겠지만, 괜찮았다. 그는 길을 잃지 않은 채 앞으로 잘 나아가고 있으며 무수한 별빛들이 그의 길을 밝혀주었다. 그걸로 충분했다.

"그리고."

헤일로는 오늘 하루를 구성할 정규앨범 〈마이 월드〉의 뜻을 떠올렸다.

"제 세상에 온 걸 환영합니다. 웰컴 투 마이 월드!"

헤일로는 방금 불렀던 곡의 제목을 다시 입에 담았다. 사람들이 또다시 환호성을 질렀다. 반응은 좋았지만, 그는 제 멘트에 닭살이 돋는 걸 느꼈다. 멤버들이 반드시 해야 한다고 해서 하긴 했는데 내일부터는 역시 하지 말아야겠다고 생각한다.

"오늘은 제 첫 번째 콘서트의 첫 번째 날인 만큼 어떻게 무대를 만들어나갈까 고민했습니다. 많은 분이 도와주겠다고 하고 괜찮은 무대에 대한 아이디어들이 나왔습니다."

리브에게 게스트 제안을 하기 전에 역으로 많은 제안이 들어왔다. 그중에 그가 자주 연락하는 사람도 있었고, 잠깐 대화하거나 스

쳐 지나간 사람도 있었다. 헤일로는 반드시 친한 사람만 무대에 초
대할 만큼 배타적인 성격은 아니었다. 게스트 제안은 곧 또 다른 인
연의 시작이기에 그의 공연에 신인을 데려오기도 했고, 뜬금없이
마술사나 거리예술가를 초대하기도 했다. 그래서 이번에도 그렇게
할까 생각했는데, 문득 노해일의 첫 번째 단독 콘서트이자 첫 번째
날인 만큼 홀로 무대를 채워도 괜찮을 거라는 생각이 들었다.

"내일부터 여섯 번째 무대까지는 여러 게스트 분들이 오셔 특별
한 무대를 만들 예정입니다. 그러니까 오늘은."

헤일로는 가만히 그의 말을 듣는 사람들을 보며 악동처럼 씩 웃
었다.

"저만 바라보세요."

소년의 문장은 마법과 같았다. 미남 미녀가 많은 연예계에서 평
범한 축에 속하는 소년의 외모가 오늘따라 유독 특별해 보였다. 무
대의 조명, 의상, 소년의 노래, 소년의 멘트. 그들이 소년을 보러 온
것이기에 소년을 바라봐야 하는 건 맞겠지만 그 문장 한마디에 빨
려 들어가는 기분이 들었다. 소년의 핑거스냅과 함께 무대의 조명
이 다시 꺼지고, 세션의 음향이 웅장하게 들려오기 시작한다. 소년
의 이름이 대중에게 각인되게 한 '영웅의 노래'다.

노해일의 콘서트는 시작하기 전부터 많은 관심이 쏠렸다. 티켓
팅 전쟁부터 인터넷에서 벌어진 불판은 다 그 결과물이라고 할 수
있었다. 노해일의 콘서트에 대한 예측 또한 그 결과물 안에 있었다.
노해일의 콘서트에 초대받을 게스트 리스트는 그가 참여했던 방송
과 SNS에 노출된 행적을 통해 만들어졌다. 신인 인맥치고는 참으
로 화려해 사람들은 노해일 콘서트에 볼 게 많을 거라고 기대했다.

또한 누구나 쉽게 세트리스트(setlist)를 예측하기도 했다. 최소 2시간으로 구성된 공연인 만큼 그 시간만큼 곡을 채워야 하는데 노해일이 올해 데뷔한 관계로 그의 앨범 수록곡을 모두 합치더라도 콘서트에서 부르게 되는 곡보다 수가 적었다. 그래서 누군가는 노해일은 필연적으로 게스트 초대에 집착하게 될 수밖에 없다고 말했다. 그러나 지금 콘서트 가장 앞줄에 앉은 행운아는 생각했다.

'쟤가 게스트에 집착할 거라고?'

예측처럼 콘서트 세트리스트는 노해일의 전 곡으로 구성되어 있지만, 곡이 적으면 어떤가 노해일의 재능은 보컬만이 아니니 걱정없다. 〈랑데부〉 2화에서 소년은 콘서트 무대에서 낡고 해졌을 오래된 음악들을, 어쩌면 시대를 거쳐 조금 촌스럽게 느껴질지도 모를 곡들을 너무나 아름답게 편곡해 커버했다. 아마 이 곡들은 소년이 가장 좋아하는 음악들일 것이다.

사람들은 노해일의 시작과 현재를 이루는 그의 앨범 전체 수록곡을 들으면서, 그리고 그 사이사이 들어간 커버곡을 들으면서 소년의 오프닝 멘트를 이해했다. 오늘 콘서트의 시작과 끝이 이 소년의 세상을 이루고 있었던 것이다. 그리고 점점 절정에 이르러 어쿠스틱 버전의 '17sec'과 '지그재그'를 들으면서 규칙도 형식도 없는 이 아름다운 세상이 멈추지 않기를 갈구했다. 들을수록 목이 마르고 아쉽다. 눈 깜빡거리는 1초조차 아쉬워 죽을 것 같았다. 노해일의 공연을 꼭 보라고 했던 누군가의 말을 이제 이해했다. 그리고 이 좋은 걸 먼저 누린 그들에게 질투가 났다.

마지막 곡이 들려왔다. 모두가 마지막 곡이라 인지한 것은 시간을 확인했기 때문이 아니었다. 이것이 세상에 나온 소년의 곡 중 아직 부르지 않은 남은 한 곡이었기 때문이다. 앞서 부르지 않았던 소년의 싱글 '밤의 등대'. 이 곡에는 특별한 응원법은 없다.

어두운 밤에 나아가는

하지만 응원봉의 빛이 반짝거리기 시작했다. 무대에선 소년이 든 응원봉처럼 혹은 어부들에게 길을 알리는 등대처럼.

별들의 항해를 따라

아쉬운 만큼 응원용 봉을 흔든다. 이 행복한 시간이 영원하길 바라면서. 그건 소년도 마찬가지다. 막이 다가오는 무대가 이대로 끝나지 않길 바랐다. 그냥 이대로 영원히. 시간이 멈추기를 바랐다. 곧 절정에 치달아야 할 소년의 노래가 어느 순간 이어지지 않는다. 소년은 무대 한가운데 가만히 서서 빛의 물결을 바라보고 있었다. 원래라면 사고지만 멤버들은 소년이 마무리할 때까지 기다리겠다는 듯 반주를 이어갔다. 반주가 반복되고 반복되고 반복되었을 때, 소년이 결국 행복하게 웃으며 그의 첫 번째 콘서트를 완벽하게 마무리 지었다.

등대가 되어 비추어줄게

* * *

'노해일 콘서트 티켓 삽니다 제발ㅜㅜ'이라는 제목의 게시글이 노해일의 팬 카페에 올라왔다. 여느 커뮤니티나 당근슈퍼에서 흔히 볼 수 있는 제목이었다. 하지만 이 게시글은 다른 글과 달리 엄청난 관심을 받았는데 노해일 팬카페에 올라왔기 때문은 아니었다. 단순히 자유 게시판이나 문의 게시판에 올라왔다면 묻히고 말았을 것이다. 이 게시글에 수백 개의 댓글이 달린 이유는 첫째, 이 제목 뒤에 달린 '후기'라는 단어가 모두의 시선을 빼앗았기 때문이고, 무엇보다 노해일 첫 콘서트의 첫날이 끝난 지 몇 시간이 되지 않은 지금, 830명의 선발대 중 첫 번째로 올라온 소극장 콘서트 '마이 월드'의 후기였기 때문이다.

[노해일 콘서트 티켓 삽니다 제발ㅠㅠ (+후기)
나 이번에 달 공연 처음 봤는데… 본인 지방러라 버스킹도 못 보고 게릴라 콘서트도 못 봐서 이번에 이 악물고 티켓팅 했거든. 근데 진짜 왜 달 공연 꼭 보라고 했는지 이해되더라. 너희들만 이런 거 보고 살았냐? 이 나쁜 놈들ㅜㅜ 맥세권 스세권보다 부러운 달세권ㅜㅜ 솔직히 서울 살면 지방러들한테 콘서트 객석 양보해야 한다ㅇㅈ?
아무튼 공연 6시 20분부터라 2시간 전에 연국대에 갔어! 사실 캠퍼스 구경도 좀 하려고 했는데 콘서트홀 가니까…. ㄹㅇ 거짓말 안 하고 벌써 사람 많더라. 근데 그중 반은 티켓 구하는 사람들ㅋㅋㅋㅋㅋ 팔겠냐ㅋ 연국대 재학생들도 와서 기웃거렸는데 괜히 어깨 으쓱해지더라. 나, 노해일 콘서트 티켓 보유자.
벌써 줄 있길래 나도 그냥 섬. 진짜 설레서 2시간 금방 지나갔음. 그리고 입장과 함께 받은 대망의 선물(기프트…jpg) 리브의 러브레터 나와서 별거 아니라면서 근데 퀄리티가 미침. 웬만한 굿즈보다 나은데? 포장 보이냐? 선물 상자도 앨범이랑 똑같은 문양 박고 하얘서 손도 못 댔다. 때 타면 어떡해. 퀄리티만 보면 무슨 앨범 스페셜 에디션이라고 해도 손색없을 듯. 그리고 노래 부를 때 먹어도 된다고 준 쿠키랑 피낭시에, 그리고 주스… (jpg) 분명 먹으려고 했는데 정신 차리니까 집이네.

얼마 안 있어 무대 조명이 탁 꺼짐. 그때 영화 광고보다 더 들떠서 기대 200퍼센트였는데 해일이 목소리가 귀에 그대로 꽂힘… 와! 왜 사람들이 달 입덕은 공연에서부터라고 했는지 이해했다. 진짜 다르더라. 음원이 다 담지 못하더라. '반복되는 삶(〈오늘부터 우리는〉 OST)'이랑 '또 다른 하루' 듣는데… 다시 들어도 씹명곡.

근데 더 좋은 건 무대 조명 탁 들어왔을 때 보인… 교복 입은 해일이!!!!!! 교복 바지에 와이셔츠, 그리고 넥타이 차림이었는데 다들 비명 지름. 이게 뭐라고 비명 지르냐고 하는데 진짜 달이 교복 입어줄 줄 몰라서 충격 대반전이었어. 넥타이 불편했는지 헐겁게 매고 노래 부르다 씩 웃으며 손 흔들어 주는데 무슨 하이틴 드라마 보는 줄. 그러고 나서 '웰마월' 불러주는데… 이거 타이틀곡 맞아! 왜 게릴라 콘서트 때 '웰마월'로 난리 났는지 바로 이해.

세 곡 불러주고 했던 오프닝 멘트도 미쳤어. 달 이거 첫 콘 아냐? 무슨 10년 차 가수처럼 해일이 진짜 여유롭게 쓱 둘러보면서 인사하고 오늘 무대 소개하는데 그때 노해일이 진짜… 오늘 게스트 안 온다고 "저만 바라보세요" 이러는데 난 그때부터 ㄹㅇ 해일이밖에 안 보임. 난 처음에 달 노래도 잘하는데 외모도 귀엽고 훈훈하네 이 정도로 생각했는데 와… 지금은 그냥 해일이 개잘생겼어. 너무 좋아. 평생 보며 살고 싶어 지금 미친 듯이 인터넷 서핑 중인데 달 사진 왜 이렇게 없냐?

이어서 달 '영웅의 노래'부터 옛날 노래 커버하는데! 구성도 너무 좋고,

사실 처음 듣는 노래도 있었는데 그냥 와 하고 입 연 채로 들음. 한순간
한순간이 다 좋음. 그냥 평생 달 노래만 듣고 싶었어.

내 원래 최애곡인 'Zigzag'와 '17sec' 어쿠스틱 버전으로 들려줄 때쯤 해
일이 답답했는지 넥타이 아예 풀어헤치고 집어던짐… 그리고 점점 해
일이 곡들 줄어들고, 마지막으로 아직 안 불러줬던 '밤의 등대' 불러줬거
든?? 개인적으로 그때가 진짜였어. 다들 아쉬워하면서 진짜 온 힘을 다
해 응원봉을 흔드는데 해일이가 노래를 멈추고 어느 순간 우리를 가만
히 보고 있는 거야. 그때 딱 뭐랄까 우리가 아쉬운 만큼 해일이도 아쉽다
는 게 느껴지고 행복함도 느껴지고 그러면서 뭔가 해일이 어딘가로 사
라질 것 같은 느낌이라 더 열심히 응원봉 흔들고. 마지막 가사 내뱉으며
해일이 웃는데 그때 이상하게 눈물이 핑 돌더라. 하나도 안 슬픈데 왜 눈
물이 났던 걸까?

+) 앙코르도 완전 좋았어. 해일이가 사람들 신청곡 받아서 불러줌 이때
떼창도 하고 분위기 장난 아니었어 ㅋㅋㅋㅋ

++) 아, 콘서트 둘째 날부터 여섯째 날까지는 스페셜 게스트있대. 근데 난
오늘 게스트 없는 무대도 너무 좋아서 진지하게 막콘 티켓 팔아줄 사람?

+++) 지금 막 생각났는데 달 '고백'은 안 불렀네. 앙코르 때 불러달라고
할걸.]

장문의 후기에 댓글이 수백 개가 달린 건 이상한 일이 아니었다.

실제로 노해일이 교복을 입은 인증샷이 올라오자 티켓팅을 실
패한 사람들도 앞으로 콘서트를 볼 사람들도 모두 제정신이 아니
었다. 그러나 공연 당일 취켓팅의 가능성은 크지 않았으며 암표고
뭐고 올라올 시간도 없이 노해일의 소극장 콘서트 둘째 날이 시작

되었다.

대부분이 예측했던 노해일의 화려한 인맥, 아니 스페셜 게스트 목록에 처음으로 체크가 된 건 결국 신주혁이었다. 리브와 함께 한식집에서 만난 날 식사를 하며 "나는?"이라고 물어보는 신주혁을 첫 번째 스페셜 게스트로 초대했다. "안녕하세요, 신주혁입니다"라고 인사하며 그가 무대에 섰다. 그의 등장에 사람들의 분위기가 달아올랐다. 거기에 더해 임팩트를 더한 건 첫날과 달리 첫 곡을 '17sec'으로 한 노해일과 게스트로 등장한 신주혁까지 록스타에 어울리는(?) 라이더 차림이었다는 것이다. 교복 입은 노해일을 기대했던 사람들은 시크한 가죽 재킷과 록 분위기에 비명을 질렀다.

콘서트 첫날이 어쿠스틱 위주에 응원봉을 흔드는 게 주류였다면 둘째 날은 떼창과 환호성 비명과 박수로 화려하게 배턴을 이어받았다. 사람들이 스페셜 게스트를 기대했던 이유라고 할 수 있는 토크 시간도 즐거웠다.

"노해일 씨의 콘서트 '마이 월드'에 초대해주셔서 감사하고, 또 여러분들을 만나 뵙게 되어 굉장히 반갑습니다."

신주혁은 사적으로 만날 때보다 예의를 갖췄지만 여전히 장난기가 넘치고 유쾌했다.

"제가 사실 노해일 씨 콘서트의 게스트가 되기까지 정말 고단했는데요. 그렇죠 해일 씨? 그래도 노해일 씨는 평소 아끼는 후배이자 같이 작업하고 싶은 동료이며, 또 여러 가지로 배우고 싶은 점이 많은 친구라 기분 좋은 걸음을 할 수 있었습니다."

팬들에게 무엇보다 인상이 깊게 남은 건 아무럼 노해일의 인간관계다. 다른 연예인보다 노출이 적은 관계로 평소에 노해일이 누구와 친하고, 어떻게 떠드는지 엿보고 싶었던 팬들은 만족할 수 있었다.

"제가 한 곡을 들려드리고 인사드릴 텐데, 이번 곡은 제 데뷔곡인 '투 더 그래이브(To the grave)'입니다. 노해일 씨, 혹시 아시나요?"

"…."

"몰라?"

"알고 있습니다."

헤일로는 리허설 때 들어서 알고 있긴 했다.

소년의 느린 대답에 신주혁이 의심스럽게 바라보고, 객석에서 웃음소리가 났다. 예의를 갖추면서 그 사이사이 보이는 친밀감을 사람들은 기분 좋게 받아들였다. 그래도 가장 좋은 건, 뭐니 뭐니 해도 공연이다. 신주혁이 게스트인 만큼 노해일은 신주혁의 곡을 여러 번 커버했는데, 특히 예전 라디오에서 조금 들려주었던 '세션 33' 커버 완주가 전율을 일으켰다.

콘서트 셋째 날, 두 번째 게스트로 온 리브는 콘서트 게스트로 초청하고 싶은 연예인 1위에 뽑힌 것처럼 훌륭하고 부드러운 게스트의 면모를 보여줬다.

"다들, 〈랑데부〉 때 아마 제가 해일이를 알게 됐다고 생각하시던데, 사실 아닙니다. 제가 해일이 음악을 처음 들은 건 희태의 테마곡 '반복되는 삶'부터였고, 1집 미니앨범 〈또 다른 삶〉 수록곡을 들은 이후 '아 이 친구 음악 내 취향이다. 같이 컬래버 하고 싶다'고 생각했어요."

정중하고 솔직한 멘트로 팬들에게 뿌듯함과 공감을 전달했다.

"운이 좋게 〈랑데부〉에서 만났었고. 그리고 여기까지 초대되었네요. 다음에는 같이 꼭 컬래버하는 거로."

리브가 약속하라는 듯 새끼손가락을 내보이자 소년이 고개를 끄덕였다.

"그리고 저의 개인적인 바람이지만 편하게 그냥 누나라고 불러줬으면 좋겠어요."

팬들이 누나라고 부르라고 하지만, 소년은 고개만 끄덕이며 "네"라고 대답할 뿐 누나라고 부르진 않았다. 그건 한 가지 포인트일 뿐 진정한 포인트는 두 가수의 음색이었다. 사람들이 잘 어울릴 거로 생각했고, 두 가수도 서로 잘 맞을 거라고 예상했던 것처럼 듀엣으로 부른 '지그재그'와 '오만과 편견'이 시너지를 일으켰다.

각각의 개성을 가진 게스트와 그 게스트로 꾸려나가는 각각의 콘서트는, 하나하나 다른 매력이 있었다.

첫째 날은 단독 콘서트로 교복룩에 어쿠스틱, 둘째 날은 신주혁과 라이더룩에 록, 셋째 날은 리브와 파티룩에 듀엣과 재즈, 넷째 날은….

"안녕하세요, 여러분. 신나박이의 '이'를 맡은 이성림입니다."

절절한 발라드 가수로 손꼽히는 이성림까지. 초호화 게스트 라인업이었다. 라인업은 노해일의 인맥만 보면 모두가 예상했던 거지만, 원래 아는 맛이 더 무섭다고 원했던 조합이라 아쉬워하는 사람은 하나도 없었다. 오히려 '오늘이 레전드'라는 후기가 늘어나며 노해일 콘서트 티켓에 대한 수요가 증가했을 뿐이다.

[매일매일이 레전드면 어느 게 제일 레전드임?]

└ 콘서트 두 번은 봐야 비교를 하지 ㅋ 이번에 올콘러 아무도 없어서 비교 불가능.

[와 오늘은 콜드브루가 왔네. 휴식기일 텐데.]

└ 심지어 다들 친해지고 싶다고 ㄷ ㄷ

└ 노해일도 연예인들의 연예인 이런 느낌인가?

└ 연예인의 연예인은 모르겠고, 가수들의 가수는 맞는 듯.

[해일이 퍼포먼스 곡도 보여줬으면 좋겠다.]

└ 노해일 춤 잘 춤? 한 번도 못 봤는데.

헤일로는 춤은 안 췄지만 퍼포먼스 곡을 편곡해서 부르긴 했다. 콜드브루를 한 번에 뜨게 했던 '별다방에서 오늘'을 포함해 사람들이 잘 모르는 그들의 수록곡을 편곡해서 부르자 콜드브루 전 멤버들은 정말 감동한 얼굴이었다. 영상으로 남기지 못한 게 아쉬울 뿐이었다.

[와 콜드브루 노래 이렇게 좋았음?]

└ 방금 '수박'에서 들었는데 그냥 다른 노래던데 가사만 같음.

└ 콜드브루 자기 콘서트 때도 안 부르는 노랜데 이걸 이렇게 편곡하네.

└ 제발 음원으로 올려줘 해일아ㅠㅠ

[(정보) 노해일은 기존 세트리스트는 몰라도, 커버곡은 단 한 번도 겹치지 않았다.]

└ ㅅㅂ… 겹쳐도 배가 아픈데.

└ 근데 쟤 진짜 노래 다 잘 부른다. 아이돌 곡을 저렇게 잘 부르네. 모두가 한 번쯤 경험해보지만, 단체 곡은 숨 쉴 구간이 없어서 혼자 부르면 숨

턱 막히던데.

└ 저기 갔던 콜드브루 팬이 오열하면서 자기 팬카페에 올렸더라.

[콘서트 왜 일주일밖에 안 하냐고 제발 연장 좀.]

└ 네가 그 830명 안에 들 거라 생각하나 보지?

[진지하게 우리나라 인터넷망 해킹해서 하루 동안 마비시키면 안 되냐?]

└ 너는?

└ 나 어차피 외국 살아서 노상관인데.

└ 이너파크는?

└ 앗!

어딘가에서 테러리스트가 생기고 사라지는 사이 노해일 소극장 콘서트 '마이 월드'의 마지막 날이 도래했다.

"오늘이 마지막이구나."

"첫콘한 게 어제 같은데 벌써 마지막이라니."

멤버들은 전체적으로 싱숭생숭한 기분이었다. 힘들긴 했어도 만족감이 더 큰 무대의 마지막. 이번이 마지막은 아니겠지만 무대가 전달하는 카타르시스가 너무 커서 헤어지기 싫다는 기분이 들었다. 그리고 이는 콘서트의 주인공인 소년이 가장 그럴 것이다.

"오늘은 계획대로 할 거죠?"

"'계획대로'라는 말이 맞는진 모르겠지만, 원래 하려던 대로."

"제가 모르는 노래가 나오면 어떡하죠?"

"바꿔야지 않을까?"

세트리스트는 그대로 가져가지만, 오늘은 커버곡이 조금 특별할 예정이다. 마지막 콘서트인 만큼 준비한 오늘의 콘서트는 관객들의 사연을 미리 받아 그들이 원하는 곡을 불러줄 예정이다. 그러니까 오늘 게스트를 초대하지 않았지만, 초대하지 않은 것도 아닌 셈이다. 오늘의 스페셜 게스트는 그의 콘서트에 온 모든 관객이다. 무대 위에서 그들의 신청곡이 담긴 공을 뽑을 것이다.

"무대 준비해주세요."

멤버들이 앞서 나간다. 헤일로는 무대에서 그를 기다리고 있을 사람들을 떠올리며 개구쟁이처럼 웃었다.

'오늘도 한 번 신나게 놀아보자.'

* * *

"안녕하세요, 여러분."

오늘의 무대는 이제까지와 달랐다. 원래라면 무대의 조명이 꺼지고, 세션의 선율이 먼저 들어오기 마련인데 오늘은 조명이 먼저 들어왔다. 그리고 하얀 티셔츠 위에 오버핏 반소매 셔츠와 검은색 청바지를 입은 소년이 무대 앞에 서서 인사를 했다.

콘서트의 마지막 날이니만큼 형식이 좀 달라져도 다들 이해했다. 그리고 누군가는 가수의 토크를 바라기도 했다. 보통 가수의 음악을 듣기 위해 콘서트를 가지만, 그곳에서 가수의 음악관이나 요즘 하는 생각, 고민거리를 듣는 게 또 하나의 매력이 아닌가. 가끔 멘트가 너무 재미가 없다고 아쉬워하거나 실망하는 사람들도 있지만 말이다. 그런데 노해일은 멘트가 재미없지도 않았고 오히려 중간중간 들어가는 멘트들, 예컨대 첫콘 레전드라고 뽑힌 "저만 바라보세요"나 다른 게스트들과의 티키타카 등 꽤 많은 '직캠' 클립을 남겼다. 개그맨처럼 웃기다기보다는 게스트와의 관계성, 그리고 노해일의 진짜 성격 등 팬들이 아직 인지하지 못했던 다른 매력을 알아가는 느낌이었다. 그래서 사람들은 소년의 인사에 열렬히 반응했다.

"이제 막 콘서트를 시작한 거 같은데 마지막 날이라니. 일주일이 너무 짧다는 걸 새삼 느꼈습니다."

그러자 콘서트를 제발 연장해달라는 애원이 돌아왔다. 소년이 그 절절한 애원을 듣고 시원하게 웃었다. 사람들은 소년이 그들의 애원을 장난으로 받아들이는 것 같아 억울해하면서도 그 나이대처럼 웃는 게 보기 좋아 다 같이 웃었다.

"그런데 혹시 제 콘서트 여러 번 오신 분 있나요?"

문득 옛날에 매번 콘서트를 포함해 그가 가는 데마다 쫓아오던 사람들이 생각나서 물었다. 아직 사람들의 얼굴이 익숙지 않아서 그럴까, 이곳에서는 한 번도 겹친 얼굴을 본 적이 없었다.

소년의 물음에 힘들게 830명의 정예가 된 사람들이 다시 억울해했다. 누가 한 번만 오고 싶어서 티켓팅했겠는가? 마음 같아선 일곱 번 전부 오고 싶었다. 그들은 830명이 진짜냐고 놀리던 타팬이 생각나 울컥했다. "인간적으로 제발 다음에는 더 큰 경기장에서 공연하자!"라고 누군가가 외치자, 헤일로는 "다음에는 더 큰 공연을 준비하겠습니다"라고 대답하고는 극장과 객석을 둘러보며 옅게 웃었다.

"그래도 여러분들이 잘 보이는 이곳도 전 좋은 거 같아요."

내 가수가 그렇게 웃으면서 말하면 어떻게 원망하겠는가. 사람들의 마음이 다시 약해졌다. 제발 큰 곳에서 하자던 사람들도 입 모아 좋다고 이야기해줬다. 그래, 830명 인원이라도 1년쯤 내내 콘서트를 한다면 괜찮을지도 모르겠다.

"그럼 오늘 공연도."

보통 이런 때 겸손한 가수들은 '오늘 공연도 즐기셨으면 좋겠습니다'라고 말하곤 한다. 하지만 소년은 늘 이렇게 말하곤 했다.

"즐거우실 겁니다."

겸양은 하나도 느껴지지 않지만, 관객들은 이 자신감이 마음에 들었다. 수많은 사람 앞에서 당당하고 여유로운 내 가수가 자랑스러웠다. 첫콘에 엔딩곡이었던 '밤의 등대'가 수미상관으로 오프닝곡이 되어 들려오는 것도, 세션의 꽉 찬 사운드도, 그리고 곧 들려오는 소년의 노래도 좋았다. 소년이 즐거울 거라고 호언장담하는 건 당연했다. 그들은 이미 즐거웠으니까.

두 번째 날부터 여섯 번째 날까지 인터넷을 뜨겁게 달구었던 화려한 인맥, 스페셜 게스트는 없었지만 누구도 아쉬워하지 않았다. 일곱 번째 날까지 단 한 번도 겹치지 않은, 하루하루가 레전드이고 가장 특별한 공연이었다. 오늘은 신주혁도 리브도 이성림도 콜드브루도 없지만, 노해일이 이렇게 토크를 많이 한 콘서트는 이제까지 없었다. 벌써 어떤 후기가 올라올지 예상됐다. 언젠가 이보다 더 좋은 콘서트가 있겠지만, 그건 그때 가서 자랑하면 되는 거고, 오늘은 오늘치를 자랑하면 됐다.

1부 오프닝은 '밤의 등대'와 '또 다른 하루' 그리고 '웰마월'이 차지했고, 2부가 시작하자마자 노해일의 앞에 작은 상자가 배치되었다. 바로, 사람들의 사연이 담긴 상자였다. 세트리스트 사이사이 신청곡을 뽑아 부를 생각이었다. 웬만하면 부를 생각이지만, 모르는 곡은 부를 수 없으니 미리 양해를 구했다.

소년이 상자에 손을 뻗을 때 관객석에 묘한 긴장감이 감돌았다. 그는 투명한 상자 안에 있는 공을 쥘 듯 말 듯하며 휘저었고, 아래쪽에 있는 공을 하나 꺼냈다. 불길한(?) 분홍색의 공이었다. 그는 공을 열고 쪽지를 폈다. 그리 길지 않은 사연이 눈에 들어왔다.

"안녕하세요, 저는 고3 수험생 진이라고 합니다."

소년이 읽어준 문구에 사람들이 잠깐 웅성거렸다. 노해일 소극장 콘서트 마지막 날의 날짜는 9월 27일. 수능까지 두 달도 안 남은 수험생이 콘서트에 온 셈이다.

"오빠는…."

헤일로는 자신이 오빠가 맞나 고개를 갸웃했다.

"첫사랑이 언제인가요? 저는 바로 지금인 것 같습니다. 물론 지금이 중요한 시기라는 것도 압니다. 가고 싶은 대학도 과도 있고, 가기 위해선 열심히 공부해야 하는 것도 아는데… 그래서 마음을 정리하려고 했는데, 최근 그 애가 고백했습니다. 아직 대답하진 못했는데 고민이 됩니다. 전 어떡해야 할까요?"

소년은 눈을 아래로 내렸다.

"제가 듣고 싶은 노래는요."

그리고 아래를 본 소년의 눈썹이 꿈틀거렸다.

"하나만 써달라고 했는데."

진시한 말에 관중들이 웃음을 터트렸다. 그러나 헤일로는 웃음소리를 신경 쓸 여유가 없었다. '사랑인가요', '벚꽃 사랑 우리', '치킨 먹고 갈래?', '세이프 오브 하트(Shape of heart)' 등 제목만 봐도 어떤 노래인지 짐작이 간다. 고민이 된다고 사연을 보냈는데, 신청곡 목록은 별로 고민하는 것 같지 않았다.

'그래서 이걸 나보고 부르라고?'

헤일로가 떨떠름한 시선으로 말없이 목록을 읽고만 있자, 사람들이 알려달라고 했다.

"제가 대부분 모르는 노래라서…."

우우!

진짜인데 아무도 믿어주지 않았다. 소년이 천천히 목록을 읽어줬다. 읽어줄수록 사람들이 환성을 질렀다. 그의 노래를 부를 때보다 더 좋아했다.

헤일로는 가장 아래 쓰여 있는 제목을 읽었다.

"그리고 '고백'."

가장 큰 환성이 들려왔다. 여섯 번째 날까지 단 한 번도 부르지 않은 게 웃음 포인트라고 인터넷에 회자된 장면이다.

소년이 고민스러운 얼굴로 쪽지를 바라보는데, 선율이 먼저 들려왔다. 웃음기가 가득한 멤버들이 선곡을 하지 못하는 그를 위해 대신 골라주었다. 이미 반주가 시작되자 사람들이 손뼉을 쳤고 헤일로는 부를 수밖에 없었다.

밤새 하고 싶은 말이 있어

자신이 싫어할수록 좋아하는 관객들한테 헤일로는 하고 싶은 말이 참 많았다. 사람들은 이후에도 그의 의도를 전혀 따라주지 않았다. 사연은 제대로 썼지만, 한 곡만 쓴 사람은 아무도 없었다. 그도 이해를 못 하는 건 아니다. 자신이 노래를 모를 수 있기에 하나 선택하라고 기회를 준 것은 배려심으로 해석할 수도 있었다.

"흠, 이번에도 여러 곡이네요."

그러나 과연 배려심일지 의심이 가는 건 어쩔 수 없었다. 그의 담담한 멘트 하나하나에 웃는 걸 보면 말이다.

언제나 세상엔 그가 들어본 곡보다 모르는 곡이 많다는 걸 새삼 깨닫는 시간이었으나 콘서트는 순조롭게 진행되었다. 신청곡과 함께 정규앨범의 수록곡을 전부 부른 것 같았다. 거의 막바지에 들어서 헤일로는 공 두 개를 뽑았는데 하나를 여니 생각지 못한 언어가 보였다.

"봉수아(Bonsoir)."

프랑스 인사에 프랑스어로 된 짧은 글이었다. 그리 길지 않은 글을 읽어준 헤일로는 웅성거리는 관중을 향해 한국어로 간단하게 해석해주었다. 한국에 여행을 왔고 콘서트가 기대된다는 담백한 메시지였다. 그리고 자기가 잘 아는 한국 노래가 많지 않다며, 대신 프랑스어 곡을 써놓았다.

헤일로는 관중을 둘러보며 입을 열었다.

"안타깝게도 제가 잘 모르는 곡입니다. 대신⋯."

그리고 문득 더티블론드 헤어의 외국인들과 눈이 마주친다. 장발의 성인 남자 하나와 그 옆에 앉아 있는 여자아이.

"제가 아는 샹송을 불러드려도 될까요? 이스페리 양"

열 살도 되어 보이지 않는 여자아이가 눈을 반짝거리며 그를 바라보고 있었다. 쪽지를 쓴 주인공일 것이다. 아이 혹은 악필이 심한 사람의 삐뚤빼뚤한 글씨체와 어설픈 맞춤법, 그리고 한국인 가수에게 프랑스어로 프랑스 곡을 신청한 것은 매너가 없어서가 아니라 아이이기 때문일 것이다.

파리지엔느처럼 트렌치코트를 입은 소녀가 고개를 끄덕이자, 헤일로가 입꼬리를 올렸다. 그리고 언젠가 너튜브에서 들었던 곡을 떠올리며 기타를 튕겼다.

연인들의 꿈은 와인과 같아요

그 한마디에 무슨 곡인지 깨달은 사람들이 미소를 지었다. 유명한 애니메이션의 OST였다. 소년의 목소리를 따라 사람들에게 익숙한 파리의 야경이 펼쳐진다. 작은 쥐가 식재료를 냄비에 쏟아 넣는 귀여운 그림까지도. 현실적인 가사와 달리 어딘가 밝은 멜로디다. 인생에 공짜는 없다며, 샹송 특유의 우울함도 깃든 노래다. 그러나 이 노래가 전달하고자 하는 건 절망이 아니다. 우리를 위해 노래하며 앞으로의 인생, 그 아름다움을 얘기했다.

우리는 끝내 즐길 수 있을 거예요
나의 길 위에 축제가 있어요

헤일로는 축제 한가운데 서 있는 자신을 생각했다. 축제가 시작되어 즐겁게 샴페인을 쏘고, 끝날 때 한 걸음 물러서서 축제가 정리되는 걸 바라보는 자신.

숨을 참았던 사람들이 노래가 멈추자 박수갈채를 보냈다. 이 노래가 무슨 노래인지 아는 사람도 있었고 모르는 사람도 있었다. 대개 가사의 의미는 잘 몰랐다. 그럼에도 이상하게 무슨 의미인지 알 것 같다는 기분이 들었다. 저도 모르게 곡에 빨려 들어가는 느낌이었다.

"그런데 노해일 프랑스어 원래 잘했어?"

"상송 부르는 거 보니까 팝송도 잘 부를 거 같은데. 팝송으로 신청할걸."

뒷자리에 앉은 두 사람이 떠들었다.

"핸드폰 내려주세요. 촬영 금지입니다. 한 번 더 적발 시 퇴장 조치하겠습니다."

"죄, 죄송합니다. 꺼놓을게요."

몰래 촬영하다 걸린 사람이 핸드폰을 내리는 사이, 소년이 다시 자기 곡을 부르기 시작했다. 이제까지 부르지 않았던 가장 마지막 곡. '여기서 끝이구나'라고 사람들은 생각했다. 물론, 앙코르가 남았겠지만 아쉬웠다. 그때 노래를 마친 소년이 마이크를 들며 손에 쥐고 있던 공을 보여줬다. 마지막 신청곡을 뽑을 때 소년은 하나가 아니라 두 개를 뽑았었다. 마지막인 줄 알았던 사람들이 그의 이름을 외쳤다.

"그럼, 마지막 공을 열겠습니다. 제 개인적인 바람으론 사랑 노래는 없었으면 좋겠습니다, 잘 모르거든요."

잘 모르는 건지 그냥 부르기 싫은 건지 귀여운 투정에 흐뭇한 미소를 짓는 것도 잠시.

"어…."

유례없이 소년이 말을 멈추자 시선이 모였다.

그는 사연을 읽지 않았다. 사연은 없고 신청곡만 쓰여 있었기 때문이다.

"이번엔 그래도 한 곡만 쓰여 있네요."

HALO 곡이나 팝송을 불러달라는 정도는 예상했는데, 이는 그가 전혀 예상하지 못한 신청곡이다. 헤일로는 궁금해하는 관객들을 위해 천천히 입을 열었다.

"'아직 세상에 나오지 않은 곡을 불러주세요'."

날마다 더 좋은 콘서트라고 하는데 비교할 수 없으니 서로 자기가 본 게 최고라고 말할 때, 제대로 머리를 쓴 팬 하나가 오늘을 최고로 만들기 위해 신청했다. 솔직히 좀 과한 요청일지도 모르지만, 1년 동안 컴백을 세 번 한 노해일인데, 습작이나 미발매 곡이 없을 것 같지 않았다.

"무엇이든."

마지막 말을 덧붙인 헤일로가 입술을 달싹였다.

'설마 없나?' 누군가는 그렇게 생각했다. 누군가는 그들의 가수가 곤란해한다고 생각했고, 누군가는 없을 리 없다고 생각했다. 소란스러웠던 콘서트장에 적막이 흐른다. 다들 소년의 답을 기다리고 있었다. 그들은 안 된다고 해도 받아들일 수 있었다. 이제까지 최고였으니까.

그때, 불현듯 소년이 입꼬리를 올린다.

"다들 듣고 싶으세요?"

정적을 뚫고 누군가가 우렁차게 "네!" 하고 외쳤다.

'그래, 없을 리가 없지.'

고요했던 객석이 다시 들썩였다.

"세상에 한 번도 나오지 않은 곡이라."

헤일로 머릿속에서 막 떠오른 것이 있다. 샹송 '르 페스탕(Le festin)'을 부르면서 생각난 것이다. 축제의 끝을 떠올린 것처럼 언

젠가 그의 끝을 생각하며 만든 노래가 있다. 또한 이 곡은 세상에
한 번도 나오지 않았다는 조건을 만족했다. 끝내 발매하지 못했으
니 말이다.

"제목은."

혜일로는 잠깐 고민했다. 원어로 말할지 아니면…. 그런데 프랑
스어를 잘 몰라 웅성거렸던 조금 전을 생각한다면 한국어로 말하
는 게 낫겠다 싶다.

"새벽이 오기까지는."

그가 이제까지 했던 음악과는 다르다. 이전까지 감정으로 얼룩
진 록을 불렀다면 이건 잔잔한 어쿠스틱 사운드가 중점이 되는 곡
이다. 문학적인 가사가 돋보이며 밤과 어울리는 이 곡은 어쩌면 노
해일의 음악과 비슷할지도 모르겠다. 한 가지 아쉬운 건, 그의 곁에
함께했던 마리안느가 없다는 것이다. 깁슨에서 그를 위해 만들어
준 유선형 포크 기타 말이다.

'어쩔 수 없지.'

소년이 품에 붉은색 기타를 안고 짧게 허밍했다.

* * *

사람들이 썰물처럼 빠져나간다. 혜일로는 가만히 그들이 나가
는 걸 보며 속이 허해지는 걸 느꼈다. 콘서트가 끝나고 번아웃이 오
는 건 새삼스럽지도 않다. 대기실에서 쉬고 있는데 스태프 하나가
노크했다.

"안녕하세요. 로비에서 지금 어떤 분이 노해일 씨를 기다리고 계
십니다."

"네?"

한진영이 의문을 드러내자 스태프가 말을 더 이었다.

"그분이 말씀하기를 미팅을 잡아났다고 해서. 아, 전해달라는 말도 있었습니다."

헤일로가 눈썹을 움찔했다. 콘서트 이후 미팅을 잡아둔 기억이 없었다.

긍정적인 표정이 아니란 것을 눈치챈 스태프가 잘못했구나 싶어 고개를 꾸벅였다.

"아니라면 죄송합니다. 진짜 미팅인 줄 알았습니다."

그렇게 나가려던 스태프를 헤일로가 불렀다.

"전달해달라는 말이 뭔가요?"

스태프가 눈치를 보더니 입을 열었다.

"'갑자기 프랑스 곡을 요청해 놀라셨을 텐데 저희 딸을 위해 샹송을 불러줘서 감사합니다. 〈라따뚜이〉는 딸이 가장 좋아하는 애니메이션이라 무척 좋아했습니다. 덕분에 좋은 시간 보냈습니다'."

헤일로는 가장 뒷자리에 앉았던 외국인 부녀를 떠올렸다. 더티 블론드 머리의 프랑스인이었다.

"그리고… '아르보의 크레이티브 디자이너로서 노해일 씨께 앰배서더에 관해 이야기할 것이 있다'고 전해달라고 했습니다."

스태프가 명함까지 전달했다. 잎이 없는 나무가 그려진 명함에는 연락처와 아르보 크레이티브 디자이너 '페르 아스페라'라고 쓰여 있었다.

9. 아르보의 앰버서더

[첫콘이랑 막콘 잡은 사람입니다. 쌍욕 먹을 거 각오하고 후기 올립니다.]

"진짜 어떻게 티켓팅했지? 반응 진짜 장난 아니다."

"곧 글 내려갈지도."

"글 쓴 사람은 그래도 행복해 보이는데."

"아무렴."

콘서트 다음날, 며칠간 쉬라고 했는데도 불구하고 멤버들은 레이블 사무실이 진짜 집이라도 되는 것처럼 모여 반응을 모니터링하고 있었다. 한진영은 소파에 다리를 꼬고 앉아 패드를 넘겼고, 그 옆에 문서연은 투명한 박스를 안은 채 있었다. 남규환은 등 뒤에 소파가 있다고 착각하고 기대다가, 기프트 여분 더미를 무너트렸다. 많은 건 아니고 열댓 개 정도. 다시 쇼핑백을 세워놓은 남규환은 문서연이 든 박스를 주시했다.

"근데 그건 뭐야?"

"이거? 어제 신청곡 박스."

문서연이 당연하다는 듯 박스를 흔들었다. 안에 남은 공들이 데 구루루 굴렀다.

"아니, 내 말은 왜 아직도 안 버리고 있냐고."

"아, 나도 그거 물어보려고 했는데."

한진영의 말에 문서연이 박스의 뚜껑을 열었다. 이제 그녀는 얼마든 공을 잡을 수 있었다.

"콘서트 와주신 고마운 분들이 열심히 쓴 건데, 어떻게 그냥 버려. 그리고 궁금하지 않아? 다들 무슨 곡을 신청했는지."

겨우 공 몇 개를 뽑았을 뿐 그 공들이 모든 사람의 의견을 대표할리 없다. 또 다른 신청곡 라인업이 존재할 것이다. 문서연의 말에 솔깃한 그들은 개표하기로 했다. 일단 43퍼센트 정도는 한국 노래였다. 옛날 노래도 있었고, 노래 말고 춤을 춰달라는 요청도 있었으며, 한때 아이돌계에서 유행했던 애교곡도 있었다. 만약 이게 걸렸다면 표정이 어땠을지 알 것 같아 다들 킥킥거리며 웃었다.

"와, 근데 아무도 말 안 듣네."

한 곡만 써달라는 요청을 받아들인 사람은 거의 없었다. 스킵하지 말고 자기들 걸 어떻게든 불러달라는 의지가 느껴졌다. 나머지 56퍼센트를 차지한 건 굳이 말할 필요도 없다.

"어떻게 이게 안 걸렸지?"

"나도 팝송 한 번쯤 나올 줄 알았는데."

"대신 상송을 불렀으니까. 불렀다고 치자."

HALO 커버부터 해외 빌보드에 올라간 팝송, 뮤지컬 OST 등 다양한 곡들을 신청했는데, 한 번도 안 걸린 게 신기했다.

"더 놀라운 게 뭔지 알아?"

"뭔데요?"

"미공개 곡 불러달라는 요청, 해일이가 뽑은 게 유일한 거였어."

"헉!"

56퍼센트나 차지하는 팝송을 안 뽑는 것도 말이 안 되는데 830개 중 딱 하나 있는 요청을 뽑은 것도 신기했다. 자연스럽게 모두가 미공개 곡을 떠올렸다. 그들조차 처음 들은 곡 말이다.

'새벽이 오기까지는(Until dawn comes)'이라는 제목으로 소년이 불러준 노래는 어딘가 특별했다. 허밍, 운율을 살린 한국어 가사와 우울한 듯 밝은 멜로디까지. 밝으면서도 허무한 감성은 이제까지 노해일의 노래와는 좀 차이가 있었다. 가슴을 찡하게 울리면서 흔들어놓는 여운은 쉽게 벗어날 수 있는 게 아니었다. 마치 이건….

문서연이 말했다.

"헤일로 곡 같은데."

"나도 그 생각했는데. 9집은 아니고, 이후의 곡인가?"

한국어 가사가 잘 어울리긴 했지만 HALO 4집을 한국어로 완벽하게 번안한 적 있는 소년이니 이 또한 그런 게 아닐까 생각했다. 남규환의 말에 한진영도 동의하듯 고개를 끄덕였다. 그들도 미공개 곡에 대해 강한 인상을 받은 만큼 현재 가장 반응이 뜨거운 건 노해일의 '미공개 곡'이었다.

물론, 그 외에도 마지막 날 콘서트는 임팩트가 워낙 커서 서로 자기가 간 콘서트가 레전드라고 말하던 사람들이 오열하고 있었다. 공연이나 커버, 세트리스트나 콘셉트는 내가 간 회차가 더 좋았다고 아무리 주장해도 막콘에서 들어보기 힘든 샹송에 미공개 곡까지 들려줬다는 건 정말 배가 아플 수밖에 없었다. 촬영 금지이지만 삼엄한 경계를 뚫고 직캠을 찍은 자들이 샹송을 너튜브에 올려주긴 했다.

[한국 가수한테 웬 샹송? 심지어 글도 무슨 프랑스어로 써났냐고 화났다가 외국 꼬마가 썼다는 말에 눈에 힘 풀었다. 아니 근데 노해일 미쳤네 회화도 미쳤고 와…]
[이거 내가 진짜 좋아하는 노랜데ㅠㅠ 너튜브에 커버해서 올려주세요. 아니 왜 막콘에만 이런 걸.]
[노해일 근데 불어 원래 잘했음?]
└ 중학생 때 외고 입시반이라고 들었던 거 같은데.
└ 외고 입시반?ㅋ 다른 건 모르겠는데 저 발음 절대 한국에서 나올 수 없음. 노해일 프랑스 유학파임?

많은 의문이 생겼지만 그래도 직캠이 올라온 샹송은 거의 눈물이 반, 제발 너튜브에 올려달라는 애원이 반이었다. 그리고 미공개 곡은 반응이 더욱 거셌다.

[막콘에서 미공개 곡을 불러줬다고? 아ㅋㅋㅋㅋㅋㅋㅋㅋㅋㅋ]
[그냥 세트리스트에 있는 것만 불러도 하!]
[(질문) 막콘 온 사람. 이번 곡 노해일 곡과 좀 다르지 않냐? 노해일 혹시 은퇴함?]
└ 이제 시작인데 뭔 은퇴.

└ 아니 곡 분위기가 좀 그렇게 느껴져서.

[아니 근데 샹송도 그렇고 앙코르도 그렇고 다 직캠 올라왔던데 왜 미공개 곡만 없음?]

└ 바로 직전에 걸렸다던데.

└ 그래도 830명인데 누군가는 찍었겠지ㅅㅂㅏ

└ 왜 갑자기 욕을 하고 그루냐ㅜ

└ 소장하든가 비싸게 팔든가 하려는 거 아냐?

└ 무슨 NFT임????

└ 제발ㅠㅠㅠㅠ팔아주세요.

'어떤 가수가 콘서트를 잘 끝냈다'는 수준의 반응으로 끝나지 않았다. 830명의 입은 무겁지 않았고 다수가 듣지 못했으니 무수한 이야기를 양산했다. 기자들이 신곡에 대한 정보를 얻으러 레이블로 몰려갈 때쯤 헤일로는 S호텔에 도착했다.

후드집업에 캡을 쓴 소년은 호텔 라운지 바에 들어와 망고 빙수를 시키고 공간이 분리된 구석에 앉았다. 창밖이 잘 보이는 구석이었다. 망고 빙수가 나올 때까지 창 너머를 바라보고 있자니 본토 발음이 들려왔다.

"봉수아!"

하나는 더티블론드를 가진 '아르보'의 크레이티브 디자이너 페르 아스페라, 그리고 그의 옆에 그의 옷단을 잡은 어린 딸이 있었다.

"제 딸, 로즈 아스페라입니다."

아버지와 달리 깨끗한 금발에 초록색 눈동자에 창백한 얼굴을 가진 로즈는 아버지의 옷을 붙잡은 채 인형처럼 가만히 있었다.

헤일로가 그녀의 눈이 다소 초점이 맞지 않다는 걸 인지한 사이 페르 아스페라가 물었다.

"앉아도 되겠습니까?"

고개를 끄덕이자 페르 아스페라가 딸을 먼저 앉히고, 정중히 앉았다.

"사실 로 씨가 만나주실 줄 몰랐습니다."

"콘서트 마지막 날 미팅이 있다고 찾아오신 분이 할 말은 아닌 것 같은데요."

"무례를 사과드립니다. 하지만 그렇게 하지 않았다면 영영 만나지 못할 것 같아서요."

웃고는 있지만, 그래서 네가 이 자리에 나와준 게 아니냐고 묻는 것 같았다. 틀린 말은 아니었다. 게다가 실제로 그는 로비에서 기다리지도 않았다. 미팅이 있다고 스태프에게 말한 건 진짜 미팅을 하려고 한 것이 아니라, 그에게 메시지를 전하기 위함이었다.

"우리 모두 고루한 방식은 좋아하지 않잖습니까."

고루한 것들이란 메일이나 전화 같은 것들…. 헤일로는 틀리지 않다고 동의했다. 그는 옛날부터 무작정 들이박고 보는 사람들을 더 좋아했다. 그들이 들이박는다고 해서 상처가 나는 것도 아니고 컨트롤하지 못하는 것도 아니다. 똑같은 내용의 편지를 열 장 쓰는 것보다 밤낮 가리지 않고 그의 회사에 찾아오는 사람들을 더 잘 만났다.

"파리지앵같지 않네요."

어쩌면 무례할지도 모르나 먼저 시작한 건 상대라 서로 무례를 신경 쓰지 않았다.

"자주 듣습니다."

페르 아스페라 앞에 에스프레소가 놓인다. 그는 각설탕을 에스프레소에 몇 개나 집어넣는 만행(?)을 저지르고는 눈썹을 꿈틀거리는 헤일로를 눈치채지 못하고 맛을 음미했다.

"로 씨의 콘서트, 잘 보았습니다. 한국에서 콘서트를 보는 건 처음인데 언어를 이해할 수 없음에도 알 것 같더군요. '음악은 신들이 쓰는 언어'라고 누군가 한 말에 깊게 공감했습니다. 또다시 말하지만 로즈를 위해 상송을 불러주셔서 감사하고요. 로즈가 정말 좋아했습니다. 그렇지?"

인형같이 가만히 있던 로즈가 고개를 크게 끄덕였다. 그렇게 페르 아스페라의 콘서트 관람평을 잠자코 듣던 헤일로가 어느 순간 숟가락을 내려놓았다.

"이제 본론에 들어가죠."

소년의 말에 페르 아스페라가 에스프레소를 한 모금 머금으며 고개를 끄덕였다. 그는 차근차근 '아르보'에 관해 설명하는 대신 곧바로 그의 드로잉북을 보여줬다. 지금까지의 아르보는 누구나 알 거라고 말하며, 크레이티브 디자이너로서 앞으로의 이 브랜드를 어떻게 만들어갈 것인지 보여주기 위해 왔다고 했다.

"이런 거 쉽게 보여줘도 되나요?"

헤일로가 드로잉북을 쓱쓱 넘기면서 묻자, 페르 아스페라가 어깨를 으쓱였다.

"보통은 안 되죠. 이건 그냥 어제 로 씨의 콘서트를 보며, 그린 습작입니다."

"음."

"만약 거절한다면 그대로 폐기할 예정이고요."

가볍게 말했지만 그는 진심이었다. 폐기 예정에 처한 디자인 북에는 누군가는 굉장히 아까워할 만큼 괜찮은 디자인들이 꽤 많았다. 사실 습작처럼 보이지 않았다. 한복 두루마기를 본뜬 코트나 바다와 복숭아, 학 등이 그려진 집업 등 전체적으로 동양풍에 쏠려 있는 것도 인상적인데 헤일로의 눈을 더 끈 점은 어디든 입고 다니기 좋아 보인다는 것이다.

"답답한 걸 선호하지 않는 듯하여."

맞는 말이다. 한때, 그러니까 옛날에 양말도 신기 싫어 구두를 맨발로 신고 다니거나 양말의 발목 아래를 잘라 사용한 때도 있었다.

헤일로는 대충 드로잉북을 보고 내려놓았다.

"마음에 드시나요?"

"네, 다 괜찮네요."

"그 대답은, 아르보에 관심이 있다는 의미로 받아들여도 되겠습니까?"

시선이 마주쳤다. 헤일로는 빙긋 웃으며 다리를 꼬고 소파에 기댔다.

"그런데 원래 이 브랜드는 이렇게 합니까?"

갑작스러운 질문이라 페르 아스페라가 의문을 표했다.

"브랜드에 담당 직원이 없는 건 아닐 테고, CD가 나오는 건 흔한 일은 아니잖아요. 콘서트까지 보는 경우는 더 없을 테고."

옛날에 디자이너들과 잘 어울리긴 했는데, 그렇다고 그들이 콘서트까지 찾아올 일은 많지 않았다. 그때는 콘서트보다 더 쉽게 만날 장소, 예컨대 패션쇼나 시상식, 파티 등이 많았으니 그의 투어까지 따라다닐 필요성을 느끼지 못했을 테다.

"흔한 경우 아니죠. 사실 거의 일어나지 않는 일이기도 하고요."

페르 아스페라가 순순히 동의했다.

"콘서트에 찾아오기도 어려웠고요. 궁금해서 그런데 일부러 소극장 콘서트를 잡으신 겁니까? 티켓팅하는 데 우리 직원이 얼마나 공을 들였는지. 결국, 티켓을 하나밖에 못 구해서 옆자리를 구하느라 꽤 비용이 들었습니다. 첫날 암표로 올라온 걸 두 배 주고 제가 샀거든요. 기프트 소식은 이후에 공지해주셔서 감사합니다. 암표상이 다시 표 돌려달라고 연락한 걸 보면 조금만 일렀어도 안 팔았을 겁니다."

그는 헤일로가 전혀 궁금하지 않은 티켓팅의 비화까지 털어놓았다.

"그래도 로즈가 로 씨의 공연을 보고 싶다고 했고, 또 저도 직접 만나고 싶었던지라 비용이 아깝지 않습니다."

페르 아스페라가 로즈의 머리를 쓰다듬었다. 로즈의 눈이 움찔거리더니 다시 정면을 바라본다. 미세하게 떨리는 동공. 헤일로는 그녀가 저를 보기 위해 노력하고 있다고 생각했다.

"로즈는, 시력이 매우 나쁜 편입니다."

불현듯 페르 아스페라가 영어로 말했다. 로즈가 듣지 않도록.

"완전히 보지 못하는 건 아닙니다. 윤곽과 색을 구분할 수 있습니다. 그냥 난시와 근시가 무척 심한 사람이라고 생각하면 됩니다."

어린아이가 텔레비전을 가까이에서 본다는 이유로 그렇게 시력이 나빠질 리 없다. 병이었다. 비즈니스 미팅 자리에 아이를 데리고 나온 것은 이유가 있어서다.

"대신 로즈는 귀가 좋습니다. 발걸음 소리만으로도 사람을 구별하고, 악기의 고장을 가장 먼저 알아차리곤 하죠. 또 좋은 음악을 찾아낼 줄도 압니다. 혹시 아이를 좋아하십니까?"

헤일로가 대답했다.

"아니요."

이렇게 단호하게 대답할 줄 몰랐던 페르 아스페라가 잠깐 멈칫했다. 그러난 못 들은 척하고 다시 말을 이었다.

"로즈가 누군가의 콘서트에 가고 싶다고 한 건 오랜만이었습니다. 제가 로 씨의 콘서트에 간 건 필연이었죠."

비즈니스보다 딸의 바람이 더 우선이었다는 걸로 들렸다. 다시 앰배서더에 관해 이야기를 꺼내려던 페르 아스페라는 잠깐 핸드폰을 내려다보았다. 전화가 걸려왔다.

"잠시만요."

페르 아스페라가 양해를 구하며 잠깐 자리를 비웠다.

S호텔 라운지 창가석엔 열일곱 살 된 소년과 열 살도 안 된 소녀 단둘이 남았다. 한 사람이 사라지자 자리가 고요해졌다. 헤일로는 굳이 입을 열지 않았고 소녀는 허공을 보며 무언가를 흥얼거릴 뿐 말을 걸지 않았다.

"음음… 음…."

처음엔 몰랐는데 계속 귀에 들리는 멜로디가 어쩐지 익숙했다. 귀가 좋다고 들었는데, 그게 노래를 잘 부른다는 의미는 아닌 것 같았다. 가만히 듣던 헤일로가 입을 열었다.

"그렇게 부르는 거 아닌데."

그 말에 로즈가 천천히 고개를 돌렸다. 헤일로에게 완전히 초점이 닿진 않았지만, 창백한 얼굴에 의문이 서렸다. 헤일로가 틀린 부분을 고쳐줬다.

"음도 틀리고, 가사도 틀렸어. '새벽에'야."

"세, 세베게."

그냥 한국어가 어려운 것 같기도 했다.

"영어 할 줄 알아?"

"조금."

그 말을 그리 신뢰하진 않았지만, 그래도 한국어보단 낫겠다 생각하며 헤일로가 원래의 가사를 들려줬다. HALO 13집 타이틀곡이자, 그가 마지막을 생각하면서 썼던 곡 '새벽이 오기까지는'을 아이의 음역에 맞춰 가성으로 불러주니 한국어보다는 잘 따라 불렀다. 만약 HALO의 다른 앨범이었다면 따라 부르지 못했을 텐데, 아이가 어렵지 않게 따라오자 헤일로가 부드럽게 웃었다.

전화를 끝낸 페르 아스페라가 곁에 다가와 미묘한 눈으로 헤일로를 바라봤다.

"아이를 안 좋아한다고 하지 않았습니까?"

"안 좋아합니다."

헤일로가 테이블을 넘어갈 듯 앞으로 숙였던 상체를 원래대로 돌리며 단호하게 대답했다. 가만히 소년을 보넌 페르 아스페라가 부드럽게 웃으며 고개를 끄덕였다.

"그러시군요. 로즈, 로 씨랑 무슨 대화를 했니?"

"세베게."

"어?"

얼핏 노래 부른 걸 들었던 거 같은데, 둘이 속삭이며 노래를 부르고 있어서 제대로 들리지 않았다. Sauvage? Severe? 암호 같은 단어의 뜻을 추론하던, 페르 아스페라는 일단 급하게 일이 생겼다고 알렸다.

"부디, 아르보를 긍정적으로 생각해주셨으면 합니다."

확답을 듣지 않고 깔끔하게 헤어지는 태도는 아주 오래된 역사를 가진 브랜드의 수석 디자이너로서 갖는 자부심이 내포되어 있었다.

헤일로도 다 먹은 망고 빙수를 치우고 일어나 악수했다.

"한번 잘 생각해보겠습니다."

"로즈, 로 씨한테 인사해야지."

자리에서 일어난 로즈가 고개를 들었다. 그녀의 눈에 얼핏 금빛의 머리카락이 보였다. 웃고 있는지 화가 났는지 어떤 표정을 짓고 있는지 모르겠지만, 시선은 꽤 따뜻했다. 커튼 사이로 가느다랗게 들어오는 햇살처럼. 로즈가 손을 내밀었다. 잠깐 망설이던 소년이 손을 잡아왔다. 소년의 손은 머리카락만큼 따뜻했다.

"로즈, 인사."

헤어지기 싫었지만, 로즈는 아버지의 재촉에 마지못해 입을 열었다.

"잘 가. 헤일로."

그 순간 그녀를 둘러싼 세상이 고요해졌다. 마치 시간이 멈춰진 것과 같았다. 눈이 커다래진 소년, 그리고 소녀의 말에 당황한 페르 아스페라. 그러나 카운터에서 누군가 주문하는 소리에 다시 시간이 흘러갔다.

"아니야, 로즈."

페르 아스페라가 말했다.

"그는 헤일로가 아니라, 로 씨야."

소녀의 손을 잡고 가만히 멈춰 선 소년이 손을 놓았다.

"아니야?"

"아니야."

페르 아스페라는 양해를 구하며 고개를 살짝 숙이고는 로즈의 손을 다시 잡았다.

이윽고 부녀가 먼저 걸어 나갔다.

"맞는데."

"그는 로 씨라니까."

"헤일로도 로 씨잖아."

"헤일로는 그냥 한 단어야."

"달라?"

"달라."

헤일로는 얼핏 스쳐 지나가며 들리는 부녀의 대화를 가만히 듣다가, 어느 순간 슬쩍 웃었다.

"귀가 좋긴 하네."

* * *

일주일 동안 진행된 노해일의 소극장 콘서트 '마이 월드'는 많은 사람에게 여운을 남겼지만, 그들은 언제라도 꺼낼 수 있게 서랍 한 구석에 여운을 넣어두고 당장 할 일에 집중했다. 학생은 자퇴를 갈망하며 시험을 준비하고, 직장인은 사표를 품에 안은 채 업무에 집중했다.

그렇게 서서히 무더위가 가시며 일교차가 커지기 시작하는 10월이 되었다. 이유를 알 수 없는 열대야와 서늘한 가을이 반복되었다. 그러나 레이블에서 가장 쾌적하고 방음이 잘 되는 녹음실에 박힌 사람들은 이상기후를 인지하지 못했다. 이미 또 다른 아포칼립스가 펼쳐졌으니까.

누군가 하나가 기지개를 켜자 뿌드득 뼈가 부딪히는 소리가 울려 퍼졌다. 평소라면 "그러다 뼈 뽑히는 거 아니야?" 하며 농담을 했을 멤버들은 지금 여기에 없다. 농담을 할 만큼 여유로운 상황이 아니었다. 악보를 받을 때부터 알았지만, HALO의 9집은 뭐랄까, 난해한 건 아닌데… 이걸 작곡가의 욕심이라고 해야 하는 걸까 아니면 악의라고 봐야 할까.

〈HALO 9집 Speed of Earth(세상의 속도)〉
1. (title) L=299m/s

제목으로 유추할 수 있듯 HALO 9집의 특징은 바로 속도다. 가수도 가수지만 세션에 부담이 엄청날 정도의 빠른 박자, 정신없는 속주. 이제까지 헤일로의 음악이 감정을 휘몰아치게 했다면, 이건 감정의 파도에만 휩쓸리는 게 아니라 그들의 손이나 호흡도 쉬지 않고 휘몰아쳐야 했다. 설마 힘들어하라고 일부러 이런 곡을 썼을 리는 없을 테니 문서연은 긍정적으로 생각했다. 좋게 말하면 세션 개개인의 능력이 조명될 음악이었다. 완벽하게 하기까지 오랜 시간이 걸리겠지만, 완벽하게 된다면 어떤 것보다 성취감이 큰 음악이다. 다시 연습이 시작되었다.

물을 마신 헤일로가 이윽고 입을 열었다.

When I find Two hundred ninety nine on the dashboard of mine(계기판에 찍힌 숫자 299를 발견할 때면)
Tempted to be mean(못된 마음이 들어)
To drive off without end(끝없이 달려보자는)
Don't bother about labels(꼬리표는 신경 쓰지 마)
All or Nothing(모 아니면 도)

그가 살아온 인생은 직진 도로를 달리는 스포츠카와 같다. 브레이크가 필요 없이 질주하는 스포츠카. 그 끝은 엔진 과열일지 종착점일지 모르지만, 그는 그 끝을 이야기하기보다는 그 속도감에서 나오는 쾌락과 스릴을 노래했다. 299란 숫자도 그 속도에서 나온다. 빛의 속도 299(million)m/s. 그리고 이번 앨범의 특징인 '속도'는 단순히 가사와 박자에만 있지 않다. 그가 지금까지 만든 음악 중 가장 긴 길이를 가진 곡이다.

각 세션의 독주가 시작된다. 까다롭기는 제대로 까다로워서 그의 멤버들이 죽겠다고 표현한 게 전혀 이상하지 않다.

'그래도 포기하진 않네.'

헤일로는 과거를 회상했다. 이쯤 기존 세션과 불화로 해체한 후 새로운 세션을 맞이하기까지 시간이 조금 걸렸던 것 같다. 공연 때 몇 번이나 틀려서 사람들은 헤일로가 일부러 세션과 이별하기 위해 이런 음악을 만든 게 아니냐고 말하기도 했다. 작곡가의 악의가 느껴진다는 말을 번갈아 듣기도 했다. 헤일로는 새삼스럽지도 않다고 생각했다. 늘 그는 자신을 위해 음악을 만들었기 때문이다. 타인을 위해 자기 음악을 양보하거나 의도한 적은 단 한 번도 없었다. 그는 이를 악문 멤버들을 둘러본다. 이대로라면 녹음이 순조롭게 될 것이다.

HALO 9집 일러스트 역시 진행되고 있었다. 10월 중순쯤 발매될 것이다. 9집에 대해 이제 큰 신경을 쓰지 않아도 될 것 같다. 오히려 그가 신경 써야 하는 것은⋯ 레이블 건물 앞에 몰려드는 기자들이다. 날이 갈수록 그 숫자가 늘고 있다. 건물 관리자를 먼저 고용해서 다행이었다. 시큐리티 업체와 계약하지 않았다면 기자들이 밀고 들어왔을지도 모른다.

'어차피 당장 인터뷰할 일도 없는데 자기들 사무실에서 연락하는 게 낫지 않나' 하고 헤일로는 뚱한 얼굴로 생각했다. 물론, 그들이 사무실이 싫어서 레이블 앞에 출두했을 리는 없다. 노해일의 레이블에 연락을 받아줄 홍보팀이 한 명이라도 있었다면 여기에 모인 기자들의 수가 반절은 줄었을 것이다. 그렇다고 그것이 이토록 많은 이들이 모인 이유가 되진 않았다. 홍보팀이 있었어도 누군가는 이 앞에 왔을 것이다.

당연하다. 조회 수가 보장된 기삿거리가 한두 가지가 아니다. 기자들은 우선 앞으로의 행보에 대해서 묻고 싶은 게 많았다. 다음 콘서트 계획은 어떻게 되는지, 콘서트 외에 일정이 있는지, 방송에서 제발 나오라고 하는데, 원하기만 하면 인기와 부를 거둘 수 있는데, 작업실에 무슨 꿀단지를 숨겨두었기에 나오지 않는지 묻고 싶었다. 기자들은 방송국에 노해일 방송을 촬영했냐고 진짜 묻기도 했다. 방송국 홍보 직원이 반쯤 울면서 아니라고 올해 그 질문만 귀에 딱

지가 않게 들었다고 대답했다. 이뿐만이 아니다. 노해일의 지난 콘서트에 대해 묻고 싶은 것도 많았다. 예컨대 콘서트 DVD나 그 흔한 스틸컷은 왜 없는지, 다른 기획사들은 기자들이 말하기도 전에 사진을 선별해서 주는데 이쪽은 왜 써준다고 해도 안 주는 것인지.

무엇보다 그들이 가장 궁금했던 건 노해일이 마지막 콘서트에서 보여준 '미공개 곡'이다. 노해일이 '새벽이 오기까지는'이라고 제목을 밝힌 미공개 곡은 830명과 스태프 외에 들은 이가 없기에 현재 모든 관심의 중심에 놓여 있었다. 공연 후기를 참고하긴 했지만 각각의 감상이니 객관성이 부족할 뿐만 아니라 '그래서 그 곡은 도대체 언제 발매할 거냐'가 중요한 쟁점이었다. 기자들은 노해일이 '노코멘트, 계획 없음'이라고만 해줘도 소원이 없을 것 같았다.

그런 와중 10월 초, 노해일에 대한 놀라운 기사가 떴다. 노해일의 레이블 발은 아니었고 한국에서 잘 알려지지 않은 영국의 명품 브랜드에서 발표한 '英 명품 아르보(Arbor), 가수 노해일 브랜드 앰배서더로 지목'이라는 공식 기사였다. 노해일에 관한 소식은 '창작 뮤지컬 〈록〉 주·조연 캐스팅 오디션 개최' 같은 또 다른 인상 깊은 것도 있지만, 노해일의 레이블 앞에 모인 기자들에게 중요하지 않았다. 루이뷔통, 샤넬처럼 한국인이 잘 알고 있는 브랜드가 아니라, 특히 한국에서 인지도가 거의 없다시피 한 브랜드였음에도 앰배시더 기사 하나에 인지도가 훅 뛰어올랐다. 미성년자가 명품 앰배서더가 됐을 때 흔히 나오는 악의적인 글은 생각보다 없었다. 아무래도 노해일은 올해 광고를 아예 찍지 않았으니 좀 관대하게 바라보는 경향도 있었다.

"사장님의 첫 광고를 축하하며!"

팡파르가 울리고 문서연이 샴페인을 땄다. 헤일로의 얼굴에 샴페인을 한 번 뿌린 이후 그녀는 샴페인 전문가가 되었다. 분홍색 스파클링 무알콜 샴페인이 얇은 유리잔에 담겼다. 다들 잔을 하나씩 들고 감상을 남겼다.

"난 솔직히 헤일이 네가 광고 찍는 거 안 좋아하는 줄 알았어."

"저도요."

아르보의 마케팅팀이 레이블에 찾아오고 광고 계약이 생각보다 부드럽고 수월하게 성사되어 멤버들은 좀 의외였던 것 같다.

"싫어하진 않아요."

헤일로의 대답에 모두 그러냐는 듯 반응한다. 믿는 기색은 아니다.

그런데 헤일로는 진심이었다. 그가 왜 광고를 싫어하겠는가. 그는 수도승 같은 인생보다 사치와 향락에 젖은 삶을 즐겼다. 배고픈 소크라테스보다 배부른 돼지, 아니 베짱이가 그가 선호하는 삶이다. 그는 제게 쏠린 관심과 부를 좋아했으면 좋아했지 싫어한 적은 단 한 번도 없었다.

헤일로는 그에게 붙었던 온갖 브랜드를 잠깐 떠올리며 대답했다.

"그냥 안 한 거죠."

바쁘기도 하고 귀찮기도 하고 여러 가지 이유가 있지만, 결국 하지 않은 결정적인 이유는 언제라도 할 수 있기 때문이었다. 누군가는 오만이라고 말할지도 모른다. 당장은 기회가 많을지라도 언젠가 그렇지 않을 수도 있다고. 실제로 헤일로는 그런 소리를 듣기도 했다. 그에게 쉽게 오기에 거절했던 기회를 간절히 바랐던 누군가로부터. 헤일로는 그때 뭐라고 대답했는지 기억도 잘 나지 않았다. 그냥 무시했던가? 아니면 비웃어줬던 거 같기도 하고. "별로 아쉽지 않은데"라고 답했던 것 같다. 기회가 사라질 것 같지도 않았지만 사라져도 그는 정말 아쉽지 않았다. 유명 브랜드의 홍보대사가 되기 위해 음악을 하는 것도 아니고, 그는 늘 현재를 위해 그리고 자신을 위해 살아왔다. 그래서 후회는 없었다.

"당장 하고 싶은 게 중요하니까요."

궁금해하길래 대답한 것뿐인데, 갑자기 그를 보던 멤버 셋이 허공에 샴페인 잔을 든 채 가만히 있었다. 잠깐의 침묵이 흘렀다.

갑자기 문서연이 결의에 찬 얼굴로 외쳤다.

"저, 저도 열심히 작곡하겠습니다!"

이어서 샴페인을 한번에 들이킨 남규환이 말했다.

"전 앞으로 숨만 쉬고 18시간 동안 퍼커션을 치겠습니다."

한진영이 선서하듯 한 손을 들었다.

"반성하겠습니다."

헤일로는 갑작스러운 반응에 '뭐지?' 하며 그들을 이상하게 쳐다보다가, 고개를 끄덕였다.

모두 둘러앉아 '웰컴 투 마이 월드'를 듣고, 서로의 진솔한 이야기를 꺼낸 날 헤일로는 이들에게 말했다. 그의 멤버라고 해서 모든 걸 다 포기하고, 그의 세션에만 전념할 필요 없다고. 작곡을 하든 대회에 나가든 새로운 음악을 경험하기 위해 다른 세션 의뢰를 받든 하고 싶은 걸 하라고 했다. 헤일로는 음악을 만드는 사람으로서 자신의 음악을 만들고 싶다는 욕망이 얼마나 강렬한지 알고 있었고, 또 그 즐거움이 얼마나 삶에 큰 의미를 가져다주는지도 잘 알았다. 그가 그들을 위해 희생하지 않듯 그들도 저를 위해 희생할 필요는 없었다. 지금도 같은 생각이었다.

무알코올 샴페인의 잔이 부딪친다. 다들 알코올이 들어간 것처럼 "카!" 하고 탄성을 내뱉었다.

"그나저나 화보는 언제 찍어요?"

* * *

필리핀 마닐라의 한 5성급 호텔 스카이라운지에 사람들의 시선을 한 몸에 받는 남자가 전화 통화 중이다.

"당신이 여기에 직접 오겠다고요?"

사람들은 그를 힐끔거리며 봤지만 정작 다가가는 이는 없었다. 선글라스를 낀 남자가 통화 중이기도 했거니와 그가 세계적인 메탈밴드 스콜피온의 리더였기 때문이다.

「그래, 자네 아우구스트 레코드로 이적할 수도 있다고 나를 협박하지 않았나. 아끼는 가수를 놓치지 않으려면 그만큼의 정성을 보여줘야겠지.」

"정성은 무슨."

릴은 콧방귀를 꼈다.

'정성을 보여주려고 했다면 아시아가 아니라 북미에나 왔겠지.'

"이제 얼마 안 남아서 오는 건 아니고요?"

「어허. 무슨 소리를.」

그의 투어는 필리핀, 중국, 대만을 거쳐 한국으로 연결된다. 보름 정도 남은 셈이다.

"우리 다 알면서 재미없는 농담하지 말죠. 명분이 필요한 거잖아요. 당신이 뜬금없이 한국을 방문해도 이상하지 않을 명분."

「뭐, 참 특이한 나라긴 하네. 앨범 안 팔린다고 투덜거렸던 게 하루 이틀이 아닌데, 콘서트는 매진되지 않았나.」

"제가 누군지 잊으신 모양입니다."

「세상에 자네가 누구인지 모르는 사람도 있는가. 세계적인 밴드 스콜피온!」

'이 능글맞은 영감. 하나도 안 들린다….'

릴은 하늘을 쳐다보며 어거스트 베일의 헛소리를 한 귀로 흘려 보냈다. 그가 미리 연락해서 알린 동행 날짜가 대만 투어 일정이라는 게 웃겼다.

"그렇게 그가 보고 싶었으면 진작 가지 그러셨습니까. 저와 달리 이미 알고 있었으면서."

그에게 뻔뻔히 '태양'의 정체를 숨겼던 영감이다. 말도 안 되는 핑계를 대며 오려고 하는 걸 보니, 이전부터 '태양'의 곁에 가고 싶었던 건 분명하다. 누군들 '태양'의 곁에 가고 싶지 않겠는가.

"비행기도 있으신 영감이."

전화 너머에서 바빴다고 변명을 댔지만, 릴은 알고 있었다. 핑계 일 뿐이라는 걸.

"그냥 무서웠던 거 아니에요?"

그는 어거스트의 말을 끊고 물었다.

"'태양'의 자유를 방해했다가 미움받을까봐."

어거스트가 소속 가수의 투어에 동행하여 일단 남들의 눈엔 그럴듯하게 움직이는 것은, 한국에 무작정 '태양'을 보러 갔다가 '태양'이 원하는 삶을 방해하게 될지도 모른다는 걸 의식했기 때문이다. HALO라는 이름이 미국 전역에 널리 퍼진 이후로 그에 대한 관심 만큼 지독하게 주목받은 건 어거스트의 동선이다. HALO의 음반 유통사의 대표라면 그가 누구인지 꼭 알 거라는 추측 탓에 은퇴하고 취미 생활하던 영감이 다시 시선을 받았다. 단순히 언론의 주목뿐만이 아니었다. 파파라치는 물론 렉카까지 따라붙었다. 렉카야 사진기를 드느냐 캠코더를 드느냐의 차이니 파파라치가 진화한 형태라고 볼 수 있겠다.

전화 너머에서 아무 말 못 하는 걸 보니 릴은 드디어 속이 좀 시원했다. 그렇다고 물론 뒤끝이 다 풀린 건 아니다.

'빌어먹을 영감. 나를 눈앞에서 '태양'을 놓친 머저리로 만들어 놓다니.'

그래도 렉카처럼 심문하고 싶은 것은 아니라 릴은 말을 이었다.

"제 핑계 댈 수 있어 좋으시겠습니다. 다들 절대 생각도 못 하겠군요."

「자네는 안 그렇고?」

불현듯 들려오는 말에 릴은 잠깐 말을 멈췄다. 앞을 바라보니 거대한 태양이 떠 있다. 선글라스조차 완전히 가리지 못한 완연한 빛.

"난…."

이윽고 릴의 통화가 끝났다. 눈치를 보던 사람들이 다가가 사인을 받았고 릴도 살벌한 외모와 달리 매너 있게 대했다.

릴은 시간을 가늠해봤다. 10월 21일이 한국 서울에서 투어를 시작하는 날이다. 그 전날 태양을 만나 다시 게스트 제안을 할 예정이었다. "생각해보겠습니다"라고 소년의 응답을 받았기 때문이다. 완벽한 거절이 아니라 릴은 '태양'이 흥미 있어 한다고 받아들였다.

"이제 열흘밖에 안 남았군."

***

잔가지가 시원하게 뻗어 있는 나무 그림에서 강렬한 열기가 느껴졌다. 아직 잎이 피지 않은 나무는 메말라 죽어가는 게 아니라, 성장에 필요한 물과 자양분을 흡수하면서 언제라도 잎을 피울 수 있도록 기다리고 있는 것 같다.

헤일로는 가만히 표지를 쳐다보다가 앨범을 넘겼다. '아르보' 설립자의 비전과 연혁이 적혀 있다. 다음 페이지는 아르보에서 내세운 역대 패션과 패션쇼의 사진이다. 페이지를 넘길수록 시간이 흘러가고 현대에 이르게 된다. 아르보에서 추구하는 이미지가 이런 거라는 듯 역대 앰배서더들의 화보 또한 포함되어 있었다. 대충 넘겨본 헤일로는 앨범을 덮었다.

"너무 긴장하지 않아도 돼요."

그의 태도를 어떻게 봤는지 몰라도 문서연이 옷을 건네며 속삭였다. 그렇게 말하는 것치고 문서연의 동공은 잠시라도 가만히 있지 못했다. 남규환 또한 오늘 유독 말이 없었다. 그는 팔짱을 낀 채 한 자리에 가만히 서 있었고 한진영은 홍삼을 돌리러 갔다.

"디렉터님의 지시만 잘 따르면 된대요!"

문서연의 말을 따라 남규환이 열심히 고개를 끄덕였다. 이게 뭐라고, 그들은 본인이 찍는 것도 아닌데 잔뜩 긴장하고 있었다.

"누구에게나 처음이 있는 법이니까 긴장한 건 당연한 거예요. 그러니까… 파이팅."

자기도 횡설수설하고 있다는 걸 깨달은 문서연이 급히 마무리했다.

헤일로는 그들을 보며 피식 웃었다. 화보 촬영을 하는 자신보다

320

더 긴장한 그들이 어이없지만 싫지는 않았다. 9집 녹음으로 고생한 이들을 위해 휴가를 줬음에도 불구하고, 매니저가 없는 저를 위해 스태프로 위장(?)하여 화보 촬영 스튜디오까지 따라온 멤버들을 어떻게 싫어하겠는가.

헤일로는 탈의실로 가다가 불현듯 뒤돌아 물었다.

"이왕 이렇게 온 거 마지막에 다 같이 사진 한 장만 찍어달라고 할까요?"

"네? 그래도 돼요?"

"한번 물어보면 되죠. 보통 해주더라고요."

"정말요?"

"촬영 잘하면."

헤일로가 뒤에 덧붙인 말에 눈을 빛내던 두 사람의 얼굴이 팍 식었다. 그가 잘할 거란 생각이 전혀 들지 않아서다. 그 모습에 헤일로가 입매를 비틀며 그들을 쳐다봤다. 원래도 설렁설렁할 생각이 없는데 그들의 태도가 그를 꽤 자극한 것이다. 두 사람이 서둘러 변명을 덧붙였지만 이미 늦었다.

사실 노해일의 화보 촬영을 걱정하는 건 멤버들뿐만이 아니었다. 누군가의 첫 화보 촬영에서 지독하게 고생한 경험이 있는 포토그래퍼는 미리 일정을 길게 비워뒀고, 경험 많은 스태프들도 '첫 촬영'이란 단어에 거부함을 느낀 게 사실이다. 아르보의 재팬 코리아 담당자 역시 마찬가지였다. 포토그래퍼 옆으로 다가와 한참 떠들어대는 그는 어떻게든 아르보에서 원하는 이미지를 주입하고 싶은 것 같았다. 노해일에게 아르보의 화보집을 보여주긴 했지만, 신인의 포즈를 믿는 것보단 프로의 디렉팅이 더 나을 것이다. 특히, 노해일은 신인 모델도 아니고 광고 촬영 경험이 전무한 신인 가수이지 않은가. 무대나 방송 경험은 있지만, 엄연히 다른 영역이었다.

포토그래퍼는 처음에 담당자의 말을 잘 듣다가 이젠 완전히 질린 얼굴이었다. 담당자만 아니었다면 '닥쳐'라고 외쳤겠지만, 차마 욕은 못 하고 짜증을 억누르며 말했다.

"촬영 시작하죠."

담당자는 그제야 지나쳤다는 걸 깨닫고 한 걸음 물러섰다. 그러고는 피사체가 될 주인공을 눈으로 쫓기 시작했다.

'나쁘지 않네.'

처음에 옷맵시가 나쁘지 않다고 생각했다. 데뷔 초 사진보다 훨씬 큰 노해일이 긴 다리로 앞으로 나아갔다.

'아슬아슬하게 180 정도? 더 크면 좋을 것 같은데.'

노해일이 계속 성장 중인 10대이니 가능성이 있다. 담당자는 어느새 포토그래퍼처럼 그를 예리하게 관찰하고 있었다. 노해일의 분위기는 괜히 크레이티브 디자이너가 추천한 게 아니라는 생각이 들게 했다. 그는 솔직히 인정했다. 한국에서 천재 소리 듣는다고 했던 것처럼 뭔가 독특한 분위기가 있었다. 독특함과 자유로움, 그리고 천재성까지. 다만, 한 가지 더 원하는 분위기가 있긴 했지만, 앳된 티가 나니 그건 어쩔 수 없었다. 아르보가 가장 원하는 분위기를 가진 소년은, 사람의 시선을 잡아끄는 매력이 있었다. 이제 담당자는 노해일이 기본만 해줘도 소원이 없을 것 같았다. 그러면 프로페셔널한 포토그래퍼가 다 잡아줄 테니.

조금 소란스러운 스튜디오와 차가운 공기, 그리고 쨍한 조명. 디렉터와 포토그래퍼가 카메라를 붙잡고 구도를 상의하는 사이 헤일로가 유유히 나와 1인용 소파와 낮은 테이블 같은 소품을 둘러보았다. 그에게 검은 머리를 요청했던 것처럼(가발을 썼다) 첫 콘셉트는 절제, 금욕적인 분위기 같다.

구도 상의를 끝낸 디렉터가 모델이 된 소년에게 무언가를 지시하려고 할 때, '턱' 하는 소음이 촬영 스튜디오에 울려 퍼졌다. 소음이 잦아들고 정적이 내려앉은 촬영장에 모든 사람들이 어느새 소음을 일으킨 소년을 보고 있었다. 낮은 테이블을 발로 차고는 그곳에 발을 올려놓고 비스듬히 선 소년은, 저에게 시선이 집중되자 입꼬리를 올리며 미소 지었다. 그가 의도한 것이었다. 책상을 밀어낸 반동으로 코트가 날리며, 코트에 새겨진 학이 일순 날아올랐다. 디렉터와 포토그래퍼가 바랐던 연출이었다.

찰칵. 찍어야 한다는 충동에 얼떨결에 버튼을 누른 포토그래퍼가 "오! 좋아요" 하며 탄성을 내질렀다. 그리고 그때부터 소년의 독주가 시작되었다. 화보 초보자인 소년에게 구도를 직접 지시하고 표정 연기까지 알려줄 생각이었던 디렉터가 입을 다물었고, 손톱을 물어뜯던 담당자가 멍하니 소년을 쳐다보았다.

찰칵찰칵. 신이 난 카메라 셔터와 "계속! 너무 좋아"를 연발하는 포토그래퍼. 소년은 본능적으로 시선을 끄는 법을 알았다. 책상을 걷어차는 건 아무나 하는 게 아니거니와 이후로도 지시할 일은 일어나지 않았다. 어느새 소파에 기대어 누운 소년에게서 촬영 전까지 볼 수 없었던 나른함이 보였다. 조명과 검은색 머리가 만들어낸 그림자에 하얀 얼굴이 일순 퇴폐적으로 보이기까지 했다.

"노해일 첫 화보라지 않았어?"

"공식 광고가 처음일걸?"

"근데 왜 저렇게 잘해?"

스태프들이 속닥이면서 떠들었다.

"방송 경험 있어서 잘한다고 하기엔⋯. 첫 화보 못 찍는 연예인 진짜 많은데."

타고날 순 있어도 노력 여부와 경험에 따라 달라지는 게 바로 화보 촬영이다. 화보가 나올 때마다 레전드를 찍는다고 회자되는 모델도 처음부터 잘하진 않았다.

"사실 이미 몰래 찍어본 거 아냐?"

"노해일 밴드 표정 보니까 아닌 거 같은데."

스태프 명목으로 동행한 노해일의 밴드 멤버 모두 예상치 못한 모습에 입을 턱 벌린 채 촬영을 보고 있었다.

"노해일 근데 다른 건 몰라도 이목을 끄는 건 타고난 것 같네. 아까 책상 걸어찼을 때 봤냐?"

"보통 성격은 아니더라. 근데 지금도 성격 센데, 나중 되면 문제되는 거 아냐? 기 싸움 장난 아닐 거 같은데."

"그건 모르지."

연예인이 어느 정도 성격 있다고 알려지는 게 나쁠 건 없다. 착하고 둥글둥글한 성격으로 살아남을 수 있는 바닥이 아니다. 처음엔 친절하게 대할지라도 특정한 상황에 그 사람이 어떻게 행동하느냐에 따라 앞으로 대하는 태도가 결정되곤 한다. 유순해 보이면 무시하고, 성격이 드세 보이면 더욱 신경 써주는 게 이 바닥이다. 지금은 성질을 부린 것도 아니고 그냥 책상에 발을 올린 것뿐인 데다 포토그래퍼의 반응으로 보아 괜찮은 컷이 나온지라 스태프는 꼬맹이가 의도한 건진 몰라도 영악한 건 분명하다고 생각했다.

"그리고 일만 잘하면 승승장구하는 게 이 바닥인 거 몰라?"

"그래도 저런 스타일 싫어하는 사람도 있잖아."

"일단 저 사람들은 거기에 포함되지 않은 것 같네."

"누구?"

스태프가 포토그래퍼와 아르보 담당자를 향해 턱짓했다. 그리고 한 명 더 추가하면 포즈를 지시해주러 왔던 디렉터.

"난 왜 부른 거야."

디렉터는 투덜거렸지만 노해일에게서 시선을 떼지 못했다. 노해일의 포즈와 구도를 열심히 보고 간혹 고개를 끄덕이며 꽤 마음에 들어했다. 아니 단순히 마음에 든 것 이상이었다.

"저 친구 혹시 모델 할 생각은 없대? 키만 더 크면 될 거 같은데."

노해일에게선 나른하면서도 강렬한 분위기가 났다. 열일곱 살의 소년에게서 언뜻 20대와 30대의 분위기가 느껴진다는 게 묘했다. 아르보의 담당자는 생각지 못한 원석, 아니 보석에 입을 헤벌리고 웃고 있었다. 조금만 있으면 침이 떨어질 것 같았다.

스태프는 두 번째 콘셉트를 찍기 위해 가발을 벗고 다시 백금발이 된 소년을 바라보았다. 기타를 든 소년에게선 끝없는 자유로움이 느껴졌다. 스태프는 소년이 나이를 먹으면 얼마나 더 대단해질까 생각하다가 의미 없다는 걸 깨달았다.

"누가 보면 어디서 화보만 10년 찍고 왔다고 생각할지도."

이미 열일곱 살이란 나이는 느껴지지 않았으므로.

"아니, 해일 씨 화보 처음 찍어보는 거 맞아요? 오늘 좀 날로 먹은 기분이에요."

처음 봤을 때, 노해일 씨라고 부르며 할 말만 하던 포토그래퍼는 그에게 컷을 보여주며, 친밀감을 표했다.

코트를 입은 흑발의 노해일과 점퍼를 입은 백금발의 노해일을 진지하게 바라보던 헤일로가 대충 대답했다.

"사실 처음은 아니고, 한 10년쯤 되었죠."

"뭐? 하하하, 어쩐지 너무 티 나더라. 연기 좀 해야 하는 거 아니에요? 이러다 금방 들키겠어."

그의 말을 농담으로 알아들은 포토그래퍼가 웃으며 받아쳤다.

"컷이 좀 남아서 그러는데 해일 씨, 마지막으로 하고 싶은 거 있어요?"

"음."

잘하면 뭐든 해준다는 게 괜히 한 소리가 아니다. 헤일로는 아까 멤버들과 약속한 것을 떠올렸다.

"단체 컷도 가능할까요?"

"오, 밴드 멤버랑 왔다고 했나? 물론이죠!"

그렇게 카메라 앵글 앞에 모두가 모였다. 덩치 큰 남자 둘과 성인 여자 하나가 쪼르르 모여 소년의 옆에 있는 것이 기이하면서도 잘 어울렸다. 멤버들을 따스한 시선으로 바라보고 있는 열일곱 살의 소년이 앵글에 가득 담겼다.

10. 스콜피온의 초대

인천공항에는 한 무리의 카메라맨과 기자, 리포터들이 모여 있었다. 입국장의 문이 열리자마자 플래시가 펑펑 터졌다.

"스콜피온이다!"

"스콜피온! 여기 봐주세요!"

한국에서 마이너인 메탈 음악 밴드라고 하나 두터운 팬층을 가진 글로벌 밴드다. 그들의 첫 내한이기도 해서 인천공항 앞에 마중 온 팬과 취재진의 반응이 뜨거웠다. 그리고 그들은 스콜피온의 뒤쪽을 주시하기도 했다. 대만에서 스콜피온 투어에 합류한 한 노인 때문이었다.

그는 어거스트 베일, 세계에서 네 손가락 안에 드는 레코드인 아우구스투스 레코드의 주주였다. 아우구스투스 레코드를 존 레오날드에게 물려주며, 경제면에서 잠적했던 노인은 최근 또 다른 이슈로 부상했다. 음원 제작사가 아닌 음원 유통사 베일의 주인으로서. 사

실 일반인들에게 거의 알려질 일 없는 음원 유통사 베일의 대표가
이토록 유명해진 건 계약한 가수들이 빠른 성장을 보인다는 것도
있지만 'HALO', 바로 '태양'의 정체를 알고 있는 사람이었기 때문
이다. 그의 모든 행적에 사람들이 의미를 부여했고, 그 끝에 HALO
가 있을 거로 믿었다. 그것을 알기에 어거스트는 더 HALO와 거리
를 두고 다른 가수들과 어울리는 건지도 모른다.

스콜피온의 리더 릴은 은근히 자신들의 뒤를 훔쳐보는 기자들
의 반응을 발견하며 입꼬리를 뒤틀었다.

'망할 영감.'

어거스트는 릴에게 정성을 보이겠다 어쩌겠다 하더니, 그에게
모든 인터뷰와 시선을 넘기고 호텔로 먼저 도망가버렸다.

"콘서트 게스트는 정하셨나요?"

"노해일, 아니 로의 음악은 언제부터 들으셨나요?"

"로는 당신의 제안을 생각해보겠다고 했는데 이후로 연락하셨
나요?"

릴이 선글라스를 내렸다. 그리고 기자들을 빤히 바라본다. 오래
간만에 인터뷰 좀 하려고 했는데 안 되겠다 싶었다. 그는 저를 여기
에 던져두고 영감이 태양을 먼저 보러 가는 꼴은 못 본다.

"콘서트 게스트?"

기자들이 어미 새를 기다리는 아기 새처럼 그의 입을 빤히 바라
보았다.

"음, 그게 어떻게 되었더라. 아!"

릴이 손가락을 튕기면서 입을 열리자 플래시가 번쩍 터졌다.

"저 사람들은 지치지도 않나."

작업실 창가에 서 있는 한진영이 블라인드 사이로 땡볕 아래 있는 사람들을 바라보며 중얼거렸다. 몇 날 며칠을 저기서 대기하는 건지 모르겠다.

오렌지 생과일주스에 시럽을 얼마나 넣어야 가장 맛있는 주스가 될까 고민하던 문서연이 귀를 쫑긋했다.

"그나저나 누가 사장님 음악 틀어놨어?"

"아니, 난 아닌데."

"여기서 나는 게 맞아?"

"그럼 어디서 나는데?"

"계단?"

탁. 계단을 올라오는 발소리가 나자, 모두의 시선이 돌아갔다.

Put your hand out the window and divide a cool breeze(창밖에 손을 빼고 바람을 갈라)

시원한 음악처럼 문이 부드럽게 열린다. 잠깐 환기용으로 열어두고 다시 닫는 걸 잊어버린 모양이다. 남규환이 당황하며 막아서려고 일어날 때, 한 남자가 문을 밀고 들어왔다. 어떻게든 존재감이 넘치는 남자였다. 입술에 박은 피어싱, 한쪽 뺨에 새겨진 작은 전갈 문신, 그리고 무엇보다 목에 박힌 글자, SCORPION.

무감각하게 안을 둘러본 릴이 소파에 기대어 앉은 헤일로를 발견하곤 씩 웃는다.

"안녕, 태양?"

릴의 핸드폰에서, 아직 끝나지 않은 HALO 9집 타이틀곡의 노랫소리가 울렸다.

Nothing's gonna get in the way(무엇도 방해하지 못할 거야)

"우리 구면이죠?"

사람들의 눈이 점점 커다래지는 때 헤일로가 태연하게 말했다.

"오랜만입니다, 스콜피온."

* * *

"이제 슬슬 올 때 됐는데."

서울 그랜드 인터컨티넨탈 호텔의 스위트룸. 기자들 앞에 스콜피온을 던져두고 자동차로 먼저 이동했던 어거스트 베일은 와인한 잔을 마시며 서서히 어두워지는 서울의 전경을 구경했다.

"참 눈부신 도시군."

밤이 오는 데도 도시 곳곳에 가득 찬 조명들이 밝게 빛났다. 고즈넉한 런던의 야경과는 180도 다르다. 현대식 고층 빌딩, 도로에 즐비한 자동차 라이트와 네온 간판으로 가득 찬 이곳은 인공적인 빛이 점령한 미래 도시 같다. 그는 태양이 사는 세상을 보며 빈 잔에와인을 채웠다. 하루에 한 잔 이상은 안 된다는 주치의의 소견은 완전히 잊은 지 오래였다. 한껏 여유를 부리는 어거스트는 스콜피온의 일그러진 표정을 떠올리며 속으로 큭큭 웃었다.

'얼마나 욕을 하고 있을지.'

그러나 그는 벽걸이 TV에서 나오는 뉴스에 웃음기를 잃어버리고 말았다. 몇 시간 전 인천공항에서 찍은 스콜피온의 내한 장면이 방영되고 있었다.

[콘서트 게스트는 정하셨나요?]

[노해일, 아니 로의 음악은 언제부터 들으셨나요?]

[로는 당신의 제안을 생각해보겠다고 했는데 이후로 연락하셨나요?]

기자들의 성화 속에도 스콜피온 맴버 전원이 선글라스를 낀 채로 앞서 나아간다. 그러다 돌연 릴이 멈춰 서더니 선글라스를 벗으며 히죽 웃었다. 어쩐지 불길함이 느껴지자 어거스트는 은 와인잔을 내려놓았다.

[콘서트 게스트?]

빙글빙글 웃어대는 건 무슨 꿍꿍이가 있다고 밖에 볼 수 없었다.

[음, 그게 어떻게 되었더라. 아!]

기자들을 애태우게 한 말솜씨가 스콜피온의 특기라는 걸 어거스트는 잘 알았다.

[다시 제안하러 가려고. 그래서 말인데, 지금 그는 어디 있지?]

[그라면 누구?]

[로 말이야.]

[그는 당연히… 레이블에 있겠죠.]

인터뷰이가 되레 당당하게 묻자, 기자 하나가 레이블 주소까지 말해줬다. 다행히도 편집으로 노해일의 레이블 주소가 전국에 방영될 일은 없었다.

영상은 계속 이어졌다. 그러나 더는 얌전히 보고 있을 여유가 없는 어거스트가 허겁지겁 릴의 방으로 달려갔다. 그의 방문을 아무리 두드려도 대답은 일절 없다. 그 옆방을 두드리자 스콜피온의 기타리스트 로이가 나왔다.

"지금 릴은 어디 있나?"

"방에 있겠죠. 없나요?"

한잔 걸치다 나온 로이가 오히려 물어왔다.

"어이, 릴 나와봐. 베일 경이 찾으시는데."

벨을 눌러봤지만 나올 리 없다. 릴은 여기에 없었으니 말이다.

"없는데요?"

태연하게 두리번거리는 전갈들을 보며 어거스트는 이마를 짚었다.

같은 시각, 릴은 팔짱을 긴 채 성수동의 노해일의 레이블 벽에 기대어 서 있었다. 선글라스를 벗은 채 살벌한(?) 얼굴로 소년을 노려보고 있자니, 멤버들은 무슨 일이 일어나는 게 아닐까 걱정했다.

'경찰이라도 불러야 하는 거 아냐?' 하며 문서연과 한진영이 눈짓하고 남규환이 손가락을 똑딱이며 준비할 때, 릴의 입이 불현듯 열렸다.

"내가 가장 먼저 발견하고 싶었는데."

그건 HALO의 모든 팬이 갖는 망상이었다. 누구보다 빨리 HALO를 찾아가는 것. 그가 먼저 정체를 밝히기 전에 그에게 영광이라 부르는 것이 그들의 로망이자, 바람이었다.

"사실 기회는 있었지. 머저리같이 놓쳤지만."

그때 이상할 정도로 '투쟁(Struggle)'을 잘 연주하는 소년을 만났을 때, 그리고 이후로 베일에서 다시 한번 만났을 때 알아봤어야 했다.

"그래도. 난 머저리가 아니에요."

남들이 다 눈에 보이는 걸 아니라고 외면할 때, 그는 있는 그대로 받아들였다.

소년은 너무 많은 흔적을 남겼다. 자기를 알아보라는 듯. 하지만 사람들은 여전히 믿을 생각조차 하지 않았다. 그들이 만들어놓은 '상식' 선에서 소년이 '태양'인 건 불가능했기 때문이다. 하지만 자신을 천재라고 믿는 스콜피온은 상식 안에서 천재를 판단해선 안 된다고 여겼다. 천재가 왜 천재이겠는가. 이미 그 틀을 벗어났기에 천재다.

"그때 내가 했던 말 기억해요?"

릴은 대답을 기다리지 않고 그때 했던 말 그대로 다시 반복했다.

"나와 같이 세계 정상에 가서 엄청난 음악을 만들자는 말. 지금도 유효해요. 여긴 우리에게 너무 초라하지 않나?"

릴은 그러곤 레이블을 둘러보았다. 아늑하다는 건 인정하지만, 한 은하를 밝게 빛내고 있는 태양에겐 무척 좁은 곳이란 생각이 들었다. 화려하고 거대한 고성 혹은 메트로폴리탄이 한눈에 보이는 첨탑이 '태양'에게 더 어울릴 것이다.

"내가 도와줄 테니 내 무대에서 밝혀요."

게스트 초대는 그런 의미였다.

잠시 정적이 내려앉았다. 밖에선 노을이 지고 있다. 어느덧 저녁이 되어간다. 그러나 누구도 점점 어두워지는 공간에 불을 켜야 한다는 생각은 하지 못했다.

"이제 얼마 남지 않았다곤 생각했지."

소년의 목소리가 들리자, 모두가 집중했다.

"내 이름을 부를 날까지."

9집을 발매했으니 그가 목표로 했던 13집이 얼마 남지 않았다. 그는 최대 2년을 생각했으나, 1년이 조금 넘게 걸리게 된 셈이다.

"그러니까, 내 무대에서…!"

릴이 환희에 찬 얼굴로 외쳤다.

"그런데."

그때, 나지막한 목소리가 들려왔다.

"이번에는 아니야."

"어!"

"이건 네 무대잖아."

그가 스콜피온의 무대에서 정체를 밝힌다면, 헤일로에겐 오히려 좋을 수 있다. 모두의 시선이 집중된 가운데 편하게 밝힐 수 있다.

하지만 그 순간 무대의 주인이 변하게 될 것이다. 아무리 스콜피온의 이름을 써 붙여도 HALO라는 이름 하나에 전 세계의 이목이 쏠릴 것이고, 스콜피온은 그냥 장소를 빌려준 사람으로서 남게 될 것이다.

세상에 어떤 게스트가 호스트의 무대를 빼앗는가? 별짓을 다 하고 살았지만 남의 집을 빼앗아본 적은 없었다. 그렇게 할 정도로 헤일로는 궁핍하지 않았다. 갈취의 행위에 변태적인 쾌락을 느끼지도 않는다. 스콜피온이 그와 그를 보러 온 관객을 희생해서 HALO를 화려하게 등장시켜주고 싶어했지만, 헤일로는 그런 걸 바라지 않았다.

"짧은 무대라고 해도, 내 무대에서 밝힐 거야. 그러니까 나를 방해하지 마."

노을을 등진 소년의 눈이 형형하게 타올랐다. 그건 곧, HALO 9집 타이틀곡 'L=299m/s'의 가사와 닮아 있다. 'Nothing's gonna get in the way(무엇도 방해하지 못할 거야)'라는 릴이 그를 찾아오며 들었던 곡 말이다. 그는 제안을 거절당했다는 서운함보다 경외에 찬 확신을 했다.

'그래, 이 소년이 HALO가 아니라면 누가 HALO란 말인가.'

"좋아요."

릴이 어깨를 으쓱하며 생각보다 일찍 포기하자, 멤버들이 당황하여 그를 쳐다보았다. 외견도 그렇고 아까 말할 때도 그렇고 이렇게 쉽게 포기할 줄 몰랐다.

"방해하지 않을게요."

릴은 긴장으로 목이 말랐다. 둥둥둥 귀에서 울리는 드럼 소리가 멈추지 않았다. 그는 주변을 두리번거리다가 바 테이블에 놓인 생과일 오렌지주스를 발견했다. 컵을 가리키자 문서연이 얼떨결에 고개를 끄덕였다.

한 모금 마시니 끔찍한 단맛이 느껴졌다.

'시럽을 도대체 얼마나 넣은 거야.'

오렌지 테러리스트의 목을 조르고 싶었지만 일단 입 안에 있는 걸 어떻게 해야 했다. 릴은 차마 뱉지도 못하고 입에 담고 있지도 못해 억지로 삼켰다. 그의 손이 마약 중독자처럼 덜덜 떨렸다.

"그렇지만 내 콘서트에 게스트로 와요."

컵을 차마 집어 던지지 못하고 고이 올려둔 릴은 괜찮은 척 연기하며 헤일로를 바라봤다.

"내 콘서트에서 노래를 불러주는 것만큼 더한 영광은 없을 테니."

릴이 한마디 더 덧붙였다.

"당신을 알아본 상으로."

"콘서트가 언제죠?"

헤일로의 물음에 릴의 얼굴이 밝아졌다. 기자들을 애태우던 기술은 상대를 가려가며 했다.

스콜피온은 피리 부는 사나이가 되어 기자들을 이곳에 이끌고 왔듯, 다시 데려갔다. 기자들은 기약 없이 노해일을 기다리느니 말이라도 해주는 릴을 선택하는 게 낫다고 판단했다. 연이어 기사들이 올라온 걸 보면 잘못된 판단은 아니었다.

스콜피온 노해일 레이블 방문
트래펄가 광장에서 시작된 인연
릴, 콘서트 게스트에 대해서는 노코멘트로 일축

└ 진짜 오는 듯? 와 누가 노해일 보려면 스콜피온 콘서트 가면 된다고 했는데 이게 성사가 되네.

└ ㅅㅂ 노해일 반응 상 안 갈 줄 알았는데.

└ 우리나라에서 메탈 인기 이렇게 많았냐. 지금 찾아보니까 매진인데.

└ 스콜피온이면 올림픽홀 매진 충분하지, 세계적인 밴드데. 우리나라가 메탈 주류 아니라도 첫 내한이라 국내 스콜피온 팬들 다 몰린 듯.

스콜피온 기타리스트 로이 수아송 "I love Soju" 세계 최고의 술 극찬

└ 이 새끼 내일 공연하는데 술???

└ 소주는 ㅇㅈ이지~

스콜피온 "그(노해일)는 세계 최고의 가수"

└ 근데 스콜피온 원래 태양 팬 아니었음? 배신감 개쩌네ㅋ

└ 그냥 립서비스겠지.

헤일로가 종일 언론을 지배하고 있는 스콜피온의 인터뷰를 보는데 어거스트에게 전화가 왔다. 헤일로는 그가 이미 스콜피온과 함께 내한했다는 걸 알고 있어 한국 번호에 놀라지 않았다.

「릴이 실례했다고 들었네만.」

"괜찮습니다."

헤일로가 옅게 웃자 어거스트는 좀 안심했다. 그래도 내재한 걱정은 있었다.

「혹시 그가 깽판을 친 건 아니지?」

그는 릴과 헤일로가 무슨 대화를 나누었는지 궁금했다. 당장 인터넷에 올라오는 사진을 보면, 스콜피온은 행복한 내한을 즐기고 있었다.

헤일로는 굳이 숨길 이유가 없어 사실을 담백하게 이야기했다.

"그냥 자기 무대에서 제 정체를 밝히라고 하더군요."

그는 마치 '오늘 점심은 된장찌개'라고 하듯 단조로운 어투였다.

「뭐?」

"저는 거절했고요."

「그 친구가 그냥 알겠다고 하던가?」

"일단 그렇게 말했습니다."

어거스트는 참 제멋대로 사는 그간의 릴의 행적을 생각하니 걱정이 앞섰다.

「걱정되는군. 믿을 수가 있어야지. 그 친구가 예측할 수 없는 친구라 말일세.」

"벌써 걱정할 필요가 있나요?"

헤일로는 태연하게 리모컨 버튼을 눌렀다. 시끄럽던 화면이 블랙아웃됐다.

「자네가 릴을 몰라서 하는 말일세. 게스트 무대를 하던 중에 돌연 자네의 이름을 부를지도 몰라.」

어거스트는 경고하듯 말했지만, 헤일로는 어깨를 으쓱했다.

"글쎄요."

헤일로는 동의하진 않았다. 그는 일어날지 아닐지 모를 미래를 걱정하지 않았다. 설사 밝혀져도 자신의 삶이 원래대로 돌아오는 것이니 바뀌는 건 없었다. 헤일로는 그저 자신이 몇 시간 동안 공연해야 하는 가수의 무대 주도권을 빼앗길 원치 않았다.

"그나저나 스콜피온을 따라 일본에 가실 생각입니까?"

「그건 왜?」

"저를 보러 온 게 아니었습니까."

헤일로의 말에 잠깐 전화 너머의 소리가 사라졌다. 한두 번이 아니라 헤일로는 새삼스럽게 여기지 않았다.

「계속 동행하진 않고, 이번에 한국에 좀 머무를 생각이네.」

"그렇습니까?"

「여기 말이야. 참 살기 좋은 동네 같네. 배달 서비스가 잘 되어 있고, 밤낮없이 밝으니 자네가 좋아할 만해.」

헤일로는 고개를 끄덕였다. 그는 이곳의 음식, 날씨, 거리가 좋았다. 거리에 지나가는 청춘들도 걸어 다닐 때마다 들려오는 음악 소리 역시 좋았다. 그렇게 보면 이 세상이 좋은 것 같다.

「요즘 바퀴벌레가 보여서 말이야. 당장은 안 되겠고 조만간 보도

록 하지.」

바퀴벌레, 그러니까 파파라치. 바퀴벌레(roach)의 발음이 파파라치와 비슷하여 빗대어 쓰는 표현이다. 헤일로는 박멸도 힘든 개체를 떠올리며 혀를 찼다. 노인은 한참 떠들다가, 마지막 말을 경고처럼 남기고 전화를 끊었다.

「전갈을 믿지 말게.」

***

스콜피온의 콘서트. 객석에 사람들이 하나둘 들어오기 시작했다. 마이너한 장르치고 다양한 사람들이 왔다. 누군가 노해일을 보려면 스콜피온 콘서트를 봐야 하냐는 농담을 했지만, 스콜피온은 세계적인 메탈 밴드로 그들의 꽤 많은 앨범이 빌보드에 올라갔고, 국내에도 다수의 팬을 보유하고 있었다. 원래 작은 땅덩어리에 마이너한 장르, 앨범 판매량도 많지 않아 스콜피온이 절대 내한하지 않을 거로 생각했던 팬들은, 내한 소식에 눈물을 흘리며 티켓팅을 했고 허수는 많지 않았다. 물론 꼭 한 음악 장르, 한 가수, 한 밴드만 좋아하리란 법은 없으니 이 중에 게스트로 온다는 소년의 음악을 기대하는 사람도 있을 것이다.

객석에 앉은 직장인 현성은 화장실에 간 애인을 기다리며 무대를 바라보았다. 가슴이 웅장해졌다.

'스콜피온의 내한이라니! 이게 내가 죽기 전에 일어난 일이라니!'

스콜피온 커뮤니티에서 말이 많았다. 티켓 오픈 전까지 믿지 않는 사람들로 가득했다. 예전에 스콜피온이 "한국은 메탈의 매력을 모른다. 앨범 판매량이 가장 낮다"라는 논란의 인터뷰를 했기 때문이다. 이후에 "듣기만 할 거면 집에 가서 들어라"라며 일본을 까고, "신사인 척할 뿐, 다들 역겨움 하나씩을 가지고 있다" 등의 어록으로 자기 본토도 까며 모두 까기 인형이 되어 논란을 잠재우긴 했지만. 아무튼 티켓 오픈 공지가 뜰 때까지 커뮤니티는 반신반의했다.

'암튼 존나 좋아.'

그는 스콜피온이 정말 오늘 스페셜 게스트로 나올 노해일 때문에 내한했는지 궁금했다. 릴이 술 먹고 헛소리도 하고 거짓말도 하고 허언증도 있지만, 내한의 이유까지 거짓으로 답변할 이유는 없었다. 실제로 내한하자마자 노해일 레이블에 쳐들어가기도 했다. 그래서 커뮤니티 내에서도 꽤 말이 많은 편이다.

스콜피온이 누군지도 모르는 애인이랑 같이 온 건 어디까지나 노해일 때문이긴 한데, 현성은 걱정이 되었다. 노해일의 음악과 스콜피온의 음악은 정반대에 가까웠기 때문이다. 노래방에서 우울한 노래를 부른 사람이 죄인이 되는 것처럼 노해일도 자칫했다가 스콜피온이 만들어놓은 불꽃을 꺼버릴지도 몰랐다.

그러나 현성의 걱정은 무대의 개막과 함께 폭죽이 터지며, 순식간에 사라졌다. 디스토션을 먹인 기타의 찢어지는 쇳소리, 일렉의 이중창과 강하고 거친 남자의 드러밍과 확고하게 리듬을 잡아주는 베이스. 곧 스콜피온 문신을 드러내며 샤우팅부터 지르기 시작한 리더 릴에 관객들이 들썩였다. 마치 지진이 난 것 같았다. 음악 자체도 거친데 그동안 스콜피온의 내한을 바랐던 팬들의 열정이 합쳐지니 올림픽홀이 중간에 무너져도 이상하지 않을 것 같았다.

스콜피온은 관객들에게 한 치의 쉴 틈도 주지 않았다. 남들은 성대결절이 일어날지 모르는 샤우팅을 오직 진성으로 내지르며 성난

황소처럼 무대 위에서 날뛰고 있었다. 팬들이 바라 마지않던 그런 무대였다. 의외인 건 노해일이 오프닝 게스트로 나오지 않았다는 거다. 차라리 오프닝 때 나와서 분위기를 점진적으로 일으켰다면 더 좋지 않았을까 싶었다.

분위기는 점점 더 고조되었다. 극점을 찍었다 했을 때, 스콜피온은 더 강한 노래를 선택했고, 더한 극점을 찾아갔다. 그때였다. 무대에 있던 스콜피온의 기타리스트 하나가 앞으로 튀어나와 기타 솔로잉을 보이기 시작했다. 현란한 움직임. 사람들은 처음 보는 멤버에 누구냐고 중얼거리려다 기타 속주에 눈이 멀었다.

와아아! 손을 멈추지 않고, 속주가 이어질수록 사람들의 탄성이 짙어졌다. 지금 연주하는 곡은 스콜피온의 곡 중 기타리스트에게 가장 까다로운 곡으로 여겨지는 것이었다. 간혹 메인 기타리스트인 로이가 틀리는 '짤'이 인터넷을 돌아다니기도 했기에 모두가 어려운 곡이라는 걸 알았다.

마침내 기타의 긴 솔로잉이 끝나고 곡이 마무리됐다. 관객들이 박수와 환호를 아끼지 않았다. 릴도 옆에서 환하게 박수했다. 그런데 현성은 릴이 저렇게 멍청한 표정으로 서 있는 걸 처음 봤다. 보통 멤버들을 구박하거나 한심하게 쳐다보거나 서로 욕을 했으면 했지, 광신도처럼 헤벌쭉 입을 벌리고 손뼉을 치는 건 그래미에서도 본 적이 없었다. 물론 릴은 그래미를 보이콧한 이후로 한 번도 간 적이 없다. 설마 새로운 멤버를 한국에서 소개하는 건가 하는 의문이 드는 순간, 모자와 마스크를 벗으며 정체를 드러낸 건….

"…해일이?"

애인의 외침처럼 소년이었다. 이제까지 보컬에 묻혔던 노해일의 기타 실력. 사실 새로운 멤버라고 소개했어도 모두가 환영했을 실력이었다. 그래서 릴이 저렇게 그답지 않게 호의적으로 구는 건가 싶었다.

"와줘서 고마워요, 내 친구"라고 원래 이렇게 인사한 후 다음 곡을 부르는 게 리허설 순서였지만, 릴의 변덕이 시작되었다.

"우린 지난 크리스마스에 트래펄가 광장에서 만났었죠."

영어를 잘 아는 사람들은 그 비하인드 스토리가 나오자 환호했고, 모르는 사람들은 "뭐래?", "뭔데"라고 옆 사람한테 물었다.

헤일로는 어거스트 베일이 그에게 했던 경고를 떠올렸다. "전갈을 믿지 말게"라는 그 마지막 메시지. 누군가는 예상치 못한 상황에 당황했을지도 모르나 헤일로는 오히려 입꼬리를 올렸다.

'그래, 이상하게 순순히 넘어간다 싶었지.'

"제가 그 당시 푹 빠졌던 곡을 연주할 때였어요. 그 음악이 뭐였는지 기억나세요, 로?"

릴이 의미심장하게 그를 바라봤다.

헤일로가 피식 웃으며 답했다.

"투쟁."

사람들은 익숙한 제목에 웅성거렸다.

헤일로가 아랑곳하지 않자 스콜피온도 더 빙글대며 웃었다.

"당신은 '투쟁'을 연주하는 나에게 이렇게 말했죠. '지금까지 다섯 번이나 틀렸어'."

흥미진진한 전개에 영어를 아는 사람들이 귀를 기울였다. 영어를 모르는 사람들은 말이 길어질수록 바빠졌다. 현성의 애인은 영어 강사로서 옆자리에 앉은 사람에게 훌륭히 통역해주었다.

"그리고 나는 당신에게 '난 모르겠는데. 네가 알려줄래?'라고 말했죠. 난 나보고 기타 배우라고 하는 사람을 그때 처음 보았어요."

사람들은 누구도 이게 릴의 애드리브로 갑작스럽게 진행되고 있는 걸 눈치채지 못했다. 릴의 변덕에 익숙한 멤버들도 오늘 게스트로 초대된 소년도 태연하게 웃고 있었으니까.

"난 그리고⋯."

스콜피온이 잠시 말을 잃었다. 그때 소년의 연주가 떠올랐기 때문이다. 그 연주에 HALO가 생각났던 이유를 그는 늦게 알았다.

"세계 최고의 '투쟁'을 듣게 되었죠. 일렉 기타가 아닌 포크 기타로 연주하는 최고의 '투쟁'을."

릴은 헤일로와 눈을 맞추었다. 관객들도 멤버들도 심지어 헤일로도 웃고 있는데, 먼저 도발했던 그가 이상하게 초조해졌다. 헤일로가 아무런 반응을 보이지 않기 때문이다. 그는 어디 한번 마음대로 하라는 듯 굴고 있었다.

"난 그때부터 당신을 무대에 초대하고 싶었어요."

릴은 사실 그의 이름을 불러버릴 생각이었다. 헤일로는 자기가 밝힌다고 했지만, 그는 여전히 헤일로가 정상에 있는 게 어울린다고 생각했다. 초라한 집이 아닌 거대한 성에서, 작은 변방이 아닌 더 넓은 나라에서⋯. 그래서 그의 이름을 부르려고 했는데.

"존경하는⋯."

헤일로의 시선이 비켜나간다. 그는 어느새 관중을 향해 있다. 옆에서 본 소년은 관중들의 호흡에 몰두한 것 같다. 저에게는 하고 싶은 대로 하라고 호응해주고는. 릴은 문득 자신이 어거스트에게 던졌던 질문을 떠올렸다. '태양'의 정체를 알고 있으나 그의 옆에 가지 못했던 겁쟁이 노인에게 했던 그 말.

"그냥 무서웠던 거 아니에요? 태양의 자유를 방해했다가 미움받을까봐."

그 질문이 화살이 되어 다시 그에게 돌아온다.

"자네는 안 그렇고?"

릴은 혀가 바싹 마르는 걸 느꼈다. 그때 자신은 그 질문에 뭐라고 대답했더라. 시간이 점점 느려지는 것 같다. 마지막 멘트를 던져야 할 때 그는 입술을 달싹이다가 결국 한마디를 꺼냈다.

"로."

릴은 결국 H를 입에 담지도 못했다. 그는 소년의 신곡 무대 '웰컴 투 마이 월드'를 보며 안타까워했다. 그러나 그는 동시에 자신이 마음만 먹는다면 언제든 소년의 이름을 부를 수 있다는 것을 알았다. 지금도 그러했다. 그러니 그가 HALO의 이름을 담지 못하는 건, 타이밍의 문제가 아닐 것이다.

릴은 레이블에서 나누었던 대화를 떠올렸다.

"이제 얼마 남지 않았다곤 생각했지. 내 이름을 부를 날까지."

그는 이제 얼마 남지 않았다고 했다. 억지로 릴이 밝히지 않아도 그는 곧 정상에 오를 것이다. 릴은 그답지 않게 인내심을 갖기로 했다. 다만, 이대로 헤어지긴 싫다. 이왕 애드리브로 리허설 순서를 깨버린 거 한 번 더 깨버린다고 달라질 게 없을 것이다. 특별 게스트인 소년의 신곡 무대가 진행되고 나서 릴은 집요하게 소년을 말로 붙잡았다.

"로, 혹시, 한 가지만 더 부탁해도 될까요?"

"뭔데요?"

어려운 부탁은 아니다.

"콘서트 마지막 날 보여줬던 미공개 곡. 혹시 들려줄 수 있나요?"

소문만 무성한 미공개 곡, 그 곡이 듣고 싶어졌다. 너튜브에 아직 안 올라오기도 했고 무엇보다 촉이 발동됐다. 릴은 어쩐지 그 노래가 로가 아닌 HALO의 것일지도 모른다고 생각했다. 노해일 음악과 좀 다르다는 평과 콘서트 당시 노해일이 정규앨범을 발매했다는 걸 고려하면 충분히 가능성이 있었다. HALO의 앨범은 달마다 나오니 분명 만들어둔 곡이 있을 것이다. 사실 반은 억측이었는데 릴은 제 요청에 피식 웃는 헤일로를 보고 강렬한 직감을 가졌다.

'어쩌면 진짜로…?'

마침내 소년이 대답한다.

"좋습니다."

그 대답 하나에 영어를 알아듣는 사람들이 환호성을 질렀고, 뒤늦게 통역을 받은 이들도 따라 소리 질렀다.

소년이 앞으로 나와 일렉 기타를 부드럽게 연주했다. 이윽고 목소리가 울려 퍼졌다. '새벽이 오기까지는'이라는 제목의 곡은 한국어 가사에 지금까지의 HALO의 음악에 비해 매우 평화로웠다. 하지만 그 속에 HALO 특유의 감성이 존재했다.

어스름한 새벽이 펼쳐진다. 모든 혼란의 소용돌이를 잠재우는 여명. 이는 곧 종전을 고하는 의미지만 그 후에 기쁨이나 환희는 없었다. 전쟁이 끝나고 살아남은 이들이 황폐해진 고향을 맞이하듯 짙은 허무가 느껴졌다. 부드럽고 잔잔한 선율은 스콜피온을 보러 온 관람객들이 가장 우려하던 '분위기를 떨어트리는 음악'이었으나 싫어할 사람은 없었다. 누군가의 눈에 눈물이 맺혔다. 강렬한 감정에 휘말렸다. 어쿠스틱 곡을 일렉 기타로 대신한 소년의 목소리가 흩어지며 특별 무대가 끝이 났다.

잠시의 정적. 그리고 곧 소년을 맞이한 건 스콜피온 팬들의 응원법이었다. 발을 구르며 위로를 대신하고 진성으로 목을 갈며 표현했다. 스콜피온 멤버들도 잘 들었다고 박수갈채를 보냈다.

"잘 들었어요, 로."

스콜피온의 리더 릴은 HALO 특유의 벅차오름을 만끽하며 생각했다. 이래도 모르겠냐고. 노해일을 연호하는 사람들에게 외치고 싶지만, 목구멍에서 턱 막혀 나오지 못했다. 그리고 스스로에게 대답했다.

'역시 천재를 바로 알아볼 수 있는 자는, 같은 천재뿐이야. 바로 나 같은.'

"부탁을 들어줘서 고마워요."

'나의 경애하는 '태양'.'

"그 곡은 언제 다시 들을 수 있나요?"

릴의 질문이 모든 관객에게 알려지기까지 11초였다. 정확히 관객들의 마음을 대변하는 질문에 환호성이 깔린다.

헤일로는 솔직하게 대답했다.

"열세 번째 앨범이 나올 때쯤?"

"열셋? 그럼 얼마 안 남았네."

영어는 못해도 'Thirteen'이란 단어까지 모르긴 힘들다. 사람들이 웅성거리기 시작했다.

"노해일은 이제 막 첫 번째 정규앨범을 냈는데 열세 번째 앨범?"

"농담이겠지?"

더 이해할 수 없는 건 스콜피온의 답이다.

"얼마 안 남았다고?"

"쟤네 지금 뭔 소리야? 이게 아메리카식 조크냐?"

관중을 그야말로 혼란으로 몰아넣은 이들은 아랑곳하지 않고 인사했다. 노해일의 특별 무대는 거기까지가 끝이었다. 그렇게 다시 스콜피온의 무대가 시작되었고, 앙코르, 앙앙코르, 앙앙앙코르까지 목을 갈아 넣으며, 그의 내한을 간절히 기다렸던 팬들의 하루가 완벽히 끝났다.

메탈 팬들에겐 지옥 염화 같은 공연을 선물한 스콜피온의 콘서트. 곧바로 재팬 투어가 남아 있다는 게 아쉬울 정도였다.

"제발 다음에 또 와주세요."

"앨범 많이 살게요!"

"다음에 해일이 또 불러주세요!"

콘서트에 왔던 이들이 공항에 쫓아가 손을 흔들었다. 스콜피온은 뒤돌아보지 않고 엄지를 올렸다.

"I will be back."

다시 돌아오겠다는 약속에 아저씨 팬들이 "워 어어!" 하고 함성을 질렀다.

스콜피온의 콘서트는 그렇게 끝났지만, 아직 끝나지 않았다. 우선, 한국 콘서트 혹은 노해일에 대해 남기는 스콜피온의 별그램이 업로드되어 여러 커뮤니티에 돌아다녔다. 릴의 멘트와 함께 올린 게시글에는 선택받은 830명의 정예들만 받았던 노해일의 기프트 인증샷이 포함돼 있었다.

[@SCORPION: 최고의 콘서트였어. 고마워, Roh and Korea.]
└ 와 진짜 성덕이었네.
└ 아니 부럽다… ㅅㅂ
└ 스콜피온 성공했다. 노해일도 만나고.
└ 노해일 굿즈 받는 법: 스타가 돼서 게스트로 초대하면 됨.
└ ㄹ ㅇ 쉽네ㅋㅋ

스콜피온 콘서트에 대한 후기와 반응들이 다음 날 우후죽순 올라왔다. 그때부터 시작이었다.

> 노해일, 세계적인 메탈 밴드 스콜피온 내한 공연 게스트 출격!
> 세계적인 밴드가 '존경'하는 K-POP 가수
> 스콜피온 콘서트에 무슨 일이 일어났는가?
> 노해일의 소극장콘서트 굿즈를 얻는 가장 쉬운 방법

누가 보면 한국을 메탈의 성지라고 여길 정도로 '메탈', '스콜피온'이란 이름이 다음날 인터넷을 점령했다. 평소 메탈에 관심 없던 사람도 노해일이란 이름은 알았고, 노해일에게 관심이 없어도 '세계를 주도하는 K-POP 산업'이란 말에 자다가도 벌떡 일어나는 사람들까지 몰려왔기 때문이었다.

[ㄷㄷ이게 될놈될인가. 세계적인 밴드 리더를 여행 가서 만났다고?]
[극찬할 정도면 누가 찍었을 가능성도 있는데. 트래펄가 기타 배틀 영상 3시간 동안 구글링하면서 아직 발견 못 함. 혹시 찾은 사람?]

[저 정도 친분이면 진짜 노해일 만나러 온 모양인데? 인맥 무엇.]

무엇보다 큰 반응을 일으킨 건 사람들의 말이 아닌 직캠 영상이
다. 올림픽홀이 2,000명 넘는 관람객을 수용하는 만큼 노해일의
소극장 콘서트와 비교할 수 없을 만큼 많은 양의 직캠이 올라왔다.
'스콜피온이 새로 영입한 줄 알았던 기타리스트가…'라는 제목
으로 올라온 너튜브 영상은 몇 시간 만에 100만 조회 수가 찍혔으
며, 소극장 마지막 콘서트에서 불렀지만 여태 영상이 올라오지 않
았던 미공개 곡 직캠이 실시간 핫 영상 1위에 등극했다.

[(직캠)(4K 60P) 노해일-(미공개곡) 새벽이 오기까지는]
  ㄴ 나… 그냥 개쩐다.
  ㄴ 마지막 콘서트 보고 온 놈이 제발 발매해달라고 하는 거 봤는데 내가
  지금 그럼ㅠㅠㅠㅠ 음원 좀 제발… 완성했잖아. 좀 발매하라고.
  ㄴ 노해일은 천재 맞다. 그리고 갓콜피온 형님은 신이다.
  ㄴ 저걸 시키네. 사스가 갓갓갓갓 형님ㅜㅜ

너튜브의 수많은 영상 중 제일 먼저 올라간 두 영상이 아무래도
가장 많이 알려졌고, 높은 조회 수를 기록했다. 이 영상을 한 번도
안 본 사람은 있어도 한 번만 본 사람은 없었다. 이것으로 끝이 아
니었다. 사람들은 영상에 만족하지 않았다. 처음에 미공개 곡을 들
으며 울고, 기타 연주로 감탄하며 몇 시간을 보낸 이들은 뒤늦게 스
콜피온과 노해일이 나눈 토크에 집중했다.
그중 첫 번째 이루어진 '투쟁'에 대한 토크는 주로 HALO 커뮤

니티에서 화제가 됐다. 그리고 두 번째 토크, 즉 미공개 곡에 대한 노해일과 릴의 대화에 많은 사람들이 의문을 품었다. "그 곡은 언제 다시 들을 수 있나요?"라는 릴의 질문에 노해일이 "열세 번째 앨범이 나올 때쯤?"이라고 답했다. 처음엔 아직 계획이 없다는 의미로 생각했는데, 생각할수록 13이라는 숫자가 미묘했다.

[왜 그 많고 많은 숫자 중에 하필 13일까.]
└ 나도 그거 좀 이상했는데.
└ 그냥 백번째 앨범쯤에서 낸다는 거 아님?
└ 그럼 그냥 언젠가라고 답하면 되잖아. 열세 번째라고 특정하는 건, 뭔가 있는 거 아냐?
└ 이제 노해일 정규 1집 냈는데 13집까지 뭐가 있다고?
[단순히 13일의 금요일 뭐 이런 거로 생각하면 될 듯. 아님 노해일 기독교인가 보지. 13이 기독교에서 특별한 숫자잖아.]
└ 13은 6번째 소수고, 7번째 피보나치 수다. 아르키메데스의 다면체는 열세 가지이다.
└ 위키백과 멈춰!

분명 13이란 숫자가 기이한 건 맞았다. 거기에 더해 "열셋? 그럼 얼마 안 남았네"라고 한 스콜피온의 답변이었다. 콘서트에서도 사람들이 "아메리칸 조크냐"라고 웅성거린 것처럼 이해할 수 없는 대화였다. 그때 누군가가 이야기했다.

[얘들아, 해일이 컴백을 세 번씩 하니까, 이론상 4, 5년 안이면 가능하지

않을까?]

└ ㅋㅋㅋㅋㅋㅋㅋㄹㅇ 4년이면 얼마 안 남았네.

└ 이건 13이란 숫자를 꺼낸 노해일의 업보다.

└ 업보 고려하면 노해일은 830집까지 내야지, 진심.

다른 가수가 들었다면 '죽… 여… 줘…'라고 외칠 이론을 세우기도 했다. 여기서 좀 더 파고들었다면 깊이 있는 대화가 이루어졌을지도 모르나, 사람들은 그러지 않았다. 새로운 기사들로 세상이 시끌벅적했기 때문이다. 예컨대 HALO 9집의 타이틀 'L=299m/s'가 최초로 빌보드 톱 9에 들었다든가, 'I am HALO'가 최장기간 빌보드 톱 100에 자리하고 있다든가 하는 기사들. 노해일이 음방 출연 없이 음방 1위 트로피를 받았다든가, 뮤지컬 덕후들에게 가장 회자된 창작 뮤지컬 〈록〉의 캐스팅이 완료되었다든가 하는 뉴스들.

그리고 업계 사람들이 집중했던 또 하나의 뉴스가 있었다. 대만에서부터 스콜피온과 동행한 베일이 스콜피온의 재팬 투어에 따라가지 않고 한국에 남았다는 것이다. 이는 해외 음원 산업에 관심 많은 연예계에서 가장 큰 이슈였다.

어거스트가 아닌가. 대중에겐 HALO의 정체를 알고 있는 유일한 사람으로 알려졌지만, 그가 달고 있는 건 HALO라는 이름뿐만이 아니다. 그는 음원 유통사 베일의 대표 이전에 아우구스투스 레코드의 주인이기도 했다. 현재 아우구스투스의 CEO가 존 레오날드인 건 모두가 알고 있다. 그러나 진정한 주인은 여전히 어거스트 베일이었다.

유니버스 레코드, 소나 뮤직, 워너 뮤직과 함께 네 손가락 안에

드는 음원 제작사이자 매니지먼트를 아우르는 대형 기획사 주인인 만큼 가수나 아이돌 소속사, 방송국 등이 그의 행보에 관심을 가질 수밖에 없었다. 그가 그냥 한국에 놀러 왔을 리는 없고 분명 한국에 남은 이유가 있을 것이다. 그리고 그렇게 생각한 건 어거스트의 뒤를 집요하게 쫓아다닌 담당(?) 렉카 존도 마찬가지였다.

'누구 영입하러 왔나?'

그는 이미 베일 홈페이지에 공개된 가수를 줄줄이 외운 상태다. 퀴즈 쇼에 나가 베일의 가수에 관해 묻는다면 질 자신이 없을 정도로. 그가 아는 바에 따르면 베일과 계약한 가수 중 동양 출신은 일본의 한 록 밴드밖에 없다. 그러니 가수를 케어하러 온 건 아닐 테다. 새로운 가수와 계약하러 온 것이다. 직원이 아니라 어거스트 본인이 직접 남은 걸 보면, 꽤 이름있는 가수일 가능성이 컸다.

'빌어먹을 노인네. 이대로 영영 '태양'을 만나지 않을 생각인가.'

존은 어거스트가 자신의 존재를 진작에 눈치챈 걸 알았다. 그는 좀 더 은밀하게 행동하지 않은 걸 후회했지만, 너튜브로 짭짤하게 벌어들인 수입을 생각하면 그리 아쉽지도 않다. 이미 다른 렉카들이 떨어져 나간 상황에 '태양'을 발견한다면 그는 천문학적인 돈을 벌게 될 것이다. 고급 요트를 타고 개인 해변에서 미녀들과 뛰어노는 망상을 하던 존은 노인이 한국에 눌러앉은 순간 포기했다.

'새로 영입할 가수나 찍지 뭐.'

존은 어거스트가 머무르는 호텔 맞은편 카페에서 카메라를 들고 대기했다. 드디어 익숙한 노인이 로비로 나왔다. 존은 눈을 번뜩였다. 노인 앞에 선 고급 대형 택시. 뒤이어 다른 소형 택시가 그 뒤에 바싹 붙었다. 소형 택시에서 다른 손님이 내린 걸 보고 존은 크게 관심을 갖지 않았다.

존은 서둘러 카페에서 뛰쳐나왔다. 대형 택시에 가려져 노인이 잘 보이지 않았지만, 필히 올라탄 게 분명했다. 존은 한국에 오자마자 대여한 차에 올라타 방금 출발한 대형 택시를 쫓아가려고 했다. 그런데 문득 대형 택시와 가깝게 붙어 있던 소형 택시가 눈에 들어왔다. 존은 고민했다. 그는 노인이 어느 차에 올라탔는지 제대로 보지 못했다. 대형 택시에 올라탔다고 생각한 건 택시 안이 제대로 보이지 않았지만 노인이 그 앞에 섰던 걸 보았기 때문이다. 하지만 만약 노인이 거기에 타지 않았다면? 노인이 자신의 존재를 알고 있기 때문에 충분히 속임수를 썼을 수도 있다. 존이 갈등하는 사이 두 차의 방향이 갈라지는 게 보였다. 고민할 시간도 없다. 결국 선택해야 할 때다.

"망할 노인네!"

존은 직감을 믿기로 하고 작은 택시를 쫓았다. 그는 서울의 지리를 잘 몰라 불안하기만 했다. 택시는 멈추지도 않고 요리조리 잘 지나갔다. 저기 노인이 없다는 걸 확인하면 당장 차를 돌릴 것이다. 얼마나 달렸을까. 존은 건물 근처 다닥다닥 주차된 자동차들과 일방통행 도로 때문에 택시를 놓치고 말았다.

"Fuck!"

운전대를 '탁' 치고 욕을 하며 돌아가려고 하는데 그는 문득 이 동네가 익숙하다는 걸 깨달았다.

'여기를 어디서 봤더라. 매번 노인만 쫓아다녀서 다른 동네에 와본 적이 없는데. 왜 와본 것처럼 익숙하지?'

불현듯 기억이 스쳐 지나간다. 스콜피온! 스콜피온이 내한하자마자 찾아갔던 한 소년의 레이블이 있는 동네였다. 영상과 사진으로 나왔던 골목과 상점이 딱 이곳과 비슷했다.

"잠깐…. 그 택시에 탄 게 어거스트가 맞다면, 여기에 온 건…."

성수동에는 많은 엔터테인먼트가 있다. 하지만 거기까지는 미처 몰랐기에 존은 얼떨결에 정답을 맞히고 말았다.

"지금 그 게스트를 보러 온 거야?"

* * *

헤일로는 메신저로 받은 기사의 스크롤을 내렸다.

창작 뮤지컬 〈록(rock)〉 12월 말 혹은 1월 초 예정… 한국대 대학생 정우가 마주한 록의 세상

〈록〉은 서울시 뮤지컬 대본 공모전에서 대상을 차지한 대본 '로커'를 기반하여 만든 뮤지컬로 6070시기 한국 초창기 록과 그 시대를 살았던 한국대 대학생 정우와 '고추잠자리' 밴드의 이야기를 다뤘다. '고추잠자리'의 보컬리스트이자 기타리스트가 될 정우는 박혁과 독고영이 연기하며, '고추잠자리' 밴드 멤버인 기타리스트 민섭, 키보디스트 혜림, 드러머 수일 역에는 각각 쉘·서도현, 김희주·주연우… 등이 더블 캐스팅 됐다.

"왜 보냈나 했더니."

헤일로가 피식 웃었다.

특별한 메시지는 없었다. 그가 받은 건 이 기사가 다였다. 그러나 익숙한 이름 하나에 의도가 뻔히 보였다. 당당히 주인공 정우의 밴드 멤버 혜림으로 캐스팅된 주연우가 피처링 녹음 때 했던 말을 지켰다는 의미로 보낸 것이다.

"그때 제가 노해일 씨 노래 멋있게 불러드릴게요."

그래도 정우 역을 따내진 못했으니, 여전히 그의 노래를 부를 일은 없을 것이다.

기사에는 모두가 아는 뮤지컬의 줄거리, 캐스팅된 배우와 프로듀서의 멘트 외에 특별한 내용은 없었다. 뮤지컬 〈록〉에 참여한 스태프, 특히 작곡자의 목록은 보이지 않았다. 그나 신주혁 등 대중가수를 부른 이상 쭉 숨길 리 없고, 티켓 오픈 전에 터트리려는 게 분명했다. 이미 화려한 출연진에 공모전 대상을 받은 극본, 그리고 믿고 보는 총연출가 등 뮤지컬 〈록〉의 존재를 이미 알고 있고, 기대 중인 뮤지컬 덕후들에게 티켓팅 직전에 호재가 터지는 건 좋진 않을 것이다. 가뜩이나 뮤지컬 티켓팅은 쉬운 적이 없는데, 가수의 팬까지 불러들이면 '피켓팅'을 넘어 과다출혈이 일어날 수 있었다.

주연우가 딱히 답장을 바라고 보낸 내용이 아닌지라 혜일로는 군이 답하지 않았다. 읽었다는 표시만으로 충분할 것이다. 혜일로가 패드를 내려놓으려고 하는 찰나 메시지가 왔다는 알람이 울렸다. 원래 같았으면 나중에 확인했겠지만, 그가 멈칫한 건 발신자의 이름이 유독 익숙했기 때문이다.

> 뮤지컬 〈록〉의 총연출가 녹지담 프로듀서는 "〈록〉은 지난해부터 이어져 온 장기 프로덕션이다. 예기치 못한 지연으로 많은 관객분을 기다리게 한 점 사죄드린다. 관객의 성원에 보답하겠다"라고 밝혔다.

방금 기사에서 보았던 〈록〉의 총연출가 녹지담이었다. 이미 곡을 넘겨준 지 오래라 이 사람이 그에게 연락할 이유가 없을 텐데.

[노해일 씨.]

문자의 첫 문장을 읽는 도중 헤일로는 패드를 내려놓고 고개를 들었다. 계단에서 발걸음 소리가 들렸다. 스콜피온이 왔을 때와는 좀 달랐다. 갑작스러운 방문이 아니라 이미 약속된 손님이었다. 최근 톱스타의 열애설이 터진 터라, 그의 레이블 앞에서 늘 대기했던 기자들이 잠깐 자리를 비운 상태였다. 느긋한 구두 소리가 가까워지자 헤일로의 얼굴이 밝아졌다.

"좀 덥군."

이윽고 멋들어진 베레모를 쓴 노인, 어거스트 베일이 모습을 드러냈다. 모자를 벗으며 들어온 그와 눈이 마주친 순간 헤일로가 먼저 입을 열었다.

"좋은 아침입니다, 베일 씨."

"정말…. 좋은 아침이네."

오랜만이란 인사가 아닌 자주 만났던 사이처럼 하는 인사였다. 어거스트는 여전하면서도 훨씬 더 청년에 가까워진 소년을 보며 가슴이 벅차올랐다.

오랜만에 재회한 것치고 두 사람은 바로 많은 이야기를 풀어놓지 않았다. 그냥 평소처럼.

위이잉. 능숙한 바리스타처럼 에스프레소를 뽑은 헤일로는 두 잔을 식탁에 내려놓았다. 노인은 헤일로가 이제까지 작업했던 공간을 둘러보았다. 노해일과 헤일로의 전 앨범이 녹음된 녹음실부터 노해일의 정규 1집 기획 당시 사용했던 회의실, 최신식 설비가 가득한 콘트롤룸, 부엌이자 카페 공간으로 쓰고 있는 바 테이블. 그 중 가장 인상적인 건 햇살이 쏟아져 들어오는 휴식 공간이었다. 그곳엔 긴 패브릭 소파와 누구나 편하게 누울 수 있는 리클라이너가 배치되어 있었다. 넓적한 티 테이블 위에 얹어진 턴테이블, ㄱ자 모양의 책장에는 책과 앨범, LP판에 장식품이 놓인 공간은 누가 봐도 매력적인 휴식 공간이다.

그리고 가장 시선이 가는 건 깊숙이 팬 창이었다. 성인 남자가 앉을 수 있을 정도로 깊고 넓게 파여 있는 창턱은 선반으로 혹은 의자나 테이블로 쓸 수 있을 것 같았다. 아마도 소년은 저 위에 노트를 올려두고 창밖을 보며 작곡했을 것이다. 영감이 떠오르지 않을 땐 저 위에 앉아 기타를 연주했을 테고, 그냥 햇살을 받으며 에스프레소 한 잔의 여유를 즐겼을지도 모른다. 멤버들과 잔을 부딪치고 같이 고민하며 음악을 만들어내는 동안에 저곳에서 보이는 해와 달이 자리를 바꾸었을 것이다. 그가 흘려보낸 시간이 얼마나 아름다웠을지…. 어거스트는 소년을 찾아오지 않았던 시간이 다시금 아까워졌다.

"그나저나 자네 멤버들은 어디 있는가? 한번 보고 싶은데."

늘 전화기 너머로 멤버들의 목소리가 들려오곤 했는데, 오늘만큼은 작업실이 고요했다. 어거스트는 저를 위해 멤버들이 배려를 한 게 아닐까 걱정했다.

"그런 건 아니고요, 아래층에서 자고 있습니다."

"아래?"

"어제 다 같이 밤을 새워서요."

헤일로는 잠깐 어젯밤을 회상했다.

그의 멤버들은 리허설대로 진행하지 않은 스콜피온의 태도에 꽤 불쾌해하며 한참 동안 욕을 했다. 물론 밤새 뒷말만 한 건 아니었다.

"작곡은 잘 되어가요?"

"어… 그게…. 사장님. 좀 봐주실 수 있으세요? 이 부분이 좀 이상한 것 같은데."

"그럼요."

"저는 조금 더 복습하고 가겠습니다."

"규환이 연습하게? 그럼 나도 좀 더 하고 갈까? 같이 하자."

"형 약속 있는 거 아녔어요?"

"공학이는 연장근무. 덕수는 내일 메가박스에서 무슨 콘서트인가 애니메이션인가 응원할 거라고 일찍 잔대."

"웬 응원?"

다들 해가 뜬 이후 아래층에 자러 내려갔고 지금 레이블에 헤일로가 혼자 있는 이유였다.

"다음에 볼 수 있으면 좋겠군."

다음을 기약하는 말에 헤일로가 옅게 웃었다.

"오래 있다 가세요. 꽤 마음에 드실 겁니다."

"이미 충분히 마음에 드네."

"보여주고 싶은 것도 많고요."

에스프레소를 한 잔 마시고 대화의 장이 열렸다. 앞으로의 HALO 앨범 발매 일정에 대한 비즈니스 토크부터, 어제 있었던 스콜피온의 일화까지. 사실, 멤버들과 함께 뒷담화했다고 할 때부터 어거스트도 하고 싶은 말이 많아 보였다.

"나는 그놈이 결국 말할 줄 알았는데."

"사실 저도 그렇게 생각했습니다."

헤일로는 콘서트 당시, 릴이 자신의 이름을 부르려고 했다는 걸 분명 알았다. 영국에서의 일화를 괜히 꺼낸 게 아닐 것이다. 하지만 왜인지, 그는 마지막 순간에 망설였고, 결국 HALO란 이름을 입에 담지 않았다. 의아한 순간이었다. 자신의 레이블에 막무가내로 찾아온 데다 사람들에게 힌트를 마구 던진 놈이 왜 마지막에 망설였는지 여태 알 수 없었다. 어거스트가 그를 위해 뭐라고 했나 싶었는데, 노인도 의아하다는 반응이다.

"만약 릴이 마음대로 정체를 공개했다면, 자넨 어땠을 것 같나?"

"뭐, 그냥 공개된 거죠."

소년은 부드럽게 웃었다. 아무렇지 않다는 태도였다.

"그래도⋯."

역광이 내려와 그늘진 얼굴이 일면 차갑게 보였다.

"좀 마음에 안 들었겠죠?"

웃으며 가볍게 되묻듯이 말했지만 노인은 그 말이 진심이라는 걸 깨달았다. 다시 한번 소년의 성격이 보통이 아니라는 걸 느낀다. 그의 경험상 이런 사람들은 맺고 끊음이 잔인할 정도로 확실하기 마련이다. 어쩌면 릴이 마지막에 브레이크를 밟은 건 그 날카로운 촉이 발동했기 때문일지도 모르겠다.

"그나저나 계속 알람이 울리는데 확인 안 해도 되겠나?"

아까부터 진동이 울리고 있었다. 소년이 그제야 고개를 내려 핸드폰을 눌렀다. 싸했던 표정이 여느 때와 같이 되돌아와 노인은 좀 안심했다.

'뭔가 했더니.'

헤일로는 아까 확인하다 못한 문자가 그새 쌓여 있는 걸 발견했다. 발신인은 '녹지담 총연출'로 보낸 내용은 다음과 같았다.

[노해일 씨, 그간 잘 지냈나? 갑자기 문자를 보낸 건 미안하지만 메일 좀 확인해줄 수 있겠나.]

[며칠 전에 보냈는데 아직 확인을 안 한 거 같아서.]

[…노해일 씨, 혹시 자나?]

[노해일 씨.]

[진짜 잔다고?]

[설마 날 차단한 건 아니겠지?]

총연출가 하라고 말할 때부터 평범한 사람은 아니라고 생각했지만, 이건 다른 의미로 소름이 끼쳤다.

"잠시만요."

헤일로는 메일을 확인했다. 한 주 동안 읽지 않은 메일이 수백 통 쌓여 있었다. 음악방송 섭외부터 광고문의 등 그중에 뮤지컬 〈록〉 연락은 따로 분류해두었던 터라 금방 눈에 들어왔다.

"곤란한 일이 생겼나 보군."

"곤란한 건 아닌데, 뮤지컬 쪽에서…."

"뮤지컬?"

처음 듣는 소리에 어거스트가 의아해하는 동안 헤일로는 메일을 읽었다.

요약하자면 총연출가의 SOS였다. 사실 총연출가가 이미 한 번 걱정하던 문제다. 노해일이 만든 넘버 두 곡. 노해일이 직접 보컬에 기타 가이드 녹음까지 해준 터라 듣기는 좋은데, 직접 그 곡을 구현해야 하는 뮤지컬 배우의 입장에서 이렇게 까다로운 노래도 없었다. 배우가 혼자 연습하다 안 되겠다고 생각했는지 직접 작곡가에게 보컬과 기타 연주에 대해 피드백을 받고 싶다고 요청해왔고, 총연출가는 음악감독과 합의 하에 노해일에게 피드백 및 프로듀싱을 요청한 것이다.

소년이 가만히 메일을 바라보고 있자니 노인이 말을 걸었다.

"일이 생긴 거지?"

"급한 일은 아닙니다. 거절해도 되는 일이라."

그러나 노인은 눈치챘다. 소년이 거절하고 싶어 하지 않는다는 걸. 무슨 일인지 모르겠으나 그가 하고 싶은 일이 생긴 것이다. 오히려 잘 됐다. 어거스트는 태양의 삶을 보고 싶었다. 이렇게 대화하는 것도 좋지만 한편으로 매니저나 가족처럼 소년의 옆에서 소년이 보여주는 기적을 보고 싶었다.

"굳이 거절할 필요가 있겠나? 멀리 가야 한다면 내가 운전해주겠네."

"운전할 줄 아십니까?"

소년이 의아해하며 고개를 들자 어거스트가 자애롭게 웃어 보였다.

"내가 젊었을 때부터 남이 운전해준 차를 타고 다녔겠는가. 나도 누군가를 매니징해주던 시절이 있다네."

아우구스투스 레코드의 역사는 어느 할리우드 스타의 스태프에서부터 시작되었다.

어거스트는 운전석에 앉아 키를 꽂았다. 영국과 한국은 운전석 위치가 다른데도 능숙하게 운전을 시작했다.

한편, 한참 동안 레이블 앞에 대기하던 존이 눈을 댕그랗게 떴다.
"저게 뭐야?"

일단 카메라를 든 그는 두 눈을 의심했다. 어거스트와 함께 나
온 소년은 스콜피온의 콘서트에 초대된 특별 게스트였다. '로'라는
이름을 가진 소년이었다. 재빠르게 두 피사체를 카메라에 담은 존
은 건물 안에서 무슨 대화가 오갔을지 궁금했다. 계약 이야기가 나
와도 충분한 시간인데, 그렇다고 하기에 노인은 호텔에서 나왔을
때 빈손이었기 때문이다. 그리고 놀라운 건 그게 아니었다. 노인이
지금 밴을 운전하고 있었다. 아우구스투스 레코드 재임 시절 당시
〈타임스(The Times)〉에 수시로 실리고, 레코드사의 전설을 만든 영
감이 한 소년의 매니저라도 된 듯 운전을 해주고 있었다.

밴이 가는 곳으로 쫓아간 존은 주차장 안까지 들어가진 못했다.
보안이 무척 철저한 곳이라 차를 빼야 했다. 존은 그들이 나오길 기
다리며 방금 촬영한 것을 확인했다. '태양'은 없지만 이 자체로 꽤 나
쁘지 않은 자료가 될 것 같다. 단순히 베일에서 계약을 원하는 상대
가 아니라, 어거스트가 직접 운전까지 해주며 보필하는 가수라니!

그는 어거스트가 이 정도까지 신경 쓰는 사람은 처음 봤다. 사실
상 어거스트가 이 정도로 신경 쓰는 건 두 가지 이유밖에 없다. 간
절히 계약을 원하는 상대이거나 이미 계약했지만 그럼에도 간절한
상대. 이와 같은 대화를 동료 렉카와 나눈 적이 있다. 그렇게 옛날
도 아니고, 스콜피온의 콘서트 투어에 어거스트가 동행했을 때 나
온 이야기였다.

"어거스트가 저렇게 대하는 건 처음 보네. 괜히 스콜피온이 아닌
가보다."

"지금 중요한 건 그게 아냐."

"그럼?"

"이제 어거스트의 태도로 우린 정답을 찾아낼 수 있다는 거지. 어거스트가 저 정도로 나온다 싶으면, 둘 중 하나일 거 아냐. 간절히 계약을 원하는 상대이거나 이미 계약을 했지만 그럼에도 간절한 상대."

"그게 뭐?"

"이미 계약한 가수를 만나서, 저렇게 정중히 대한다? 어거스트가 그렇게까지 할만한 상대가 누구겠어. 우주에서 가장 밝은 별이 아니겠냐고."

존이 히죽 웃었다.

"물론 저 친구는 전자지만. 이제 계약한 가수 중에 운전까지 해준다? 그럼 그 사람이 '태양'이겠네."

그로부터 몇 시간 후… '태양을 가진 음원 유통사 베일이 러브콜을 보낸 K-POP 스타는?'이란 제목의 기사가 터졌다.

11. 의심의 싹

"노해일 씨! 오늘 보니 유독 반갑군! 난 노해일 씨가 날 벌써 잊은 줄 알았어."

바쁘게 지시하던 총연출가가 그를 발견하자마자 반색하며 다가왔다. 그리고 친숙하게 어깨를 툭 치면 말했다.

"혹시 몰라서 하는 말인데 총연출에 대한 관심이 생긴다면 말하게. 언제든 시켜줄 수 있으니."

"그때와 같은 생각입니다."

"이런. 아쉽게 되었군."

그때 노란색 정장이었다면 오늘은 푸른색 정장이다. 성격만큼 늘 복장도 개성이 넘쳤다.

총연출가는 그가 메일로 의뢰한 것에 관해 이야기하려다, 문득 소년의 뒤에 선 노인을 주시했다.

"그런데 저분은?"

누가 봐도 외국인에 범상치 않은 포스가 풍겼다. 총연출가의 눈에 들어온 건 노인이 입은 정장이다. 브랜드는 모르겠지만 맞춤에 보통 재질이 아니다. 마치 킹스맨 영화처럼 맞춤 정장을 만드는 고급 숍에서 만든 게 분명했다. 고급 정장에 특유의 카리스마가 풍기니 총연출가는 저도 모르게 존대를 사용했다. 그러나 그는 노인이 요즘 연예계에서 관심을 보이는 인물인 어거스트 베일이라고 미처 생각하지 못했다. 그 이름은 알아도 얼굴은 몰랐기 때문이다. 뉴스를 찾아봤으면 알았겠지만 그는 당장 뮤지컬 총연출로 바빴고, 해외 음악 유통까지 고려할 여유는 더 없었다. 국내 뮤지컬의 라이선스가 해외로 팔리는 경우가 없진 않지만, 그것도 일단 초연을 성공적으로 끝내야 가능한 일이었다.

헤일로는 노인을 바라보며 싱긋 웃는다.

"이분은⋯."

시선이 마주친다. 어거스트는 뉘앙스를 대충 알아듣고, 소년이 자신을 뭐라고 소개할지 궁금했다. 그를 수식할 수 있는 단어는 많았으니까. 유통사 대표부터 경, 매니저, 영감⋯ 그를 칭했던 수많은 단어가 그의 머릿속을 스쳐 지나갔다.

"제⋯."

'소년이 날 뭐라고 소개할까? 그냥 비즈니스 관계라고 하면 서운할 것 같은데. 아니, 그 전에 내가 한국어를 모르잖아.'

그런데 곧 들려온 단어는 그가 단 한 번도 들어본 적 없는 수식어이자, 그가 알아들을 수 있는 말이기도 했다.

"팬입니다."

노인이 인정하며 환하게 웃었다.

"어, 노해일이다."

누군가의 탄성에 대본 리딩을 하기 위해 모인 사람들의 고개가 동시에 돌아갔다.

'한국대 팀'은 오전부터 3시까지 대본 리딩을 하기로 해 이 자리에 모여 있었다. 그리고 원래 이 시간대 스케줄이 아니지만, '고추잠자리 밴드'팀 등 몇몇 주연배우도 이 자리에 있었다. 주인공 정우 역을 맡은 배우 박혁을 포함해 키보디스트 혜림 역의 김희주와 주연우, 기타리스트 민섭 역의 서도현 등이 아직 여유 있는 스케줄임에도 연습하러 나오자, 대본 리딩 현장은 보다 긴장감이 감돌았다. 다만, 지금 수군대며 떠들 수 있었던 건 총연출가가 자리를 비우기도 했고, 무엇보다 휴식 시간이었기 때문이다.

"와, 노해일을 여기에서 보네. 아, 혹시 연우 보러 왔나? 피처링 한 사이잖아."

주연우는 아까부터 같은 자세로 대본을 보고 있다. 이어폰을 낀 게 아니니, 분명 소리는 듣고 있을 텐데 신경 쓰는 기색이 아니었다.

"그것보다 넘버 때문 아닌가. 우리 뮤지컬 넘버 노해일이 만들었다는 소문이 파다한데."

다른 이가 덧붙이자 소식이 늦은 배우들이 눈을 동그랗게 떴다.

"진짜요? 아니, 기사로 아직 못 봤는데. 무슨 넘버인데요? 우리가 부르는 넘버인가?"

"어… 일단, 정우 넘버로 아는데."

그들이 부를 일이 없다는 의미였다. 정우의 넘버란 말에 사람들의 시선이 주연배우이자 대선배인 박혁을 향했다. 그들에게 가장 의외였던 건 박혁의 존재다. 대한민국 정상급 뮤지컬 배우인 그는 재능만큼 노력가로서 유명하긴 했지만, 보통 뮤지컬 연습 초반엔 혼자 전문가들을 찾아다니며 연습하는 걸로 알려져 있어 이 자리에 있는 게 의외였다. 박혁은 이어폰을 낀 채 악보를 열심히 들여다보고 있었다. 대선배이자 대한민국 최고의 뮤지컬 배우의 연습을 방해할 사람은 없었기에 곧 시선이 흩어졌다.

혜일로는 리딩실 안을 바라보았다. 투명한 유리 너머로 사람들이 대본을 들고 읽고 있거나 음악을 듣고 있었다.

'지금 듣는 건 아마 뮤지컬 넘버겠지?'

그는 다른 작곡가가 만든 넘버는 어떨지 좀 궁금했다. 드라마 OST와는 좀 다른 느낌이다. 한 뮤지컬 안의 넘버이고 스토리로 연결되다 보니, 그의 음악 앞뒤를 이룰 또 다른 넘버들도 자연스럽게 궁금했다. 연출가한테 물으면 흔쾌히 들려줄 테지만 굳이 부탁할 생각은 없었다. 이 자리에 온 건 어디까지나 자신의 음악을 완성하기 위해서였다.

"독고영 씨는 오늘 안 왔나? 박혁 씨, 잠깐 시간 돼요?"

프로듀서가 안에 있는 박혁을 부르니 그가 이어폰을 빼고 노해일을 반겼다.

"만나서 반가워요, 노해일 씨. 제가 꼭 만나고 싶다고, 프로듀서님께 사정했는데 이렇게 와줘서 고마워요."

대본 리딩 때의 심각하면서도 무거웠던 분위기가 미소와 함께 다소 풀어진다. 대한민국 정상급 뮤지컬 배우가 자기 팀 연습이 아닌데도 나와 연습하는 비인간적인 면모를 보여 어려워하던 배우들이 그 웃는 모습을 보고 잠깐 웅성거렸다.

그렇다고 박혁이 노해일에게 갑자기 팬심을 보인 건 아니었다.

그는 악보와 가이드곡을 받으며 생긴 의문에 대해 작곡자에게 직접 물었고 이외에도 밴드나, 보컬리스트, 기타리스트로서의 노해일의 견해까지 물었다. 대본을 보고 있으니 무슨 대화가 이루어지는지 예측하기 어렵지 않았다.

"저렇게까지 할 정도인가?"

그때 연습실에 있던 누군가가 중얼거렸다.

"노해일이 대중 가수긴 하지만 로커 감성은 아니지 않나. 안 그래요, 연우 씨?"

"모르겠는데요."

주연우가 말 걸지 말라는 듯 대화를 끊었다.

"박혁 선배님이 피드백을 받을 정도로 대단한 전문가는 아니지 않나."

그런데도 기타리스트 민섭을 맡은 남도현의 말이 이어졌다. 모르겠다는 말이 진짜 몰라서 하는 말이 아니라 입 다물고 대본이나 보라는 뜻이란 걸 눈치채지 못한 탓이다.

"어거스트 베일이니 뭐니 해외 유통사 사장 데려온 거 보니, 딱 봐도 자랑하러 데리고 온 것 같고."

"그렇게 자존감 낮은 사람은 아니던데."

주연우는 노해일이 누군가의 지위에 의존해 자기 자신을 자랑할 정도로 재능이 부족한 사람도 아니고, 제 재능을 모르는 사람도 아니란 걸 안다. 딱 한 번 만났지만 다른 건 몰라도 그건 확실했다.

"우리, 이 부분 다시 맞춰볼까요?"

그녀는 쓸데없는 말을 하는 이의 말을 끊어버리며 흘끔 창밖을 쳐다보았다. 박혁 선배가 노해일과 대화하고 있었다. 그녀 또한 어려워하고 존경하는 박혁이 웃는 얼굴로 인터뷰(?)를 하고 있다. 저렇게 보니 두 사람 모두 멀리 있는 사람 같았다.

'저 사람은 키보드는 안 치겠지?'

그렇게 생각한 주연우는 불현듯, 피처링하는 날 만났던 노해일의 키보디스트를 떠올렸다. 그녀도 개인 강의를 받고 밴드에게 이미 도움을 받고 있지만, 같은 성별의 키보디스트와의 만남도 도움이 될 거란 생각이 들었다. 코칭까지 바라는 건 아니고, 밴드 멤버이자 키보디스트로서 몇 가지만 조언을 듣고 싶었다. '이따 한번 물어봐야겠다'고 생각하고는 그녀가 다시 대본에 집중했다.

점심시간이 되어 박혁의 질문 세례에서 벗어난 해일로는 매니저 자격으로 로비에 기다리던 어거스트의 얼굴이 굳어 있는 걸 발견했다.

"무슨 일이 있습니까?"

"떼어놓은 줄 알았는데 한 마리가 따라붙었었네."

그러면서 해일로에게 보여준 건 인터넷에 방금 올라온 기사였다.

'태양을 가진 음원 유통사 베일이 러브콜을 보낸 K-POP 스타는?'이라는 제목의 기사에는 노해일과 어거스트가 나란히 자동차를 타고 있는 아주 따끈따끈한 사진도 실려 있었다. 기사는 HALO가 소속된(사실 소속된 건 아니므로 오보다) 음원 유통사 베일이 K-POP 스타에게 관심을 보인다고 쓰여 있었다. 왜 언급되었는지 모르겠지만 유명한 아이돌그룹과 가수의 이름도 있었고, 그중 첫 번째 타자는 노해일이라고 기자의 개인적인 추측 또한 포함되어 있었다.

└ 그러니까 노해일 곡이 해외에서도 먹힌다는 거지? 베일이 저렇게 할 정도면.

└ 근데 베일 대표가 운전해준다고.?

└ 노해일 면허 없으니까 해줄 수도 있는 거 아님?

└ 이재용이 직접 운전해서 누구 데려다준다고 생각해봐.

└ 와 바로 이해. 이마 탁 쳤다. 진짜 대단한 거구나.

HALO의 별명인 태양, '해외' 음원 유통사, 그리고 K-POP 스타라는 관심을 크게 끌 만한 단어들에 사람들이 모여들었다.

점점 어거스트의 얼굴이 심각해지자 헤일로가 태연히 덧붙였다.

"별일 아니네요."

"자네 괜찮나?"

"네. 사진 찍힌 게 한두 번도 아니고."

그리고 같이 다니니 당연히 사진이 찍힐 거로 생각했다.

가만히 소년을 바라보던 노인은 정말 신경 쓰지 않는다는 걸 깨닫고 고개를 끄덕였다.

"그래도 벌레는 치워야 할 것 같으니, 잠깐 다녀오겠네."

어거스트는 여느 때와 같은 걸음이었지만 멀어지는 뒷모습에서 서두르는 게 느껴졌다.

같이 식사하자는 제안을 거절하고 고요한 연습실에 남은 헤일로는 창가에 기대어 앉아 음악을 들으려고 했다. 그때 긴 머리카락의 여성이 다가왔다.

"노해일 씨, 안녕하세요."

"아, 안녕하세요. 주연우 씨."

헤일로는 익숙한 얼굴을 보고 옅게 미소 지었다.

주연우는 피처링 때보단 편안한 복장을 하고 있었다.

"점심 안 드세요?"

"네, 돌아가서 먹으려고요."

이쯤 되면 멤버들이 깨어났을 것이다.

주연우가 고개를 끄덕이고는 나가려고 하다 걸음을 멈추었다. 그녀는 잠시 망설이다가 곧 결심하고는 입을 열었다.

"혹시 지금 할 게 없으면 구경시켜줄까요?"

주연우는 꽤 친절한 가이드였다. 뮤지컬 연습이 이루어지는 과정과 무엇보다 소년이 가장 궁금해할 합창 연습, 녹음 등에 대해 알려주었다. 그들이 쓰고 있는 한 층을 모두 돌아보고 나서 다시 로비로 돌아온 주연우가 아직 남았다는 듯 검지를 들었다.

"그리고 아직 제가 가장 좋아하는 곳이 남아 있어요. 노해일 씨도 마음에 들 걸요."

주연우가 너무 확신에 차서 말하니 헤일로는 궁금하긴 했다.

'내가 마음에 들 만한 곳이라.'

주연우는 엘리베이터로 가장 지하를 눌렀다. 그리고 지하에 내려 그 끝에 있는 문을 연 순간, 펼쳐진 광경에 헤일로는 짧게 감탄했다. 무대가 있을 거라곤 생각하지 못했다.

'건물이 크다곤 생각했는데, 지하극장이라니.'

"여기 원래 잠겨 있는데, 화요일만 되면 열려 있더라고요."

주연우의 손짓에 헤일로도 따라 들어가며 극장을 살폈다. 사실 조금 더 도덕적인 사람이 있었다면 '여기 들어가도 되나요?'라고 물었겠지만 이 자리에 그런 질문을 할 사람은 없었다.

빨간색의 좌석, 그리고 무대. 어느덧 무대에 올라간 그들은 뒤를 돌아 극장을 확인했다. 그가 공연했던 연국대 콘서트홀과 비슷하거나 혹은 조금 더 큰 규모였다.

"마음에 들 거라고 생각했어요."

충분히 마음에 들었다. 소년은 가만히 관객석을 바라봤다.

주연우는 여유가 생긴 김에 혹시 문서연의 연락처를 받을 수 있냐고 물어보려다 문득 재밌는 생각이 떠올랐다. 주연우가 무대에서 소년을 돌아보았다. 그녀의 얼굴에 장난스러운 미소가 번졌다.

'이 사람의 연기는 어떨까? 안 한다고 했지만, 잘할 거 같은데.'

"노해일 씨, 혹시 저 좀 도와줄 수 있어요?"

"뭘요?"

"연습 상대."

"네?"

"해주실 거죠? 대신 바라는 거 하나 들어드릴게요. 저도 고집을 세웠으니까요."

"필요 없는…."

"연기 못하세요?"

헤일로는 그제야 깨달았다. 이 꼬맹이가 제가 했던 말을 마음에 담고 있었다.

"안 하는 거라고 했을 텐데."

"기억이 안 나요."

그렇게 말하니 헤일로는 할 말이 없었다.

그러고 나서 주연우가 정말로 노래를 틀려고 하자, 헤일로는 잊고 있던 게 생각났다. 그는 그가 만든 노래를 빼고 아는 게 없다. 그 말에 주연우가 가만히 그를 의심하듯 바라보더니 "그럼 다른 노래는 돼요?"라고 물으며 곡 하나하나를 불러줬다. 하지만 헤일로는 대부분 모르는 노래였다. 아무래도 이곳에 와서 들은 음악이 뮤지컬 넘버보다는 옛 대중음악에 몰려 있던 탓이다. 주연우는 모른다는 대답이 늘어날수록 의심스럽게 그를 쳐다봤다. 그러다 마침내 누구나 알고 있을 뮤지컬에 도착했다.

"이건 알겠죠?"

제목 대신 주연우는 곧장 노래를 틀었다. 낮고 음산하게 깔리는 전주, 강렬한 오르간, 드럼, 베이스, 신시사이저, 일렉 기타. 그가 아는 하드록이긴 했다.

"이건 연습해야 할 노래가 아닐 텐데."

헤일로가 짧게 중얼거렸다.

소년의 말에 아랑곳하지 않은 주연우는 몸을 빙글 돌렸다. 무대에 한 발짝 나가며 그녀는 하얀 드레스를 입은 듯했고, 턴을 하며 크리스틴이 되었다.

In sleep he sang to me in dreams he came(잠결에 그가 나에게 노래했어요. 꿈속에서 그가 왔어요)

'이래도 안 해?' 하듯 도발하는 표정으로 소년을 쳐다봤다.

결국 헤일로는 피식 웃고는 무대에 발을 들여놓았다. 청바지를 입고 가디건을 걸친 소년이 손을 뻗는다. 그는 변하지 않았다.

Sing once again with me, our strange duet(다시 나와 함께 노래해요.

가면을 쓰지도 않고 드러난 하얀 얼굴. 백금발로 머리를 물들인 소년에겐 팬텀의 특징은 하나도 발견할 수 없었다.

주연우는 계속 노래를 부르며 생각했다.

'정말로 연기를 안 하네.'

못 한다의 문제가 아니라, 그냥 하지 않았다. 연기할 생각이 없어 보였다. 팬텀의 과거와 현재를, 그가 가지고 있는 내면을 볼 생각은 하나도 없다. 그에겐 팬텀 특유의 음험함과 집착, 두려움이 존재하지 않는다. 그러나 이상하게도 다른 팬텀이 보였다. 추한 모습을 숨기고 음험한 욕망을 드러내는 팬텀이 아닌, 자신감이 가득 찬 팬텀. 자신의 재능을 누구보다 잘 알고, 자신의 매력을 타인에게 당당히 드러내는 팬텀이 거기에 있었다. 청아한 목소리로 그녀를 어두운 지하로 이끄는 게 아니라 가장 밝은 곳에 인도한다. 이곳이 그가 보는 가장 아름다운 세계라는 듯, 진정 음악의 신처럼.

주연우는 문득 이 무대의 마지막을 떠올렸다. 팬텀과 프리마돈나 자리를 버리고 첫사랑 라울을 따라간 크리스틴.

'어떻게 그럴 수가 있지?'

그 순간 몰입이 깨졌다. 더 이상 크리스틴에게 공감할 수 없었다.

'내가 크리스틴이었다면, 라울과 도망가지 않고 영원히 이 사람과 함께 있었을 텐데. 얼마나 눈이 먼 여자여야 가능한 선택인가.'

음악은 끝난 지 오래였다. 그러나 소녀는 여전히 그의 팬텀을 멍하니 바라보고 있다.

헤일로는 핸드폰을 한 번 바라보고, 무대에서 아직 벗어나지 못한 소녀를 번갈아 보았다. 그가 곧 옅게 웃으며 소녀의 이마를 가볍게 툭 쳤다.

"정신 차려!"

"아!"

아프게 치지 않았는데, 소녀가 제 이마를 잡고 엄살을 부리며 눈을 동그랗게 뜬 채 그를 올려다보고 있었다.

"아프게 치진 않았는데."

소년이 짓궂게 웃으며 속삭인 순간 소녀의 얼굴이 붉어졌다. 뭔가 진 기분에 무슨 말이라도 해야 한다는 생각이 들었다. 왜 반말하냐고 혹은 아팠다고 한마디 하려는 그때, 돌연 박수 소리가 들려왔다. 무대에 있던 두 배우가 놀라 관객석을 돌아봤다.

"헉! 선배님!"

"브라보."

언제 들어왔는지 모를 박혁이 관객석에 앉아서 박수하고 있었다. 단정하게 웃는 대선배의 환호에 주연우는 좋으면서도 부끄러웠다. 마지막에 몰입이 깨졌던 터라 대선배의 안목에 만족할 만한 연기를 보여주지 못했다. 심지어 박혁은 〈오페라의 유령〉 주역을 맡은 적도 있었고 말이다.

그럼에도 박혁이 부드럽게 웃으며 무대로 다가왔다.

"잘 봤어요."

곧 피드백이 돌아올 것 같아 주연우는 진지한 표정이 되었고, 헤일로는 고개를 끄덕였다.

"주연우 씨, 처음 봤을 때부터 잘한다고 생각했는데, 볼수록 점점 더 잘하는 게 보여요. 이번에 진짜 크리스틴 같았어요."

"네!"

"한 가지 아쉬웠던 건 말 안 해도 알겠죠?"

"네, 다음에 좀 더 멋진 무대를 보여드리겠습니다, 선배님."

주연우가 수줍게 대답했다.

그리고 이어 박혁은 팬텀을 연기한 소년을 바라봤다.

"노해일 씨는 뮤지컬 배우 할 생각 있어요?"

"아니요."

단호한 대답에 박혁이 밝게 웃으며 고개를 끄덕인다.

"하하, 다행이네요. 뮤지컬 배우 하고 싶다고 했으면, 한마디 했을 텐데."

그의 눈엔 보였다. 소년은 단 한 번도 팬텀을 연기하지 않았으며 연기할 생각이 없었다. 뮤지컬 배우라면 분명 옳지 않은 태도다. 그러나 음악 그 자체에 피드백을 줄 수도 없다. 너무나 완벽했으니까. 박혁은 솔직히 인정했다. 소년이 보여준 팬텀이 분명 매력적이었다. 21세기에 팬텀이 그 재능을 갖고 태어났다면 필시 소년과 같은 모습을 보여줬을 것이다. 본디 매력적인 외견을 갖고 모든 사람에게 사랑받는 팬텀. 주연우의 몰입이 깨져버린 건 당연한지도 모른다. 어떤 프리마돈나가, 어떤 여자가 이런 팬텀을 버리고 다른 남자에게 갈 수 있겠는가.

그래도 소년의 연기는 실격이었다. 그러나 하드록을 소화한 소년의 라이브를 본 박혁은, 소년을 단순히 조연자로만 쓰면 안 된다고 생각했다. 그가 부를 넘버의 작곡가이자 이런 가수에게 요청해야 할 건 따로 있다.

"혹시 내 노래 좀 봐줄래요?"

박혁은 반은 충동, 반은 진심으로 그런 말을 꺼냈다.

* * *

"제 멤버들입니다."

노인에게 헤일로가 드디어 멤버들을 소개한 건 뮤지컬 〈록〉의 연습실을 방문한 날로부터 꽤 시간이 흐른 이후였다. 선선하지만 가끔 후덥지근한 더위가 찾아오는 10월이 가고 겨울이라 칭할 수 있는 날씨가 다가올 때였다. 소개가 늦어진 것은 그가 바빴기보단 어거스트 베일의 일정 문제 때문이었다. 헤일로를 작업실 앞에 내려준 어거스트는 곧바로 어딘가로 향했고 한동안 바빠 보였다.

헤일로 또한 연출가에게 프로듀싱 의뢰를 받고, 주연배우인 박혁에게 피드백 요청을 받아 그 일을 해야 했다. 그러나 그 일은 생각보다 금방 끝났다. 그가 특별히 피드백할 것이 없을 정도로 잘해주었기 때문이다. 애초에 박혁은 이미 대한민국 정상급 뮤지컬 배우다. 특히 가창에 대해선 인간 앰프라고 불리며 뮤지컬 배우 중 일인자로 여겨지고 있었다.

헤일로의 의도와 다르게 부른 부분이 없잖아 있지만 그건 해석의 문제였다. 정우가 되기 위한 해석. 박혁은 정우가 되어 노래를 불렀다. 헤일로였다면 노래는 잘 불렀어도 스스로 안위와 외부의 상황 등에 대해 고민하는 정우가 되지 못했을 테다. 그냥 정우인 척하는 노해일, 아니 정우인 척도 안 하는 노해일이 되었겠지. 아무튼 그들은 오래지 않아 만족스럽게 헤어졌다. 다른 더블 캐스팅된 독고영은 알아서 준비하겠다고 하여 뮤지컬에 대한 일정은 더 없었다.

어쨌든 여전한 노해일의 작업실에서 세 명의 남녀가 정답게 노인을 맞이했다.

"안녕하세요! 경! 키보드를 맡은 문서연이라고 합니다. 잘 부탁드립니다."

깔끔한 미국식 영어로 저를 소개한 문서연.

"반갑습니다. 베이시스트 한진영입니다."

살짝 콩글리시긴 하나 간단한 회화 정도는 할 수 있는 한진영.

"그, 헬로? My name is 규환 남. Nice to meet you too. I'm from Korea and… 그… How are you?"

초면에 안부 인사를 하면서 정작 중요한 자기소개는 안 한 남규환까지. 물론, 어거스트는 그가 퍼커션이라는 걸 알아보며 관대하게 웃었다.

"다들 만나서 반갑네. 꼭 한번 보고 싶었어."

어거스트는 HALO 6집 〈빗속에서 춤을〉부터 세션을 맡아준 그들을 먼발치에서 보며 만나보고 싶다고 생각만 했는데, 실제로 보니 반가울 수밖에 없었다. 그는 한 사람 한 사람 눈에 담았다. 제 작곡 노트를 보다가 남규환과 다시 싸우기 시작하는 문서연, 그들을 말리는 척하며 은근히 기름을 붓는 한진영 등 성격도 뚜렷하고 외견도 개성 있는 사람들의 중심엔 소년이 있다. 그들 사이의 형용할 수 없는 유대가 보였다. 마치 잘 만들어진 그림 속의 한 장면처럼. 그림 속의 인물들이 그를 향해 묻는다.

"혹시 저녁 식사하셨어요?"

"오늘 양갈비 먹으러 가기로 했는데 어떠십니까?"

"어… eat lunch?"

"같이 가죠."

"혼자 먹기 적적했는데 잘됐군."

어거스트는 그 안식 속에 빠질 수밖에 없었다.

[한국의 작은 가수를 향한 세계 4대 음반사 대표의 삼고초려!]

└ 누가 보면 노해일 무명인 줄.

└ 노해일 작다고 하기에 키도 크고 인기도 지금 미쳤는데 도대체 뭐가 작다는겨.

└ 근데 요즘 노해일이랑 베일? 그 회사 대표랑 사진 자주 올라오네.

└ 이제 두 번인데.

어거스트가 노해일과 만난 것이 10월 말까지는 두 번이었지만, 11월에 들어서며 점점 횟수가 늘어났다. 작업실에서 두문불출했던 노해일이 종종 파파라치 컷에 잡힐 때면, 그 옆에 어거스트도 있었다. 어거스트가 한국 연예계에 관심이 많아 남았다고 업계 모두가 추측했지만, 이상하게도 그가 따로 접촉하는 인물은 노해일 외에 없었다. 이건 어거스트가 노해일한테 꽤 공을 들이고 있다는 걸 증명했으며, 동시에 노해일이 어거스트의 제안을 거절하고 있다고 생각할 수밖에 없었다. 그게 아니라면 둘이 계속 어울려 다닐 리 없으니까 말이다.

원래 업계 쪽만 관심을 가졌다면, 슬슬 어거스트의 존재가 대중에게 인지되기 시작했다. 주로 '국뽕'으로 소비되긴 했지만 진지하게 생각하는 사람도 없잖아 있었다.

그러던 어느 날 어디서 시작된 것인지 모를 글이 모든 커뮤니티에 공유되었다. 이 글은 10월 21일에 있었던 스콜피온 콘서트의 여운이 가실 때쯤 올라왔지만, 커뮤니티에 공유되어 화제가 된 건

11월 초다. 카테고리를 고려하면 첫 게시글이 올라온 곳은 HALO 정체를 추리하는 사이트인 것 같았다. 중요한 건 어디에 올라왔느냐가 아니다. 한 명인지 여러 명인지 모를 관심종자(커뮤니티 이용자들이 말하길)가 각 커뮤니티에 도배했다는 것이다.

[Who is HALO | 노해일 가능성(증거○) 수정 ver

최근 도배된 글 요약해옴: 노해일=HALO설

(증거1)스콜피온 콘서트

1-1)노해일이 지난 크리스마스에 릴을 만나 다섯 번 틀렸다고 지적한 곡이 '투쟁'. 그때까진 알 만한 사람만 알고 HALO 안 유명함.

1-2)노해일이 13번째 앨범 어쩌고 하며 미공개곡 들려줌>>>평소 노해일 스타일 곡이 아님.

└ 이에 대해 스콜피온이 '얼마 안 남았다'고 함. 노해일 이제 정규 1집 냈는데, 얼마 안 남았다는 건 말이 안 됨. 하지만 매달 앨범 내며 현재 9집까지 낸 HALO라면?

1-3)릴 태도: 평소 HALO 광신도에 모두까기 인형이 노해일한테 엄청 정중하게 굼. ex) dear, May I, request 등등(한국어로 치면 할배한테도 반말하고 욕하던 새끼가 열일곱 살한테 존대함).

(증거2)어거스트 베일(베일 현 CEO이자 아우구스투스 레코드 전 CEO)

2-1)노해일한테 굉장히 공을 들이고 있음. 굳이 이렇게까지 해야 하나 싶을 정도로. 운전까지 해줌.

2-2)스콜피온 투어 끝난 지가 언젠데 귀국 안 하고, 한국에 머뭄.

(증거3)오래전부터 있었던 노해일=HALO설: (모두가 알다시피 ㅇㅇ) 목소리, 이름, 영국식 영어, 편곡 등 그거임.]

사실 원문의 내용은 여기까지였으나 친절한 백수는 원문에 붙었던 반박 글도 친절하게 써주었다.

[(반증1)20세기 전통브릿팝+HALO 특유의 감성-주민번호 뒷자리 3으로 시작하는 애+심지어 한국인 절대 불가능.
(반증2)월간 HALO: HALO 앨범이 습작이라고 해도, 노해일도 앨범 냈다. 이게 말이 되냐.
(반증3)5집 〈중독〉 태양단도 인정한다. 이때 태양 약 빨았다.
：
(반증N) 스콜피온 성격에 노해일=HALO였다면 벌써 HALO라고 불렀다.]

요약조차 장문의 글이었지만 원문보다 보기 편하게 정리가 되어 있는 터라 내용에 집중하는 사람이 나왔다.

[이미 반박된다는 자체가 바로 노해일=태양이 성립할 수 없다는 증거지. 본인, HALO도 좋아하고 노해일도 좋아함. 두 가수 다 음악 좋고 뛰어난 가수임. 동시대에 살아가는 게 정말 행복할 정도로. 그러니까 제발 좀 이상한 개소리 하지 말고 그냥 각자의 존재를 인정하자 좀.] (좋아요 830 싫어요 299)
  └ 노해일 팬들도 태양 어그로 안 좋아하던데 이건 진짜 지능형 안티냐.
  └ 옛날에도 노해일설 보일 때마다 어처구니가 없었는데 작작 좀 했으면…ㄹㅇ 국뽕에 제대로 절어버린 놈들임.

대개 이런 반박 글이 많았지만 소수의 사람은 동조하기도 했다.

[근데 저 노해일설 솔직히 가능성 있지 않음? 아직 HALO 누군지 안 밝혀졌잖아. 적어도 은퇴한 톱스타는 아니라매.]

ㄴㄹㅇ태양 찬양하는 외국 애들은 누가 HALO라고 하면 반박하기 전에 일단 증거부터 수집하던데. 우리나라 애들 특 일단 까기 바쁨.

ㄴ 근데 그건 솔직히 걔들 빡대가리라서 가능한 거고ㅋ 저번에 인도 HALO 진지하게 생각하길래 국평오라는 말 다시금 새겼다.

ㄴ 인도 HALO가 뭔데?

ㄴ 인도에서 자기가 HALO라고 주장한 놈 있었음. 무려 명문대 나오고 신분도 높은 놈이었음.

ㄴ 미친ㅋㅋㅋ 브라만 HALOㅋㅋㅋ

ㄴ 인도 애들이 아무리 영어 잘해도 HALO라고 하면 ㅈㄴ 웃긴데 K-HALO? 그저 웃음벨ㅋㅋㅋㅋ

[그래도 노해일 계속 HALO 의심 글 나오는 거 보면 ㄹㅇ 인정해도 될 듯. 재능이든 능력이든.]

ㄴ 노해일 인정 못 하겠다는 놈이 있긴 하냐? 처음부터 음악 천재로 뜬 애인데. 솔직히 올해 기억나는 건 노해일밖에 없음.

ㄴ 근데 올해 데뷔한 새끼라는 게 ㄹㅇ 미친놈임.

ㄴ 그러니까 제발 콘서트 좀…

ㄴㅋㅋㅋㅋ응 그래 봤자 830~~

ㄴㅜㅜ830*7이니까 5810으로 바꿔줘라;;

ㄴ 뭔 차인데.

ㄴㅋㅋ애들 운다 살살 패라.

이왕 노해일이 HALO라는 설이 나온 김에 평소 하고 싶었던 말을 하는 사람들도 있었다.

[늘 생각하는 건데 노해일 팬들 착하네. 흑화 하나도 안 하고 다른 가수
였으면 백퍼 욕부터 달릴 텐데.]
　└ 노해일 팬카페 이름 '파도타기'에서 '우리가죠스로보이냐'로 바뀐 거
모르냐? 티켓팅 때 서로 물어뜯는 죠스밖에 안 남았음.
　└ 아닠ㅋㅋㅋ X이 아니라 진짜 죠스ㅋㅋㅋ
　└ 레드오션이 아니라 ㄹㅇ블러디오션이었지ㅋㅋ

　그러던 때 11월 첫 번째 수요일, 한국대 총학생회 별그램 계정
및 페이지에 축제 라인업이 업로드되며 '노해일=HALO' 의심 글
에 관한 관심이 조금 흩어졌다.
　첫 포스터는 총학생회장이 어깨를 으쓱이며 의기양양한 태도로
있어 학생들은 이게 뭔가 싶었지만, 다음 페이지에 올라온 라인업
에 누군가 학생식당에서 크게 외쳤다.
　"아니 노해일 진짜 확정이네?! 미쳤다, 뭐야!"
　"그런 소문이 돌긴 했는데 진짜 될 줄 몰랐네."
　소문이라면 총학생회가 노해일에게 접촉했다는 것이다. 말뿐인
소문이었지만, 믿는 학생이 꽤 많았던 이유는 노해일의 아버지가
한국대 물리천문학부 교수였기 때문이다. 활동을 따로 안 하는 노
해일이 과연 대학 축제에 나와줄지 모르겠으나, 나온다면 한국대
에 나올 확률이 높다는 소문이 돌았다. 그래도 대개 가수들은 무대
설비가 그저 그런 한국대보다는 연국대나 고국대를 선호한다는 이
야기도 있어 반신반의하던 중 공식으로 확정된 것이다.

"우리 학교도 축제하는 거였어?"

"진짜 축젠데?"

누가 보면 개교 이래 처음으로 열리는 축제인 줄 알겠지만, 한국대는 매년 두 번의 축제가 열렸다. 다만, 아무도 몰라서 그렇지. 이어서 연국대와 고국대, 다른 대학들도 하나둘 아이돌 라인업을 발표했지만 이번 축제만큼 노해일을 이길 수 있는 이름은 많지 않았다. 또한 음모론을 잠깐 잊어버릴 이벤트가 하나 더 있었다. 당사자는 인지하지 못 하는 이벤트지만 모두가 기다려온 이벤트였다. 팬카페가 수면 아래에서 조용히 움직이고, 어거스트가 출국 일정을 늦춘 가장 큰 이유다. 한국대 축제 다음 날인 11월 14일은 노해일의 생일이었다.

* * *

헤일로는 HALO 10집 곡을 흥얼거리며 달력을 바라보았다.

'그러고 보니 곧 그때구나.'

평소라면 별로 생각하지 않겠지만, 10집을 준비해야 하는 상황에서 문득 생각났다.

헤일로의 공식적인 생일은 1집 〈투쟁〉이 발표된 4월이었다. 집에서 나오며 모든 이력을 버린 그는 누군가 생일을 물을 때면, 〈투쟁〉이 발매된 날이라고 말했다. 그날 HALO가 태어났으니 틀린 말은 아니다. 과거가 알려지며 진짜 생일은 따로 있다는 걸 모두 인지했지만, 그가 싫어했기에 진짜 생일을 공식적으로 챙기는 사람은 없었다. 4월은 아직 먼 달임에도 그가 뜬금없이 생일을 떠올린 이유가 있다. 별건 아니고, 이쯤이 그의 진짜 생일이었기 때문이다.

이대로 영원히 없는 사람처럼 살 거냐며 매니저가 그를 설득했고, 그는 한참의 숙고 후에 가족을 만났다. 화해에 대해서 별로 할 말이 없다. 부모님은 십몇 년이 지나 성공하여 돌아온 아들에게 후회와 그리움을 표했다. 그들은 꽤 엄격했을 뿐이지 나쁜 사람들은 아니었다. 아주 먼 시간이 흘렀기에 원망도 재처럼 흩어져서 나쁘지 않게 화해했고, 차를 마신 뒤 작별 인사하고 헤어졌다. 그리고 가족보단 멀게 남보단 가깝게 살기로 했다. 4월 즈음 생일 축하한다는 메시지와 함께 밥 먹자고 연락하는 딱 그 정도의 사이였다.

10집은 그쯤 만들었다. 타이틀곡은 가족에 관한 이야기다. 오래된 증오에 사실 뿌리가 없었다는 허무함과 복잡한 심경이 뒤엉켰을 때 만든, 그래서 부르는 사람도 피곤하게 만드는 곡이다. 개인적으로 자주 부르는 노래는 아니다. 오히려 콘서트에서 가장 안 부른 노래다. 부르기만 하면 갑자기 의미 모를 분노가 솟구쳐 올라 콘서트에 맞지 않다고 생각했다.

그렇다고 이번에 발매를 안 할 건 아니다. 이 또한 헤일로 자신이 사랑하는 음악이니 녹음이 예정되어 있다. 그런데 멤버들의 표정이 미묘했다. 곡 때문에 피곤한 것 같았다. 그래도 늘 그렇듯 하지 않겠다고는 말하지 않았다.

"헤일아, 한국대 축제 말고 따로 스케줄 있어?"

"아직 없어요."

"그래? 좋다."

어머니는 묘하게 의미심장한 표정을 지었다.

"15일쯤 돌아갈 생각이야."

"한국대 축제는 볼 수 있겠네요."

"그렇지?"

늘 그의 공연이 기대된다고 했던 것치고 어거스트는 생각보다 반응이 없었다.

"애들이 귀찮게 굴면 적당히 끊고 돌아가라."

늘 평소와 같은 아버지에게 여상히 고개를 끄덕이며 헤일로는 연습에 동참했다.

11월은 특별한 달이다. 새로운 계절의 초입이자 제1차 세계대전이 종전하며 평화가 온 시기다. 미국에서 가장 큰 행사 중 하나인 추수감사절이 돌아와 가족들이 모여 칠면조를 먹고, 사람들이 어느 때보다 활발히 쇼핑하는 블랙프라이데이가 찾아오며, 누군가와 같이 볼만한 영화가 나오기도 한다. 모든 대학이 활기를 되찾기도 하는 달이다. 그리고… 헤일로는 문득 생각했다. 그가 노해일이 되었던 날도 11월이었다고.

12. 11월 14일

노해일의 팬카페 '우리가 죠스로 보이냐'의 카페장은 기존 이름
인 '파도타기'로 돌릴 생각이 없었고, 스태프나 회원들도 굳이 의
견을 제시하지 않았다. 그들도 인정했기 때문이다. 언제 노해일이
다시 콘서트를 할지 모르겠지만, 다시 열린다면 그날은 제2의 블
러디파티가 될 거라는 걸 말이다. 그들은 모두 '회까닥' 돌아서 티
켓팅을 할 것이다. 이건 모두 노해일의 탓이다. 모든 콘서트의 콘셉
트와 착장, 세트리스트, 구성까지 다르게 한 노해일이 그들을 이렇
게 만들었다. 얼마나 많은 이들이 땅을 치며 애통함을 표했는가. 애
써 자신이 본 콘서트가 제일 좋았다고 말하지만, 최선이자 최고의
콘서트는 '올콘'뿐이다. 올콘이 아니고서야 만족할 수 없는 몸이
되어버렸다.

팬카페 '우리가 죠스로 보이냐'는 한국대 축제를 앞두고 이색적
인 모습을 보였다.

[아쉽게 됐네요. 한국대 축제라니…]
 └ 한국대 축제 노잼으로 유명한데. 심지어 이번 간국대랑 축제 겹침.
 └ 공연도 애매하게 목요일 이건 좀;;;
[이번에 간국대 라인업 사이ㄷㄷ]
 └ 간국대는 매년 게스트 화려하네. 사이 콘서트 보고 싶었는데 좋다!
[원래 대학 축제는 연고전이지~]

    한국대 축제에 관심이 없다는 듯, 다른 학교 축제에 갈 것처럼 말
하는 것 또한 어찌 보면 노해일이 만든 광경이다. 이렇게라도 사람
들의 관심을 떨어트리기 위한 처절한 몸부림이었다. 이것이 영향
을 줄 거라고 아무도 믿지 않지만, 이렇게라도 하지 않으면 마음이
놓이지 않았다. 팬들이 간절히 원했던 노해일의 공연이다. 공연에
목마른 팬들이 독기가 배다 못해 독을 품고 있는데, 스콜피온 콘서
트 게스트 출연으로 관심 없던 사람까지 몰렸다. 인터넷에 꽤 시간
을 투자한 사람이라면 '노해일=HALO설'을 읽어봤을 가능성이 크
다. 팬카페 규칙상 언급은 하지 않지만 수군대고 있는 건 맞다.
    더욱이 절대 이번 축제를 포기 못 하는 중요한 이유가 있다. 전날
한국대 잔디에서 밤새우겠다는 사람들이 한둘이 아닐 정도로 그
들을 포기하지 못하게 만드는 건, 바로 한국대 축제 공연 다음 날인
11월 14일이 노해일의 생일이었기 때문이다. 카페에선 이날을 얼
마나 기다렸는지 모른다. 노해일 성격에 자기 생일을 챙길 리 없어
아무 일 없이 넘어갈까봐 조마조마하긴 했는데, 다행히 대학 축제
가 걸렸다.

[휴… 축제 아니었으면 스케줄 없이 조용히 넘어갈 뻔.]

[달 성격에 백퍼…]

[이제 달이 잊지 못할 무대를 만들어주면 되겠네요.]

[일단 갈 수만 있으면?]

[아…]

[한국대 야외공연장 거기 수용인원이 얼마나 됨?]

바야흐로 축제의 서막이 열렸다.

* * *

누가 겨울 아니랄까봐 광풍이 교정을 뒤흔든다. 학생들이 하나라도 더 얻어 갈 수 있도록 최대한 강의 시간을 꽉꽉 채워 강의하던 교수들은 창을 무섭게 치는 바람에 깜짝 놀라곤 했다. 이번 주에 밖에서 싸돌아다니는 건 아무래도 좋은 선택이 아닌 것 같다. 갑자기 간판이 떨어져도 이상하지 않을 날씨다. 그럼에도 불구하고… 사범대 교수가 이른 퇴근을 하는데 유독 학교가 붐비는 것처럼 느껴졌다. 못 보던 학생, 즉 외부인도 많아졌다.

"오늘 캠퍼스 투어라도 있나?"

교수가 아는 학생을 붙잡고 물어보니 의외의 답이 들려왔다.

"이번 주에 축제가 있어서 그런 것 같아요."

"축제? 아, 이번 주가 축제야?"

"네."

"근데 왜 이렇게 사람이 많지?"

한국대에는 3대 바보가 있다. 한국대입구역에서 정문까지 걸어

가는 사람, 고등학교 때 전교 1등 했다고 자랑하는 사람, 그리고 축제에 참여하는 사람. 이는 교수가 대학생일 때도 있었던 말이다. 코로나로 한참 인터넷 수업을 할 때나 대학에 로망이 있는 새내기들이 왔지, 그 이후로는 늘 같았다. 그래서 교수는 언제부터 학생들이 축제를 챙겼나 싶어 새삼스러웠다.

그러나 오히려 학생이 이상하다는 듯 되묻는다.

"혹시 못 들으셨어요. 교수님?"

"무슨 일인데? 이번 축제는 뭐가 달라?"

"이번에 총학이 노해일을 섭외했잖아요. 저번 주부터 시끄러웠는데."

"노해일이 누… 노해일?"

아무리 학교 사정에 어둡다고 해도 바깥 사정까지 어둡진 않았다. 그게 특히 연예면에서 요즘 자주 보이는 스타라면.

"그럼 이게 다 연예인 보려고 온 사람들이라고?"

학생이 고개를 끄덕였다. 그게 아니라면 한국대 축제에 이렇게 사람이 붐빌 리 없었다.

교수가 할 일도 없다며 혀를 끌끌 찼다.

"나 때는 연예인이 오든 대통령이 오든 도서관에서 공부했는데 말이야."

원래 사범대에서 권위와 예절을 중시하기로 유명한 교수의 말이라 학생은 한 귀로 흘렸다.

하지만 교수는 차가 있는 곳으로 가려다 방향을 틀어 야외공연장이 있는 버들골로 향했다. 그때 학생이 교수에게 말했다.

"저, 교수님. 혹시나 해서 말씀드리는 건데, 오늘 노해일 공연하는 게 아닙니다."

예상치 못한 말에 교수가 멈칫했다. 곧 어색했던 표정이 엄격해진다.

"그, 게 나랑 무슨 상관이지?"

학생이 어색하게 고개를 끄덕였다.

"혹시나 해서요."

"그래, 어서 들어가 봐."

"네, 교수님도 조심히 들어가십시오."

학생이 공손하게 숙이고 몸을 돌렸다. 그때 교수가 헛기침을 하자 학생이 기계적인 미소를 지으며 뒤를 돌아보았다.

"목요일입니다."

"뭐가?"

"혹시나 싶어서요."

오늘은 11월 11일로 한국대 축제의 첫날이다. 노해일이 공연하는 날은 13일 목요일이다. 학생은 다시 주차장으로 향하는 교수님의 뒷모습을 주시하다가 학교에 물밀듯이 들어오는 외부인 인파를 발견했다.

"설마 오늘부터 이틀 동안 대기하려는 건 아니겠지?"

그는 총학생회 임원이자 축제 진행팀원이었다. 노해일을 결국 섭외했다고 했을 때, "됐다!" 하며 소리 지른 임원. 830의 정예로 선택받지 못했으나, 한국대생으로서 드디어 노해일 공연을 직관할 수 있다고 사심을 채웠던 그는 불길한 예감이 들었다. 그리고 그 불길한 예감은 그대로 현실이 되었다. 노해일 공연 전날인 수요일, 그 전날보다 더 많은 사람으로 한국대가 붐볐다. 정말 웬만해선 붐빈다고 표현하지 않는데 인파가 어마어마했다.

"한국대생보다 외부인이 더 많은 거 같은데."

다른 학교의 연예인을 보러 오는 외부인이야 늘 있었다. 하지만 이 정도까지는 아니었다. 최정상급 남자 아이돌이란 예외가 있긴 하지만 노해일이 남자 아이돌은 아니지 않은가. 물론, 학생회와 교직원들도 어느 정도 몰릴 걸 예상했다. 그래서 연국대나 고국대에 몰린 통계를 참고하기도 했다. 그런데 이건 정도가 심했다. 리브가 연국대에서 공연할 때도 이렇게까지 오진 않았을 거 같다.

축제는 성공적으로 진행되고 있었다. 한국대 축제가 시작한 화요일부터 주점과 점포가 대호황을 맞이했다. 하지만 이대로라면 가파른 야외공연장에서 사고가 일어날 가능성이 컸기에 교직원과 총학생회는 복잡한 심경을 나누었다. 아무래도 사람이 더 필요할 것 같았다. 화요일보다 수요일의 주점엔 대기 줄이 있을 정도로 사람이 많았고, 새벽까지 불빛이 꺼지지 않았다. 그렇게 동이 텄다.

"저 사람들은 언제 가지?"

서로 눈치를 보는 사람들이 야외공연장 근처에서 떠날 생각을 안 했다. 한국대 에브리타임에서 이에 대해 원성이 자자했다.

[하로수길 점심 대기 ㅁㅊ 이거 다 우리 학교 애들 아니지?]

[카페 하… 시험 기간보다 더 사람이 많은데ㅋ]

[와 난리났다. 나 학교 이렇게 사람 많은 거 처음 봄.]

[대학 축제가 재학생 즐기라고 하는 축제 아님? 무슨 외부인이 더 많아.]

    └ 솔직히 외부인 제한을 둬야 한다고 생각함.

특히 가장 불리한 건 오후 수업이 있는 학생들이었다. 늘 한결같은 교수들이 축제라고 예외를 두지 않아 강의 시간을 꽉꽉 채웠다. 학생들은 강의가 끝나자마자 급하게 야외공연장이 위치한 버들골로 뛰어가야 했다.

"우리 학교 축제 이렇게 사람 많은 거 처음 봐."

원래 푸르른 잔디가 펼쳐져야 할 곳엔 사람들이 빼곡하게 차 있다. 야외공연장은 이미 만석이고, 학생들도 빈자리를 기대하지 않았다. 그러나 뒤에서 보기도 쉽지 않을 것 같았다.

"저것 봐. 교수님들도 왔는데."

"아니, 교수님 일정 있다고 하셨는데."

"음대 교수님들도 대중음악을 듣는구나."

"음대 교수님들도 왔다고?"

생각지도 못한 존재들에 당황하는 순간에도 야외공연장에선 댄스동아리 공연이 한창이었다. 강한 바람이 불어오며 보는 이들이 눈살을 찌푸렸지만, 댄스 동아리원들은 능숙하게 춤사위를 보여줬다.

"무슨 바람이 이렇게 불어."

"좀 무섭게 불긴 한다."

나름 최신식 건물인 야외공연장이 무너져 내리거나 부서지진 않겠지만, 강풍은 강풍이었다. 강우를 동반하지 않아 다행이었다.

한국대 응원단도 불안하게 날씨를 바라봤다. 공연 혹은 그들이 준비한 이벤트가 망가져버릴까봐 걱정이었다. 그러나 곧 그들은 그 우려와 걱정을 잊을 수 있었다. 해가 지며 하늘에 노을이 물들때 소년과 소년의 밴드가 등장했고 우레와 같은 함성이 쏟아진 것이다. 소년의 이름을 부르는 목소리가 소년의 목소리를 압도할 정도였다. 그 아우성 속에서 소년의 목소리가 뚜렷이 들려왔다.

"안녕하세요, 여러분. 노해일입니다."

헤일로는 마이크 테스트를 하는 김에 관객들에게 말을 걸었다. 빼곡하게 찬 야외공연장은 장소가 장소인지라 버스킹하는 느낌도 났다. 헤일로는 멤버들이 조율하도록 잠깐 두고 다시 한번 입을 열었다.

"오늘 하루 잘 보내셨나요?"

사실, 소년에게 대학생들은 다 형 누나뻘인데 전혀 기죽지 않고 능숙하고 편안하게 인사를 해나갔다. 고등학생 나이답지 않게 '한국대'라는 이름이 주는 긴장이나 설렘도 없어 보였다. 한국대생이라고 해도 이상하지 않을 것 같은 모습이다. 세션의 사운드가 줄어들었다. 모두 준비 끝났다는 신호에 소년이 웃어 보이고는, 소극장 콘서트에 가지 못한 사람들이 그렇게 듣고 싶어했던 말을 해주었다.

"그럼 오늘도, 즐거우실 겁니다."

이윽고 익숙한 멜로디가 들려왔다. '또 다른 하루'의 리듬에 사람들이 환호성을 질렀다. 소년의 입에서 데뷔곡이 흘러나온다. 분명 아는 노래인데 관객들에겐 다르게 들렸다. 당연하다. 시간과 장소, 장비 등 사소한 요인에 영향을 받는 게 음악이다. 이 자리에 있는 관객의 기분에 따라서도 다르게 들릴 것이다. 그런데 지금 그들이 생각하는 '다르게'는 좀 더 달랐다. 소년의 목소리가 사람의 내면을 봄바람처럼 살랑이며 지나간다. 그는 쥐고 흔들지 않는다. 그러나 자연스레 BGM처럼 남아 변화를 만들었다. 그런데 뭐랄까, 더 짙은 흔적을 남기는 것 같다. 형용할 수도, 무게를 잴 수도 없는 느낌 때문에 그들이 다르다고 생각하는 것이다.

혜일로도 똑같이 생각했다.

'오늘따라 좀 다른데?'

이상하게 관객의 반응이 달랐다. 혜일로의 노래가 부족하거나 관객의 호응이 부족한 것은 아니었다. 그런데 묘하게 잘 집중하지 못한다는 느낌이 든다. 마치 무언가를 기다리는 듯. 혜일로는 멤버들에게도 이런 느낌을 받은 터였다. 이번 주 내내 멤버들은 묘하게 이상했다. 뭐라고 말할 정도는 아니라 그냥 자신의 기분이 싱숭생숭해서 그런가 보다 하고 넘겼다. 혜일로는 무대를 만끽하며 그런 기분을 날려버렸다. 그리고 오히려 그들이 기다리는 것을 한번 기대해보기로 했다.

'웬만해선 난 놀라지 않을걸.'

남을 놀라게 하고 충격에 빠트리는 건 이들의 특기가 아니라 혜일로 자신의 특기다. '얼마나 놀라울지, 얼마나 날 즐겁게 할 수 있을지, 어디 한번 해보시지' 하고 생각하며 그는 씩 웃었다.

어둠이 짙어진다. 그럴수록 무대의 열기는 강렬해졌다. 환하게 불이 들어온 조명, 응원봉과 핸드폰을 흔드는 사람들. 강풍에도 열기는 쉽게 사그라지지 않았다. 오히려 다른 데 옮겨붙지 않게 주의해야 할 것이다. 그러던 순간 혜일로는 무대 옆에 스태프들이 다소 부산하게 움직이는 걸 발견했다. 그는 '지금인가' 생각했지만, 모른척하며 '17sec'의 무대를 즐겼다.

"최고의 피날레를 위해!"라고 모두가 외치는 순간 드럼이 쾅 하고 울렸고, 무대에서 조명이 번개 치는 것처럼 번쩍거렸다. "꺄아아악!" 하는 사람들의 환호성과 박수 소리가 어둠 속에서 울려 퍼졌다. 혜일로는 다시 조명이 켜지길 기다렸다. 이상하게 아무리 기다려도 조명이 들어오지 않았다. 관객의 환호성과 박수도 잦아들며 야외공연장은 완전한 고요에 빠졌다. 다른 사람이었다면 무대 사고인 줄 알고, 뭔가 지시를 하는 말을 꺼냈을 것이다. 그러나 헤일로는 어둠 속에서 모두가 기다려왔던 것을 기다렸다.

하나, 둘, 셋. 숫자를 세니 이윽고 옆쪽에서 불빛이 하나 들어왔다. 바람이 불어와 곧바로 꺼졌지만, 부산한 움직임으로 다시 일렁이는 불을 만들었다.

'촛불? 지금 나한테 프러포즈라도 하려고 그러나?'

어머니가 보았던 옛날 드라마에서 바닥에 초를 하트모양으로 꾸미고 프러포즈를 한 장면이 떠오른다. 그런 로맨틱한 감성이 전혀 없는 헤일로는 이 세상 사람들은 별걸 다 한다고 생각했다.

'촛불 이벤트라니.'

그래도 팬들의 이벤트니 헤일로는 넓은 마음으로 받아드리려 했다. 그러다 스태프들이 가지고 들어온 것을 보고는 눈도 깜빡할 수 없었다.

"아…."

어둠 속이라 다행이었다. 그렇지 않다면 팬들은 좋아했을 멍청한 표정이 그대로 화면에 비추어졌을 것이다. 헤일로는 멍하게 스태프들이 자신에게 다가오는 걸 보았다. 스태프들 사이에서 한국대 마스코트 인형이 케이크를 들고 다가오고 있었다. 그건 분명 생일 케이크였다.

"어떻게…."

마이크 속으로 소년의 목소리가 들렸다. 그들이 생일 이벤트를 해줄 거라고는 전혀 상상하지 못한 듯 무척 놀란 목소리! 사람들은 자신들의 서프라이즈가 성공한 것을 알고 환호했다.

곧 무대의 조명이 번쩍이며 들어왔다. 무대 양쪽의 화면에 놀란 소년의 얼굴과 음흉한 멤버들의 시선까지 잡혔다. 그러나 헤일로는 전혀 신경 쓰지 못했다.

'이 사람들이 생일을 어떻게 알았을까. 내 생일을 챙기는 사람은 아무도 없었는데. 나 자신조차 챙기지 않은 생일인데.'

헤일로의 눈에 케이크가 들어온다. 달과 별, 그리고 등대와 은하수를 표현한 듯한 벨벳이 케이크를 장식하고 있고, 케이크 토퍼엔 'Happy 16th Birthday 11. 14'라고 쓰여 있었다.

'노해일의 생일? 내일이 노해일의 생일이라고?'

문득 멤버들과 부모님의 얼굴이 떠올랐다. 자꾸 저의 일정을 물은 건 노해일의 생일 때문이었다. 헤일로는 노해일이 된 날 학생증에 쓰여 있는 저와 비슷한 이름에 놀라 생년월일까지 눈여겨보진 못했다. 그런데 이름이 비슷한 건 둘째치고 생일도 같은 날이라는 게 충격으로 다가왔다.

"아…."

멘트를 해야 하는데 목소리가 나오지 않았다. 헤일로는 입술을 달싹였다.

이 사람들이 그를 놀라게 하고자 한 거라면 성공했다. 물론, 그들은 노해일의 생일을 챙긴 거지만 헤일로의 생일까지 축하해주었다. 헤일로가 태어난 날, 아무도 챙기지 않았던 그의 생일을.

사람들이 고요히 그를 바라본다. 그는 케이크를 받고 꽃다발과 뭐가 들어 있는지 모를 쇼핑백을 들고 서 있다. 거기에 더해 자꾸 선물이 나왔다. 그에게 더는 받을 손이 없다. 헤일로는 이제 다시 무대를 이어가야 한다고 생각했다. 그러나 그가 노래를 시작하려고 하자 멤버들은 사전에 약속하지 않은 곡을 연주했다. 그들은 뒤를 돌아본 헤일로에게 눈을 찡긋거리며 제멋대로 연주를 이어갔다. 그의 음악이 아니었지만 모두가 아는 노래였다.

한국대 마스코트 인형도 스태프도 멤버들도 그리고 그의 무대를 보고 있는 모든 사람이 하나의 노래를 부르기 시작한다. 그를 위한 합창을. 평범하지만 평범하지 않은 축가에 결국 헤일로는 웃으며 노래를 따라 불렀다.

노래가 끝나고 소년이 입을 열자, 팬카페 회장과 한국대 응원단이 함께 쾌재를 불렀다. 서프라이즈 이벤트가 그들이 원한 대로, 노력한 만큼 성공적으로 만들어지고 있었다. 소년을 향한 배너와 이벤트. 이대로면 그는 다시 무대가 그리워져 곧 콘서트를 열어줄 것 같았다.

'바람 때문에 걱정했는데, 아주 좋아. 모든 게 완벽해. 이제 무대 시간도 얼마 안 남았는데 무슨 일 있겠어?'

팬카페 회장은 행복해했다.

'이틀 전부터 한국대에서 날밤 새운 나 장하다!'

그런데 그들이 걱정하던 일이 터지고 말았다. 댄스동아리 공연 때도 불안불안했던 강풍이 일으킨 문제였다. 강한 바람이 무대를 휩쓸었다. 케이크가 엎어지진 않았지만, 꽃다발의 꽃이 흩날리고 소년의 머리 위에서 뿌려지던 색종이도 바람에 다 날아가버렸다. 더 큰 문제는 배너였다. 난리도 이런 난리가 아니었다.

'아, 왜 하필. 해일이 생일 이벤트까지만 해도 아주 좋았는데.'

팬카페 회장의 얼굴이 어두워졌다.

설상가상으로 더 큰 문제가 터져버렸다. 강풍에도 아랑곳하지 않고 관객들과 떠들던 소년의 마이크가 고장 난 것이다. 원래 공연 설비에 대해 말이 많던 한국대라 설비 관리 문제인지 강풍 문제인지 알 수 없었다. 관객들에게 말하던 중 꺼져버린 마이크에 대고 소년은 "아아…" 하며 소리를 내보더니 태연히 마이크를 툭툭 쳤다. 그러나 마이크는 계속 먹통이다.

오디오 파워 믹서를 만지던 스태프가 고개를 돌리고, 기술자 역시 시스템을 몇 번 만져보다가 난처한 얼굴을 했다. 분위기가 싸하게 가라앉으며 누군가 탄식을 내뱉었다. 소년의 생일 이벤트를 함께 준비하지 않은 사람들마저 안타까워했다.

그러나 가만히 그들을 보던 헤일로가 어느 순간 "풋" 하고 웃었다. 사람들의 마음이 어떨지 잘 알면서도 헤일로는 그들의 표정이 너무 귀엽고 웃겨 계속 웃음이 터져 나왔다. 커다란 웃음소리는 사람들에게 전달되기 충분했다.

사람들의 시선이 헤일로에게 몰렸다. 그가 옅게 웃는 건 봤어도 이렇게 시원하게 웃는 걸 보는 건 처음이었다. 왜 웃는진 모르겠지만, 소년은 정말 즐거워 보였다. 소년의 웃음 덕분에 분위기가 부드럽게 풀리기 시작했다.

그때, 노해일의 멤버들이 다시 반주를 시작했다. 소년의 신호에 멤버들은 아무런 의심 없이 연주를 시작한 것이다. 노해일의 정규 1집 수록곡 '에버 엔드'의 선율이 다시 들려왔다.

"어떡하려고. 마이크가 고장 나버렸는데."

"저렇게 세션의 소리가 크니 완전히 묻혀버릴 텐데. 춤이라도 추려고 그러나."

걱정스러운 사람들의 시선과 수군거림에 아랑곳하지 않고 소년이 리듬에 맞춰 고개를 끄덕인다. 이윽고 그가 입을 열었다.

언젠가

세션에 묻히지 않은 울림이 깊게 울려 퍼졌다. 모두에게 들릴 정도로 멀리 퍼져나간다.

끝이 오겠지 모든 이야기에 엔딩이 있듯이
네가 뭘 두려워하는지 알아 그건 아무것도 아니야

그의 목소리를 뒤따라 사람들의 목소리가 하나둘 따라붙는다. 소년은 마이크를 든 손을 내리고 무대 앞으로 나아갔다.

그때 그 시절, 그 시간 그곳을 거닐던 우리가

그들의 목소리가 코러스가 되었고 반주가 되었다. 어느 순간 소년은 마이크를 집어 던져버렸다.

이 길 끝에 있어

그의 목소리는 이미 모두에게 도달하여 마이크는 더 이상 필요하지 않았기에.

* * *

완벽한 생일이었다. 하지만 아직 끝이 아니었다. 이제 막 시작되었을 뿐이다. 진정한 시작은 아직 축제의 여운이 가시기 전인 11월 14일 금요일 노해일과 혜일로의 생일 당일 동이 틀 무렵부터였다. 그날 명동 L백화점 전광판을 시작으로 홍대입구, 잠실, 성수역 등 팬들의 광고 성지에 '노해일 생일 축하 광고'가 도배되었다. 한 유명 배우와 생일이 겹쳤는데도 가장 값비싼 자리는 노해일의 이름이 차지했다. 성수역은 특별한 명소는 아니지만 노해일의 레이블이 근처에 있기에 팬들이 특별히 신경 썼다.

광고만 한 것이 아니었다. 팬카페에서 자체적으로 성금을 모아 아동 양육시설과 장애인 보호시설, 장애아동 수술 지원단체 등에 '노해일 팬카페 파도타기'라는 이름으로 기부했다. 팬들은 성금을 내며 농담 삼아 티켓팅에 실패해서 남은 돈이라고 했다. 그리고 내년엔 콘서트 가느라 돈이 없을 테니 이번이 마지막 성금이라고 덧붙였다. 팬카페 회장은 기부자의 이름을 차마 '우리가 죠스로 보이냐'로 기재할 수는 없었다.

노해일이 읽어줄지는 모르겠지만 팬카페에는 그를 향한 생일 축하 글이 수없이 업로드되고 있었다.

그런데 노해일의 생일만큼 혹은 보다 회자되는 게 있었다. 바로 한국대 축제의 마지막 날을 화려하게 수놓았던 노해일의 공연이었다. 12시간은 무대의 여운을 잊기에 무척 짧은 시간이었다. 많은 아이돌과 가수가 대학 축제에서 레전드를 남겼지만, 적어도 이 여운은 지금까지의 모든 기억을 휩쓸기 충분했다.

후기 글보단 사진이, 사진보단 움짤이, 움짤보단 직캠이 당시를 생생하게 전달했다. 콘서트에서 늘 보이는 노해일의 자신감 있는 모먼트 "오늘도 즐거우실 겁니다"로 시작해 관객과 능숙하게 소통하고, '또 다른 하루', '밤의 등대', '17sec', '에버 엔드' 등을 부른 뒤 무수한 앙코르를 끝까지 받느라 원래 예정된 시간을 훨씬 초과한 그의 공연은 티켓팅에 한이 맺힌 사람들을 만족시켰다.

[아니 이런 걸 너희만 봤다고…?]
[몇 곡 안 부를 줄 알고 안 갔는데 ㅅㅂㅅㅂ]

한국대 공연의 가장 중요한 포인트는 단순히 노해일이 콘서트를 재연했다는 것이 아니다. '레전드'라고 칭해도 과히 부족하지 않을 만큼 사람들의 머릿속에 각인된 것이 있다.

첫 번째는 노해일의 생일 이벤트다. 무대 위 조명을 모두 끄고 휘몰아치는 바람을 어떻게든 막아가며 촛불 밝힌 케이크를 전달했을 때 정말로 놀라고 감동한 듯한 노해일의 표정. 그 표정, 그 반응 하나로 서프라이즈를 준비한 팬들은 보상받았다. 평소 무심하고 건조한 노해일답지 않은 반응에 팬들의 마음은 더 애타고 몽글몽글해졌다. 팬이 아닌 사람들도 왜 남의 학교 축제에서 생일파티하느냐고 불만을 드러내지 못할 만큼 노해일의 반응은 기억에 남았다.

[직관한 한국대생: 앞으로 노해일 생일파티는 우리 학교축제에서 진행한다. 탕탕!]
　└ 지나가는 한국대생: 2222
[연국대생: 올해는 봐드렸습니다. 내년엔 저희가 데려갑니다ㅎㅎ]

└ 지나가는 고국대생: 어딜 새치기를 하시나ㅎㅎ

└ 응~ 해일이 내년에도 한국대에 오겠다고 약속했음.

└ 세상에 혈연을 이기는 건 없는 거 알지? 반박 시 패드립ㅋㅋㅋㅋ

[솔직히 노해일이 공연하기에 한국대 음향은 좀ㅋ 이번엔 노해일이 대처 잘했긴 했는데, 정떨어졌을 듯.]

└ 학우님들과 노해일 님께 사죄드립니다(본문 보기)_출처: 한국대 총학생회 및 음향관리팀 일동 별그램 사과문 공지+대자보

└ 학우님들께 사과하는 것보다 노해일한테 사과하는 게 더 긴 거 같은데?ㅋㅋㅋ

생일 이벤트는 노해일의 반응 때문에 관심을 받았다면, 대중의 이목을 끈 건 한국대 무대 사고였다. 무대 조명이 15초간 나간 건 서프라이즈를 위한 이벤트였지만, 배너와 색종이가 날리며 무대가 난장판이 된 건 사고였고, 마이크 고장은 실책이었다. 신인이라면 당황해 정신이 혼미해질 정도로 버거운 시간이었을 텐데, 노해일은 오히려 황망해하는 사람들에게 웃어 보였다. 그것도 처음 보이는 시원한 웃음을 터트렸다.

그리고 이번 공연에서 가장 인상적인 '에버 엔드' 무대, 바로 마이크 없이 부르는 노래가 이어졌다. 그의 목소리는 세션 사운드나 관객들의 떼창에 묻히지 않고 멀리까지 울렸다. 그 자리에 있는 사람들은 있는 힘껏 떼창하며 형용할 수 없는 감정에 휩싸였다. 눈물이 날 것 같기도 하고, 너무 행복한 거 같기도 하고, 즐겁고 미쳐버릴 것 같고. 아무튼 그 시간이 영원히 끝나지 않았으면 했다. 그러나 '에버 엔드'라는 제목처럼 끝이 다가왔다. 끝이 있다는 것이 아

쉽고, 서사가 있는 무대이기에 아련해 더 감동적이었다.

[(311113) Ever End-노해일 (노마이크)]

ㄴ무반주도 아니고 노마이크?? 보고 한참 동안 뭔소린가 했는데 ㅅㅂ진
짜 노마이크로 이게 되네.

ㄴ노해일 성악 전공함? 발성 미쳤더라.

ㄴ수업 때문에 늦었는데 진짜 저 끝까지 들림. 마이크 안 쓴 줄 몰랐다.

ㄴ음대 교수님들 눈 빛나는 거 봤냐. 무슨 이환희 보는 줄. 침 흘리면서
노해일 보던데.

[완벽하지 않은 무대였기에 완벽했다 진짜…]

ㄴ무대 사고가 ㄹㅇ 신의 한 수.

ㄴ나 저거 직관할 때 한국대 도대체 관리 어떻게 하는 거냐고 쌍욕 했
는데, 노해일 ㅈㄴ 아무렇지도 않게 무대 이어나가는 거 보고 대가리 탁
침. 누굴 걱정해.

ㄴ노해일 마이크 집어 던질 때 진짜 포스가… 연예인은 타고나는 거 맞다.

ㄴ무대 사고 안 났으면 평생 못 봤겠지? 제가 무지하여 한국대느님의
뜻을 몰라뵈었습니다. 송구하옵니다.

[나 원래부터 Ever End 제일 좋아했는데 진짜 성불했다.]

ㄴ이 새끼 며칠 전에 왜 17sec 타이틀 아니냐고 뭐라고 하지 않음?

ㄴ지난달 콘서트 때 웰마월이 지 최애곡이라고 함.

ㄴ솔직히 최애곡 계속 바뀔만함. 라이브 볼 때마다 감탄밖에 안 나오더라.

ㄴ근데 확실한 건 영상이 다 못 담음. 진짜 실제로 가서 보면 장난 아님.

[??? 다들 안 간다고 하지 않음? 뭐야. 지금 나만 안 간 거임?]

ㄴ이걸 속네ㅋㅋ 니 자리 쩔더라

노해일 생일파티 이벤트 후기를 모니터링하던 팬카페 회장 '폭풍해일주의보' 줄여서 '폭해주'는 무대 이벤트보다 더 아찔했던 순간을 상기하며 제 머리를 쥐어뜯었다. 바로 무대 이후 선물 전달을 위해 노해일을 잠깐 만난 순간이었다.

폭해주는 그때 무대에서 미처 전달하지 못한 팬들의 선물들을 노해일에게 직접 전달할 수 있었다. 정말 긴장된 만남이었다. 이른바 덕질을 하면서 팬미팅도 가고 영화 시사회도 가며 활기찬 인생을 산 그녀는 노해일과 마주하자, 그는 정말 다르다고 느꼈다. 무대 위에서만큼 남다른 부분이 있었다. 사람들이 흔히 분위기나 아우라라고 말하는 것, 외모 이상의 무언가가 있었다. 어쩌면 스타의 아우라일지도 모르겠다.

이미 공연 때 온 기운을 쏟아 기력이 쇠하고 목도 쉬어 초췌해진 폭해주는 노해일을 보고 멍청하게 말까지 더듬었다. 스스로 초라한 몰골이 부끄러웠지만, 회장으로서 팬카페에 관해 얘기하지 않을 수 없었다.

"파도타기? 당연히 알죠."

"아신다고요?"

차마 소년에게 현 카페명을 말하지 못한 그녀는 눈을 번쩍 떴다.

"달, 아니 해일 님은 우리 카페 존재도 모르는 줄 알았어요."

'아니, 그러면 왜 말을 안 남겼지? 우리 소통할 수 있었잖아!'

그녀의 속마음을 읽지 못하는 소년이 태연히 답했다.

"가입도 했는 걸요."

"가입도요?!"

이건 진짜 의외라서 그녀는 매우 진중한 성격의 회장 코스프레를 집어치우고 버럭 소리를 질렀다. 물론 소년의 시선에 가까스로 자제력을 되찾았다.

"다, 당장 등업해드릴게요. 아이디가 어떻게 되시나요?"

사실 등업이 문제가 아니었다. 그녀는 카페의 관리를 소년이 하고 싶다면 응당 이전해줄 수도 있었고, 공식 카페를 오픈한다면 비공식 카페의 문을 닫을 생각도 있었다. 어쨌든 일단 노해일을 등업시키고 카페를 더 철저히 관리해야겠다고 굳게 마음먹었다.

'요즘 어그로, 분탕, 가면 쓴 안티도 간간이 보이던데 달이 알기 전에 잽싸게 처리해야겠군.'

그렇게 복잡하게 머리를 굴리는데, 그녀는 노해일의 곤란한 표정을 발견했다.

폭해주는 지금도 그때 일을 생각하며 키보드에 머리를 박았다. 본인이 직접 저지른 잘못은 아니지만 총책임자인 만큼 책임을 져야 했다. 그녀는 머리를 책상에 쿵 다시 박고 나서, 카페 대문에 사과문을 올렸다.

[(공지) 저희가 그동안 여러분을 괴롭게 한 무소통의 범인이었습니다.]

노해일을 차단했던 스태프도 같이 댓글에 사과글을 썼다.

[제가 달님을 차단한 거 같습니다. 그냥… 분탕인 줄 알았는데… 죽을죄를 지었습니다.]
└ 이이…! 네가! 네가 절름발이였어…! 믿었는데!!!
└ 달께서는 인간과 통신하려고 하셨거늘…

ㄴ평생 봉사하며 죠스로 사십시오.

노해일이 직접 댓글을 남겼던 게시글이 새로운 성지로 떠오른
건 말할 것도 없었다.

＊ ＊ ＊

단잠에 빠졌던 소년이 뭉그적거리다 커튼 사이로 들어오는 햇
살과 에스프레소 냄새에 자연스레 눈을 떴다. 열린 문 사이로 싱그
러운 바람이 들어왔다. 키가 더 크길 바라며 기지개를 켜고, 뻐근한
목을 돌리며 방에서 나오니 어머니와 아버지가 다정하게 소파에
앉아 있었다. 그들은 아들을 보고는 반색했다.

"아들, 생일 축하해."

"생일 축하한다. 어제도 고생 많았고."

"어머, 당신 어제 해일이 공연 봤어요? 나한텐 안 본다고 해놓고."

"교수들이 다 같이 가자고 해서."

"그래서 날 빼고 봤다고?"

박승아가 삐진 척하자 노윤현이 도와달라는 듯 눈짓했다. 혜일
로는 어깨를 으쓱하며 아버지의 부탁을 외면하고, 냄새에 이끌려
호화롭게 차려진 식탁 쪽으로 몸을 돌렸다. 부모님 집엔 늘 먹을 게
많지만 오늘따라 더 많아 보였다.

"이제 아침 먹을까?"

소고기미역국과 갈비찜, 불고기 등 12첩 반상보다 반찬 가짓수
가 많은 것이 누가 봐도 정성스럽게 차려진 생일상이었다. 그러나
이게 끝이 아니라는 듯 어머니가 눈을 찡긋했다.

"오늘 일정 없는 거 맞지? 저녁 같이 먹자."

"아."

헤일로의 반응에 박승아의 눈이 동그래졌다.

"일정이 생겼니?"

"작업실에 갈 생각이라서요."

"오늘 생일인데, 좀 쉬어도 되지 않을까?"

"오늘…."

헤일로는 전날의 생일 이벤트와 일어나자마자 받은 생일 축하를 떠올리며 말했다.

"해야 할 게 생겨서요."

오늘 하고 싶다고 생각했다. 오늘이면 더 잘할 수 있을 거 같았다.

"얼마나 걸리는데? 혹시 저녁에 늦니?"

"그 정도는 아니에요."

헤일로의 말에 박승아는 안심한 듯 고개를 끄덕였다.

"저녁엔 레스토랑을 예약한 거예요?"

"비슷하지?"

'예약했으면 예약한 거지, 비슷한 건 뭐지?'

헤일로는 굳이 묻지 않고 불고기를 먹었다. 밥보다 고기 중심으로 먹는 아들을 박승아는 흐뭇하게 바라보았다.

"그럼 작업실에 데려다주고, 저녁에 데리러 갈게."

생일날까지 헤일로는 아침을 먹고 곧장 작업실로 향했다. 작업실은 평소와 달리 어두웠다. 원래는 등을 굳이 켜지 않아도 남쪽으로 난 창에서 햇빛이 들어와 환한 작업실인데 이상했다. 그러나 별생각 없이 전등 스위치에 손을 올려 불을 켠 순간, 팡파레 소리와 함께 폭죽이 터졌다. 색색의 줄 폭죽이 터지고, 환한 작업실엔 어느새 'Happy Birthday'라고 쓰인 레터링 생일 가랜드(garland)가 장식되어 있었다. 바에는 와인잔과 샴페인, 술과 함께 케이크가 자리했다. 어제 받은 케이크가 아니라 직접 주문 제작한 것이었다. 케이크에 꽂힌 장식은 직접 손으로 쓴 것 같았다.

Happy Birthday Halo, My Boss

그 옆엔 고깔모자를 쓴 멤버들이 서 있었다.

"생일 축하해, 해일아."

"열여섯 번째 생일 축하합니다, 사장님!"

"세상에 하나밖에 없는 탄신을 경하드립니다, 폐하."

"아침부터 준비한 거예요?"

멤버들은 어제와 같은 반응을 기대했지만, 헤일로는 그리 놀란 것 같지 않았다. 여상히 웃으며 물을 뿐이다. 기대하지 말라고 했던 한진영의 말이 맞았으나 어제의 표정을 다시 보고 싶었던 문서연은 조금 실망했다. 남규환은 헤일로가 어떻게 반응하든 좋은 광팬이라 괜찮았다.

"아, 사장님, 이거 받으세요!"

그래도 문서연은 다시 밝은 얼굴로 선물을 전달했다. 그들이 준비한 선물이었다. 그들의 사장이라면 언제든 구할 수 있는 거지만, 그래도 정성스럽게 준비했다.

헤일로는 상자를 풀고 안에 있는 것을 꺼내 들었다. 하얀색 무광으로 도색된 커스텀 마이크였다. 그가 고개를 들자, 다들 뿌듯한 얼굴로 고개를 연신 끄덕였다. 그들의 얼굴엔 '어서 좋다고 말해!', '반응을 보여줘!'라고 쓰여 있었다.

"고마워요."

그 한마디에 셋의 표정이 하나가 되어 점점 밝아졌다.

"아침부터 고생하기도 했고, 뭐라도 주고 싶은데. 뭐가 좋을까."

헤일로의 말에 멤버들의 눈이 반짝거렸다. 주고 싶다니! 이건 곧 상이라도 줄 뉘앙스가 아닌가. 그들이 보상을 바라고 선물을 준비한 건 아니지만, 준다면 받고 싶은 게 인간의 심리였다.

헤일로는 미어캣처럼 그를 반짝이며 바라보는 멤버들을 향해 웃으며 말했다.

"10집 녹음하죠."

"예에? 뭐라고요?"

문서연은 귀를 의심했다. 인센티브까지 바란 건 아니지만 일을 바란 것도 아니라 동공이 위아래로 떨렸다.

"녹음이요?"

잘못 들은 게 아닌가 싶어 그녀가 되물었지만, 들려오는 건 단호한 대답과 생글생글한 미소! 분명 맑은 날씬데 폭풍 번개가 친다. '따다다단!' 베토벤 교향곡 5번처럼.

"거짓말…!"

문서연이 현실을 부정하는 사이 배신자가 입을 열었다.

"제가 정말 원하던 것이었습니다."

그녀가 남규환을 노려보았으나 아랑곳하지 않았다.

"진영이 오빠는 아니죠?"

문서연은 저와 같은 마음일 듯한 한진영을 바라봤다. 그러나 그는 절대 결정을 바꿀 생각이 없어 보이는 소년을 보고는 대답했다.

"준비할게."

문서연이 브루투스를 부르짖던 시저가 되어 외쳤다.

"오빠마저도…!"

그러나 헤일로는 알았다. 저렇게 말해도 막상 시작하면 제일 잘 하는 게 문서연이라는 것을.

헤일로는 새하얀 마이크를 꼭 쥔 채 얘기했다.

"저녁식사 하러 가야 하니 서두르죠."

"넵. 준비하겠습니다, 사장님!"

결국 문서연 역시 받아들였다.

바 테이블에 놓인 술과 샴페인을 마시며 종일 놀 생각이었던 멤버들은 순순히 녹음실 안으로 들어간다. 헤일로의 갑작스러운 변덕에도 멤버들은 씩씩하게 잘 따라주었다. 헤일로는 그들을 바라보며 생각했다.

'빨리 끝내자.'

HALO 10집은 부르기만 하면 짜증이 나서 다른 앨범만큼 잘 부르지 않은 음악이었다. 그래서 가장 기분이 좋은 날 부르고 싶었다.

반주 속에서 첫 소절을 입에 담은 헤일로는 문득 느꼈다. 그렇게 부르기 힘들었던 노래인데 이제는 아무렇지 않았다. 자신의 생일을 축하해주던 관객들과 다정한 부모님, 그리고 고깔모자를 쓴 멤버들과 그들이 선물한 하얀색 마이크가 그의 기억에 덧대어진다. 저녁에 있을 생일파티도 기대된다.

HALO 10집의 제목은 〈자를 수 없는 것(Cannot be cut)〉이다!

* * *

짠! 영롱한 크리스털 잔이 부딪친다. 서울 시내가 한눈에 보이는 스카이라운지에서 정다운 사람들의 소리가 흘러나왔다. 잔잔한 음악과 술 그리고 웃음소리. 대관한 레스토랑은 오직 노해일의 지인들만 입장할 수 있었다. 예컨대 그의 밴드 멤버부터 업계에서 만난 사람들 등 의도하지 않았지만 한자리에 모이기 힘든 스타들이 그의 생일 축하를 위해 흔쾌히 얼굴을 비췄다. 노해일의 어머니 박승아는 황룡필을 보고 소녀팬처럼 어쩔 줄 몰라 하며 사인을 받았고, 아버지는 남규환, 한진영과 잔을 나누었다. 헤일로는 자기 생일파티에서 자신만 유일하게 술을 먹지 못한다는 걸 안타까워했다.

"넌 언제 어른이 되냐?"

신주혁은 화이트 와인을 유유히 들고 와 여느 때처럼 시비를 걸었다.

"오늘 일정 없으세요?"

'오늘 한가하냐?'쯤의 톤으로 되받아치자 신주혁은 아주 싹수가 노랗다며 코웃음을 쳤다.

"오래 있을 생각 없다. 라디오 가는 길에 잠깐 들린 거라서. 일정 없었으면 진작 마셨겠지."

헤일로가 고개를 끄덕였다. 신주혁은 와인잔을 돌리다가 문득 떠오르는 걸 물었다.

"그런데 넌 방송 안 나가냐? 라디오든 뭐든. 한라연 씨가 궁금해하던데."

"음, 네. 아직은 없어요."

"그래? 그럼 PD한테 못 박아놓을게."

신주혁은 그렇게 대답하다가 억울해졌다. 자신이 다른 가수 거절 의사를 전달해야 하는 클래스는 아니지 않은가. 하지만 그렇게라도 하지 않으면 PD가 귀찮게 굴 게 뻔하니 어쩔 수 없다.

최근에 어떤 PD는 신주혁에게 친구들과 함께 즐겁게 노는 리얼 다큐 예능을 제안한 적이 있다. 그는 그 '친구' 목록에 노해일이 있을 거라는 데 손목을 걸 수 있었다. 물론 신주혁 역시 PD들이 침을 흘리는 대상이었으나 올해 이 소년을 이길 사람은 없을 것이다. 대한민국 모든 방송국에서 예능뿐만 아니라 전 분야에서, 더 나아가 온 세상이 소년을 원하고 있었다.

"뭐, 하나쯤 나가도 좋지 않겠냐."

신주혁은 자신이 좀 꼰대 같은가 싶었지만 그래도 오지랖을 멈추지 않았다. 어차피 판단은 스스로 할 노해일이니 대한민국 최정상에 선 가수로서, 아니 친구로서 하나의 의견을 꺼낸 것이다.

"이유가 있다면 상관없겠지만 그게 아니라면 한두 개쯤 찍어두는 게 나을 거야. 언제든 관심이 미움으로 변할 수 있는 세상이니. 방송국을 적으로 만들어봤자 뭘 하겠냐."

HALO라는 이름에 그 미움도 다시 사랑이 될진 모르겠지만, 문제는 소년이 너무 어리다는 것이었다.

"그리고 네 팬도 말은 안 해서 그렇지. 바라는 게 많을걸. 내가 이런 소리를 해야 하나 싶지만 네 음악만큼 너에 대해서도 궁금할 거란 소리야. 네가 뭘 하고 사는지, 평소 성격이 얼마나 건방진지 그런 거."

하고 싶은 말은 다 하고 나서야 신주혁은 괜한 소리를 했나 싶었다.

"그냥 흘려들어라."

어느덧 신주혁은 손에 쥐고 빙빙 돌리기만 하던 잔을 내려놓았다. 생일 축하도 했고 생일파티에 참석도 했고 인증샷(후에 팬들에게 노해일 생파 황금 인맥 짤로 돌아다닐)도 찍었으니 이제 일하러 가야 할 때다.

"다시 한번 생일 축하한다, 꼬맹이."

신주혁처럼 오래 얼굴을 비추고 간 사람도 있지만 일정상의 문제로 참석하지 못하고 장문의 편지와 선물을 보낸 사람들이 더 많았다. 갑작스러운 생일파티이고 다들 6개월 치 이상의 일정이 있는 사람들이라 당연했다. 그런데도 그들은 잊지 않고 그에게 생일 축하 메시지를 보냈다. 00시 00분부터 지금까지 계속된 문자와 연락에 핸드폰 배터리가 소모되었다. 배터리가 10퍼센트만 남은 핸드폰을 보며, 헤일로는 미묘한 느낌을 받았다. 4월에나 받았을 생일 축하 메시지를 11월 14일에 받고 있으니 좀 이상한 느낌이었다.

"잠깐 바람 쐬도록 할까."

마침내 밤이 무르익어갈 때 다른 사람들과 이야기하던 어거스트 베일이 다가왔다. 황룡필을 보내고 난 뒤 슬슬 파티가 끝나가는 분위기라 어거스트와 소년의 동행을 유심히 보는 사람은 없었다.

"이제야 제대로 생일 축하를 해줄 수 있겠군."

"이미 하신 거 아니었습니까?"

이 레스토랑을 어머니, 아버지가 대관했을 리 없다. 풍족한 분들이지만 쓸데없는 데 돈 쓰는 분들은 아니라, 레스토랑의 룸 정도는 예약해도 전체 대관을 생각하지는 않았을 것이다. 특히, 이런 레스토랑을 예약하는 건 그리 쉬운 일이 아니다. 서울 시내가 한눈에 보이는 스카이라운지를 가진 식당이라면 몇 달 치 예약이 꽉 차 있을 것이다. 그래서 헤일로는 간단하게 결론 내렸다. 자신의 생일을 위해 레스토랑을 대관할 부와 스케일, 그리고 관심을 가진 사람은 어거스트밖에 없다고.

"아니지. 아직 시작도 안 했네. 대관 따위가 선물일 리가."

그에게 비행기든 선박이든 주겠다던 어거스트다워 헤일로는 슬쩍 웃었다.

서늘한 11월의 바람을 맞이하며 술기운을 날려 보낸 어거스트는 한참 있다 입을 열었다.

"요즘 내가 바빴던 이유 말이네. 궁금하지 않나?"

파파라치 이야기를 한 이후 한동안 바빴던 어거스트는 그가 원했던 것만큼 헤일로의 옆에 있진 못했다. 파파라치 치우는 데 그렇게 많은 시간을 쏟은 것이 아니라 사업 문제였다. 그것도 헤일로와 관계있는 일이다.

"아직 못 들었나 보지?"

"뭘요?"

"자네, 뮤지컬 만든 거 말일세."

정확히 말해서 뮤지컬을 만든 건 아니고 뮤지컬의 넘버 두 곡을 만들었다. 하지만 어거스트에게 그건 중요하지 않았다. 헤일로가 곡을 만들었다는 게 중요한 것이다.

"어떻게 될지 알 수 없어서 자네한테 이야기하지 않았나 본데. 그거 내가 사들였네."

"네?"

"라이선스 말이야. 그냥 통째로 사고 싶었는데, 투자자가 더 필요하지 않다더군. 정말 아쉽게 됐어. 자네가 참여할 줄 알았더라면 진작에 관여했을 텐데."

어거스트가 투덜거리는 걸 들으며 헤일로는 그가 바빠진 시점이 딱 그 뮤지컬 연습실을 방문했을 때라는 걸 기억해냈다. 그가 넘버를 만들었다는 걸 듣고 비즈니스를 벌인 모양이었다.

"이게 선물인가요?"

"그럴 리가! 단지, 내 자네에게 관심을 잃은 게 아니라고 말하는 거네. 자네의 음악에 언제나 열정적이지."

"그건 이미 잘 알고 있습니다."

헤일로가 당연하다는 듯 답하며, 여의도맨이 들었다면 호재라고 외쳤을 소식을 흘려넘겼다.

"한국 초연이 끝나면 런던에서 곧바로 진행할 거야."

"만약 망하면 어떡하려고요."

헤일로는 자신이 참여한 뮤지컬임에도 아무렇지 않게 말했다. 그는 제 음악이 망할 거란 생각은 안 했지만, 뮤지컬 전체에 관여한 것도 아니니 망할 수도 있는 것 아닌가. 게다가 창작 뮤지컬이란 위험부담도 있었다.

하지만 어거스트가 호언장담했다.

"그럴 리가."

그 앞에 '자네의 곡인데'가 들려오는 것 같다.

한국 초연은 12월 말에서부터 3월 초로 예정되어 있다.

'3월 초라…. 비즈니스맨이 손해 볼 비즈니스를 할 리 없지.'

헤일로가 입매를 비틀며 웃었다.

어거스트가 확신하는 건 당연했다. 그때쯤이면 HALO가 세상에 모습을 드러낼 테니 그가 만든 뮤지컬 넘버가 조명받을 건 당연했다.

솔직히 말하면 헤일로는 지금 일어나고 있는 HALO 현상이 꽤 의외였다. 그는 정체를 드러내는 걸 미루었을 때 자신에 관한 관심이 예전만 못할 거라 여겼다. 그의 앨범은 '아폴론의 현신'이라 각광받던 지난날의 외모 덕을 볼 수 없었고, 신원이 알려지지 않았기에 거부감을 일으킬 수 있었다. 콘서트도 라이브도 하물며 라디오도 없는 정말 순수한 음악뿐인 앨범. 그런데 사람들은 오히려 더 열광했다. 혹평 일색이던 평론가들도 온갖 예술적인 단어를 붙이며 찬양했다. 헤일로는 왜 모습을 숨겼을 때 더 사랑받는지 이해되지 않았다.

"우리 슬슬 이야기할 게 있지 않은가."

헤일로는 어거스트의 목소리에 현실로 불려 왔다.

"혹시 생각해보았는가. 자네의 정체를 어떻게 드러낼지."

헤일로가 스콜피온에게 '얼마 남지 않았다'라고 말했던 것처럼 어거스트 역시 염두에 두고 있었다.

"어떻게든 밝혀지겠죠."

세상에 던져진 힌트가 많으니 누군가가 그것들을 모아 밝혀낼 수도 있고, 갑자기 많은 사람이 찾아와 그의 집 앞에서 이름을 부를 수도 있다. 그게 아니더라도 그의 13집이 나오면 확정될 것이다. 그래서 헤일로는 솔직히 밝혔다.

"깊게 생각해보지 않았습니다."

헤일로는 세상의 흐름에 모든 걸 맡겼고, 구체적인 계획은 세워 놓지 않았다. 그는 늘 즉흥적이고 변덕이 심하다. 그때 가서 생각하면 될 거라고 할 일을 미루었다.

"스콜피온에겐 제 무대에서 밝힐 거라고 말하긴 했습니다."

어거스트가 고개를 주억였다.

"자네답군. 정확히 어떤 무대에서 어떻게 밝힐지 생각해본 적 없다는 소리지?"

"그렇죠."

"그럼. 〈코첼라(Coachella)〉는 어떤가?"

2031년 〈코첼라 밸리 뮤직 앤드 아츠 페스티벌(Coachella valley music and arts festival)〉이 끝나고부터 디렉터들은 끈질기게 HALO에게 러브콜을 보냈다. 참 집요한 인간들이 거절하기 미안할 만큼 참신하게 메일을 보내왔다. 한 메일에는 찬양 어구가 적히기도 했고, 한 메일에는 왜 HALO가 〈코첼라〉에 나와야 하는지 상세한 이유가 적혀 있었다. 다만, 그들의 러브콜 때문에 〈코첼라〉를 염두에 둔 건 아니었다. 다양한 음악공연이 열리는 세계 최대 음악 페스티벌 중 하나인 〈코첼라〉에 전 세계 이목이 쏠린다는 게 첫 번째 이유다.

두 번째는 시기의 문제였다.

"〈도나우인셀페스트(Donauinselfest)〉나 〈서머페스트(Summerfest)〉도 생각해봤는데 여름은 너무 멀지 않은가. 〈코첼라〉가 적당하지."

오스트리아 빈에서 열리는 축제인 〈도나우인셀페스트〉와 미국 위스콘신에서 개최되는 〈서머페스트〉는 6월에 열렸는데, 그건 너무 멀었다. 슈퍼볼은 정체를 드러내지 않은 자에게 공연을 맡길 생각이 없는지 제의가 오지 않는 데다, 어거스트는 뼛속까지 순수한 영국인으로서 미식축구에 왜 그렇게 열광하는지 이해하지 못했다.

"제게 메일을 보낸 곳이네요."

헤일로의 답에 어거스트의 눈을 빛냈다. 그들이 HALO의 정체를 알고 보낸 게 아니라면 의미하는 건 하나였다. 노해일에게도 섭외 메일이 온 것이다.

"우연이라고 해야 할지."

신인이지만 신인이 아닌 행보를 보여준 소년에게 섭외 제안을 한 건 이상하진 않다. 해외에서도 스콜피온 콘서트나 헤일로 커버곡으로 화제가 됐고, K-POP을 듣는 팬들에게 노해일의 이름이 이미 언급되고 있었다.

"어떻게 하고 싶은가? 나는 자네가 원하는 대로 하겠네."

노해일로서 참여하겠는가? 헤일로로서 참여하겠는가? 그 질문에 헤일로는 입을 달싹였다. 이상하게도 고민이 되었다.

"조금 더 고민해보게. 중요한 문제니 섣불리 결정할 수야 없지."

"전⋯."

머리에 안개가 낀 것 같아 사고할 수 없었다. 헤일로는 얼핏 이게 뭔지 깨달았다. 그는 망설이고 있었다. 늘 즉흥적으로 살며, 선택이 확실했던 그가 갑자기 멍청이가 된 것 같았다.

노인은 그의 대답을 기다렸다. 정적이 길어졌다.

소년은 결국 솔직하게 이야기했다.

"답이 정해져 있다는 걸 압니다. 그런데⋯."

"선택하기 힘들다고?"

"제가 왜 망설이는 건지 모르겠습니다."

"뭐, 가끔 그런 순간이 찾아오긴 하지."

노인은 마치 그의 속마음을 읽는 것 같았다.

"그럼 이렇게 하는 건 어떻겠나? 자네가 망설이는 이유를 한번 찾아보는 거야. 그리 길지 않은 시간이네만, 자네는 영리하니 충분히 찾을 수 있을 거야."

"흠….."

"가까운 곳에서 답을 찾다가 못 찾았다면 좀 더 먼 곳으로 나가는 것도 도움이 되겠지. 괜히 사람들이 여행하며 환기하는 게 아니네. 오랫동안 고민하던 문제가 단번에 풀리기도 하거든."

"여행 가자는 소리네요."

"싫은가?"라고 노인이 묻자, 소년은 고개를 저었다. 여행은 그에게 익숙한 것이다. 이전에도 돌연 어딘가로 떠나기도 했고, 잠적하여 혼자만의 시간을 보내기도 했다. 그러고 보니 어느 여름날 여행 가고 싶다고 생각했던 것 같다.

"어쩌면 '로'로선 마지막 여행이 될 수도 있겠지."

헤일로는 가만히 있다가 대답했다.

"생각해보겠습니다."

노인은 은은한 미소를 띠며 고개를 끄덕였다.

《영광의 해일로》 4권에서 계속…